—北大记忆—

鲤鱼洲纪事

（修订本）

陈平原 主编

北京大学出版社
PEKING UNIVERSITY PRESS

图书在版编目（CIP）数据

鲤鱼洲纪事／陈平原主编 . — 修订本 . — 北京：北京大学出版社，2018.5
（北大记忆）
ISBN 978-7-301-29229-7

Ⅰ.①鲤…　Ⅱ.①陈…　Ⅲ.①回忆录—作品集—中国—当代
Ⅳ.① I251

中国版本图书馆 CIP 数据核字（2018）第 026898 号

书　　　名	鲤鱼洲纪事（修订本）
	LIYUZHOU JISHI
著作责任者	陈平原　主编
责 任 编 辑	于铁红　周彬
标 准 书 号	ISBN 978-7-301-29229-7
出 版 发 行	北京大学出版社
地　　　址	北京市海淀区成府路 205 号　100871
网　　　址	http://www.pup.cn　新浪微博：@北京大学出版社　@培文图书
电 子 信 箱	pkupw@qq.com
电　　　话	邮购部 62752015　发行部 62750672　编辑部 62750112
印 刷 者	三河市国新印装有限公司
经 销 者	新华书店
	660 毫米 ×960 毫米　16 开本　23 印张　300 千字
	2018 年 5 月第 1 版　2018 年 5 月第 1 次印刷
定　　　价	58.00 元

未经许可，不得以任何方式复制或抄袭本书之部分或全部内容。
版权所有，侵权必究
举报电话：010-62752024　电子信箱：fd@pup.pku.edu.cn
图书如有印装质量问题，请与出版部联系，电话：010-62756370

目 录

回首烟波浩渺处
　　——《鲤鱼洲纪事》前言……………………陈平原 01

浮生散忆（摘录）………………………………林　焘 001
梅棣盦诗词集（摘录）…………………………陈贻焮 006
从鱼子山到鲤鱼洲………………………………唐作藩 013
鲤鱼洲纪事………………………………………吉常宏 023
扁担和小竹椅
　　——鲤鱼洲杂忆…………………………陆颖华 030
鲤鱼洲琐记………………………………………李一华 045
北大教育革命的一个怪胎
　　——鲤鱼洲草棚大学……………………乐黛云 051
从"教育与生产劳动相结合"到江西鲤鱼洲"五七干校"……王理嘉 060
关于鲤鱼洲诗的信………………………………谢　冕 093
鲤鱼洲杂俎………………………………………孙　静 099
鲤鱼洲点滴………………………………………胡双宝 107
草棚大学第一课…………………………………段宝林 112
鲤鱼洲生活点滴…………………………………陆俭明 132
草棚大学纪事……………………………………周先慎 145

"五七道路"纪事三则 …………………………………… 黄修己 159
回望鲤鱼洲 …………………………………………… 袁良骏 168
回想"五七"路
　　——鲤鱼洲杂记 ………………………………… 杨必胜 180
"大象" …………………………………………………… 么书仪 192
我在鲤鱼洲上大学 …………………………………… 张文定 198
回忆父亲和我在鲤鱼洲的日子 ……………………… 张思明 303
鲤鱼洲"五七干校" …………………………………… 汤　双 308
鲤鱼洲无鱼 …………………………………………… 胡山林 316

附录：江西鲤鱼洲北大实验农场年表 ……………… 徐　钺 323
参考文献 ……………………………………………………… 332

《鲤鱼洲纪事》出版感言 ……………………………… 陈平原 333
"别忘记苦难，别转为歌颂"
　　——对话北京大学中文系主任陈平原 …………… 许荻晔 335
"既有激情燃烧，也是歧路亡羊"
　　——对话《鲤鱼洲纪事》主编、北京大学
　　　　中文系主任陈平原 ……………………………… 刘悠扬 338
《鲤鱼洲纪事》再版后记 ……………………………… 陈平原 342

回首烟波浩渺处

——《鲤鱼洲纪事》前言

陈平原

烟波浩渺的鄱阳湖,位于江西省北部,乃目前中国最大的淡水湖。面对此古称彭蠡、彭泽、彭湖的大湖,我首先想到的,不是唐代诗人王勃的"渔舟唱晚,响穷彭蠡之滨"(《滕王阁序》),也不是宋代诗人苏轼的"山苍苍,水茫茫,大孤小孤江中央"(《李思训画长江绝岛图》),而是让四千北大、清华教职工"梦牵魂绕"的鲤鱼洲。①

据北京大学《教育革命通讯》第3期报道:"我校近两千名教职员工家属响应伟大领袖毛主席'要准备打仗'和'教育要革命'的伟大号召,沿着'五七'指示的光辉道路,于(1969年)十月底奔赴教育革命第一线——江西北大试验农场。"② 从1969年7月10日先遣队23人赴江西南昌县鲤鱼洲筹建农场,到1971年8月16日"从江西分校返回的教

---

① 为撰此文,查阅网上资料,方才注意到,老北大人挂在嘴边的鲤鱼洲,原来也是江西生产建设兵团九团的所在地。1970年前后,数千上海及南昌的知青来到这里,默默奉献了自己的青春。这也隐约透露出,"五七干校"与"知青下乡",二者确实是"难兄难弟"。

② 《简讯》,《教育革命通讯》第3期,1969年11月21日。

职工357人于14日和16日分批到京"①，大约两年时间里，鲤鱼洲成了北大教职员的主要栖居地。

因系汇集赣江、修水、鄱江、信江、抚河等水系经湖口注入长江，鄱阳湖水位升降幅度很大，"夏秋一水连天，冬春荒滩无边"，这就给特定年代迷信"人定胜天"的人们提供了舞台。于是，"五七战士"奉命在此荒滩上战天斗地，围湖造田。当年所造的"万亩良田"②，如今为了恢复自然生态环境，大都成为碧波荡漾的鄱阳湖区的一部分；这就好像历史，"主角"早已沉入"湖底"，你只能远远地眺望、沉思、驰想，再也无法重睹旧颜容了。

一、北大的"五七干校"

北京大学的官修"正史"，目前只有前半部③；至于后半部，只能参阅王学珍等主编的《北京大学纪事》——此书上下两册，北京大学出版社1998年发行内部版，2008年推出修订本。涉及"鲤鱼洲"故事时，或称"北京大学江西试验农场"，或称"北京大学江西分校"。编者是查过档案的，可即便如此，我还是认定，与其这么遮遮掩掩，还不如直截了当地承认：这就是北大的"五七干校"。因为，只有将此举放置在当初的"干校"潮中，才能理解众多蹊跷之处。实际上，当初下放鲤鱼洲的北大教师，平日里自称"五七战士"，而"农场"为解决子女入学而创办的学校，也叫"五七中学""五七小学"；更能说明问题的是，1970年5月9日《人民日报》刊发《知识分子改造的必由之路——记清华大学、北京大学广大革命知识分子坚持走毛主席指引的"五七"道路》，开

---

① 参见王学珍等主编：《北京大学纪事》，北京大学出版社，1998年，681页、708页。

② 这当然只是"大概而言"。北大离开时移交给江西省国营南昌市鲤鱼洲第二农场的耕地是7415.14亩，再加上清华移交的，数量相当可观。其中很大一部分，日后"退耕还湖"，至于具体数目，没有统计。

③ 萧超然等编著：《北京大学校史》，北京大学出版社，1981年/1988年。

篇就是："去年，两个学校的革命师生员工，在驻校工人、解放军毛泽东思想宣传队的领导下，满怀革命豪情，到了江西鄱阳湖畔的鲤鱼洲，白手起家，艰苦创业，办起了教育革命的试验农场，在毛主席指引的'五七'大道上，奋勇前进！"可见，离开了"文革"中"五七干校"的兴衰起伏，无法谈清楚北大、清华的鲤鱼洲。

故事的肇端，虽有1966年"五七指示"的伏笔，[①] 但真正得以展开，却是在1968年下半年。各省革命委员会建立，从"走资派"手中夺权的任务已经完成，毛泽东于是希望通过知青下乡与干部下放，[②] 逐步恢复秩序，稳定局面，实现自己的政治改革理念。具体说来，1968年10月5日《人民日报》头版发表《柳河"五七"干校为机关革命化提供了新的经验》，编者按称："毛主席最近指出：'广大干部下放劳动，这对干部是一种重新学习的极好机会，除老弱病残者外都应这样做。在职干部也应分批下放劳动。'毛主席的这个指示，对反修、防修，对搞好斗、批、改，有十分重大的意义。"此后，全国各地的党政机关、高等院校、文教科技战线等响应号召，纷纷在农村创建"五七干校"。如中宣部的"五七干校"在宁夏贺兰县，中共中央党校的"五七干校"在河南西华县，全国政协机关的"五七干校"在湖北沙洋，外交部的"五七干校"在湖南茶陵，对外文化联络委员会的"五七干校"在河南明港，北京师范大学的"五七干校"在山西临汾，中国人民大学的"五七干校"在江西余江，中国科学院哲学社会科学部的"五七干校"在河南信阳罗山，文化

[①] 1966年5月7日毛泽东审阅军委总后勤部《关于进一步搞好部队副业生产的报告》后给林彪写信，讲到人民解放军应该是一个大学校，这个大学校，要学政治、学军事、学文化，又能从事农副业生产；工人以工为主，也要兼学军事、政治、文化；农民以农为主，也要兼学军事、政治、文化；学生也是这样，以学为主，兼学别样，即不但学文，也要学工、学农、学军，也要批判资产阶级。这封信后来称为"五七指示"。

[②] 1968年12月22日《人民日报》头版以整版篇幅，转发了《甘肃日报》上的《我们也有两只手，不在城市里吃闲饭》，编者按中公布毛主席最新指示："知识青年到农村去，接受贫下中农的再教育，很有必要。要说服城里的干部和其他人，把自己初中、高中、大学毕业的子女，送到乡下去，来一个动员。各地农村的同志应当欢迎他们去。"从此，知识青年上山下乡运动如火如荼展开。

部的"五七干校"在湖北咸宁向阳湖畔……最后两个干校特别有名，这与杨绛的散文集《干校六记》广受赞誉，以及臧克家的诗集《忆向阳》引起争议大有关系。

若没有当事人的追怀以及后人的记载，这些散布全国各地的"五七干校"早就被世人遗忘了。以北大为例，后人很难想象，被送到鲤鱼洲接受劳动改造的，竟然有66岁的心理学家周先庚（1903—1996）和语言学家岑麒祥（1903—1989），62岁的史学家邓广铭（1907—1998）和史学家商鸿逵（1907—1983），61岁的法学家芮沐（1908—2011），60岁的哲学家张岱年（1909—2004），59岁的逻辑学家王宪钧（1910—1993），58岁的历史地理学家侯仁之（1911—　）（侯仁之先生于2013年去世——编注）等。事过多年，这些曾经的"五七战士"，或撰文，或口述，或借由友人的描写，呈现出鲤鱼洲的日常生活。

先看张岱年《曲折的道路》：

> 名单上有我，我就整理行装随着队伍乘火车前往江西。到鲤鱼洲之后，哲学系与历史系共组成第八连。住大草棚。初到鲤鱼洲，参加运石子、编草帘、插稻秧、修水坝等劳动。因年过六十，遂编入老年组，从事种菜劳动。同组还有王宪钧、周先庚、桑灿南、吴天敏、李长林等。鲤鱼洲土地是红土，有雨是泥，无雨如铜，泥地很滑，我经常摔跤，有一次滑倒，伤了左胫，痛了一百天才好。八连常让老年人值夜班，夜间坐在草棚外守望。我经常值夜班，夜阑人静，万籁俱寂，一片宁静，颇饶静观之趣。仰望天空，星云皎然。①

接下来是侯仁之的口述：

---

① 张岱年：《曲折的道路》，牛汉、邓九平编：《六月雪——记忆中的反右派运动》，北京：经济日报出版社，1998年，484—485页。

> 特别艰苦啊！最苦的活儿让我干。我记得很清楚。就穿一个裤衩，拿块破布垫在肩上，背那个大水泥袋，压在身上。水泥一口袋很重啊！从湖里的船上背到岸上。河滩地，下来都是泥，扛着水泥袋走那个跳板，一颤一颤的，得特别当心。走一段路以后，还要爬四十四个台阶。……都是罚我。我那时已经快六十岁了，照常干。①

至于两位历史系教授，没有留下直接资料，好在有学生或子女的描述。请看张广达笔下的邓广铭：

> 就在这样一片土地上，北大数千教职工受命建立干校，走"五七道路"。干校实行军事编制，由军、工宣队领导。邓师和我被编入八连的后勤排，邓师放鸭子，我在蔬菜班种菜，师生情谊走向更深厚的一步。那时邓师已年过花甲，头戴草帽，脚穿胶鞋，挽着裤脚，手里拿着一根细长的竹竿，在暑气蒸人的田野上放鸭子，条件极其艰苦。像他这样的老教授在全干校也没有几个，可是邓师秉持素有的开朗乐观，能吃能睡，不改本色。②

商传、商全在《学者之路》中，是这样谈论父亲商鸿逵的：

> 1969年，父亲被送到江西鲤鱼洲北京大学的"五七"干校。史学家成了放牛翁。每当水牛吃草嬉戏时，父亲便坐下

---

① 引自陈光中：《侯仁之》，北京：三联书店，2005年，196页。与此相对应的，是《〈晚清集〉自序》（侯仁之：《晚清集》，北京：新世界出版社，2001年）中的一段话："'文革'甫来，即受冲击，肉体摧残，精神折磨，江西鲤鱼洲，挑砖、打柴、插秧、割稻……艰苦的生活使我的身心更加坚强。"
② 张广达：《师恩难忘——缅怀邓师恭三先生》，《仰止集——纪念邓广铭先生》，石家庄：河北教育出版社，1999年，204—205页。

来，望着眼前茫茫的水乡田舍，有时写下几首记景抒情的古诗。这里虽然脱离了校园中那无休止的批判斗争，但也离开了书屋，离开了讲台，他感到自己的生命在这田野间消溶、耗逝。①

因需要充当大批判的"活靶子"，侥幸留在京城的季羡林，在《牛棚杂忆》第十八章"半解放"中，也有一段谈及鲤鱼洲：

> 不知道是出于哪一级的决定，北大绝大多数的教职员工，在"支左"部队的率领下，到远离北京的江西鲤鱼洲去接受改造。此地天气炎热，血吸虫遍地皆是。这个部队的一个头子说，这叫做"热处理"，是对知识分子的又一次迫害。我有自知之明，像我这样的"人"（？）当然在"热处理"之列。我做好了充分的精神和物质准备，准备发配到鄱阳湖去。②

这段话除了提醒我们，当初之所以选择环境特别恶劣的鲤鱼洲，是有意对知识分子进行"热处理"；还有就是，1969年的北大师生，其实有好几种去向。

查王学珍等主编《北京大学纪事》，1969年10月20日的大会上，宣传队及校革委会宣布："师生员工分赴江西、陕西汉中和北京远郊区，走与工农兵相结合的大道，做'旧教育制度的批判者，新教育制度的探索者，社会主义社会的普通劳动者'。"具体如何分配，见当年《战备、教育革命情况》第八期的记载：去江西鲤鱼洲的2037人，全部是教职工及家属；去陕西汉中的1247人，其中教职员工440人，学生807人；去北京远郊区农村的3493人；留校人员1569人中，老弱病残416人、

---

① 商传、商全：《学者之路》，《商鸿逵教授逝世十周年纪念文集》，北京大学出版社，1995年，417页。

② 季羡林：《牛棚杂忆》，北京：中共中央党校出版社，1998年，194页。

后勤及办事人员997人，在校筹建工厂76人，其他80人。①包含中文系在内的文科教员，大都去了鲤鱼洲，但也有因老弱病残或作为建设"无产阶级新北大"的基本力量而留下来的。

二、为何告别鲤鱼洲

既然是思想改造的"重镇"，全国各地的"五七干校"，生活条件大都窘困。但是，像北大、清华鲤鱼洲农场那么艰苦的，确实不多。比如：全国政协机关的"五七干校"虽然原先是劳改农场，但为了办干校，当局将劳改犯合并他处，腾出一块土地肥沃气候适宜的好地方；中共中央党校的"五七干校"所在地是离黄泛区农场场部不远的"大跃进"时办起来的"红专大学"旧校舍，有砖木结构的瓦顶房，还有礼堂、篮球场等；山西临汾原本就有北京师范大学的分校，建在这里的"五七干校"自然是有房有田有菜园。②中宣部的"五七干校"设在宁夏贺兰县立岗镇外，原本也是劳改农场，条件却比鲤鱼洲好多了——龚育之在《干校探亲琐记》中提及妻子孙小礼被分到了鲤鱼洲："在江西鲤鱼洲办干校，可比我们在宁夏办干校艰苦多了。地点是鄱阳湖边的荒洲，住房要自己盖，几十人住一间草棚、两条长铺，十天才有半天休整，劳动强度大，双抢（抢种抢收）时尤甚。"③到底是偶然因素，还是有关部门对北大、清华教师格外"关照"，给予特殊待遇？作为过来人，严绍璗在接受《南方周末》记者采访时是这样说的：

最初，江西省推荐的干校地点在九江边上的一所农场，

---

① 参见王学珍等主编：《北京大学纪事》，685页、686页。
② 参见汪东林：《在全国政协"五七干校"的岁月》、金春明：《西华干校一千五百天》、何兹全：《在临汾干校劳动》，唐筱菊主编：《在"五七干校"的日子》，北京：中共党史出版社，2007年，235－248页、195－210页、185－194页。
③ 龚育之：《干校探亲琐记》，唐筱菊主编：《在"五七干校"的日子》，98页。

有关同志看过之后认为，农场守着九江，有鱼有虾，不利于知识分子改造。江西省又推荐了一个地方，在赣南的茶陵，也是个农场，半山腰，整天日雾气腾腾，交通不便。有关同志还是不满意，烟雾缭绕的，知识分子容易胡思乱想。最后，有人推荐了鲤鱼洲，这是鄱阳湖的一个围堰，方圆七十里没有村子。①

如此"刻意虐待知识分子"，只是口耳相传，未见诸专门文件或档案，但从日后北大、清华的匆促撤离看，此说并非无稽之谈。因为，除了自然环境十分恶劣，此地更是出名的血吸虫病高发区。这不是事后才知道的，之所以被农民遗弃，就是其不适合于居住乃至耕作——围湖造田而成的滩涂，钉螺丛生，血吸虫横行。明知此中危险，奈何"军令如山"，只好就此安营扎寨。众多博学多识的"臭老九"，虽然也做了若干自我防护，但基本上无济于事。不到两年时间，危机全面爆发，最终促成了北大、清华的迅速撤离。

全国范围的"五七干校"，在"九一三"林彪事件（1971年）发生后，陆续有所调整乃至关停。但"极左"思潮并没有得到真正抑制，"五七道路"依旧光芒万丈。1976年5月7日，在毛泽东发表"五七指示"十周年之际，邮电部还专门发行了一套纪念邮票，第一枚"认真读书"，第二枚"生产劳动"，第三枚"插队锻炼"。一直到1979年2月7日国务院发出《关于停办"五七"干校有关问题的通知》，"五七干校"才真正进入历史。相对来说，北大、清华的撤退是最早的。1971年8月6日，也就是说在林彪出逃之前，北大已开始布置撤离鲤鱼洲了。此后就是请示江西省委，要求运回自己生产的粮食25万斤，木材500立方，钢材80吨，以及与江西省国营南昌市鲤鱼洲第二农场签署《基建资产移交清单汇总书》等。所有移交工作完成，已经是第二年5月了；在这

---

① 严绍璗口述，石岩、张丽红记录：《严绍璗治学记》，《南方周末》2007年4月5日。

个意义上,说办场共34个月也没错①。只是对于绝大部分北大教师来说,鲤鱼洲生活只有两年。

与其他"五七干校"的转型不一样,北大、清华的撤退与林彪事件无关。那是什么原因呢?很简单,一是大学招生,二是血吸虫病。民间有两个传说,很动人。第一种说法:有在鲤鱼洲劳动的北大教师给周恩来总理写信,请求把自己永久留下来,不要再轮换第二批教职工了,以免大家都成为血吸虫病的受害者。另一说则是北大清华汇报招生工作,称教师不够,一追问,主力都在鲤鱼洲。给我讲述此事的教授绘声绘色地说:周总理听到这个信息,突然无语,十几秒钟后,毫无商量地说:"那不是中国最严重的血吸虫疫区吗!把他们全部叫回来!在北京招生!"到目前为止,没有找到周总理关于北大、清华撤离鲤鱼洲的具体指示,但《北京大学纪事》录存几则材料,还是很能说明问题的。

1971年6月10日,北大江西分校革委会提交《关于血吸虫防治情况的报告》,称,"分校地处疫区,尽管积极防治,并不能从根本上消灭血吸虫病"。抽查358人,患上血吸虫病的150人,占已查人数的41.9%。另一个统计数字更可怕:清华、北大两校江西德安化肥厂《血吸虫普查情况汇报》称,北大教职工129人,查出有血吸虫病的115人,占89%。因此,7月20日,北大校党委会讨论决定,撤销江西鲤鱼洲北大试验农场。至于撤退,当初提出的理由是:教育革命深入发展,招收学生增多,人员紧张;路途遥远,花费物力财力太大;当地血吸虫情况原来调查研究不够②。

从鲤鱼洲撤退,等于取消了北大的"五七干校",此举事关重大,肯定是得到了上级的指令或默许。否则,单靠北大校党委,没有这个魄力,也没有这等勇气。至于到底是谁下的命令,何人又在其中发挥了关键作用,在没有进一步资料披露之前,只好暂付阙如。

---

① 参见王学珍等主编:《北京大学纪事》,708页、719页。
② 同上书,705页、707页。

三、当事人如何追忆

艰苦的生活环境与繁重的体力劳动,这只是"五七干校"的"表";至于"里",依旧是清理阶级队伍、挖出"五一六"分子、批判资产阶级等一系列政治运动。只不过随着时间推移,干校里的政治学习逐渐松弛,以致日后追忆起来,更多强调前一个侧面。钱锺书为杨绛的《干校六记》撰写"小引",特别强调这一点:

> 学部在干校的一个重要任务是搞运动,清查"五一六分子"。干校两年多的生活是在这个批判斗争的气氛中度过的;按照农活、造房、搬家等等需要,搞运动的节奏一会子加紧,一会子放松,但仿佛间歇虐疾病始终缠住身体。①

以"批判斗争"为主线,各地"五七干校"几乎无一例外——起码主观上如此。因此,就像钱先生提醒的,讲"小点缀"时,不要忘了"大背景";这"大背景"就是十年"文革"的思想路线与政治氛围。

1966年5月16日,中共中央政治局扩大会议通过《五一六通知》。《通知》号召向党、政、军内的"资产阶级代表人物"猛烈开火。6月1日晚8点,中央人民广播电台根据毛主席的指示,全文播发了北大聂元梓等七人签名的大字报。北大内部呢?"从6月初开始,各系各单位揪斗干部、教师的行为逐步升级,戴高帽子、挂黑牌、推搡、揪头发、坐喷气式、毒打、往身上贴大字报等情况日益加剧。"接下来是北大"校革会"成立,各种批斗会如火如荼。1967年起,在江青"文攻武卫"口号的煽动下,燕园里大打派仗,硝烟弥漫。1968年5月16日,"校文革决定在校内民主楼后面的平房建立监改大院。'监改大院'(俗称'牛棚')先后关押各级干部、知名学者及师生218名"。与"牛棚"同样让人触目

---

① 钱锺书:《〈干校六记〉小引》,《干校六记》,北京:中国社会科学出版社,1992年。

惊心的，是不堪受辱者的"自杀"。1968年12月12日，"宣传队上报的《简报》称：'自清理阶级队伍以来，北大自杀了17人。'"① 这17人中，应该有历史系副主任、三级教授汪篯、西语系二级教授俞大絪、中文系党总支书记程贤策、哲学系三级教授沈乃璋、中文系62级学生沈达力、生物系二级教授陈同度、物理系一级教授饶毓泰、数学力学系三级教授董铁宝等（按时间顺序排列），但不包括六天后（12月18日）服安眠药自杀的北大副校长、历史系主任、一级教授翦伯赞及其夫人。如果算上劳改中不准治病或喝污水中毒而死的历史系二级教授、曾任北京大学图书馆馆长向达，西语系四级教授吴兴华，以及1975年上吊的图书馆学系二级教授王重民，北大"文革"中惨死的人，远远不止这个数。

这就是北大鲤鱼洲农场的"前史"。对于备受凌辱的"牛鬼蛇神"来说，下放劳动或许是"避难所"——那里毕竟以体力活为主，监管相对放松。可是，"五七干校"里，大批判依旧如火如荼②。查《北京大学纪事》，1970年8月："在江西试验农场召开第六次落实政策大会，共处理43人。其中被定为叛徒4人，特务9人，历史反革命分子11人，伪军、政、警、宪骨干分子4人，反动党、团骨干4人，现行反革命4人，地、富2人。另给5名右派分子摘帽。对上述43人的处理为：不以反革命分子论处、从宽处理者9人；从宽处理、不戴帽子、交群众监督以观后效者2人；从宽、不戴帽子者21人；按人民内部矛盾性质处理者4人；解除群众监督2人。"同年9月8日江西分校党委组织组统计："农场现有教职员工1996人，其中，专政对象18人，从宽处理交群众监督者7人，'历史不清正审查中的'114人，留校改造的学生18人，第六次落实政策受到处理的39人。"③ 虽说在不断"落实政策"，不少人被"从宽处理"（"从宽处理"也是"处理"），可"审查"依旧在继续，思想改造未有竟期。

---

① 参见王学珍等主编：《北京大学纪事》，645页、671页、676页。
② 参见《念念不忘阶级斗争，抓紧革命大批判》，《教育革命通讯》第4期，1969年11月28日；《简讯》，《内部通讯》第127期，1970年12月3日。
③ 参见王学珍等主编：《北京大学纪事》，694页、695页。

即便不是批斗对象，置身其中，也是极为压抑。对于曾经生活在鲤鱼洲的北大教职工来说，那是一段痛苦的、难以磨灭的记忆。有意思的是，一旦撰文，当初的辛酸、悲苦与怨恨，大都点到为止；正面描写的，主要是温馨的友情。除了日常生活中同事间互相扶持的点点滴滴，很多文章都提及了张雪森之死。1970年12月5日，中文系师生41人乘车到井冈山进行教育革命实践，在清华江西农场机务连附近大堤翻车，教师张雪森、学员王永干当场被压死，另有5人受伤。此事当初之所以引起很大震撼，除了"五七战士"间的友情，恐怕也包含了"兔死狐悲"的意味——很多人由此联想到自己的命运，以及那十分渺茫的前程。

与其他"五七干校"不一样的地方在于，北大人还在鲤鱼洲办学。1970年9月，418名新招收的工农兵学员进入鲤鱼洲的"北京大学江西分校"学习。这所空前绝后的"草棚大学"，赓续的不是老北大的传统，而是"向'共大'（江西共产主义劳动大学）学习，走'抗大'（中国人民抗日军事政治大学）道路"①。这就难怪，1970年7月，北大江西分校提出一份（招生）专业介绍，其中，中文系的课程这样设计："（1）毛泽东文艺思想，（2）毛主席诗词，（3）革命样板戏，（4）文艺创作，（5）文艺评论（训练在文艺战线兴无灭资斗争、批判封资修文艺和不停顿地向资产阶级发动进攻的能力）。"好在学员们一半时间在田里劳动，没必要上那么多课（参见乐黛云、段宝林、陆俭明三文）。那是一个时代的错误，怨不得具体的老师或学生。看看《北京大学（1971—1975）五年规划纲要》，号称"要在五年内把北京大学建设成为一个世界上最先进、最革命的以文科为特点的社会主义综合大学"，其办学方针竟然是："文科要以毛主席著作为基本教材；外语教材要'七分政治三分文学'，适应国际阶级斗争需要；理科教材要不断总结我国工农兵的发明创造，批判吸收世界先进科学技术。"②本校尚且如此，鲤鱼洲的教员及

---

① 《向"共大"学习，走"抗大"道路》，《内部通讯》第105期，1970年9月27日。

② 参见王学珍等主编：《北京大学纪事》，693—694页、695页。

学生更是无所适从。

对于后人来说，如何理解这一段荒谬的历史以及当事人的困惑与挣扎，完全可以有不同角度。我关注的是，北大的"五七战士"身处逆境，精神上却没有被彻底压垮，甚至颇能自娱自乐。周先慎、杨必胜、袁良骏等文谈及鲤鱼洲流行"天佑体"——"水田里干活时候的集体吟诗"、"这诗随口喊出，或一人喊一首，或有人先喊一句，其他人一人接着喊一句"、"说白了即是即兴诗，或曰顺口溜"。有过类似生活经历的人，很容易接受这种服务于劳动生产的"田头诗"①；也只有还原到当初的语境，才能理解当事人为何几十年后还"耿耿于怀"②。

真正为干校认真写诗、公开出版且引起争论的，是曾在湖北咸宁文化部"五七干校"生活三年的臧克家。诗集《忆向阳》1978年3月由人民出版社推出，在序言中，臧克家自称："干校三年，千锤百炼。思想变了。精神旺了。身体壮了。"诗集出版不久，中共十一届三中全会召开，思想潮流为之一变。于是，有了姚雪垠致臧克家的"公开信"：

> 你的歌颂"五七"干校生活的几十首诗是在"四人帮"最猖狂的1975年写的。你不是从现实出发，而是出于揣摩所谓"中央精神"，精心推敲，将干校生活写成了"世外桃源"、"极乐世界"。从诗里边只看到了愉快的劳动，愉快的学习，却看不见路线斗争、思想斗争，看不见封建法西斯主义利用"五七"干校等形式对革命老干部和各种有专长的知识分子所进行的打击、迫害和摧残，也看不见革命老干部和各有专长的知识分子除劳动愉快外还有内心痛苦、惶惑、忧虑、愤慨、

---

① 据周先慎《草棚大学纪事》："当时来得最快的是沈天佑同志，真可以称得上出口成章，他的诗不加修饰，不加锤炼，甚至也不讲究押韵，只要凑上四句，喊出热情和干劲就行。后来大家就把这种在劳动中产生的，不大讲究技巧，只重鼓舞作用的田头诗歌称作'天佑体'。"
② 这么多人追怀"天佑体"，称道其在鲤鱼洲如何风行，可我目前见到的，只有胡双宝文中引的这一首："七连有个胡双宝，光吃馒头不吃草，平整土地缺水牛，拉起耢子田里跑。"

*希望和等待。*①

姚的批评不无道理，只是如此"上纲上线"，让老诗人臧克家实在受不了。于是，臧给周扬等写信，自我辩解的同时，揭发姚此前如何多次大赞《忆向阳》，如今风向一变，翻脸不认人②。

同样描摹干校生活，杨绛刊行于1981年的《干校六记》，却获得了文坛及民众的一致好评。此书收《下放记别》《凿井记劳》《学圃记闲》《"小趋"记情》《冒险记幸》《误传记妄》六篇，写的是干校的日常生活，文笔淡雅，语调平和，"怨而不怒、哀而不伤"。既不同于"文革"期间阿谀奉承的"遵命文学"，也不同于以控诉为主调的"伤痕文学"，有委婉的讽刺，有淡淡的忧伤，但更多的是洞察世态人情的超然。关键是，作者对于刚刚过去的"文革"以及干校生活"自有主张"，故能写出自家以及夫婿的"真性情"。

即便如此，钱锺书在《〈干校六记〉小引》中，还是提出一个尖锐的问题："我觉得她漏写了一篇，篇名不妨暂定为《运动记愧》。"在钱先生看来，饱受政治运动折磨的中国人，不能只是《记屈》或《记愤》，还有责任《记愧》：或惭愧自己是糊涂虫，或惭愧自己是懦怯鬼，或惭愧自己充当旗手、鼓手与打手。毫无疑问，最应该忏悔的是第三种人，可第三种人往往最沉得住气。季羡林在《牛棚杂忆》的《自序》中提及，之所以该书1992年写好，却要压到1998年才出版，就因为有"一个十分不切实际的期待"——期待那些当初以折磨人为乐的"造反派"忏悔，或把折磨人的心理状态写成文章。当然，无论是钱先生的呼吁，还是季先生的期待，最后都落了空。

反而是本无多大过失的普通人，还有饱经沧桑的受害者，在时过境迁后，还能冷静地思考这变幻莫测的历史进程、一代人的困惑与苦难，

---

① 姚雪垠：《关于〈忆向阳〉诗集的意见——给臧克家同志的一封信》，《上海文学》1979年1期。
② 关于此事的来龙去脉，参阅徐庆全：《转型时期的标本：关于臧克家〈忆向阳〉诗作的争论》，《博览群书》2006年4期。

还有那"开花或不开花的年代"。就以这本《鲤鱼洲纪事》为例,在批评"五七"道路之荒诞、感叹历史大潮中个体选择之无奈的同时,也有对于自己曾经扮演角色的反省。谢冕的《关于鲤鱼洲诗的信》,附录"一首当年'很有名的'、曾在全农场的大会上朗诵过的诗:《扁担谣》"。从这首今天看来"不忍卒读"的旧作中,作者引申出一个严肃的话题:

> 《扁担谣》中的那根扁担是真实的,我将它从拿山带到井冈山,带到鲤鱼洲,再从鲤鱼洲带回北京,一直十分珍惜。至于情感,那就复杂了,有真实的成分,又有扩张的成分,甚至也有"表现"的成分。

这种"虚虚实实"的感情,很大程度上是受时代思潮的影响。当初确实很真诚,还以为是自己独特的感受,其实大都是从报章上抄来的。对比谢冕《扁担谣》与陆颖华《扁担和小竹椅——鲤鱼洲杂忆》,以及段宝林《草棚大学第一课》(含文中引录的小诗《别三湾》),马上发现这三根"扁担"的象征意义类同。更严重的是,这扁担的"发明权"既不属于谢,也不属于陆或段,而是从《人民日报》上"抄袭"来的。

1970年5月9日《人民日报》刊发的《知识分子改造的必由之路——记清华大学、北京大学广大革命知识分子坚持走毛主席指引的"五七"道路》,其中特别提到贫下中农如何给北大、清华教师送扁担:"革命师生们接过这珍贵的礼物,激动地流下了热泪,他们说:这珍贵的礼物,凝结着阶级仇,民族恨,凝结着贫下中农的深情厚谊。看着它,忆苦思甜不忘本;看着它,革命到底志不移!"当初在鲤鱼洲,这篇社论肯定是反复学习的。更何况,"假作真来真亦假",那个时代,报纸文章与现实生活"互相抄袭",以制造各种"感人至深"的场景。久而久之,"扁担"的意象深入人心。而这正是需要认真反省的地方——即便是"学富五车"的读书人,面对如此强大且无休止的"宣传攻势",我们到底有多大的自由思考空间、多强的独立判断能力?

四、编书的过程及感慨

杨绛的《干校六记》是这么结束的:"回京已八年。琐事历历,犹如在目前。这一段生活是难得的经验,因作此六记。"[①] 套用此结语:回京已经四十年了,对于北大中文系很多老教师来说,确实是"琐事历历,犹如在目前"。而且,"这一段生活是难得的经验",他们现在不说或者不写,很快就会被后人遗忘。

对于"五七干校",我不是过来人,可也算旁观者。父亲在"潮安五七干校"待了四年,前两年彻底失去自由,属于半囚禁半劳改状态。我记得很清楚,有一次路过,看见父亲等被监管人带着在大田里劳作,很想上前叫一声,但最后还是低头走开了。为此,我一直悔恨不已——恨自己的怯懦与自私。不就是怕被旁人嘲笑,怕工宣队呵斥吗?第二天,恼羞成怒的我突然勇敢起来,与一位嘲笑"牛鬼蛇神"的工人子弟打起架,用石块砸破了对方的头。好在问题不太严重,那工人也很厚道,接受了我们的道歉,没有深究。否则,将怒火转嫁到我父亲头上,那就更可怕了。有了少年时代的这一印象,我对所有"五七干校"都没有好感,总觉得阴森森的,是"牛棚"的扩展版。随着阅历的增加,我逐渐明白,各地/各级"五七干校"有很大差异,而自身生存状态又深刻制约着当事人对于干校的理解、体会与评价。

这一回编《鲤鱼洲纪事》,截稿时突然发现,好像少了些什么。想了半天,终于回过神来,确实少了受害者声色俱厉的"我控诉"。但这强求不得。或许当初鲤鱼洲的批斗会本就比较文明,或许被"从严"或"从宽"处理的教职员早已离开北大,或许当事人不愿意揭开那逐渐隐退的伤疤……当然,也有可能是缘于我不太高明的"提醒"。约稿时,我曾提及:别粉饰太平,切忌将"五七干校"的故事写成"田园诗";同时,也请不要触犯忌讳——我们只能在目前允许的范围内"说真话"。

[①] 杨绛:《干校六记》,105 页。

这些长长短短的散文随笔，只是当事人的"片断记忆"，而非什么"历史结论"。故事本身很简单，精彩且有力量的，在细节，也在心情。全书共分三辑，第一辑收两位已去世的老先生的诗文，配合师友回忆，可谓别具一格。第二辑十五篇文章，出自当年鲤鱼洲"五七战士"之手，是本书的主体。第三辑五文，作者包括前往探亲的妻子、当年招收的工农兵学员，以及在农场附属"五七学校"念书的北大子女。作为附录的《江西鲤鱼洲北大实验农场年表》，是我指导博士生徐钺编写的，目的是为阅读此书提供"历史背景"。可惜当年留存下来且可供查阅的资料不多，虽努力采撷，这"参照系"依旧有不小的缝隙。

选在鲤鱼洲归来四十周年之际编辑出版此书，也算是在向"历史"致意——不管你喜欢不喜欢，这都是一段值得仔细回味的历史。编辑此书，一怕犯忌，二怕粉饰，三怕伤人，四怕滥情，五怕夸张失实，六怕变成旅游广告……可要是不做，再过十年，没人记得那段"不堪回首"的往事。

北大中文系百年历史上，有很多"横看成岭侧成峰"的"片断"，值得你我关注。抓住它，进行"深描"，并给出恰如其分的阐释，这比贸然撰写鸿篇巨制，或许更为可行，也更为精彩。从《北大旧事》到《筒子楼的故事》再到《鲤鱼洲纪事》，加上百年系庆时组织的《我们的师长》《我们的学友》《我们的五院》《我们的青春》《我们的诗文》《我们的园地》等六书，以及今年6月刊行的《北大中文百年庆典纪念册》，还有谢冕、费振刚主编的《开花或不开花的年代》（北京大学出版社，2001），岑献青编《文学七七级的北大岁月》（新华出版社，2009），温儒敏主编的《北京大学中文系百年图史》（北京大学出版社，2010）等，关于北大中文系的"记忆"，可谓既丰且厚。这还不算众多师友各自独立撰写的有关校园生活的散文、随笔、回忆录等。

我相信，以北大中文人的聪明才智，还会有大量类似作品问世。若干年后，这些斑驳陆离、雅俗共赏的北大中文人的故事，将成为我们理解中国政治史、思想史、教育史、文学史的一道不容忽视的"风景"。

附记：从去年 6 月初征询各位前辈意见并与北大出版社商谈选题，到 6 月 19 日发出第一封约稿信，再到日后不断地催稿，最后是定稿并撰写长序，这一年多时间里，得到诸多师友的鼎力支持。最应该致谢的是：不只自己撰文、还帮助约稿且提示我关注林焘先生《浮生散忆》的陆颖华教授，对全书风格可能出现重大偏差提出警示的严绍璗、洪子诚两位教授，不厌其烦地帮助收发邮件的周燕女士，以及刊行此书的北京大学出版社。

2011 年 8 月 15 日于香港中文大学客舍，18 日改定

1971年2月9日,江西分校中文系师生在井冈山纪念馆前合影。

第一排左起:乐黛云(教师)、曹仲华、黄菊英、赖美凤、王仙凤、朱美英;

第二排左起:李庆粤(医生)、王惠兰、傅米粉、段宝林(教师)、周先慎(教师)、袁良骏(教师)、朱培植、朱菊英、邓新凤、罗金灵;

第三排左起:魏根生、许贤明、符淮青(教师)、吕水传、于根生、严绍璗(教师)、闵开德(教师)、陈泽富、徐刚、符功琪、梁炽文;

第四排左起:钟荣生、李仲柏、王纪根、陈贻焮(教师)、赵松发、袁行霈(教师)、余上海、周铭武、张传桂、张文定。

1971年1月北大江西分校"五七学校"野营拉练到安源。

浮生散忆（摘录）

林　焘

在"牛棚"劳动了两个多月后，学校被"毛泽东思想工人宣传队"接管，"牛棚"不久也被解散，被关押的人分别回到各单位继续监改，仍是白天学习，晚上学习，住在学生宿舍，条件比"牛棚"好多了。那时全校正在进行轰轰烈烈的清理阶级队伍运动，不断揪出现行反革命和历史反革命，开了几次全校对敌斗争宽严大会，每次都宣布几个认罪态度好的从宽处理，也必然要揪出一两个态度顽固的当场铐走。我们这些已被监改的人反而比较轻松，不久把我们分配到学生各班去和革命师生一起参加运动，也就放我们回家去住了。我正在庆幸重获自由，不想有一天工宣队突然找我单独谈话，说是有重大历史问题没交代，并且明确告诉我不是红卫兵闹派性时捏造的那些事。从那天起，组成专案组日夜轮番对我进行"攻心战"。我自知并无历史问题，因此不管如何"攻心"，认定一条，决不胡说。几天后，专案组终于向我交了底，说我在燕大读书时曾接受国民党特务指令在校园张贴反动标语并准备炸毁燕大的水塔。万没想到交的底竟然如此荒唐可笑，我据理驳斥其荒谬，和工宣队僵持了好几天。这时又召开了全校宽严大会，把章廷谦先生定为反革命分子当场铐走，此事对我震动极大。章是鲁迅弟子，不久前还对我谈被逼供的苦恼，并且说没有的事决不能承认。可是他现在被从严铐走，我如果再坚持，很可能会和他一样下场。一旦被从严，自己受几天罪是次要的，已经上山下乡的两个孩子就将成为从严的反革命分子的子女被人歧视，他们在农村的处境将很困难，前途也将更加黯淡。这时我已对现实彻底失望，为了保护孩子，面对荒唐的现实只好用荒唐办法来对付，就按照专案组向我交的底承认了自己的"罪行"，果然立即得到从宽处理。令人哭笑不得的是，竟然没有人追问一句炸水塔的目的何在、受谁指使、从哪里弄来炸药等等关键问题。"文革"后才知道这是我在燕大读书时的同屋好友在上海被逼招供罚站十二小时体力不支时胡说的，他以为只要看到燕大水塔那样高大坚固，就不会有人相信他的招供。谁知这份材料转到北大，就在那水塔旁边居然会上演一场如此荒诞的闹剧。

两个多月以后，北京市以战备的名义大疏散，北大和清华教职工除七十岁以上和极少数有其他任务的以外，一律下放到江西鲤鱼洲，我自难幸免。鲤鱼洲本是农民在鄱阳湖边围堤造田形成的，是血吸虫病重疫区，居民很少，把北大清华的教师下放到那种地方劳动，真不知是何居心。我已经有过住"牛棚"的经验，很快就能适应这种半劳改式的农场生活了，中文系的人都分配在七连。劳动之余，也经常相互开个玩笑，编个小节目，学段样板戏，给单调的生活增添一点点生趣，也弥补了思想上的空虚。我刚去时打瓦、修堤、插秧、挠秧、双抢都干过，半年多以后，分配我去放牛，这可是个好差事，每天天蒙蒙亮就把七连的四头水牛领到草地吃草，看着广阔田野东方太阳冉冉升起，呼吸着清新的空气，低吟昆曲《惨睹》中"眼见得普天受枉，眼见得忠良尽丧，弥天怨气冲千丈，张毒焰古来无两"，久被压抑的心情得到暂时的舒缓。遇到雨天，穿戴着蓑衣蓑帽，在瓢泼大雨中看着牛快乐地吃被雨水洗净的绿草，就像是雨水已经洗净了世上的一切污泥浊水似的。1971年8月，北大在鲤鱼洲招收了工农兵学员，大约因为我在农场表现不错，居然被调去做教师，一个多月以后，随着工农兵学员一起调回校本部，结束了一年半的下放劳动生活。

从鲤鱼洲回到北京后直到"文革"结束，我一直和工农兵学员在一起，他们基本上都是些纯朴的青年，有不少是北京上山下乡的知青，文化水平参差不齐，最低的只有初小水平，给教学带来很大困难。我刚刚从鲤鱼洲回来两个月，就又和工农兵学员一起到《石家庄日报》社采访实习，到过井陉，参观过大寨，一去就是五个多月。1973年春天又一起去平谷参加当地"批林整风"运动，从农村回来后大约因劳累过度，又重犯了咯血病，可能是肺切除的后遗症，住院疗养了一个月。1974年初到北京齿轮厂和新入学的工农兵学员一起参加"批林批孔运动"，接着是开门办学，"评法批儒"，给工人讲法家著作，经常往返于北大和北京齿轮厂之间。从北大到东南郊的北京齿轮厂要换好几次车，公共汽车挤得让人透不过气来，每次上下车简直就是一场战斗。齿轮厂伙食极差，我和王力先生有时就乘公共汽车到城里一些大饭庄去解解馋，也算是"苦中取乐"吧。1975年初，开始和工农兵学员一起编《古汉语常用字字典》，齿轮厂工人也参加，名为"三结合"。5月完成初稿后，部分师生和工人转到王府井商务印书馆修订，食宿条件比工厂好多了。年底修订稿完成时，我竟然又得了黄疸性肝炎，大约在城里饮食不慎传染上的，住校医院疗养了一个月才恢复。

（林焘：《浮生散忆》，载《燕园远去的笛声——林焘先生纪念文集》，北京：商务印书馆，2007年，466—503页；以上摘录，见《燕园远去的笛声》，499—501页）

补　记[①]

十年"文革"，大"革"文化的"命"，全国陷入大混乱、大动荡，学界顿时万马齐喑。其中有两年多，北大、清华的大部分师生都奉令去了江西。我们也在军宣队、工宣队的率领下来到鄱阳湖大堤边的鲤鱼洲

[①] 以下片断，录自《燕园远去的笛声——林焘先生纪念文集》，北京：商务印书馆，2007年。

劳动锻炼。南昌酷热,夏季烈日照射下的地面温度达到五十多度。林焘先生、杜荣先生跟我们一样下大田,修水渠,插秧施肥,抢种,抢收。此外,他还干过一样我没有干过的活——放牛,那种有一对新月形大弯角,灰不溜秋的大水牛。林先生跟两三水牛在一起,倒也别有风光。可惜当时没有闲情逸趣,也没有相机,否则留下一张"林焘先生牧牛图"倒也值得留念,弥足珍贵的。

——王理嘉:《林焘先生在教书育人方面的业绩——五十年的追思和缅怀兼及燕大和燕园的回忆》

记得五六十年代直到"文革"中,林先生和朱先生领头在系里组织了一个京剧合唱队,在大饭厅(百年纪念堂前身)舞台上曾演唱好几次,成员中有吴小如、甘世福、石安石、吉常宏、金申熊、潘兆明、裘锡圭等先生,我也滥竽充数。后来到了江西鲤鱼洲干校农场还继续活动,成员有所调整与扩大,如增加了校医院的孙宗鲁夫妇等。记得还代表七连(所属有中文系、图书馆学系的教师,图书馆的职员与后勤的干部、医生等)到农场总部演出过。林先生既是演员,又是教练。林先生在干校农场七连负责放牛,我在连里参加试验田的劳动,要用他的牛耕地,所以也常和他打交道。

——唐作藩:《良师益友林焘先生》

1970年冬春之交,林先生做了我的"接班人",接任了放牛工作。他穿着一身浅蓝色再生布的劳动服,当起了牛倌。他还是那么儒雅蕴藉,天天满面笑容,放着四头水牛。我被调到郭锡良兄领导的大田试验组,种起水稻。当时鲤鱼洲上暗中流传着一个"歌谣":"知识分子来种田,一斤稻谷合三元。"有一版本是"五元"。可见成本之高!

有一天中午收工回来,林先生见了我说:"老牛倌!我的手表丢了。""怎么丢的?"我诧异地问。他说:"我去抱稻草喂牛,喂完牛,发现手腕上的表不见了。"我沉吟了一下说道:"我给你测个字看看吧。"林先生笑了笑:"好。"我说:"牛吃草是站在地上。牛立在地上是个'生'

字。生者,活也。您的表还在,没丢。您去清理一下牛吃草的现场,八成能找到。"林先生笑着说:"找不着我可砸你的招牌!"晚上收工回来,林先生看四下无人,走近我说道:"老牛倌!真找到了。"我开玩笑地说:"卦金怎么算?"林先生回头看了看:"这事别张扬。传到军宣队耳朵里,扣我们一个搞迷信活动的帽子,够批半个月的!"我做了一个京剧程式动作,右手一摸额头,顺手一甩,表示吓了一头汗:"呀,险哪!"两人一笑走开。

——吉常宏:《怀念林焘先生》

跟林先生在生活上接触比较多的日子,是在江西鄱阳湖畔的鲤鱼洲"五七"干校。先生年轻时体弱多病,让他去干校真是难为了他,但林先生毫无畏惧之心,很乐观。干校按部队连队编制,我们中文系跟图书馆和校医院编为七连。开始,我们连队除种稻子外,还负责打水泥瓦,供整个干校盖房用。我是打瓦班班长,林先生也分在打瓦班,我就分配林先生负责给新打出来的水泥瓦浇水,林先生成了一名浇水工。林先生干得很认真。后来。干校的房子盖得差不多了,打瓦班就撤了。我开始任七连一排排长,我就分配林先生跟石新春等一起去放牛,林先生就又成了牛倌。他同样干得很认真。林先生亦工亦农,干什么都认真,林先生就是一个认真的人。而正是这种认真负责的精神,在"文革"结束后,年近花甲的林先生就积极投身到教育改革事业中,他带领部分教员和语言班的学生开展北京话调查,这在新中国还是第一次。

——陆俭明:《怀念我崇敬的老师林焘先生》

"文革"后期,北大很多教师被"下放"到江西南昌鲤鱼洲农场劳动。林先生在农场当"牛倌"。他把一头小牛喂得肥肥的,还给它起了一个名字叫"小面包"。有一次"小面包"病了,林先生还急得掉眼泪。一个人心地的善良,在任何处境下都会表现出来。

——蒋绍愚:《林焘先生二三事》

梅棣盦诗词集（摘录）

陈贻焮

移 居

移居彭蠡侧，喜与妇雏偕。
刈艾香盈把，扬帆风满怀。
共梅消岁腊，先雪渡江淮。
目送衡阳雁，家山隔水涯。

跋季来之诗抄

来之诗追韩退之，
气势排奡何乃奇。
兴至偶然飞翰墨，
丹心一点向阳葵。
我昨远自井冈归，
冈头古柏多虬枝。
冲日腾空迓海日，
六月不热阴四垂。
惜无丹青写此景，
不然赠君序君诗。

陈贻焮和李庆粤在井冈山合影。

鲤鱼洲竹枝词三首

雨横风狂更有雷,
今朝农事巧安排。
轻舟一叶飞如箭,
冲雨乘风送粪来。
风雨江村忽放晴,
桃腮柳眼日分明。
春流活活农时急,
新驯牯牛傍母耕。
明朝秧子赋于归,
花满汀洲燕飞飞。
祝尔一枝成万子,
人人争送嫁前肥。

（录自陈贻焮:《梅棣盦诗词集》,石家庄:河北教育出版社,1997年,40—41页）

补 记[①]

  我们曾一起下放江西鲤鱼洲五七干校劳动，他身强力壮，总是干最重的活儿。初春，稻田里的水还带着冰碴儿，他便牵着牛在耕田了，冰碴儿和蚌壳的碎片把他的脚划出一道道口子，让人看了心疼。我们到永新县修建井冈山铁路，乘坐的卡车在半路上翻了，我和他都扣在车下，所幸都没有受伤。整顿几天之后重新出发，大师兄跟大队先走了，我陪着几位受了轻伤的女同学晚走几天。当我们几个人临近大队的驻地时，看见大师兄已经在一个路口迎接我们了，这路口距离驻地还有十五里之遥。两侧是高山，一条弯弯曲曲的沙石路伸向远方。大师兄抢去我的行李，和另外一位同学的行李一起，用一根扁担挑起来，颤悠悠地小跑着走在前面，那姿势至今还清晰地印在我的心中。

——袁行霈：《怀念大师兄》

  "文化大革命"的后期，我们大部分教师都被下放到江西南昌鲤鱼洲农场，进行劳动改造。在极端艰苦的环境里，在血吸虫时时威胁健康的条件下，每日进行着沉重的劳动。那时，先生已是向五十走的人，一直有腰痛病，但一样地下水田弯腰插秧，一样地从轮船上扛着成袋的米面踏着跳板走上二十三米高的大堤，表现出知识分子改造思想的真诚热情。"四人帮"的倒台，送走了一个荒唐的时代，人们解放了思想，反思过去，清算过去。但先生对所遭遇的一切，都处之坦然，没有计较，也没有怨恨，以更高度的热情踏上一个新的历史时期的行程。能够冷静地对待历史，能够宽宏地包容，并不是人人都能做到的。

——孙静：《惜笋人期竹千尺——悼念一新师》

[①] 以下片断，录自葛晓音、钱志熙编：《陈贻焮先生纪念文集》，北京大学出版社，2002年。

在鲤鱼洲，由于中文系和校医院、图书馆分在一个连队（七连），陈先生的夫人李庆粤大夫也和我们一起，陈先生有李大夫的照顾，心情也好了许多。陈先生和陈铁民是我们连里管牛的，他们不仅放牛，而且会使牛，是连里耕田、耙田的技术能手。尤其是耙田，人要站在耙上，吆喝牛往前走，没有相当的技术是不行的，万一站不稳还会有危险。但陈先生干得非常出色，站在耙上吆喝牛往前走，姿势还很潇洒。陈先生不管干什么，都十分细致认真，勤于思考，善于钻研，好像他做学问一样。他对牛的脾气、习性，了解得非常清楚，同时对他和铁民一起精心畜养的耕牛也十分爱护，虽然农活很多，但尽量不让牛超时服役。鲤鱼洲是知识分子的炼狱，实际上就是劳改农场，生活非常艰苦，劳动量非常之大，但是陈先生不仅善于吃苦，而且仍然乐观开朗，也许他是将之当作陶渊明、王维的田园生活一般来求得自己心灵上的超脱的。陈先生在《鲤鱼洲竹枝词》三首中的第二首就是写当时使牛的情景的："风雨江村忽放晴，桃腮柳眼日分明。春流活活农时急，新驯牯牛傍母耕。"这样的描写真有点像桃花源了，似乎看不到鲤鱼洲农场的种种黑暗和苦难，但是谁又能够像陈先生那样身处艰危而把世事看得这样淡泊呢！鲤鱼洲生活后期，中文系招收了三十名工农兵学员，连里挑选了几位老师担任"五同教师"，陈先生亦在其中。为此，陈先生遇到一次大惊险。当时的军工宣队领导，不管连日阴雨、泥泞湿滑，非要"五同教师"带着学生到一个铁路工地去开门办学，汽车在鄱阳湖边大堤上陷入泥坑，在用东方红拖拉机去拉的时候，汽车翻了，倒扣在大堤的斜坡上，张雪森老师和一位上海来的同学，当场被压死，还有一些老师和同学受了伤。陈先生幸无大碍，正像他后来所说，真是"命大"。

——张少康：《宽厚仁慈的长者，广博精深的学者——忆一新先生》

在干校的头一年，我们几乎天天在一起干活。先是同在打柴班打柴。所谓"柴"，其实只是鄱阳湖湖滩上的一种硬杆野草，长有一人多高。干校所在的鲤鱼洲，原是鄱阳湖上的一处荒滩，仗着筑坝挡水才开垦成田地的，所以上面长满了这种野草。初到干校的一段时间，没有煤烧，全连（干校实行军事编制）百把人的饮水吃饭，全要依靠打柴班提供燃料，尤其是后来，近处的柴都打光了，要到远处去寻，还要把打好的柴背回来，加上江西多雨，如不储存足够的干柴，有可能连饭都吃不上，所以任务是相当紧张的。在打柴班中，贻焮先生的年龄最大（那年45岁），腰又不好（在北京南郊小红门搞"四清"时因负重而闪了腰），无论是割柴还是背柴，对他来说都是不轻松的，然而他打的柴并不比年轻的同志少，他无论干什么都有一股不甘落人后的劲头！后来，他和我，还有另外一位教师，又一起奉命向一位干校请来的江西老农学习使牛的技术，南方水田耕、耙、耖、耥四项活计没过多久我们就都掌握了，这以后连里每年两季水田的平整任务，也就主要落在我们三个人两头牛（连里有两头能干活的大牛，还有一头不能干活的小牛）的身上了。贻焮先生有点力气，提犁没有困难，但年龄毕竟偏大，身体不大灵活，每当他满脚泥水上下于耙、耥时，我总担心他会滑倒，被牛拖着走，然而他并不畏缩，这种困难于是也被克服了。

1970年秋干校招了第一批工农兵学员，贻焮先生奉调到学员班搞教学，我则仍留在连里劳动，在一起的时间就少了。后来学员班搞"千里拉练"，从鲤鱼洲步行到安源，领导忽然命我跟随学员拉练，当炊事兵；又找来一个学员，一个教员，三人组成一个炊事班。这个教员就是贻焮先生。这样，我们就又在一起生活了十几天。拉练中的炊事兵，起得比别人早，睡得比别人晚，路还要跑得比别人快（要早于别人赶到宿营地埋锅做饭），辛苦可想而知，但贻焮先生却很开朗乐观，一路上老中青三个炊事兵同行，全仗着他那话匣子解除疲劳。到安源后，中文系学员又计划到永新县搞开门办学，从安源到永新，近二百华里，安排行走两日。第一日一切顺利，第二日贻焮先生的腰忽然坏了，直不起来。大家都劝他买票坐长途汽车走，为了不给别人添麻烦，他说什么也不同意，硬是弯着腰，拄着拐棍（学员为他折的树枝）走了近一百里路！他本是健谈的人，这一路却无话，痛苦可想而知。他的顽强意志鼓舞了学员，几个已走不动路的女学员也终于走完了全程。

——陈铁民：《怀念贻焮先生》

为解决全连烧饭所需的柴火，连里成立了一个打柴班。我和一新先生就一起分在打柴班干活。全班不到十个人，全连做饭的燃料就靠我们供应，一顿也不能缺，任务之艰巨可想而知。我们每天起早贪黑一起打柴，朝夕相处，无话不说，汗水洒在一起，共同体验着劳动和生活的艰辛，因此对他的为人、他的学问和性情有了深入的了解，彼此间建立起真挚的情谊。

荒滩上高大的树木很少，多是一些野草和灌木。我们开始在连队的近处打，很快近处的柴草就被打光了，于是越打越远，越远所见的草木也就越多。我们这些"五七战士"大多出身于城市，很多草木以前连见都没有见过，更不要说能叫出名字来了。而且那时劳动强度大，非常累，谁也没有兴趣去了解它们的名字。可是与众不同，几乎每见到一种草和树时，一新先生都会兴致盎然地主动告诉我们这些树或草叫什么名字。他在如此紧张的劳动中能有如此高的兴致和热情来辨识草木，连带他在大自然中表现出来的如此丰富的知识，都使我们打柴班的战友们感动惊异。于是后来也就慢慢地引起了大家对各种草木的兴趣，见到不知名的草和树时，总要去问一新先生，他也总能不假思索地告诉你这叫什么、有什么特性等等。除了草木，荒滩上鸟也不少。我自己小时在农村生活过一段时间，而且喜和小伙伴们一起用弹弓打鸟，所以有一些鸟还是认识的，比如在鲤鱼洲上常常见到的站在牛背上一边拣吃小虫子一边潇洒地唱歌的八哥，还有在空旷的天空飞得很高也很会歌唱的云雀，但鲤鱼洲上其他很多的鸟就说不出名字来了。而一新先生都能一一地告诉我们，使我们增加了许多知识。我不由记起了孔老夫子的教导，读诗可以"多识于鸟兽草木之名"。我们在鲤鱼洲上没有读诗，却跟着诗人打柴，也学到了不少的关于鸟兽草木的知识。我由此看到了一新先生的学问，这学问不止在书本上，更在实际生活之中，它是一个诗人深厚学养的一部分。

更为难能可贵的是，除了"鸟兽草木之名"，他还有其他关于农村和农业方面的许多知识和技能。比如在鲤鱼洲时，我们自己养猪和宰猪，怎么宰呢，谁也不知道。他却知道有两种方法，一种是抹脖子，一种是捅心脏，而他是主张捅心脏的。我们连里自己养了两头牛，但放牛容易使牛难，很多人都放过牛，而使牛耕地就难找到人了。一新先生却是我们连里出名的使牛"把势"，翻地、耙地差不多都由他和陈铁民两个人包下来。在鲤鱼洲，一新先生的多知多识是出了名的，大家遇到实际学问方面不懂的就去问他。他因此而得到一个"陈百科"的外号，这是一个戏称，也是一个美称。

他的这种实际学问也表现在他的诗里。在他的《梅棣盦诗词集》中收有《鲤鱼洲竹枝词三首》，其三的末二句云："祝尔一枝成万子，人人争送嫁前肥。"这"嫁前肥"就是南方的农民对起秧前所施肥的一种颇富于生活情趣的说法，写到诗里表现了劳动者内心的真实感情，增加了诗的情韵。

在鲤鱼洲上，我还看到了一新先生诗人的童真。在我们打柴班中，一新先生是最年长的，当时已经四十多岁。可他在劳动中总是不甘示弱，非常好强。他不仅打柴打得多，挑得重，而且走得也最快。他为了不落人后，不管挑着多重的柴火，在回连队的路上，总是从田中斜插过去抄近道，争取走在全班的最前面。当他第一个挑着重担回到连队时，脸上总是浮出自得的微笑。在这微笑里，跳动着一种孩子般的童真。在鲤鱼洲艰苦的劳动中，特别是群集在水田中弯腰插稻或除草时，我们常常你一句我一句喊出一些劳动号子式的诗歌，以协力和减少疲劳。沈天佑同志最积极最热情，张口就来，也不管押韵不押韵，只要凑成四句，能鼓劲就行。大家戏称这种诗歌为"天佑体"。当时几乎人人都"创作"过这种诗歌，喊出来，飘荡在田野上，很快就消失在开阔的天空中，变得无踪无迹。连喜作旧体诗词的彭兰先生，也跟大家一起喊出过这种诗歌。但在我的记忆中，一新先生却是从来没有凑过这种热闹。今天翻看他的《梅棣盦诗词集》，鲤鱼洲上留下的作品，仅有的就是上文提到过的《鲤鱼洲竹枝词三首》，其风貌很近于唐人的田园诗，而与那种前呼后应式的劳动号子大异其趣。这种对于诗艺追求的执拗和维护，透露出来的，也是一种近乎天真的童心。

——周先慎：《学问与童心——忆念一新先生》

从鱼子山到鲤鱼洲

唐作藩

"史无前例"的"文革"运动经历三年之后,该打倒、该批判的对象大都已打倒、批判,学校里两派的斗争(包括武斗)也闹得差不多了。于是毛主席发出"复课闹革命"的号召。1969 年秋初,北大中文系奉命组成两个教改小分队搞开门办学,一个下工厂(新华印刷厂,记得有朱德熙先生和闵开德同志等)。一个下农村,季镇淮先生(55 岁)和本人(42 岁)、马振方同志(35 岁)以及一、二年级各四五个同学(其中有曾镇南、张卫东、周传家、曹文益、黄虹坚、韩燕等)组成老中青三结合小分队(领队是老马),下到平谷县山东庄公社鱼子山大队。鱼子山即今著名旅游胜地京东大峡谷之所在。而当年还是个很偏僻的山村,农舍都建在山谷两边的山坡上,这里是抗日时期以来游击队活动的老解放区,50 多岁的大队书记王进忠就是一位老游击队员。

我们一行乘车先到平谷县城,再到山东庄,然后步行约两个小时进入鱼子山村。老支书接待了我们,并分派我们每两三位分住在一老乡家中。我与季先生被安排住在北山坡下离山间溪水与村道较近的一位军属王大妈家。一天三顿都轮流在各家吃派饭,当日付清饭钱(3 毛)与粮票(1 斤)。这和我 1951 年在中山大学念大三时被派参加广东省土改工作团到清远县搞"土改"时与1965年到北京朝阳区小红门公社龙爪树大队搞"四清"时的生活差不多，只是具体工作任务不一样。我们这次到鱼子山的任务是每日半天劳动：参加集体收割玉米、谷子或收打板栗、黑枣，或帮助房东挑水、喂猪；入冬以后则以积肥为主。半天工作，即主要调查、收集、整理本村人民群众在党的领导下进行抗日游击革命活动的材料。经过约半年的时间，快到1970年春节时，我们完成所编写的鱼子山革命村史稿《鱼子山上战旗红》，交给大队党支部之后，就撤离鱼子山，回到学校度假。小分队解散前全体成员曾相约到海淀照相馆合影留念。

我在家休假没多久，工军宣队领导约我谈话，通知我到江西鲤鱼洲北大实验农场（又称"五七干校"）去进行劳动锻炼；还特批准我半个月假，让我顺路回湖南探亲。1970年3月6日我乘47次直快离京。在长沙、邵阳各停留一晚，9日回到洞口县黄桥镇老家，见到了已有十年未见的老母和其他亲友。17日陪同母亲到洞口县城大妹珍淑家。19日辞别老母与亲友，经过邵阳、株洲，21日傍晚到达江西南昌。

鲤鱼洲位于江西南昌市东郊区，是鄱阳湖畔新围垦出来的一片陆地。半年前，林彪"副统帅"一声令下，中直机关干部和北大、清华教职员工一律撤离京城，下乡参加"五七干校"，进行劳动锻炼。北大和清华就被安排在这江西鲤鱼洲。北大大部分教职员工已于1969年10月进驻鲤鱼洲。据说，他们就居住在由先遣队在荒地里搭起的几座非常简陋的大草棚中，开始了修道路、盖房子的艰苦劳动。我到达南昌后，背着行李好不容易找到北大驻南昌办事处（或称"接待站"），在此留宿一夜，第二天办事处的同志指引我到赣江码头，乘小火轮船，经过滁槎、天子庙等处到达鲤鱼洲所在的鄱阳湖畔。下了船，走上一个斜坡码头，上面就是围湖所造的大堤。东边是望不到边的鄱阳湖，西边是一片平坦的红土地。其间有新开辟的水田和分散在远近的新盖的瓦房与草棚。这就是我们北大的"五七干校"，也是一个大农场。

当时都是军事编制，全校除了总部，下分12个连队。各连队刚进行了调整，我们中文系和图书馆学系教职工及图书馆职员、校医院大

原北大鲤鱼洲"五七干校"总部。(摄于2003年4月)

夫,还有部分家属合编为第7连,坐落在农场偏西北处。全连约160余人,分为3个排,每排下分3个班。另外还有炊事班与种菜班。记得图书馆的钱鸿钧担任连长,我们中文系的副系主任向景洁(绰号"大象")是副连长。军、工宣队的队员当指导员。陆俭明是一排排长,周强是排指导员。我被分派在一排三班任副班长,班长是图书馆的曲士培(他本是中文系1954届毕业的,2009年病故)。胡双宝是司务长,崔庚昌是炊事班长,蒋绍愚是菜班班长。本连最年长的成员是67岁的岑麒祥先生。和我同在3月份来到鲤鱼洲的还有袁行霈和赵齐平。

全连驻地有个连部,是一栋连着厨房的瓦平房,东西两头靠后各有一座大草棚,男女成员分住于此。草棚旁又都各有用稻草围护的男女厕所和澡堂。连部前有个篮球场宽的操场,每天出工前都在此集合,分派劳动任务。再前头又是一排平房,分隔若干单间,供带有家属的同志居住。我们单身合住的大草棚都是用杉篙和竹竿连接、支撑起来的。床铺之间距离很近，夜晚入睡后有的人鼾声大作。好在一天紧张地劳动下来，都很累了，大都一躺下就睡着了，很少受到影响。个别同志也有容易被惊醒的，比如袁行霈同志至今见面聊及鲤鱼洲的生活时还未忘记笑话我当时说的一句梦话。

  我们到达鲤鱼洲的时候，全场的主要任务是种水稻，各连分担若干亩水田。白天参加平整秧田的劳动，学习播种，或到兄弟连去参观。晚上则参加政治运动，或全连、或全排批斗某个所谓有问题的同事。同时全场还在继续盖房子——修建大仓库等公用房。红砖等建筑材料大都是从别处运来的。我们连续几天挑运砖头，每人根据自己的体力情况一次挑若干块，谁都不会偷懒，总是争着多挑。记得蒋绍愚体重不足90斤，能挑起100多斤。我当时的体重是109斤，每次挑24块砖（每块约5斤），共有120斤，虽然感到很吃力，压得两肩疼痛、红肿，也咬着牙坚持挑下去。走在那狭小、泥泞的田埂上，中途有几处沟坎，虽跨度不

鲤鱼洲农场。（摄于2003年4月）

鲤鱼洲干校就在这鄱阳湖畔,当年我们常来此大堤上挑运建筑材料等。(摄于2003年4月)

大,但挑着沉重的担子一步跨过去也不容易。有一次我身子向后闪了一下,就落下左背下腰椎的宿疾,至今遇阴雨天还隐隐作痛,不得不又贴张狗皮膏药。这是鲤鱼洲给我留下的一个永久"纪念"。

我们在鱼子山,和贫下中农同住、同吃、同劳动,亲身体验穷苦农民的生活,确乎能受到一定的教育。而在鲤鱼洲这片原始的寄生着血吸虫的土地上,只有我们这些外来的"臭老九"在从事繁重的体力劳动。这完全是在整压知识分子!而我们当时还都以为这是走的所谓"毛主席五七指示的革命路线"。

春暖以后,开始整地、育苗、插秧。我原本和大伙参加大田里的劳动。不久,也不知是谁提出建议,连部指派吕乃岩、郭锡良和我组成一个三人小组,分给我们一块约八分的水田,让我们负责种高产试验田。我们都没有种田的实际经验,但我小时候每年春秋两季都要随母亲到乡下外婆家去住一段时间,见识过农民播种、插秧和收割劳动;老郭少年时随其父辈在洞庭湖边也见识并参与过围湖造田的实践。这里的场部也从浙江农村请来几位老农分到各连当指导。经常到七连来的是位姓李的师傅。我们边干边学，先在田埂的一处挖开口子灌满试验田里的水，又从牛圈和猪圈里挑来肥料施撒、浸泡在其中。数日之后约请大师兄陈贻焮为我们犁田，用林焘先生与吉常宏兄饲养的水牛（试验田面积小，使不上拖拉机）。接着我们挑选了矮脚南特，插下了秧。禾苗返青后，进行田间管理，及时薅田除草，定期施些化肥。我们每天都扛着把锄头走来试验田里观察。禾苗灌浆前后及出穗之后做到及时灌水、放水、晒田。我们三人虽然也常有不同意见的争论，但都一心扑在这试验田里。到秋收时，这块8分地试验田收了约600多斤稻谷，亩产达800斤，比一般大田的收成（亩产400多斤）几乎高出近一倍。我们也感到丰收的喜悦。入冬以后，农事不太忙了，场部布置则以学习时事、政治为主。年终还举行晚会和歌咏或唱革命样板戏比赛。

　　各连队都有夫妻双双来到鲤鱼洲的，不少把孩子也带来了；场部考虑到便于集中管理、教育这些孩子，于是办起了"五七学校"，有小学部，也有中学部。我家老大益民已于1968年响应上山下乡的号召，去了内蒙古突泉县新发公社农村插队锻炼。老二燕民在北大附中念初一，"文革"一开始也停课闹革命了。他的同学已有不少来了鲤鱼洲，所以他也要求下来。1970年8月石新春同志回京探亲，我拜托他将燕民带来鲤鱼洲，进入"五七学校"初中部，边学习边劳动。他也很快适应了。1970年12月下旬，他们"五七学校"组织千里野营活动，徒步拉练去安源和井冈山。返回鲤鱼洲时，燕民两只脚上的皮肉都烂了，剪掉粘住的袜子，脚趾盖已给磨掉了好几个，令我吓一跳，心痛极了。可他咬着牙还说"不疼不疼！"许多老师同学都被感动了。他因此受到表扬。1971年8月燕民随"五七学校"撤回了北京，在10月全校总结大会上，还让他到北大礼堂上做了典型报告。

　　我们父子在鲤鱼洲平时很少见面。1971年春节后，我被批准回京探亲时也没带燕民，只和他打了个招呼。那次我回北京取道上海，同行者有上海人严绍璗夫妇。在上海转车前曾受邀到严府相聚，受到他们夫

原场部旁仓库前门墙上还留有当年的标语"走五七指示道路"等。(摄于 2003 年 4 月)

墙上是江西农场 20 世纪 80 年代某年元旦新刷上的标语。(摄于 2003 年 4 月)

妇的热情款待。严夫人邓岳芬出生于上海,原籍湖南,所以我们认同乡。回到北京家中休假约半个月,我又返回鲤鱼洲。

  1970年12月初鲤鱼洲招收了第一届工农兵学员,办起了"五七大学"。中文系本届只招收文学专业学员(汉语专业1972年秋才开始在北京校本部招生)。大多数教员都参与了工农兵学员的教学工作,和他们同劳动同学习,接受工农兵学员的再教育。而我与郭锡良、吕乃岩还是以种试验田为主,很少参加工农兵学员的教学活动。他们那次一场春雨之后去井冈山接受革命传统教育,不幸在天子庙附近大堤上出了翻车事故,教师张雪森和一位学员王永干牺牲了。我们因而也没有像陈贻焮大师兄等那样被扣在车厢里,受到惊吓。但不久之后,场部为了进行革命传统教育也给了我们一般职工和家属一个机会,分批派出大卡车送我们上井冈山,参观游览了一番。

  1971年八九月间全场开始做撤离鲤鱼洲的准备。9月上旬的一天,连部领导找到我和图书馆的焦朋颛同志,交给我们一个任务,让我俩押运一车皮场部的物资回京,随时待命。12号就接到通知,要我们马上动身。于是和老焦背着自己的行李终于离开我已生活一年半的鲤鱼洲。我们乘场部派的吉普车,下午到达南昌北大办事处,住宿了一夜,第二天提着行李和一个暖水壶进入南昌火车站,上了一列货车中间装载北大"五七干校"物资的车厢里,等待开车。可是从上午到天黑,这列货车就是一动不动,而且车站上的气氛似乎越来越紧张,还看到有全副武装的军人在巡逻。我们不知出了什么事,待在车厢里,也不敢下去打听。后来才了解,那天就是林彪出逃、摔死在蒙古温都尔汗的"九一三"。我们那列货车于14日黎明后终于离开了南昌。一路走走停停,有时喝不到水,吃不上饭,先后在株洲、信阳、郑州、石家庄的货车站上度过了难耐的四个夜晚,于9月18日午后到达清华园车站。老焦留在车上,我就近先回中关园家中,放下行李,再骑自行车到事务处,通知他们派车去清华园拉自鲤鱼洲托运回来的物资。我们总算完成了任务。鲤鱼洲北大"五七干校"的全体成员(包括家属)即于10月间,分批回到北京。不久,学校组织自鲤鱼洲回京的教职员工和工农兵学员做了一次体

仓库北侧墙上的标语"一不怕苦,二不怕死"更清晰。(摄于2003年4月)

鲤鱼洲农场老农熊师傅热情领我们参观。(摄于2003年4月)

检,结果有部分同志被怀疑感染了血吸虫病,需要服药打针预防。鄙人还算幸运,被排除在外。

　　32年之后,即2003年4月上旬我应邀到合肥安徽大学参加《韵镜》专题国际研讨会。之后,游览了黄山,又应江西师大和南昌大学邀请转到南昌访学。在即将结束各项学术活动时,江西省教育厅厅长漆权同志问我还有何要求,我提出重游鲤鱼洲的愿望,他欣然答应。4月17日南昌大学文学院派来一辆专车,并由漆权同志的夫人博枚博士陪同,于是日午后出发,沿赣江大堤,边走边打听,到五星人民农场总部附近巧遇一老农。他姓熊,59岁了,非常朴实、热情,主动要带我们去看当年的北大农场。我们很高兴,邀请他上了车。他自我介绍说,他全家是1971年冬北大人撤离后,从幽兰公社迁移来的。我们很快就到了原北大"五七干校"总部。门前挂有"北京大学江西分校旧址"牌子,现在是"五星农场第五分场"。熊师傅指点路径,领我们在农场里转了一圈,一一指认出旧时的连队住房(现在多改为农舍)、晒谷场、仓库房。原总部仓库的正面墙上还留下当时刷写的标语:"读毛主席的书,做毛主席的好战士","听毛主席的话,坚决走五七指示道路!"侧面墙上则书写着"一不怕苦,二不怕死"更粗大、更明显的标语!旁边还有一个旧稻草垛。博枚同志颇有兴趣地为我拍下照来,这是很有意思的纪念。我们还走上鄱阳湖大堤,只见码头上停靠着一只小渔船。湖面好像比以前窄多了,可以看到对岸的瑞洪镇。回头观看全场的景象,房屋、树木多了一些,当年的茅草房不见了。但我怎么也找不到(也许是认不出)当年我们七连的旧址了。时间已过下午6点,晚上江西师大文学院还安排有活动,只得与老农熊师傅合影后,依依不舍地离开了鲤鱼洲。前两年又听说,江西省决心退耕还湖,恢复自然生态环境,现在的鲤鱼洲已成为碧波荡漾的鄱阳湖区的一部分了。

2010年7月31日脱稿

鲤鱼洲纪事

吉常宏

鲤鱼洲上第一个反派演员

我们两千多教职工，是 1969 年 10 月底到的鲤鱼洲。不久，中文系、俄语系、图书馆学系、校医院、后勤的一部分人组成了七连迁到了校部（因叫北大江西鲤鱼洲分校，不叫场部）的最北边，和军垦农场只隔着一条小河。连下面有排，排下面是班，全是军队编制，连长、排长、班长都是"老九"担任。大向（向景洁）、闫光华都当过连长，史永元、纪国祥是副连长，老六（陆俭明）、张少康等，都是排长。他们都是领着"老九"们干活的，最高领导者是位青年指导员，是 8341 部队的。此人年纪不过二十岁，但面部冷气袭人，端着个架子，好像梦中都在训人似的。还有一个钟指导员，是 4587 部队的，人极和善，和"老九"们关系很好，但他无权，凡事都是那位青年指导员说了算。

有一天，那位年轻指导员突然叫我到办公室去。我差点没吓趴下。"为什么找我？我没干错事吧？""你到校部去，黄师傅找你有事。"我真是丈二的金刚，摸不着头脑了。我从来也不认识黄师傅，怎么会找我？那位指导员看到我尴尬的样子，便说："好事，你去吧！"

这位黄师傅不过三十岁，黄白净面皮，小伙挺帅，而且很秀气，看来像是中学毕业后进的工厂。他说："听说你笔头子很快，在工地上鼓动口号脱口就出，我们要成立一个毛泽东思想文艺宣传队，找你来编写个东西。"看来他已有耳闻，推辞也没有用。

黄师傅是领队，队长是历史系的何芳川，工会一位姓窦的老师，吹拉弹唱是全才。俄语系的一位姓张的女老师，歌唱得不错。还有随家长前来的四个十四五岁的小姑娘，多才多艺、能歌善舞，什么云南花鼓调、江西采茶戏，唱歌跳舞，样样都成，是宣传队的全才演员。我们称之为"四个小天鹅"。

首先排练的是何芳川编的活报剧，没什么台词，肢体语言多一些，剧名大概叫《赣江谣》。故事梗概大致是：赣江边上一户老贫农，一家三口苦撑岁月，家无耕牛，老农与妻子拉犁，女儿扶犁耕田，地主前来讨租，老农反抗，被地主用拐杖打伤了腰。全剧只有哀伤的二胡伴奏，何芳川饰老农，张老师饰老农妻，一个小姑娘演他们的女儿，派我演地主。这真是赶鸭子上架，我什么时候演过戏，但在那年月是不能讨价还价的，让你干，你就得干。他们的衣服都很简单，唯独我的衣服不好办，想了半天，从后勤连搞了一件羊皮大衣，还有一个皮帽子，鼻子上弄了一个假胡子，这一装扮起来不太像地主，倒像座山雕手下的八大金刚。演出是在校部边上的广场上，各个连队都依次整整齐齐地坐在下边，那时候没什么娱乐活动，听说有演出活动，都兴高采烈地坐在那里，交头接耳，议论纷纷。小合唱、采茶舞、花鼓调、群口快板，都依次演完了，最后轮到《赣江谣》上场了。场上响起了哀婉的二胡声，老何"夫妇"步履蹒跚地扛着犁上场了，有气无力地开始犁地，后台唱着凄苦的歌谣。当他们累得停下喘息的时候，我挺胸凸肚，仰面朝天，迈着方步从后台走了出来，用拐杖对着老何夫妇指指划划，他们反口相还。这时七连的伙伴们认出了我，不知是哪位老兄喊了一句："老地主不是老吉吗？"七连的队伍骚动了一阵，我用拐杖照老何后背虚拟地狠狠打了一下，气哼哼地大摇大摆地下去了，场上又是一阵骚动。晚上回到连队，大家都喊道："老地主回来了！"从此以后谁见了我都喊"老地主"。还有的说,"你是鲤鱼洲上第一个著名的反派演员!"有些爱开玩笑的伙伴则说:"老地主!你以后老老实实的,不然的话,我们可要斗你!"那年代除了劳动没有娱乐活动,稍有点出格的事,军代表就板起面孔训人。知道大家无聊,借此寻开心,我也乐得装鬼样子,点头哈腰:"我认罪!我认罪!"

从老地主到老牛倌

文艺宣传队不但在本校演出,还奉派去瑞洪,给在那里打石头的连队和老乡做慰问演出。学校派船把我们送到那里,那地方过去是一个"千村薜荔人遗矢,万户萧疏鬼唱歌"的血吸虫病的重灾区。演出第一场后,老乡提出意见,说"这地主太坏了,得枪毙他",黄师傅跟我商量说:"老吉,老乡的意见不能不接受,我们保证你不受伤害,把你押下场,后台做一个枪响就成了。"我能有什么意见,如此这般,老乡果然欢呼起来,真不知道是我演得太逼真了,还是老乡的深仇大恨找地方发泄了。后来又到公社所在地演出一场,便圆满结束。学校派船把我们接回去了。

回到连队不久,学校统一养的牛要下放到连队,要各连派人去领牛,连里派我去了。我领回来一头阉过的大公牛,又大又胖,看来不太老实。还有一头两三岁的青牛,长得极讨人喜欢。另外还搭上了一头刚刚断奶的小母牛,毛色还没变,是黄色的,牛倌当然就是我了。不久又给了一头小母牛,颜色灰不拉几,瘦得难看之极,让人看了就不喜欢。我依次给它们编了号:大黑(也有人叫它大胖子)、二黑(也叫二胖子)、瘦三和面包,军宣队听到之后说:"资产阶级情调!"但是人家都这么叫了,他也无可奈何,只好默认。

我养这四头牛,在鲤鱼洲不算"劳模",也得算"先进",因为有的连队一个系副主任,一位副教授,两人看一头牛,我一人看四头,岂不是出类拔萃了嘛。

另外，校部成立了绿化队，全校各连队都种树，每连还要派一个绿化员，当然又是我的差事；放牛得四处跑，负责照看树，乃是理所当然。通过生物系的一位老师的言传身教，我掌握了种树的窍门：先挖个大坑，放上土，放上水搅和成泥汤，把树苗放进去，让树根沾满泥浆，再往掘好的坑里埋土，保证能活。因为树根上沾满泥浆，和土产生了亲和力，土容易附着在根上，埋好土，踏实在了，树就保活了。学校管绿化的要求各连队，都开辟苗圃，自己育苗，我从学校领来水杨、喜树和泡桐三种树种，都依规程操作，树苗长得极好，到1971年撤回北京时，树苗都长到一米高了。

我养的四头牛，能干活的不过一头半，大黑是主力，二黑训练少，干不动重活。其实，当时鲤鱼洲分校东方红拖拉机、丰收拖拉机有一二十台，耕田不用牲畜，只有耕好了地，放进水，才用牛平地、耙地，所以一年干不了多少活，一个个吃得膘厚体胖，人们都叫它"修正主义的牛"。

自放牛起，伙伴们不再叫我"老地主"，都改称"老牛倌"，只有极个别爱逗、爱闹的人仍喊我"老地主"，图书馆学系的史永元同志就是一个。他原是图书馆学系的副主任，"文革"一开始就被打倒了，罪没少受，因为腿有残疾，都喊他"史瘸子"。他喊我"老地主"，我就喊他"死不悔改的走资派"，在那年代，大家心里都明白，开开玩笑，活跃一下，宣泄宣泄而已。

养牛的后期，诗人谢冕同志短期帮我照看了一阵子牛，后来连队正式派林焘先生来接了我的班，当起了第二任牛倌，我则调往郭锡良兄领导的大田组，搞试验田去了，这大约是1971年春的事了。

鲤鱼洲上的苦闷与欢乐

名曰鲤鱼洲分校，实则劳改农场，宣传队与教职工的关系，实为监管与被监管的关系。他们并不和教职员工同吃同住同劳动，正确地说，该是同吃、异住、不劳动。刚到鲤鱼洲时,中文系和其他单位的人都住在一个大仓库中,一排排的单人竹床,一一排列着,我恰好和工宣队员临近,晚上他们叽叽咕咕讲话,也能传到耳中。可得声明:我不是偷听,是他们肆无忌惮地谈论传过来的。一位瘦高个儿一脸络腮胡子的师傅说道:"这些知识分子一个一个地都会说,他究竟想的什么,咱们吃不透,总得多长个心眼才成。"他们这样看我们,我们就算挖出心给他看,他都不会信,实际上是把我们当阶级敌人看。当然这不怪他们,在"极左"路线时期,不都是把"老九"看作资产阶级知识分子吗,陈老总在广州会上讲话,要给"老九"脱帽加冕都没做成,可见那时形势之严酷!

刚到鲤鱼洲不久,大家都到大堤上去搬毛竹,那是准备盖房子的,根根都是碗口粗,两丈来长,棒小伙子扛起一根就走,可我就没辙了,当时还有吴小如先生,他比我还差。小如先生忽然想出了一个主意:咱们拖着走。我们俩就卖力地干了起来。干完活集合队伍,宣传队员讲话了,说大家干劲足。话锋一转,把我同小如先生提出来了,说了些挖苦的话,狠狠地训了一顿,我当时脸都气白了:"妈妈地,搬不动,不拖,竹子能自己走吗?"劳改对象敢还嘴吗?后来还是阿 Q 精神起了作用,一下子就心平气和了。小如先生比我有涵养,散队时朝我笑了笑,好像什么事也没发生似的。第二天吃饭时集合队伍训话,那位络腮胡子师傅讲话了:"昨天批评吴、吉两人,不太合适,一个人能力有大小,扛不动,拖也可以的嘛!他们到底是努力干活了嘛!"

我在连队干活总得到许多老朋友的帮助,何老九(九盈同志)在领我们去打柴时,总是把柴草都捆在他挑的担子上,给我留下一小捆,说:"你不行,少挑点。"

刚到鲤鱼洲住大仓库的时候,还常紧急集合,做战备演习。时间长了也摸到了一些门道,看宣传有何异样,就事先做准备。譬如把用不着的毯子,包上衣服,按要求捆成井字形,偷偷放在枕头底下,一旦集合,穿衣服,背起背包就往外跑。有一天晚上已经是十二点了,鲤鱼洲的冬天夜晚也冷得厉害,突然响起紧急集合的哨声,大家忙乱起来,一个个地往外跑。图书馆的一位老先生年龄有六十岁了,胡乱穿上衣服,背包是无法打了，抱着被卧就跑出去了。中文系的一个朋友，光打背包了，衣服没来得及穿，披上棉大衣就跑出去了。队伍集合好了，宣传队宣布：到校部广场看电影。因为和清华跑片子，时间晚了一些，就这样，抱着被卧的，光着身子穿棉大衣的，没穿鞋的……稀里糊涂地看了半宿电影！这简直就是拿"老九"当猴耍，故意作弄你。

鲤鱼洲是个雷暴区，每年夏季劈死人、劈死畜生的事屡屡发生。听说清华大学有一条规定：雷暴天气不准人员上大堤，堤高，人站在上面更突出，怕出危险。听说还有一条颇多人情味的规定：员工一律不准到校外理发，鲤鱼洲附近男女老幼，癞痢头太多了，怕员工被传染。但北大分校不同，越是疾雷烈风越得出去干活。七连有一次几个班排冒着瓢泼大雨收工回来，参谋长马上跟着就到了，在大雨中把"老九"们骂了个一佛出世、二佛升天："你们就是要在艰苦环境里锻炼，下点雨就收工了？解放军怎么在枪林弹雨中冲锋的！"大家雄赳赳、气昂昂地又回到了工地。听说理科的一个连队，有两名"五七战士"在暴雨中趴在田埂上不敢动，也被批了个不亦乐乎。鲤鱼洲上曾大批了一阵活命哲学。

鲤鱼洲上虽然有大量不近人情的事，但也有乐趣，大家一下地干活，就拿当头儿的开涮，如果不招惹头儿，他会来主动招你，大家一边干活，一边嬉闹，把疲倦也忘记了。"双抢"季节，要把收割的稻谷运到场上，只有靠肩挑人扛。这时只见裘锡圭兄挑着极大的两捆稻子，迈着大步，高唱着标准的裘派《铡美案》《锁五龙》《姚期》《探阴山》等名段，不用说他唱得带劲，听者也倍感神旺。他在学校时，在盥洗室也唱，但和这嗓门、节拍、气势大不一样，真如黄河之水，奔腾而下，一泄无余，令听者击节、感叹。

还有一件乐事，那就是一个月（也可能是两周）放假一天，大家可以洗洗衣服，晒晒被褥，理理发，也可到十华里外的天子庙买点日用品。要买茶叶、牙膏之类的东西，学校小卖部就有，其他东西就没有了，所以得往天子庙跑。

天子庙是个码头，往南昌可在这里上船。其实这里并没有庙，只有一个规模不大的百货商店。我想此地原为元末陈友谅的根据地，可能被朱元璋吞并之后湖民念他的恩德，立庙祭祀，但天无二日，民无二主，大明坐了江山，怎能容忍别人称天子，所以庙毁了，但老百姓仍依旧惯，照称天子庙不变。其实天子庙地方不大，并无其他市肆，人们乐意往这里来，大约是换换环境，松散一下，三五知己来回二十华里的路上，有多少话可以说啊！这比七连方便多了。这好比久困涸辙的鲋鱼，乍跳到一个小水坑，就感到如入江海了。

20 世纪 90 年代，我到北大开会，住在承泽园旁边的邮电部疗养院，一天到勺园吃饭，突然有人拍了我一下："老地主，这些年你到哪里去了？"回头一看，原来是何芳川。我惊呼道："哎呀，副校长！"他问我住在哪里，我告诉他房间号，他说晚上同我联系。我问起鲤鱼洲上那"四个小天鹅"的状况。他说，有两个在国外，两个在国内，都很好。晚上通电话时说"本想明天聚一聚，可是突然有外事活动"，问我何时有时间，我说"明天晚上我就走，以后再说吧"。不想他竟英年早逝，没再见面。当年鲤鱼洲的伙伴，如今都是六十岁以上的人了，像我这八十以上的没有几个了。

2010 年 8 月 30 日

扁担和小竹椅
——鲤鱼洲杂忆

陆颖华

引　子

我是个教书匠,老伴是个老编辑,家里除了一些书,没有什么值钱的东西。我们都是80岁的人了,已经接近人生的终点,所以这几年总是不断处理家中的杂物,以减轻我们身后孩子们的负担。但是,有两个物件,我们始终是保留着的,那是一根扁担(四尺多长,背面用红漆写着七个大字:"一生交给党安排")和一把直背小竹椅。这两个物件是从鲤鱼洲带回来的。看到它们,虽然不像民歌唱的"哥听小妹唱山歌,眼泪直往肚里流"那样,但也是一股酸甜苦辣涌上心头……

我这一辈子,曾多次响应党的号召、服从组织安排,下农村、进工厂,接受工人和贫下中农的再教育。来北大之前,在南京大学读书的时候,就参加过两次土改。到北大以后,1955年秋到北京郊区参加了农业合作化运动;1958年,又和学生一起到门头沟煤矿开门办学;"大跃进"中,先在密云大炼钢铁,接着又去斋堂白虎头村下放劳动。但是,所有这些,都和我在鲤鱼洲的劳动生活有根本的区别。在鲤鱼洲的两年,我没有一丝兴奋,有的只是压抑,迷茫,悲哀。

"双鸡宴"

回忆鲤鱼洲,第一个让人不能忘怀的就是我离开北京前和两个孩子共进的"双鸡宴"。

在去鲤鱼洲前的三年里,北大遭受了空前的劫难。就在我陷于深深的迷茫之中的时候,1969 年 10 月,又突然来了通知,说是根据林彪的一号命令,北大、清华的教职工要连锅端到江西鲤鱼洲去。而且,时间很紧,从动员到动身,不到十天工夫。

当时我真是懵了。

我爱人已经去了他们中央人民广播电台的"五七干校",在黑龙江嫩江。我请示领导:可否让我爱人回来一趟,一块把家安顿一下,我稍微晚点走。回答很坚决:不可以!

我的两个儿子,是走,还是留?把他们一起带到鲤鱼洲,这样,一家分两处,我们母子三人还可以在一块儿。可是,老大正在海淀中学上初二,还有一年多要毕业分配,我把他带走他将来怎么办?老二正在上小学五年级,到鲤鱼洲,他还能好好读书吗?考虑再三,我决定把老大留在北京,把老二送到上海外婆家借读。

这个决心真是难下啊!可翻来覆去地想,只能这么办。但这样做,一家四口,就只能分散四处。

离京前那几天,我怀着不安的心情,处理各种杂事,其中一桩就是处理我们饲养的两只鸡。

老二喜欢动物,这年春天,我买了两只鸡雏,一只说是九斤黄,以后很会下蛋的。过去那些年总是缺吃少穿,自己养两只鸡下蛋,多少可以补充一些营养。鸡很听话,每天一早,老二把放在楼道拐弯处的小木箱盖打开,它们就会自己跳出来往楼下走。我们住二楼,两只鸡很快就走出门洞。楼外有一个湖,湖边树下、草丛里各种昆虫很多,两只鸡一整天都在外面觅食,不用我们喂。到太阳落山,天色暗下来时,它们会自己回来,跳进那个小木箱,安安静静地睡觉。

鸡长得很快，三月买的小鸡雏，到十月初，半年工夫，已经长得很像样了。但现在我们要走了，既带不走，又无法把它们留下，最后只能决定斩杀了。当时老二就像它们的妈妈似的，非常舍不得。我也有些不忍心，但除此还有什么别的法子？

离别燕园的日子终于来到了。头一天晚上，我和两个孩子坐在桌前，共进最后的晚餐：双鸡宴。鸡汤很香，我们也好久没有吃鸡了，但这次吃到嘴里，却丝毫没有一点滋味。九斤黄就要下蛋了，已是一肚子小鸡卵。老二还偷偷流下了眼泪。

第二天，我带着沉重的心情登上了去南昌的火车。朦胧中，我听到车轮在铁轨上滚动时发出的铿铿锵锵的声音，就好像在呻吟："妻离子散，天各一方！妻离子散，天各一方！"

上大堤

初到鲤鱼洲，我的第一个印象是："天苍苍，地茫茫，不见人迹和牛羊，只有几座大草房。"

我曾多次到过农村，再艰苦的地方，也能看到农舍，看到大树，即使是秋冬之际，也能看到绿油油的麦苗。而这儿，是一眼看不到边的荒野，连一棵树也没有。真的，我四处张望，一棵树也没有找到。

那几间大草房还是先遣队在我们来之前赶搭起来的。

奇怪，这么大一片土地，怎么就一直让它荒着？

其实，荒凉只是鲤鱼洲给人的第一个印象，它还有一些"秉性"是我们在以后的生活和劳动中逐步认识到的。

我们到来时正是初冬，没有什么农活，主要的劳动就是加固堤防。原来，鲤鱼洲是鄱阳湖围湖造地的产物。站在大堤上，向两边眺望，一边是一望无际的湖水，点点白帆，在蓝天绿水之间游弋，真是一幅美妙的风景画；可是，再往另一边看去，会让你倒吸一口冷气，我们的鲤鱼洲，那片荒凉的原野，就低低地躺在大堤之下。不知道这个大堤能抵挡几年一遇的大洪水，要是哪一天，天老爷发起怒来，我们能否逃过这场劫难呢？

　　为了安全，在大堤的内里，又修了一道堤防，我们到鲤鱼洲参加的第一个劳动就是加固堤防。这活儿说起来很简单，就是在堤下挖土，沿着跳板，把土挑到堤上。其实，这是一项重体力活儿。鲤鱼洲就是当年的湖底，土特别黏，这儿又多雨，潮湿，黏土，加上水，就成了烂泥浆。"五七干校"的"主干道"上的泥浆有时候就有一尺深，平时走路都很困难，别说劳动了。首先取土就很不易。这儿有一种特别的锹，我们叫它"老表锹"，锹的下端是月牙形，中间凹进去，两边尖，特别锋利。但整个锹片是梯形，上窄下宽，干活的时候，脚是帮不上忙的。这是男劳力的活儿，臂力还要特别强。

　　我们女劳力主要是挑土，这活儿也不轻。土本来就很沉，再加上取土的地方就是水坑，土和了水就更沉。挑着的泥浆，一路走，一路淌，弄得跳板上也尽是泥。我们在北京，就是不预备雨鞋也能对付。可是在这儿，低腰的胶鞋都不管用，泥浆最厚的地方，可以没到膝盖，一脚下去，根本拔不出腿来。有时候腿出来了，靴子还留在烂泥里。要不然就是这条腿拔出来了，另一条腿陷得更深了。所以不但一般的胶鞋、低腰雨鞋在这儿不管用，就是高腰的雨鞋也免不了泥浆一个劲地往鞋里钻，弄得袜子、腿、脚上全是泥。后来不知道是哪一位"发明家"设计出了一种"超高腰胶靴"。这种"超高腰胶靴"市场上是买不到的。不过它的工艺要求也不高，只是比较麻烦。要到南昌托人买那种废弃了的汽车内胎，请鞋匠师傅根据需要裁一块下来，粘到高腰胶靴上，就大功告成了。"超高腰"有多高，没有统一的规格，要根据你的身高和腿长来决定，矮了不管用，高了迈不开步子。我就有一双这样的"超高腰胶靴"，很可惜没有带回北京来，不然它就会和那根扁担和那把小竹椅一起，成为北大一段特殊历史的最好见证了。

　　也就是从这时候，我和扁担结下了缘分。就像扁担上写的那行字"一生交给党安排"，在鲤鱼洲更是这样："五七战士是块砖，哪里需要哪里搬。"我在鲤鱼洲干过各种各样的活儿（除了扛麻包），扁担就是我须臾不离的好伙伴：加固大堤，我用它挑土；种水稻，我用它挑秧苗；在蔬菜班，我用它挑着粪筐拾过粪；盖房的时候，我用它挑过砖。我的甘苦，它最了解。

下水田

　　加固堤防之后，冬天就要结束，我们开始下田劳动。我们在鲤鱼洲主要是种水稻，一年两季，早稻和晚稻。这里根本就是没开垦过的处女地，我们得一切从头开始，第一步是平整土地。先用铁锹，挖起一块块板结的泥土，疏松土壤，然后用猪八戒的那种钉耙，把地整平。没种过庄稼的地，土本来就是硬邦邦的，虽然已经浸泡在水里，但这儿的土都带胶性，很黏，挖起来非常费劲。

　　鲤鱼洲是血吸虫病的重灾区，领导曾三令五申不准大家下河洗澡，可是却让我们不管是男是女，不管是老还是年轻，还包括"五七学校"的孩子们，一律下水田劳动。

　　为了适应新的劳动，我们又需要制备一套新的"行头"。"超高腰胶靴"用不上了，下水田根本不能穿鞋。大家都是赤脚下田。当时天还很凉，赤脚刚下到水田里，冻得直打寒战，可没有人叫苦。裤腿卷得高高的，而且是越卷越高，因为干不了一会儿，裤腿上就全糊的是泥。为此，我特地请上海我的干妈给我做了两条短裤。这么冷的天穿短裤，何况我还是40岁的中年女性，这样的穿着恐怕还是少有的吧！

　　鲤鱼洲冬天多雨。记得二月28天，整整下了25天的雨。下地劳动，雨衣是少不了的。打伞不行，手里举着伞，还怎么干活啊！那时候能买着的都是塑料雨衣，不透气，质量也不高。穿着干活，雨衣里里外外都是水，外面是雨水，里面是汗水。由于天气冷，塑料雨衣很快就会变硬、变脆，很容易破裂。一件雨衣穿不了多久就破了，又得买一件新的。在水田里，大家穿的雨衣，五花八门，五颜六色，真是一道独特的风景线。著名经济学家厉以宁，当时编在十连。据说，他穿的是一件黑色的雨衣，戴了一顶黑色的帽子，模样古怪可笑，大家送了他一个"狼外婆"的绰号。

寒冷，下雨，又是在水中劳动，那是非常艰苦的。为了鼓舞士气，当时有人提出举行作诗比赛。中文系秀才不少，信手拈来、脱口而出，都是佳作。一边干活，一边作诗，气氛热烈。当然，都不是那文绉绉的古诗，而是打油诗。很遗憾，当时没有可能一一记录下来，不然能成为一本诗集。

为了摸索让水稻丰产的经验，连里还专门组织了几个同志种了一块试验田。一次，我走过那儿，田边站着几个人在观看什么。我走了过去，定神一看，原来是专攻唐诗的大师兄陈贻焮。他的裤腿卷得高高的，头上戴一顶草帽，站在一架长长的耙上，给水田做最后一次的平整。前面一头水牛拉着耙缓缓地朝前走。大师兄左手牵着牛缰，右手举着一个小鞭子。突然，他把鞭子高高地举起，吆喝了一声，那牛马上打起精神，快步往前走起来。大师兄那雄赳赳、气昂昂的形象，给我留下了很深的印象。

我们七连，除了中文系，还有图书馆学系、图书馆、校工会和校医院几个单位。图书馆有一位女同志，特别胖，据说是内分泌失调的缘故，还没有特效药医治。不用说劳动，就是平时的行动，她也要比一般人缓慢。可是在鲤鱼洲，照样要下水田劳动。同志们非常关心她，到了地边，几位女同志牵着她的手，拉着她的胳膊，一步一步，好容易帮她下到了水田。她站在那儿，只能把周围的一小圈土地疏松疏松，无法再向前挪动一下。到了休息的时候，女同志们都急急忙忙地往用草帘子围着的厕所跑。由于天冷、劳累、长时间泡在水里，小便频急，以致失禁，对不少女同志来说是常事，常常是还没跑到厕所，已经尿到裤子里了。等我们回来，发现胖大姐还孤零零地站在水田里，大家就又下去，拉的拉，推的推，好容易才把她弄上岸。这时候，她已累得喘不上气来，一屁股坐在田埂上呜呜地哭起来，真让人心酸。

母子情

在鲤鱼洲,我最放心不下的是两个孩子。老大15岁,如果是正常的学习生活,他应该是可以独立应对的。但那时是非常时期,学校响应毛主席"深挖洞"的号召,让孩子参加挖防空洞的劳动,而且是日夜赶工。孩子住在家里,深夜要到学校上12点的班。他怕睡过头,吃过晚饭硬是独自枯坐到出发。一个正在发育的半大小子能顶得住这样繁重的劳动吗?老二在上海,有外婆照顾,但是外婆到底也老了,要关心一个12岁孩子的生活、学习,也真是难为她了。我更担心的是,"文革"期间,学校很乱,老二这个从北京去的孩子,会不会受到同学的欺负?每当我值夜班,夜深人静的时候,挂念远方的孩子,就不禁暗自落泪。

我不知道在鲤鱼洲有多少母子分离的家庭,但就我比较熟悉的中文系的三位女同事来说,都是这样。

华秀珠,原是上海纱厂的童工,受尽了资本家的剥削和"拿摩温"(工头)的折磨。在地下党组织的培养教育下,成长为一名光荣的共产党员。后来到北大中文系担任党总支副书记的工作。这次也来到"五七干校"接受改造。她的丈夫已经去世,两个不大的孩子留在北京委托老保姆照料。

蔡明辉,原是一位基层妇女干部。在土改中,结识了前去参加土改的北大教师、外语系的董桂枝,后来调入北大,和董桂枝结婚。以后又调入中文系,任总支人事干事。这一次,她和丈夫一起来到鲤鱼洲。留下一双小儿女在北京,13岁的小姐姐独自照顾一个小弟弟。

冯钟芸,是哲学家、宗教学家、后任国家图书馆馆长任继愈的夫人。抗战时期,她在昆明西南联大求学,后留校任教,是一位在党培养下成长起来的红色教授。50岁的人,也离开丈夫和一双儿女来到了鲤鱼洲。(现在她们三位都已先后辞世。)

那时,每到难得有的休息日,我们也没心思多睡一会儿,大家都是早早起来,以床为桌,坐在小马扎上,给远方的亲人写信。

就在我们到鲤鱼洲的那个冬天，不过已经过了年，一件一直让我揪心的事终于发生了。我留在上海的老二受到同学的欺负，不愿意再待在那儿了。妈妈来信，说老二很想念我，要到鲤鱼洲来。信一封接着一封，一封比一封急迫。儿子也来信，要和我一块走"五七道路"。我无奈地同意了。

让孩子一个人坐火车从上海到鲤鱼洲来，我不放心，想请假去上海接。要在过去，领导一定会准许我的请求的。可这是在鲤鱼洲，我真害怕那军宣队教导员的面孔。我忐忑不安，思想斗争了半天，妈妈、孩子还急等着我的回音。没有办法，我只能硬着头皮走进了教导员的办公室。果然，教导员斩钉截铁地回绝了我的请求。我再三要求，也没有用。他们说：你回去吧，别误了上工。我知道，再说也没用了，只得走出了办公室。刚出门，"嘭"的一声，身后的门就关上了。

此时，我感到有一股悲愤从胸中涌出，我自己也不知道怎么的，突然号啕大哭起来。我感到是那么孤寂与无助，在这悠悠天地之间，我这小小的生命，还不如大坝外乘风而行的船帆，不如那天空中飞过的大雁，也不如鄱阳湖里的鱼儿能自由自在地在水中游弋……

第二天，工宣队师傅找到我，说允许我到南昌去接儿子。

孩子到了鲤鱼洲，先住进七连男同志宿舍的大草棚。中文系的同事蒋绍愚把他的下铺让给山林，自己睡上铺。我很感动，在鲤鱼洲那样一种氛围下，同事之间还像过去在学校一样友爱关心，是非常可贵的。以后，山林进了"五七中学"。学校靠近场部，离我们有几里路，母子很少见面。

小竹椅

在鲤鱼洲，不论是住大草房，还是红砖房，家具都非常简单，一张床，一个凳子或者一个小马扎，我是一张小竹椅（后勤的同志从南昌给大家买回来的）。

和扁担一样，小竹椅也是我鲤鱼洲生活的见证者。

休息日，我拿床当桌子，坐在小竹椅子上写家信；值夜班，也提着小竹椅。有一次，值到半夜，实在困极了，坐下想休息一会儿。谁知一下就睡过去了，等整个身子都溜到地上才惊醒过来。

小竹椅最大的用处是参加连里的生活会。

在鲤鱼洲，每天劳动回来，吃完晚饭，大家都要坐下来，在胳膊上和腿上，厚厚地抹上一层防蚊油。然后提着小马扎或者小竹椅，来到一块空地上，参加每天例行的生活会。主持会议的是连指导员。下面，坐着几十名我们七连的"五七战士"。看着指导员严肃的面容，人们总会有些忐忑不安，今天不知道又有谁要被点名。的确，指导员每天讲话的内容，都是点出一些"奇谈怪论"，进行批判。有的是不点名的批评，有时候就是直呼其名的批判。不止一次，我在下面发牢骚的话，就不知道怎么捅到指导员那儿去了，被数落了一阵。还好，那几次都给我留了面子，没有点名。只有一次，我差点挨了点名批判。那是1970年我回北京探亲、看病，超期回来的事。

那年初夏，我参加了去井冈山的拉练。在最后一段急行军中，突然右肋下部剧烈地疼痛起来。我知道大事不好，多年未犯的肝炎又缠上了。这年9月下旬，场部决定，夫妻不在一处的人可以回京探亲。正好，我和蔡明辉排在了一起。我想趁这难得的机会到北京查一查我的肝功能。

探亲假期不长，连路上花费的时间大约是半个月。再加上我爱人到得早，等我到京，他已经等了好几天了。那些日子，我一方面和爱人互叙衷肠，一方面抓紧时间看病。我是肝炎，查血比较麻烦，结果出来以后，还要等大夫下诊断、开药，相当费时间。检查结果，肝功能的三项主要指标都很不正常，大夫断定是肝炎复发，要求先全休一个月。

"全休？！"这怎么可能？！当务之急，我们要尽快赶回鲤鱼洲。现在，即使我们马上动身，也要超假三天了。考虑再三，决定打个报告给留在学校的军宣队领导，说明情况，请求批准超期归队。我们来到了驻北大军宣队领导的办公室，见到了政委和副政委。他们仔细地看了我们的报告、查血结果和大夫的诊断书，批准了我们的请求。

我们急匆匆地上路，回到了鲤鱼洲，算日期正是超假三天。进入连区，路上遇见熟人，没有人对我们笑脸相迎。开始我们还没有在意，可是一连几个人，见着我们都是一副非常严肃的面孔，哪怕是寒暄几句，问问"路上怎样""身体如何"的都没有。我们正纳闷儿，一位中文系的同事，走到我们身边，压低了嗓门儿，悄悄对我们说："你们怎么到现在才回来？已经超假三天了。这可是犯了大纪律，黑板报上已经登了对你们的批判。"说完，他急匆匆地离开了。

这时候，我才明白是怎么回事，有点大祸临头的感觉。

到了连部，我们把政委批准的假条和医院的诊断都交给了领导，把事情的前前后后说了一遍。领导没有多说，让我们先回去休息。

回到宿舍，女同志都围拢来关心地问长问短，为我们担心。当我们把事情的前后给大家复述了一遍，大家这才安下心来，反复地说"这就好，这就好！"我们也才知道，前几天有两位战友，一位是超期一天，一位是超期两天，受到了严厉的批判。

休息一会儿，我提着小竹椅和大伙一块走向会场。心中虽然也有一定的底气，但总还有些忐忑不安。我等待着听指导员怎么说。结果，指导员什么也没有说，只是这样说了一句："现在探亲的同志都回来了，希望大家以更充沛的精神投入战斗。"

听到这儿，我终于松了一口气，一场风波就算过去了。

"再生布"

第二天，我像往常一样在水田劳动。忽然，班长叫着我的名字，说："连里决定，让你从明天起，去补衣房，给战友缝补穿破的衣裤。"这个决定让我感到意外。班长没有说这样做是为了什么，但我心里明白，我的肝功能情况很糟，照常规，我是应该全休，并且住院治疗的。但是在那个时候是绝不会这样做的，让我不下田劳动，坐在小屋里，用一台缝纫机给大家补衣服，这已经是对我的莫大照顾了。

当时我们穿的衣服都是从北京带来的，是上课、上班时候穿的，在北京穿很多年都很难穿坏。可是劳动时候穿，日晒雨淋，汗水沤，扁担磨，不要多久，就露胳膊、露腿了。

那时候哪有那么多的布票做衣服，衣服破了只能打补丁凑合着穿。女同志还好，一般针线活儿还可以，男同志就苦了。管后勤的好心人了解这一情况后，就在砖房宿舍中挤出了半间房，弄来一台破旧的缝纫机，办起了补衣房。

我第一次踏进新的工作场所，第一个印象是屋里光线昏暗，只有一扇小窗子，窗子下面，放着那台缝纫机。机器的确是很旧了，连牌子都看不清了。缝纫机前面，放了一张凳子，那就是我的"宝座"。身后靠墙，有一个破书架，上面堆放着许多"五七战士"送来修补的衣服，还有一些"再生布"。这些"再生布"是后勤同志从南昌买来用它补衣服的。"再生布"的材料是破布、烂棉花，扯碎了，经过粗纺，然后织成布。纤维很粗，布很厚。不知道是否漂过色，看起来是灰蒙蒙的，略带些蓝，纤维中还夹杂着一些黑、红、黄斑点，那应该是原来旧布纤维的颜色（这种布我们现在再也见不着了）。

我坐下来，试了试机器，还好用。我的缝纫技术不高，但是在补衣房主要也是干打补丁的活儿，我还能对付。比起在水田里劳动，不晒太阳不淋雨，毕竟是安逸多了。但是不管干什么活儿，也都自有它的难处。补衣服用的"再生布"质地粗糙，缝纫机蹬起来很费劲。再加上有些送来修补的衣服没有洗干净，有味，还带着尘土，吸到气管里很不好受。但这也没有办法，只能硬着头皮干。除了中午吃饭休息半个钟头，一天干下来，已是腰酸背疼，特别是眼睛，非常累。但我没有话说，就这样的"好景"也不长，不记得是一个月还是两个月，连部通知我，回大田劳动。

回想起来，这小小的一段经历，我总算为许多破衣烂衫的战友出了一份力。

最后的考验

田野里一片金黄,又一个收获水稻的季节来到了。这是我们"一滴汗水摔八瓣"种出来的,战士们喜气洋洋。但我心里也有些发憷,这又是一场艰苦的战斗,不光劳累,而且天气又是那么炎热。

早上五点钟起床,天微亮,赶快戴上草帽,拿起镰刀,赶往地里。一块地分几个人收割。我最不会干弯腰的活儿,割一会儿就得直直腰。眼看男同志都割出去老远了,我是无论如何也赶不上去的。等哪位快手割完一垄,回过头来,接着我没割完的割,让我再去开一垄。这样干到七点,回去吃早饭。吃完早饭,又赶快再下地,干到十点半,回去休息,吃午饭,到下午四点再接着干。这时候,已经接近黄昏了,实际上,太阳还很高。不知怎么的,我们总觉得那些天,太阳似乎走得特别慢,总赖在那里不动。歇息的时候,我们脱下鞋,都能从鞋里倒出汗水来。这样一直干到晚上八点,才最后收工。

干完一天的活儿,回去冲个澡,真是再痛快没有了。我们有一口压水井。男同志很多都是打一桶水,倒在盆里,直接往身上淋。这样做,女同志可受不了。慢慢的,我们也有了主意。在下地前,我们就打上一桶水,放在场地上,让太阳给它加热。到下工回来,水是温乎乎的。把它端进用竹子和草帘子围成的露天浴室,洗一个澡。

睡觉也是一个难题。我们住的红砖房,墙是薄薄的一层砖,顶上是一层水泥瓦,下面是一层油毡。中午,那毒辣辣的太阳晒得似火烧,房里根本无法待。没法待也只能待。我们打一盆冷水放在床边,把毛巾打湿了放在胸上。毛巾没有凉意了,就再在冷水里泡一会儿,绞个毛巾把子擦擦身,再盖在身上。

夜里,太阳虽然落山了,但已经足足晒了一天,房里的温度一点不比白天低,跟蒸笼似的。我这个人又特别怕热。怎么办?我就干脆搬到外面去睡。我们的床很简单,两张长凳,一块床板,搬起来不费事。再在上面铺一张席子。屋外有晾衣服用的铁丝,我再准备两根竹竿,就架起了一顶帐子。

但是就这样,我的身体还是支持不住了。割了两天稻子,我就发烧了,大夫试表,38度,说是中暑了,今天不要再下地了,休息一天。第二天,我还是发烧,又休息一天。第三天,还是发烧。照我的身体,还需要接着休息。可是,在那样的环境下,是不允许再继续休息了。大夫为难。我也为难。

这时候,一位同志伸出援助之手,给我解了难题。我的同事马真,她当时负责场上的活儿。她出了一个主意,让我晚上到场上干活儿。晚上凉快些,也有相对来说比较轻的活儿。在她的帮助下,我总算渡过了这个难关。

在这个夏秋季节,还发生了这么一件事。一天,我们正在田间劳动,突然,乌云密布,黑压压地盖下来,大粒的雨点也随之落下来。更可怕的是还伴有雷电,不知怎的,这天的雷鸣有些特别。班长说,来者不善,还是避避,等雷雨过了再干吧。谁知道,我们收好工具,刚踏上田埂,雷电就追着我们跑。一个闪电,是那么耀眼,把大家吓了一跳。接着不但又是一声雷鸣,同时几个火球,就在我们脚边滚过,让人心惊胆战。这大约就是所谓的"滚地雷"吧。我还是第一次见到。最后,我们总算平安地回到了宿舍。早就传言,鲤鱼洲不但是血吸虫的重灾区,还是雷暴的多发区,那雷也是能置人于死地的。听说,清华的战友曾讲,遇到这种情况,应该立刻躺到地上,以免被雷击。可是,这种说法,竟被军工宣队斥为"活命哲学"。

永不再见

1971年秋收结束了,大家松了口气。此时已是9月了。耳边偶尔传来已有部分"五七战士"先前回京的消息。不久,领导让我们把一部分衣物装箱由学校统一运回北京。看来,我们是要重回燕园了。大家热切等待这一天的到来。

一天上午,一辆大卡车开到我们女宿舍门前。有人大声嚷嚷:"快拿行李上车,马上去南昌,今晚乘火车回北京!"这一刻终于来到了。女同胞拿着大包小包奔出了宿舍。车上的男同胞接过我们的物件,又把我们一一拉上了车。

按照通知,我的老二应该是从"五七中学"到我这儿来和我一起上车回北京,可是不知怎的一个早上迟迟不见他的人影。我们全都上了车,他还没有来。出什么事了?我心中感到不安。

我跟领队说明了情况,汽车又开到"五七中学",这儿已是一片寂静,不见一个人影。我的心嗵嗵猛跳,已经有点慌了神。一位男同志陪我下了车,进了第一间房,屋内一片杂乱。只有一个人还坐在床沿。是老二山林!

他默默地坐在那儿,头埋在抱起的双膝间。见我们进来,也没有什么反应。我喊了一声:"胡山林,车要开了,你怎么还不走?"这时候,他才慢慢地抬起头来,带着哭腔委屈地说:"你们不是说要一辈子走五七道路吗?怎么现在当逃兵了?"

啊,我明白了!真是听党的话的好孩子。我是又好笑,又好气。孩子,到底是孩子!天真,幼稚!他怎么也没有想到,"大人"也会说假话。政治是这么复杂,我该怎么给你解释呢?

正当我不知道应该怎么办的时候,那位陪我来的男同志给我解决了难题。他不由分说,把山林从床上拉了起来,把他的被褥卷成一卷,找了根绳子一捆,拿起脸盆和其他一些杂物,拉上山林就往外跑。到了车边,他把铺盖卷往上一扔,然后不由分说,抱起山林往车上送,接着自己上了车,又回头把我也拉了上去。

车开动了,望着远去的鲤鱼洲,我心想:再见了,鲤鱼洲!……不对,不是再见,是永不再见!

就这样,我又回到了燕园。

但是,怎么也没有想到,事情还没有结束。回来不久,学校为所有的"五七战士"做了体检,发现我和山林都受到血吸虫的侵害,我是较轻的,山林比我严重!听说清华和北大有几百人被检查出有病。

毛主席的一首《送瘟神》让全国人民知道了血吸虫病。这是一种严重损害身体的疾病，而鄱阳湖地区正是我国流行这种疾病的重灾区之一。我不明白，为什么有人偏要把北大、清华这两个世界闻名的高校往那儿送？

　　山林，一个才14岁的孩子，这病会给他带来怎样的灾难，我不敢想！

　　我因为病较轻，不需要治疗。山林则需要服药，是一种毒性很大的药，对记忆力有很大损伤，但是，为了治病，也只能服用了。

后　记

　　1972年，我爱人从"五七干校"回到北京。全家四口重新团聚。我又继续我的教学生涯。老伴接着当他的编辑。现在，我们都已退休，两个孩子早已长大成人，我们的孙子、孙女都已参加工作了。应该说，我们是幸福的。但是，"文革"十年，尤其是鲤鱼洲两年，给我们，给我们的孩子，以至第三代所带来的负面影响，那是永远无法弥补的。鲤鱼洲两年，那残酷的现实，那一连串的谎言，那对人性尊严的亵渎，那对人们身心的伤害，在我的脑海里留下了深深的烙印，是我永远的伤痛，也是我要永远保存着那根扁担和那把小竹椅的缘由。

2010年10月

鲤鱼洲琐记

李一华

1969年10月底我告别了年过花甲的老母、刚做完胃切除手术出院没几天的丈夫、十岁的儿子、牙牙学语的女儿，登上了奔赴鲤鱼洲走"五七"道路的征程。四十年过去了，回想起在鲤鱼洲的日日夜夜，它反映了"文革"期间知识分子改造生活中的艰辛和伤痛，当然也有欢乐（如收获时，看着一担担金灿灿的稻谷，这种喜悦之情是前所未有的）与友情。

修筑大堤

北大鲤鱼洲"五七干校"的所在地，是在江西南昌鄱阳湖周边围湖造田的一片洼地。在干校抬头仰望，能看到鄱阳湖上的舟船在我们头顶上游弋。为了保证大家的安全，毛主席指示要将大堤加宽一米，加高一米。我因为大部队出发时，德申尚未出院，故晚了十来天才和地质系的魏绮英同志（她也是因为丈夫有病而晚出发的）到达干校。这时修大堤的工程已近尾声。我一到中文系（当时是按军事编制，与俄语系、图书馆学系合编为七连），就派到大堤上劳动。

在大堤上劳动主要是挖土和挑土。江西的土是黏土，锹（老表锹）把是一根两尺多长的圆棍，铁锹也只有两寸多宽，没有踩脚用力的地方。看着周围的同志一锹下去能挖起一大块黏土，可我使尽力气只铲起薄薄一层表皮。当时我急出来的汗，比劳动使劲出的汗还多。实在没办法，脚使不上劲，手也使不上劲，只能用肚子顶，一天下来肚子疼得都直不起腰。就这样拼着命铲起来的土也不及别人的三分之一。有时也有旁边的同志一边轻声说"不要着急"，一边铲起半锹土，放进我面前的竹簸箕里，帮我完成了这一趟的挖土任务。这些同志我都不认识，但我永远都不会忘记在鲤鱼洲劳动的第一天，是素不相识的同志在自己也极其劳累的情况下，伸出援手帮助了我。

砖厂劳动

在砖厂劳动主要是和泥和搬砖。有了前几天的锻炼，感觉这比挖土稍好些，没有下不去锹那样狼狈。但也不轻松，一块不大的砖，却有5斤多重。有次挑砖，我只能前后各放六块砖，已经觉得很重很重，最后一挑，人走着直打晃，是郭锡良同志把担子接过去，帮我挑到目的地的。男同胞们一下都挑36块，这也是后来大家都得腰椎病的主要原因之一。我也因此牢记了砖的沉重。一天搬砖下来胳膊累得又酸又疼，都抬不起来。在砖厂劳动虽然时间不长，却也粗略了解了制砖的流程。这在1976年唐山大地震时，可帮了我的大忙。当时我们先在路边用塑料布等搭建抗震棚住。后来天气渐冷，大家都开始挖地窖，在顶部加上塑料布篷子，这样不仅进出不太方便而且也不够御寒。我有了在砖厂劳动的经验，就找些板条钉了几个长方形的木框；然后把草绳切断作为草筋，和在泥里，搅拌后将泥倒入木框中，将它拍实，晒干，就是初级砖——很标准的"干打垒"。在同学们的帮助下，在中关园出口的路边上搭起一间比较像样的小屋，还用"干打垒"在屋里盘起一个土炕，学生还帮着做了个格子窗。当时在中关园还很起眼，赢得了不少邻居的赞扬和羡慕。可惜当时没有给它拍张照，留个纪念。

蘑菇蘑菇

鲤鱼洲是建在湖滩上的，所以十分潮湿。天气又经常是阴雨绵绵，少见太阳。我到时，大家已经从人字草棚搬入有墙有床（两条长凳加一块铺板）的大草棚了。到后十多天，忽然有个大晴天，太阳高照。大家忙着把潮乎乎的被褥拿出去晒晒。一掀开被褥，吓了一跳，床板上全是水珠。我的天哪，我们竟然都睡在湿漉漉的床板上！光晒被褥有什么用，大家赶快帮着一起抬床板。一看床板，不仅面上是湿漉漉的能滴出水珠，床板反面的中间竟长出一片绿毛。这又忙着不仅擦掉水珠，还得使劲儿擦去那片绿毛，然后抬到外边太阳下晒着。再一看床铺底下，又吃一惊，怎么还长出了什么东西。仔细一看，竟是蘑菇。于是大家又惊呼：蘑菇，蘑菇！有的同志还说：这蘑菇不知能不能吃，要能吃倒是一道美味。当然谁也不会提出要炒床铺下长出来的蘑菇吃。

不过，对我这一直生长在大城市里的人来说，到了鲤鱼洲，除了看到在头顶上游弋的船只，这床铺底下长蘑菇可算又一奇景。

风雨之夜

干校的所在地与当地一个劳改农场相连，该农场的五营是我们的近邻，为安全起见，晚上要有人轮流站岗值班。一天晚上该我当班，正是个风雨之夜。我站在女生宿舍门前（是一间能住二三十人的大草棚，所谓"门"，只是挂着的一块大草帘），漆黑一片，分不出天地，只听到呼呼的风声，哗哗的雨声，还有一阵阵的犬吠声。我把雨衣裹得紧紧的，一步也不敢走动（本来还要求在草棚周围巡逻）。这时离开家已经两个多月了。我很想家：我把家交给老妈，不知失去了依靠的她，怎么样了？德申不知恢复得怎样，不知能不能正常吃饭？儿子听话不听话，不知他整天在干什么？女儿不知长得好不好，能不能自己走路，学会了讲话没有？在这黑夜中，思绪万千，真不知道以后的路在何方。泪水和着雨水流，感谢这个风雨之夜，让我能无所顾忌地尽情宣泄当时那种彷徨无助的抑郁。

生日礼物

1970年3月15日是我40岁生日。两天前接到德申来信，拿着感觉信里有硬邦邦的东西，拆开一看，里面有四枚毛主席像章。看了信才知道这是他送给我的40岁生日礼物。说实在话，我自己都记不得两天后是我40岁生日，那时在干校既看不到报纸（好像就连部办公室有一份报纸）也不听广播，也就不记日月。我们的来往信件一般总那几句话，绝对是报喜不报忧，结尾总是"一切安好，请勿挂念"。我就曾对同志说：你给家写信说身体不好啦，可等到家里收到信（一个星期以后），你早就已经下地干活了，何必让家人为你担心呢！所以在信里是很难得到真实信息的，信里说"安好"不一定真是"安好"。这次德申的信中也还是说了些实话，说他吃米饭消化不好，现在每顿吃一碗面条还可以。还说，等你生日那天，我们吃打卤面，还想送件有意义的礼物，想来想去决定送你四个毛主席像章。是啊，送什么礼物呢？送毛主席像章，这是最有意义的，最具有时代意义的！

一瓢热水

天气渐热，一天劳动下来，一身的汗水泥水，真想能洗个热水澡，可在当时的条件下，这是根本不可能的奢望。起先，收工后男同志们不顾领导的禁令，冒着染上小虫病的危险，在小河中洗澡，后来在伙房前打了个手压机井，男同志们就在机井前冲澡。女同志怎么办呢？正在一筹莫展之时，忽听得在炊事班劳动的沈天佑同志在草棚外一声吆喝："女同胞们快拿盆来，一人给一瓢热水。"啊！真如久渴望甘霖，大家都拿着脸盆走出草棚，个个笑哈哈地接了一瓢热水。我和马真同志把各自的一瓢热水合在一起，互相搓背，擦洗身子，好痛快啊！不仅把泥水汗水擦干净了，把一天的劳累也冲洗掉了。这每次劳动后，沈天佑同志的一瓢热水似一股暖流，体现着对女同志的体贴和真情关怀，这使我一生铭记不忘。

紧急集合

有一天，睡梦正酣，突然响起紧急集合号，睁眼看表，才半夜两点，发生了什么紧急情况？赶紧披衣穿鞋，赶去集合。连长点名整队，然后宣布：中央领导关怀我们，送来了样板戏电影《智取威虎山》，大家马上拿了马扎整队到场部广场看电影。正是：毛主席的指示传达不过夜，"中央领导"关怀让看样板戏电影也不能过夜。于是，睡眼蒙眬，跌跌撞撞，拎着马扎，拿着手电，去看已经看过不止一次的电影《智取威虎山》。这时，不时听到周围有打呼声。旁边的同志就马上把他捅醒，让你看电影竟睡着打呼噜，这可是对"中央领导"的大不敬。可实在挡不住这困劲，呼噜声还是此起彼伏。等散了场，大家的精神头倒来了，你看，那绵延不断的手电闪着的星星点点的亮光，快速地往前移动，好像紧急转移的部队，这场景颇为壮观。其实是大家急着赶回去，想争取能再睡一会儿，以应对天亮后繁重的劳动任务。

明天休整

在干校劳动是没有固定的休息日的。好不容易连里的领导宣布：明天休整。大家听了，虽不能说是欢呼雀跃，却也是兴高采烈。各自都作了安排：要到近邻的劳改农场五营的合作社去买点吃的、用的（我们这偌大的干校只有一个小小的小卖部）；整理内务；缝补扯破了的衣裤；写家信，等等。可这一天，天还没亮，却又响起了紧急集合号。女同胞们也来不及梳洗，慌慌张张拿起块头巾往头上一扎，一个个"狼外婆"似的往外就跑。原来是伙房的用煤已运到大堤，要各连运回连里。于是，铲煤的、挑煤的奔忙于大堤和伙房之间。忙乎了大半天，总算把大堤上的煤都运回伙房。休整变成突击"加班"，一切计划安排全都告吹，只能等下一个休整日再说了。

"装修"新居

连里盖起了几排砖瓦房，大家告别大草棚，欢欢喜喜地住进砖瓦房。夫妻一起到干校的，都结束了集体生活，分到了一个单间，有了自己的家。搬进新居，条件比原来大有改善。大家各尽所能，"装修"一下属于自己的一小块领地。彭兰同志的铺位正对着房门，她很巧妙地拿一块塑料布把箱子包得方方正正的，竖在床边，成为一只可放日常用品的"床头柜"。乐黛云同志很快找了几根小木条钉成两个三脚架，然后将两个三脚架钉在自己铺位的墙上，上面放块木板，就成了一个很得用的搁板。我看着大家各显其能，自己却不知从何下手。只听得乐黛云同志说："来，李一华，我也给你钉块搁板。"我也就手忙脚乱地想帮着干点什么，可没容我插手，一会儿，乐黛云同志很快给我把搁板钉好了。当时乐得我连连向她道谢。

四十年后的今天，回忆在鲤鱼洲的生活情况，这些情景一下就浮现在我的眼前，心头还感到暖洋洋的。我是在不少同志的帮助下，才艰难地走过这"五七道路"的。

北大教育革命的一个怪胎
——鲤鱼洲草棚大学

乐黛云

1969年秋,军委的第一号令下达,北大二千余名教职员工一齐奔赴江西南昌百里开外的鲤鱼洲,走毛主席号召的光辉"五七"道路,建起了北大鲤鱼洲分校。鲤鱼洲是在鄱阳湖畔围湖造田而成的一大片沼泽地。由于钉螺丛生,血吸虫猖獗,农民早已遗弃了这片土地。我们到达时,只见一片荒凉。先遣部队匆忙搭建的可以容纳200多人的几座孤零零的大草棚突兀地屹立在荒原中心。为了一日三餐(尽管我们只吃酱油汤加糙米饭),后勤人员还是不得不划着小木船到鄱阳湖彼岸去采购。就在我们到来的前几天,两艘小船遇到风浪,两位员工不幸牺牲。

在毛主席革命路线指引下,我们首先"再送瘟神",发扬人海战术,打响了消灭钉螺的歼灭战;毛主席有诗云:"华佗无奈小虫何"!我们毕竟比华佗高明,战胜了血吸虫,在鲤鱼洲安营扎寨。当最后离开鲤鱼洲时,我们北大分校仅有百余人患上血吸虫病(据说邻近的清华分校患此病者竟达800余人)。这无疑是毛主席"一不怕苦,二不怕死"精神的伟大胜利!我们又以"敢叫日月换新天"的气概,用自己的双手建造起一排排砖房和茅草房,开垦出百余亩水稻田(这湖底土地肥沃,水分充足),创设了自己的砖瓦场(虽然我们只能在满是冰碴儿的水中用自己的脚代替牲口搅拌黄泥)。我们有了自己的汽船码头、抽水机、食堂、菜地,还养了不少猪和鸡!当我们吃到自己亲手种出的新大米和碧绿的新鲜蔬菜时,心中之乐真是无与伦比!但快乐之中也有阴影:鄱阳湖比鲤鱼洲高出数十米,人们从湖底仰看鄱阳湖上的点点白帆,就像白天鹅在蓝天上悠悠航行。谁都心知肚明,万一围湖大堤,哪怕是裂一个小缝儿,几千员工的命运就是"人或为鱼鳖"了!因此,防汛时,在大雨滂沱中,大家日夜换班护堤,人人都是夜以继日瞪直双眼,紧盯着大堤的每一寸。

我和丈夫带着十岁的儿子,在这个因血吸虫肆虐而被农民遗弃的土地上生活了近三年。我们虽然分住在不同的连队,但两周一次的假期总可以一家人一起沿着湖滨散步,那就是我们最美好的时光。后来,多谢领导照顾,几个连队还联合开辟了几间"家属房",拉家带口的"五七战士"可以排队轮换,三个月中可以到这间特殊的"家属房"里住上一个星期。我们一家三口就曾在这样的"家属房"中住过。尽管设备简陋,

汤一介、乐黛云、汤双去江西鲤鱼洲之前在天安门前的合影,1969年1月。

脚下的土地很潮湿，木板床下常常长出青草，跳出蟋蟀和青蛙，但三个人重新团聚在一起，就像是久别重逢，说不出有多么快乐！生活就这样过下去，如果没有什么急行军、紧急集合、"深挖细找阶级敌人"之类的干扰，日子过得倒也还平静，比起以往阶级斗争的急风暴雨，总算松了一口气；可惜急行军、紧急集合、批判会还是太多。记得有一次半夜两点，突然接到命令，紧急集合，打上背包，跑步到五里开外的团部操场。结果竟然是去看一个当时很少见的阿尔巴利亚爱情影片！这样的急行军就叫"锻炼"！"深挖细找阶级敌人"的会，每周也得开个两三次，大家也都习以为常。既然前途渺茫，连猜测也难，人们倒也不再多想，我又做起归隐田园的好梦，幻想有一间自己的茅草屋，房前种豆，房后种瓜；前院养鸡，后院养鸭，自得其乐。

可惜好梦不长，一年刚过去，按照毛主席的"不断革命论"，新的革命任务下达了！夏天伊始，总管全国教育科研的实权人物，8341部队负责北大、清华两校的军宣队头头迟群同志突然驾临鲤鱼洲，召集全体教职员工训话，宣布成立北京大学鲤鱼洲草棚大学：先办文、史、哲三系，学生从江南各省工农兵青年中推荐选拔；他们不仅要上大学，还要管理大学和改造大学（简称上、管、改）。迟群同志强调，这样的草棚大学，一无高楼大厦，二无"不实用"的图书文献，三无固定教学计划（一切因人、因时而异），它的灵魂是知识分子与工农兵相结合。这是一种"新型大学"，与"无产阶级文化大革命"一样，同属"史无前例"！迟群宣布草棚大学暑假后立即开办（干革命就要雷厉风行）！三系各有七八名教师被指定为"五同教员"（五同者，与学生同吃、同住、同劳动、同改造思想、同教育革命之谓）。我和老伴汤一介都有幸名列其中，我们受命立即脱产筹备。我们在会上都表示热烈拥护，私下却不免内心忐忑。我们不知道应该教什么，也不知道应该怎样如领导所要求的，接受工农兵学员的"再教育"。

开学那天，我和女医生乔静被指定和军宣队、工宣队几位年轻领导一起，半夜出发，到南昌近郊的滁槎（距南昌和鲤鱼洲各50余里），去迎接工农兵学员。清晨7点多钟，我们和百余名工农兵学员在滁槎胜利会师。队伍略事休息，便重新整队，迈着雄健的步伐，高唱着"我们走在大路上"，向鲤鱼洲进发。真没想到沿途各村镇竟都敲锣打鼓，摆出桌案，递茶送水，鞭炮齐鸣，欢送自己的亲人上大学！到了鲤鱼洲，全体北大人夹道欢迎，红旗招展，把世界教育史上的第一批工农兵学员迎进了草棚大学。

  我们深感任务之艰巨，每个人都战战兢兢，唯恐误人子弟，对不起养育我们的老百姓和毛主席！我们呕心沥血，好不容易设计出第一年的课程。除全体师生要天天坚持背诵"老三篇"，体会"老三篇"的精神实质外，哲学系主要讲《实践论》《矛盾论》，历史系主要讲《新民主主义论》，中文系的课程比较丰富，除讲《在延安文艺座谈会上的讲话》外，还讲鲁迅、样板戏，批判四条汉子，外加大量写作实习。另外，几乎占了一半时间的，就是劳动课了！我们满以为工农兵学员会信心百倍地赞美鲤鱼洲，因此，第一次作文题就是歌颂毛主席的教育革命路线——史无前例的草棚大学。我们期待着一批歌功颂德的杰作，甚至还计划选送其中一部分到地方报刊登载，宣传鲤鱼洲。然而，让我们失望的是几乎所有作文都反映着一种迷茫。较为含蓄的，是说这里一无图书，二无教室，三无好老师（他们认为鲤鱼洲的老师都是北京挑剩的"处理品"），根本不像大学的样子；有的不谈教育，只是着意赞美鲤鱼洲的自然美景；还有个别家庭环境优越，有恃无恐的激进派学生就干脆说自己受了骗，要求到北京去上"真正的"北京大学（这时北京也招收了第一批工农兵学员）。军宣队和工宣队领导研究决定，要将教育革命进行到底，必须首先整顿思想。于是，草棚大学的第一课就是"批判资产阶级教育的样子观"！树立"无产阶级教育的样子观"。我们遵从上级指示，天天开会，做思想工作，实行军事管理，每天6点半出操、跑步，早餐后，师生各拿一只小马扎，坐在大草棚里，如学员所说，"围着圆圈儿吹牛"。我们这些资产阶级教育出来，而又尚未改造好的知识分子，当然都以自己所受的"毒害"为靶子，极力批判资产阶级教育的"样子观"。

  尽管如此，我们还是和这些充满朝气的学员倾心相交，热忱相待，不久就真心爱上了这些真诚、坦直、积极向上、求知欲极强的年轻人。

乐黛云在江西南昌为工农兵大学生购买书。

我们尽一切努力,让他们读到更多的书。为此,我们多次去南昌,到已停办的江西大学尘封乱放的书堆中挑了一批书,成立了一个小小的图书馆;我们时时和工农兵学员生活在一起,虚心接受他们的"再教育",诚心希望工农兵学员真正成为"上、管、改"的主人,学到更多的东西。无奈学期过半,一切仍不得要领。

这样的"三无教学"终于难以为继。中文系领导想出了一个深得学生赞扬的好办法——到井冈山去!写革命领袖,写革命家史,收集革命民歌!出发那天清晨,三辆大卡车停在我们连队附近的大堤上。雨,淅淅沥沥地下了一夜,仍不见停。鲤鱼洲本是湖底,早有"晴天一块铜,下雨一包脓"的美誉。大堤本是黄泥垒起,宽度只能容两辆卡车。大堤上的路在大雨浸泡一夜之后，泥泞难行，还没走到车边就有好几个人滑倒。工农兵学员领队曾建议是否雨停后，过两天再走。但是"五同"教员中的一位革命造反派却站了出来，慷慨激昂地高喊："中国人民连死都不怕，还怕下雨吗？"他率先登上了卡车，别人也就不好再说什么。

三辆卡车艰难地挣扎着，我坐在第二辆卡车上，不免担惊受怕。刚来到北大分校与清华分校交接的地界，突然眼见第一辆卡车滑出了堤岸，骨碌碌翻滚着，一直滚到百米之下的荒草地上！所有的人全惊呆了，立刻下车，连滚带爬，向四轮朝天的卡车奔去，想去救助那些被扣在卡车底下的师生。但是，几吨重的卡车哪里翻得过来？只听得一片无助的哭喊！幸而清华大学分校的"五七战士"们闻声赶来，带着工具，终于撬起卡车的一侧，让我们有可能将里面的人一个一个拽出来！天哪，我们朝夕相处的写作组组长张雪森和一位爱说爱笑、来自上海的工人学员王永干，由于被压在车棱下，大量内出血，脸色深紫，当时就离开了人世！曾坐在这辆车上的陈贻焮教授好久都神志不清，另外还有两个学员头部受了重伤，一位女学员眼睛流着血！

我们这些"连死都不怕"，更"不怕下雨"的勇者终于拗不过老天，满心悲戚、灰溜溜地回到了原地。接着是每个人都要写文章悼念死者（着重歌颂他们"一不怕苦，二不怕死"的革命精神），开小型追悼会，安抚到来的死者家属。总的精神是少追究、少宣扬，尽一切可能压缩"负面影响"。死者王永干是我这个学习小组的学员，他英俊和善，是已有3年工龄的年轻工人。我被指定来接待他的母亲。王永干的母亲只有这一个儿子，为了将他抚养成人，她做了一辈子苦工！她无论如何接受不了失去儿子的现实！在鲤鱼洲，她不吃不喝，哭诉了两天两夜！反复诉说她的儿子如何聪明，如何听话，如何上进，如何做梦也要上北京大学，又诅咒自己瞎了眼，鬼迷心窍，竟让他来上这样的北京大学！我们全组人真不知道如何来面对这位无缘无故突然失去优秀儿子的母亲！

一个多月就这样在痛苦和失落中过去，直到新的命令下达："化悲痛为力量，重上井冈山"！我们重新踏上征途，却再也没有原来的意气风发！当时井冈山区还没有公路，我们全都跋涉在崎岖的山道上。最难忘怀的是年近半百的陈贻焮教授（炊事员），背着一口大铁锅，手脚并用，奋力爬上山崖的身影；还有患有严重肠胃病，脸色苍白，流着虚汗的袁行霈教授！我当时身板结实，有过在农村监督劳动多年的锻炼，被指定为宣传队的一员，一直沿路编"顺口溜""对口词"给大家鼓劲，忘了自己的劳累。

我们终于到了井冈山，老革命根据地人民的热情关怀，温暖了我们的心。在井冈山的两个多月，收获是丰硕的。我们大家都了解了老区

1970年2月分校中文系全体女学员与乐黛云老师（前排右起四）和李庆粤大夫（后排右起三）在井冈山合影。

乐黛云（右）与三个学生 1971 年 1 月在安源。

人民身受的苦难，切身受到了革命传统的教育。同学们不仅学会了写记叙文、小评论和调查报告，还接受了分析问题、调查研究能力的初步训练。值得一提的是我们特别注重基础写作。记得严家炎教授严格要求"文从字顺"，强调写文章必须"丝丝入扣"，因而得了"丝丝入扣先生"的美称。最值得怀念的，是当时的师生关系。我们朝夕相处，互相敞开心扉，真诚相待，常常谈到深夜。这样的师生情谊，后来再也难寻！如今，这些草棚大学的学员都已是五十开外的人了，我和他们中的一些人至今仍保持着联系。如草棚大学中文系的排头兵钟容生同志，很久以来一直是深圳市政府的一个局长，每当荔枝成熟时，只要有人来北京，他一定会给我捎上一大包。当年我所属的那个工农兵学员小组的组长张文定同志，多年担任北大出版社副总编，至今我们还常在一起共同策划出版书籍，真是友谊地久天长。

　　从井冈山回鲤鱼洲不久，草棚大学也办了近两年。正和突然开办一样，又突然传来草棚大学要被撤销的消息。人们前途未卜，不知会被如何处置。引领北望，充满期待与惶惑。幸而结果是皆大欢喜——草棚大学全体师生合并到北京总校，开始了新的大学生活。一年后，整个鲤鱼洲"五七干校"也被撤销了。人们额手相庆，宰杀了所有的猪和鸡，据说开了三天三夜的"百鸡宴"。至于我们曾艰辛创建的农田、菜地、住房、砖瓦厂、草棚，则又重归于荒芜。

从"教育与生产劳动相结合"到江西鲤鱼洲"五七干校"

王理嘉

从"五七指示"说起

在《筒子楼的故事》首发式的"博雅清谈"会上,中文系的许多老教师情不自禁地从青年时期的温馨回忆中掀开了上一世纪有关北大鲤鱼洲的一些历史记忆,这是极为自然的。因为从20世纪50年代起就在思想改造道路上奋勇迈进的知识分子,到了"文革"中在鲤鱼洲的这一段历史时期,这条道路似乎已经走到了尽头。那时候作为知识分子已经到了被彻底否定的地步,无须读书,也不能读书了。鲤鱼洲这一美好的地名,听起来充满了诗情画意,实际上却凝结着一段历史的沧桑,刻印着知识分子心灵的伤痛。

当年鲤鱼洲的生活是不会在我们这一代人的记忆中轻易抹去的,但是要写出来倒也颇费斟酌。特别是出版社提醒要顾及"当前言论自由的尺度",系主任陈平原同志在约稿信中也提出文稿要写得"有真情而不越界",且"兼有史料价值"。要做到这两点必须说真话,且触及事物的实质,但真话什么时候说,用什么方式说,说到什么分寸,要有睿智,很难把握,因为分寸适度不越界没有明确的规范。思忖再三,写还是不写,始终犹移不决,直至反复读了七八位老师已写好的文稿才打定主意。因为我想说的意思在这些老师的文稿里都有了,虽然话语和表述的方式不尽相同,但在实质问题上的肯定和否定,是非和褒贬却是一致的。更何况文稿是否适合发表,毕竟还有出版社和主编的最后把关。庶几不至像过去那样因言获罪,招来无妄之灾。

《北京大学纪事》(下册):1969年10月26、27日,"全校20个单位1658人分批出发到江西南昌鲤鱼洲北大试验农场种地,改造思想"。我想若干年后的北大莘莘学子看到这段纪事,一定会"丈二和尚摸不着头脑",作为文理科的北京大学,为什么大队人马忽然跑到大老远的地方去办"试验农场"了?但这段话里的"种地,改造思想"倒是实话。所谓北大江西鲤鱼洲农场,其实就是当年"文革"时几乎遍布全国各地许多农村的"五七干校",是文教界知识分子、机关干部乃至部队军界人士劳动锻炼、改造思想的地方。

"五七干校""五七道路""五七战士"都是"文革"中出现的新词语,滋生这些词语的源头是"五七指示"。什么叫"五七指示",可以在隶属于国家语委的语文出版社编辑的《新词新语词典》(1989)去查,原文太长,跟教育有关的一段是:学生"以学为主,兼学别样,即不但学文,也要学工、学农、学军,也要批判资产阶级。学制要缩短,教育要革命,资产阶级知识分子统治我们学校的现象再也不能继续下去了"。《词典》指明:"五七指示"后来被"四人帮"利用作为办"五七干校"的理论依据。《词典》对"五七干校"的解释是:指1968年林彪、江青一伙以1966年5月7日毛泽东的"五七指示"为借口大规模办起的农场。全国城市的大批干部、知识分子和群众被送到"五七干校"去劳动。对"五七道路"的解释是:指在"五七指示"指引下,干部、知识分子下农村参加劳动的道路。对"五七战士"的解释是:在"五七干校"中劳动的人员,除从事繁重的体力劳动外一部分人还要检查交代"问题"。据此,对北大鲤鱼洲农场为什么要按军队建制,分连分排,有军代表、政治指导员、工宣队，除繁重的体力劳动以外，还要搞什么野营拉练、紧急集合和强行军，以及还要"开展斗争、交代问题"等，自然也就一清二楚了。当时头上戴着"资产阶级"帽子的知识分子，在农场劳动的目的就是改造思想。所以，写鲤鱼洲战天斗地的生活是不能不触及思想改造问题的。

知识分子要改造思想，在新中国成立之初就提出来了，但是对比起来"文革"前和"文革"中的思想改造运动却截然不同。从20世纪50年代走过来的人，在那时候去工厂或农村的劳动锻炼中，确实亲身体验到了工人农民的许多优秀品质，留下了会铭记终身亲切动人的感受和真诚的思想收获。但现在说起四十年前在鲤鱼洲"五七干校"的那些日子，繁重的体力劳动，生活上的艰苦，丰收的喜悦，当年的"五七战士"，如今或已年过花甲、或已年逾古稀，乃至业已进入耄耋之年的老年教师，虽然个个会兴奋激动，谈笑风生，但那是含泪的欢笑，细想起来其间包含着许多无言的辛酸，甚至是难以宣泄的愤懑。同为思想改造，前后对照心境却如此不同，真是值得深思玩味。这也就是我要把历史的回忆又往前推了一个时期的原因。

1958年：教育与生产劳动相结合

——门头沟城子煤矿挖煤，密云公社大炼钢铁

1952年全国性的院系大调整以后，教育战线上的形势大好，教育事业蓬勃发展，分布在北大、清华东南方向的北京医学院、钢铁学院、地质学院、矿业学院、石油学院和航空学院等八大学院都是在这几年里迅速发展起来的。各高校校内的教学秩序稳定，教师授课，学生学习，要求都是比较严格的。全国各地的高等院校一派朝气蓬勃、欣欣向荣的新气象。但是1957年以后由于国际和国内形势的变化，文教战线方面提出了新的办学方针：教育为无产阶级政治服务，教育与生产劳动相结合。

当年遵照这一方针，中文系去京郊门头沟半工半读的是秋季入学的大一新生，一部分在门头沟煤矿，一部分在城子煤矿。教师随课程跟学生一起下去，所以不仅有中文系文学和语言的教师，还有政治课、俄语课和体育课的教师。在矿上，学生每周下矿劳动三天、学习三天；教师因为要备课，所以只需要下矿一次或两次。教师和学生是分开住的，我、王福堂、袁行霈等六七个男教师就住在一间大屋子里，打通铺睡在一条大炕上。我们三人十分有缘，此后在密云大炼钢铁、斋堂下放劳动，直至鲤鱼洲劳动都在一起，结下了真挚深厚的情谊。

　　初次下矿一切都感觉新鲜，同时处处都是考验。我们随带班的矿工师傅，换上全套厚实的粗帆布工作服，头戴安全帽，还有绝对不能缺少的矿灯，手提一个装有干粮的饭盒。因为一下矿井，就是连续八小时劳动，中间是不能上来的。我脑子里的煤矿景象，是从苏联电影《顿巴斯煤矿》里看来的，但是一下矿才知道满不是那么回事。在把煤运出地面的巷（读 hang，去声）道里，固然是有照明灯的，但是在用风钻采煤（行业语叫"回采"）的矿洞里，许多地方是漆黑一片，只有头上的矿灯照明。带班师傅把我们三三两两地安排在一个一个工作点上，就一再叮咛，不要随便走动，我们不认路，没有他带着，那就出不去了。

　　在矿下，我们干的往往是最简单的攉煤工，也就是把回采下来堆在地上的煤块儿，用大铁锨攉进电溜子里送出去，到了巷道里，再由另一个工种装进翻斗车，运到地面上去。矿井里的劳动使我们亲身体验到煤矿工人的劳动确实极其艰苦，劳动时间长，从矿井地面上走到矿下的工作地点，有时要花个把钟头，又不算在八小时工作时间内。矿下劳动环境也很差，煤尘粉末飞扬，而且简直危机四伏，我们紧跟着带班的工人师傅走，走着走着他忽然挥手叫我们停下，只见他用镐头往头顶上一敲一弄，哗啦啦掉下来一大片岩石，嘴里说：这叫"敲梆问顶"，这一大片岩层快掉下来了，砸在身上就是安全事故。在矿洞里，往往要大弯腰走道，有的入口简直是要半爬着才能通过，跟地道战或盗墓差不多了。下矿一天，回到地面上，脸上自然不用说了，连鼻孔、耳孔甚至指甲缝里，用手指头一抠也尽是黑末儿，肺里、呼吸道里，想来一定也是有的，不过那就没办法清洗了。这下我们就明白过去为什么把煤矿工人叫"煤黑子"了。在矿下劳动给人的感觉真叫暗无天日。可是工人师傅还真是以矿为家，在"大跃进"的年代里，加班加点，不仅毫无怨言，言语处事，总还带着三分当家做主国家主人公的自豪感。

　　在城子煤矿，学生在矿井下面的劳动比教师要繁重得多，但他们的表现很出色，也就几个月吧，就得到老工人的夸奖，说好些学生看起来跟我们煤矿工人一模一样了。学生半工之外，还要半读，不然就不能叫教育与生产劳动相结合了。学习效果如何，当然最有价值的回答应该是学生。但从教学的角度看，我觉得并不理想，一是学生在繁重的劳动之后，身体十分疲惫，往往需要休息；二是学习环境很差，当时来矿上半工半读的也不止北大一家，经常互相搞联欢、演出、赛球，很难安下心来；三是无图书资料，连看报也不怎么方便。这样，教师不能安心授课，学生无法专心学习，效果可想而知。学校的学习环境、教学体制、图书资料，应该说是传授知识、培养人才、进行科学研究必备的客观条件，也是发展教育的普遍模式吧。

　　门头沟城子煤矿的半工半读的试验只进行了一年。而我、王福堂、袁行霈、陆颖华等教师，大概在第一学期即将结束前，就被系里调回来了。那时候北京市为了完成全民炼钢运动中的任务指标，突击性地要在京郊密云赶建一批小高炉，土法上马，兴建一个炼钢基地。原料、设备、人马就从各有关单位中抽调，其中也包括大专院校、中专技校等学校。当时的口号是"全国一盘棋"，大炼钢铁是全民运动，北大当然不能置身事外，所以从中文系、俄语系、东语系、图书馆以及后勤的一些单位抽调了一批人员，奔赴密云。这些中文系的教师队伍，除了原在城子煤矿的几位以外，又添了几个年轻力壮的教师，而负责带队的则是既能干又善于做思想工作的周强。

　　在密云又完全是另一番天地了。我们住在北大后勤先遣队搭建的花洞子住房里。这是一种半地下式的临时性建筑，在地上挖出一块半人深、宽五六米、长二三十米的平地来，用杉篙毛竹作屋柱房檩，油毡荆条茅草作房顶。房顶呈几乎三十度的大斜面，北边用接触地面作支撑

1958年在密云大炼钢铁。

前排右起第二人：周强；后排右起：王福堂、王理嘉、袁行霈。

点，南面高出地面三五尺，用细木条作窗架，糊上窗户纸，既采光又挡风。在屋里，床铺实际上都在地面之下，南面可以直起身子来站着，北面不大弯腰就会撞上房顶。屋里没电，用煤油灯照亮，烧煤球加煤块的炉子取暖。可是说真的，我们都不觉得苦，整天高高兴兴，乐呵呵的。

当时炼钢的小高炉群还没建成，各路兵马在指挥部的统筹安排下，分头为炼钢大会战作各种准备工作，指派给北大小分队的任务竟是烧锅炉，保证全场会战人员的开水供应。这事情听起来简单，其实并不轻松，因为没有自来水，只能从在野地里临时打出来的机井里取水，而锅炉房又离得较远。所以我们主要的劳力都放在取水运水方面，用特制的独轮车两边各挂三桶水，合起来足有百十来斤了。一般是挂四桶，推起来还算平稳，六桶就很费劲了，碰上沟沟坎坎，拿不住劲，失去平衡，车就倾翻在地，劳而无功，还湿了鞋袜。那时已是隆冬天气，穿着湿透了的棉鞋袜子，自然是很不舒服的。记得有一次，寒流袭来，气温降到零下十七度，湿手沾上铁皮桶立马就冻住。我们也得坚持下去，完成任务。因为天寒地冻，全场人马如喝不上开水，那可不是一件小事。

我们烧了一个多月的锅炉，又被场部调到木工组去刨木头、拉大锯。我记得头一天，拉了一天，实在累坏了。六点下工，一吃完饭，立刻上床，一躺下简直是立即"失去知觉"，醒过来已是天亮七点多了，整整一夜居然一动也没有动过，还是刚躺下时的姿势，深睡了十二个小时。第二天，跟木工师傅聊天说起此事，师傅笑着说：拉大锯可是重活儿，城里拉一天可挣三块钱呢。那年头，一斤肉才三毛多钱，三块钱可是个大数了。我们在木工组也干了个把月，又被调到至关重要的电工组当杂工，帮着运料、和水泥、砌墙盖配电所，挖坑、埋电线杆，安装矿料粉碎机，也有人（后勤的一位职工）因体力极好，去当锻工打铁的。王福堂和俄语系的一位教师则被委以重任，去学开锅驼机。想不到后来在斋堂山区的劳动中派了大用场，让小山村里的电灯亮了，老乡为之大为高兴。

我们被调到电工组后，就从炼钢基地的外围，进入了中心地带，从此就整天跟各个工种的工人师傅相处在一起，在他们的带领下干活劳动了。不久，小高炉群全部建成，配套齐全，通电通水。于是，全场人马立即投入大炼钢铁，各就各位，昼夜不停。事实上小高炉也是不能停的，否则铁水凝结成块，那就连同高炉一起报废了。我们北大全体人马分管几个小高炉，分成两组，昼夜轮流上班，每天劳动12小时。入夜，旷野里灯光闪烁，人声鼎沸，忙忙碌碌，景象十分动人。

作为由北大派出的以几个系的教师为主的小分队，一开始就十分明确我们参加北京市全民炼钢大会战，主要是为了参加劳动，结合工农，接受思想教育。所以与在门头沟半工半读时不同，由中文系、东语系、俄语系各出一名教师组成的以周强为主的领导小组，同时也要抓思想教育。我们过一段时间就会集体开会，每个人总结自己的思想收获，展开批评和自我批评，互相鼓励和指出彼此的优点和进步，以及还要改正的缺点。但这里不存在改造和被改造者、教育和被教育者，带头谈思想收获和作自我批评者，往往就是领导小组的成员。我们的总结都是写成文的，会送交各自所属的系科。校系领导对我们也是关心和帮助的。有一次东语系、中文系的季羡林和冯钟芸两位先生就受校系的委派，来探望我们。我们的花洞子住处，各自劳动的地方，他们都一一去了。当时我和东语系的一位教师正负责管理着电工组的一个电料仓库，在犄角旮旯里，可他们还是找来了。在殷切的关怀和谈笑里，我明显地感觉到他们看过我们的思想总结，而且已经了解过我们的劳动表现，因为他们的赞扬都有具体事例，不是一般的泛泛而谈，这使大家倍感温暖和振奋。在知识分子自我改造中，我们得到的是肯定和鼓励。

在密云与许多工人师傅的共同劳动中，我们的思想收获是巨大的。我敢说"读书无用""臭知识分子""臭老九"这些蔑称和否定知识、摒弃文化的念头，在那时候的工人师傅脑子里是绝对没有的。相反，他们知道我们体力差，也没有实际经验，但言谈之间总是带着体谅和尊重，说得也很亲切在理：你们要是拿着老虎钳干活儿，跟我干得一样，那我是干吗吃的？要是让我拿着粉笔去教学生，我还不如你现在的样儿呢。你们是读书人，教书先生，咱们干的不是一个行当。工人师傅不管是年长的或年轻的，对我们从来就没有过半句教训斥责的话。而我们在日常的生活和劳动中，对工人师傅也总是十分虚心、绝对尊重的。如果当年我们的那些思想小结都还保留着的话，一定可以看到我们是怎样从许多生动真实的事例中，感受到工人师傅的优秀品质的。

京西抗日游击队根据地

——斋堂川白虎头的劳动锻炼：情深似海，恩重如山

在密云公社大炼钢铁半年多以后，1959年夏天，我们全体人马又奉调回系，根据校系的安排要作为第二批下放干部去接替在1958年就去斋堂农村锻炼的第一批下放干部，当时中文系徐通锵等五六位老师在那里已经劳动了一年多了。

斋堂公社在新中国成立前叫斋堂川，距北京城区一百多公里，从门头沟雁翅搭长途就可到达。那里山高谷深，群岭蜿蜒，中间有一条可以通行的川谷，是西上通向河北、山西、内蒙古的交通要地。抗日战争时期，八路军晋察冀军区第五军分区司令部在那里建立了地方政权，领导平西斋堂川的抗日游击战争，开展得十分活跃，远近闻名。北大党委书记史梦兰当年就是在那儿打游击的。他是当地人，北大的这块下放干部劳动基地也是由他联系建立起来的。我们到设在斋堂公社（现在叫斋堂镇）的北大工作组报到时（负责人是社会科学处的夏自强同志），第二批下放干部和教师大队人马已在两个多月以前抵达，并分派到清水、马兰、达摩、洪水峪等十来个山村去了。当时我们就被安排在一个叫白虎头的山村里，在一起的教师主要是中文系和俄语系的，还有几个分属图书馆、房产科和校卫队的职工。周强、袁行霈、陆颖华、王福堂和我，以及石汝祥（已故）、武彦选（已故）、甘世福（已故）等中文系的教师加起来共有八九个，人数最多。

在斋堂白虎头，我们三五成群都和各家老乡合住在一个院儿里，比起密云就地挖坑、半地下式的花洞子住房来，白虎头的住房条件可是好

多了，特别是那冬天的热火炕（山里人自己挖煤烧的），暖和解乏，舒服极了，至今念念不忘。同时也就真正懂得了为什么过去农民把热炕头和老婆孩子排在一起，他们渴望的美满生活，就是"三十亩地一头牛，老婆孩子热炕头"。

　　山区的农业劳动因为是在大自然的环境中进行的，比起井下挖煤、守着锅炉烧水、站着锯木头、盯着小高炉炼铁，那自然要生动有趣得多。我们去后不久就是秋收。那时候是"大跃进"年代，村里的青壮劳力几乎全调到工业战线的各个方面去了，所以我们随着山村的大爷大妈年轻媳妇在山区的层层梯田里，上上下下收割各种大秋作物，主要是玉米。掰玉米棒子自然很轻松，但运回生产大队的场院里却很费力，全是用背篓一趟一趟背回去的。这种山里特有的背篓，用结实的荆条编制，极为有用，可以用来背庄稼、果实、肥料，可以背石头垒梯田，什么都离不开它，一如现在大家用的大背包。大的背篓有一人多高，可以用来背已经不能行走的老弱病人。山里的农民背负的能力极强，两个人抬不动的东西，竟然一个人就可以背走。有一次要挪动一个足有好几百斤重的石头猪食槽，五十多岁的生产队长让我们四个人站在两边，抓住槽帮把石槽提起来。我们四个人试了好几次，铆足了劲才提离地面三尺光景，只见老队长猛然一骨碌就钻到了石槽下面，背贴槽底，驮起来就缓步背走了。我们不禁面面相觑，个个为之咋舌，佩敬之极。

　　山区的农业劳动真是丰富多彩，在大秋作物收割完毕后，又转入采摘各类山果的劳动，如核桃、柿子、毛桃、大枣、秋梨、小黑枣、花椒等等。最有趣的要数打核桃了。各路人马，五六个人一组，一式肩上一个大背篓。手里一杆长竿子，犹如古罗马战场上的手执长枪的骑兵一般。老乡带着我们在大山里转悠，他们从小生长在本地，哪个山头、哪个旮旯里有核桃树，有几棵核桃树，甚至哪块地方的核桃皮薄肉厚、个头较大，都一清二楚。在山里打核桃的活儿都不派给妇女干，因为要爬树，有些长了上百年的大核桃树，有三四层楼这么高，即便爬上去了，长竿子横向里也不一定够得着挂在枝头的核桃。这活儿有一定的危险性，而且因为叶子阻挡视线，以为核桃已经打干净了，下来站在地上仔细一看，有的树杈子上还挂着不少呐，于是还得爬上去，让下面的人指点地方，再打一遍。要求是打干净了，所以一棵树爬上去好几回，也是常有的事。打完核桃，装满背篓背回村里就相当累，因为带着硬壳的核桃分量很重，山路又不好走，又加上我个人腰劲儿不行（大三时练举重扭伤了腰）。记得第一次生产队让我把一筐也就七八十斤重的毛桃，背到斋堂镇的供销社去，同去的农民社员的背篓显然比我的要大，他背着轻松自如，我却步履艰难，七八里地我走得一拐一瘸，腿都不能打弯儿了。周强一看不行了，下午就让我留在场院里跟大妈们一起干轻活儿，好几位大妈一看我那"残疾人"模样都说："啊呀，孩子你咋这样儿了，快一边儿歇着去吧。"听得我心里感觉十分温馨，脸上却有点挂不住。毕竟那时候我才二十多岁，也是个要强的年轻人。

　　我出生在南方大城市，出了家门就进校门，典型的四体不勤、五谷不分。在斋堂山村可真是长了不少见识，也学了一些农活儿，包括收割庄稼、沤肥、垫圈、刨白薯、码草垛等，甚至学会了赶毛驴。也正是在斋堂将近一年的劳动中，我才发现周强对农业劳动十分能干在行。刚进村不久，有一次队里派活儿，让我跟一个老乡铡喂牲口的草料。周强一听马上说，这活儿你干不了，我和你一起去。我不知深浅，心里还有点不以为然。但一到干活儿的时候，我着实有点吃惊，只见周强脱得只穿一条小裤衩和小背心，那大铡刀估计有二十来斤重，老乡把一大捧草料往铡刀下一寸一寸往前续。周强就一个虎蹲，往下猛按铡刀，接连不断地蹲下站起，一下一下不断地铡，直干得大汗淋漓、背心湿透。我也试过几下，铡刀卡住，竟然不能一下子把草料齐齐切断。周强还说老乡体谅我们，草料续得不多，续厚了，更费劲了。后来，袁行霈闲聊时告诉我，周强农村出身，家有老母，每年暑期回山东老家，天天出去打柴割草，替家里打够烧一冬的柴火，农活计他都在行。去年，听说他因患贲门癌，身体变得十分衰弱，心里真是难受极了。今年传来了他不幸去世的噩耗。想起当年他在斋堂和鲤鱼洲劳动锻炼中生龙活虎的样子，不禁眼热心酸，几乎落泪。

　　当年下乡我们对农村的劳动都做了充分的思想准备，但后来还是碰到了一件谁也没有想到过的事。有一天晚上，周强忽然把我们召集在一起，说是老队长通知他，社员某某家里死了老人，要我们帮着入殓出殡，入土埋葬。按当地山村的规矩，一是妇女不能在场，二是入殓时都要默不出声，最忌讳呼唤在场人的名字，那是不吉利的（据说冥冥中会把该人的魂一起带走），三是丧家发三尺白布，帮着入殓出殡的人都得戴孝。那时是"大跃进"时期，白虎头村里的青壮劳力，几乎被公社抽调一空，有下矿的，有去修水库的，有去筑路的，等等。村里最大的一支青壮劳力队伍就是北大的下放干部，生产队要我们出人帮着入殓、抬棺材，挖坑埋葬，那是自然的。三条规矩，我们也一一遵守照办，只是入殓时人多事杂，手忙脚乱，我就亲耳听到周强叫了两回老袁的名字，好在袁行霈不在乎入殓时不能叫别人名字的忌讳。抬棺材时，一是山里的路不是城里的平整的沥青大马路，它是羊肠小道，崎岖不平，很不好走，而棺材又是用刚锯下来的树，现刨板子新打的，木材潮湿，分外沉重。我们轮流换着抬，尽管这样，好些人肩膀都压得充血了。大学教师抬棺材，现在听起来有点匪夷所思，可我们当时十分认真地去做了，而且后来又抬了好几回。那年，白虎头村里去世的老人有五六个之多，都让我们赶上了。

　　在抗日根据地斋堂将近一年的劳动锻炼中，我们干劲十足，思想收获也是巨大的。老师们都觉得农民实在太苦了，太穷了。他们一辈子脸朝黄土背朝天，整年辛苦劳累，天天只记工分不见钱，日常几毛钱、一两块钱就会把他们难住，而年底结算，一个工分才合一两毛钱，一年总共也挣不了多少钱，城乡的贫富差别，真是太大了。山村地处偏僻，村里的老乡淳厚朴实，待人特别亲切诚挚，日常相处我们都以"大爷大妈"称呼，逐渐凝聚了深厚的感情。冬闲的时候，在公社领导和北大工作组的安排下，各个山村的北大下放干部都为村里办了不少好事。比如，公社布置各村办业余民校，扫除文盲，提高农民的文化水平。我们就协助动员组织，并分头每晚上门在炕头上教课，甚至还有考试检查。因为进入了老乡家里，我们也因此听到了不少当年日本鬼子在平西斋堂残酷扫荡，游击队奋勇抗击的悲壮事迹，在英勇牺牲的平民百姓中，有的就是他们叔伯一辈的亲人，听来真切动人，深受教育。

当时，学校下放干部工作组还布置让我们要在农业机械化方面发挥作用，为村里做一点贡献，回报村里对我们的深情厚谊。这对当时在白虎头劳动的中文系和俄语系文科教师来说，自然是个难题。但这是斋堂校工作组统一布置下来的任务，文理科都如此，我们自然不能例外。最后，跟村支书和老队长反复讨论，决定利用队里有一台锅驼机、有一个堪称能工巧匠的老木工，而下放干部中又有一个能开锅驼机的教师（王福堂）的有利条件，设计制作了一台从脱粒到加工粮食的自动化装置。虽然因为材料和动力设备等客观条件的限制，这套装置的加工效率不是很高，但它的构思和实用性，后来在工作组去各村检查评比中还是得到了肯定和表扬。

在为村里办的好事中，最让村里各家各户大爷大妈们高兴的一件事，是我们让原来听不到公社广播的两个村也听到了广播。白虎头生产队由宋家村、王家村和郝家村组成，但公社的广播线却只拉到最近的宋家村。我们（主事者：王福堂）勘察路线，在石头地上刨坑，埋杆子，把广播线一直拉进山里最远的郝家村，使寂静的山村都能听到公社广播站播送的新闻通知、歌曲戏文，以及斋堂各地的消息，大爷大娘们的兴奋感谢，溢于言表，使我们深受感动。

在山村劳动锻炼的那一段生活，真使人难以忘怀。我们离开的时候，已经跟我们有了深厚感情的大爷大妈，拉着孩子，哭着相送，走出去好几里地。回校后不到一年，我和福堂两个人实在思念山村的大爷大妈，又结伴专程回到山里去小住两天，探望乡亲。在老党员、老游击队员、一辈子独身的村支书的家里，我看到我们临走时赠送给村里的一面锦旗仍然挂在原来的地方，上面写着：情深似海，恩重如山。

这一句话是当时斋堂白虎头北大全体参加劳动锻炼的教师，经过集体反复商议才确定下来的，大家一致认为这是我们出自内心的肺腑之言。

鲤鱼洲农场战天斗地中的动人事迹和逸闻趣事

组织教师去农村参加劳动，下放锻炼，北大从1957年开始接连组织了三期。在三年困难时期不得不中止。之后，在"调整、巩固、充实、提高"方针的指导下，学校在恢复教学秩序、提高教学质量方面都有了起色。但是，从一提出"千万不要忘记阶级斗争"，开展社教运动起，北大就比其他高校更早地进入了混乱时期。当时政治气氛的紧张已经让人有几乎快要窒息的感觉，积压多时，最后终于在北大出现了"全国第一张马列主义大字报"，触发了本已蓄势待发的"文化大革命"，神州大地陷入了电闪雷鸣狂风暴雨的十年动乱。

1969年，北大在开展了"清理阶级队伍"运动之后，突然紧急动员，一声令下，由军、工宣队率领全校绝大部分教职员工，开赴江西鲤鱼洲劳动锻炼，改造思想。于是我们开始了在鲤鱼洲农场"五七干校"为时两年多的战天斗地的生活。说在鲤鱼洲"战天斗地"，此话可不是比况描写，而是实话实说。鲤鱼洲自然环境十分恶劣，生活条件极为艰苦，当时，我们确实要与天斗、与地斗，否则就无法生活，不能整田、育苗、插秧、种庄稼。

我们在鲤鱼洲白手起家，自建家园，开辟水田，春种秋收，种种繁重艰辛的劳动，都有许多教师做了细致的纪实性的描写。这里姑且粗线条地从某些劳动场景、生活片段中记述一些趣事逸闻，也可体现当年"五七战士"战天斗地中意气风发的精神面貌。

1. 沼泽地里开辟水田，拖拉机拖拉拖拉机

我们在农场最早的劳动是从挖泥挑土开始的，那里是1958年工农业"大跃进"时期，在鄱阳湖边围湖造田形成的一大片沼泽地，因钉螺丛生、血吸虫肆虐而被当地农民遗弃。沼泽地高低起伏、深深浅浅，首先要整成一块平整的土地，才能进一步分成田块，打上田埂，开渠引水，变成水田，育苗插秧种庄稼。因此，根据农场场部的规划，有的地

方要在泥潭里往下深挖，有的地方却要挖土填坑。在淌水的沼泽地里挖泥，比旱地挖土要难多了，就好比在稀粥锅里捞干的。会挖的一满锹一满锹地挖出来，不会挖的就少多了，干着急也没辙。再说，我们要整平的是一大片地，挖出来的稀泥，还得弄到地边去，有时候只能排成一长队，用传递法，一锹一锹传出去，挖深了，最后一个人要把铁锹举过头顶，才能把烂泥甩到地边去，实在是很费劲的。干这活儿不仅累，还比较脏，半天下来满身污泥，脸上也是。

  沼泽地里挖泥也有有趣的事，有时会挖到钻在泥塘里的青黑色的泥鳅，很像鳝鱼，俗话说"滑得像泥鳅"，很不好抓。但还是有人抓了一些，送到连队伙房去，可是不太受欢迎，大家都不爱吃，土腥气太重。与泥潭里挖泥相比，有的地方要挖土填平水塘就好办多了。什么地方可以取土，什么地方要填平，都由场部测量队事先做出标记。我们就在指定的地方挖土，用木制的独轮平板车装土，推到水塘边倒进去，逐步推进，填平为止。独轮车上泥土装多了，也很重，加上泥地高低不平，推起来要用力掌握平衡，有时候难免半路翻车，颇为扫兴。有时候水塘深了，老填不起来，接连干了几天老完不成任务，也免不了要着急。

  但是北大、清华两校的"五七干校"，毕竟还是有点特殊，不久农场就一下子有了好几台"东方红"履带式拖拉机，从各连抽人建立了机务连，归场部统一指挥调度。然后，又有了轮胎式的手扶拖拉机，调拨到连队，归连队自主使用。去机务连的是现代汉语教研室的侯学超老师，七连的手扶拖拉机手是现代文学教研室的洪子诚老师。子诚外表文弱精干，看起来似乎不怎么粗壮有力，但干起活儿来却十分出色，一点也不比别人差。只是他开手扶拖拉机却不怎么稳当，不知道跟他生性幽默、语言诙谐是否有关，手扶拖拉机翻在路边或干脆开进了路边引水渠里的事屡有发生。有一次，我孩子见了他后悄悄地告诉我：这个叔叔开手扶拖拉机翻在水沟里了。我想子诚的手扶拖拉机莫非在场部幼儿园门口翻过车，要不然何以会被我在幼儿园的孩子认出来？

  其实，不管是履带式拖拉机还是手扶式拖拉机，在鲤鱼洲沼泽地里都是不好开的。有一回一辆履带式拖拉机就陷入泥潭，半身侧歪，躺在我们七连伙房背后的水田里，动弹不得。只好让机务连另开一辆拖拉机来把它拽出来。诗歌源于劳动，中文系的教师本来就爱在大田干活时唱诗联句对对子，见此情景马上随口而出：拖拉机拖拉拖拉机。有了上联，一时却无人对出下联。大概此联生动有趣，切合当时时常发生的情景，竟然传遍全场各连，几乎无人不知。在七连更是因为有了上联却无下联，未免念念不忘，孜孜以求。最后还是在劳动中触发了灵感，有了"再生稻再生再生稻"这样的下联。因为江西天气炎热，光照季节较长，一年两熟，稻子割了一茬儿，留着根茎，居然还可以再生长一茬儿，当地称之为再生稻。由此，又有了"再生布再生再生布"的下联。这种利用废旧衣物加上一些其他原料纺织出来的江西再生布，不需要布票就可以买到，在当时物资匮乏的年代很受欢迎。

2. 挑砖打瓦脱土坯，女教师身陷泥潭

一到鲤鱼洲，生活上的第一个考验就是住的问题。从鄱阳湖大堤上下来，见到的只是一片荒芜的沼泽地，几座孤零零的大草棚。那还得感谢北大后勤先遣队，赶在全校大队人马到达之前，千辛万苦抢时间搭建起来的；否则我们将风餐露宿，无处容身。当时，男同志好几百人住在一个将来要堆放器材物资的大仓库里，睡在用板条钉成的、分成上下两层的铺板上，后半夜大家都发觉盖在身上的被子是潮乎乎的。一早起来，在发绿的水塘边洗脸漱口，吃一点炊事班天不亮就起床为我们准备好的早餐，马上就领受劳动任务，出发战斗了。

后来，我们才知道女同志的住处条件更差，更加潮湿。不仅被子褥子是潮乎乎的，铺板上还会出现水珠，铺板反面起了像青苔那样的绿毛，铺板下面的地上居然还长出来不少新鲜的小蘑菇。其实，真也不必奇怪，因为这里本来就是湖底。这样的居住状态当然不能长期保持下去，所以生活上的当务之急是盖房子。鲤鱼洲的住房以草棚居多，但也有一些砖房。红砖用汽船运来，卸在大堤上，各连挑分配给各连的砖。挑砖可是重活儿，一块砖五斤多重，二十四块砖摞在一起，看起来也就跟现在一般的小纸箱差不多大，却已有一百二十来斤重了。压在肩上挑

起来十分沉重，再加上时不时还会碰上下雨天，鲤鱼洲泥泞打滑的路，本来就十分难走，走路摔跤那是常有的事。大家还分别评出了男子"摔跤"冠军和女子"摔跤"冠军。现在肩上又加上了那么重的担子，那可真是得咬牙坚持，一步一晃，走走停停，摔倒了，爬起来，码好砖，继续往前挑。有一次，碰上连里放一天假休整，为了让大家多睡会儿觉，三餐改为两餐，十点、四点各一顿。想不到八点多钟，场部紧急通知，大堤上到了一批砖，各连立刻紧急出动去挑砖。那一次，我挣扎着挑到指定的场地，放下担子，一屁股坐在地上，忽然觉得眼前一黑，身子一歪就倒下了。不知道是哪位好心的"五七战士"在我嘴里塞进一粒当时在鲤鱼洲可谓稀罕之物的水果硬糖，我才又有了知觉。一会儿，又有场医赶来，量血压，听心脏。我悄声告诉他：没事，空肚子挑砖，脑供血不足，暂时的。这次挑砖给我留下了难忘的印象。

砖房要用瓦铺顶，瓦是农场自制的。场部规定，全场的用瓦，都由七连制打供应。因为制水泥瓦需要用沙子，七连场地有沙子可挖，便于就地取材。因为要供应全场的砖房用瓦，打瓦班的同志十分辛苦，一天两班倒，日夜轮流干。打瓦还是个技术活儿，打不好就是废品。连洋灰和沙子的搅拌也有讲究。沙子要筛洗，洋灰和沙子的比例要恰当，否则打出来的瓦硬度不够，容易碎裂。打瓦的技术熟练掌握后，看起来似乎不怎么费劲，其实很累。因为即便是空手甩胳膊，连续甩几个钟头也是受不了的，更何况铁质的打瓦机分量也不轻。

鲤鱼洲的草棚也有用土坯垒墙的。搭草棚、打土坯都由各连自己安排，鲤鱼洲的胶质黏土，随处都有，是打土坯的上好材料。打土坯比打瓦要简单，关键是和泥，犹如包饺子和面，稀了不行，干了也不成。起初是让体重好几百斤的大水牛来干和泥的活儿，没想到那老牛十分乖巧，在大泥堆里才转了两三圈，就摸到了门道，图省力总是踩着老脚印走。想尽办法，或改变方向或曲线行走，老牛始终坚持省力原则，踩空当走老路，和泥的效率十分低下。男士们就干脆甩掉老牛，脱了长裤在泥堆里自己踩泥和泥。在鲤鱼洲，"五七战士"个个都是奋勇争先，重活儿、脏活儿抢着干的，女同胞也一向不甘落后，见此情景也撮了面积不小的一大堆黏土,自成一堆热热闹闹地踩泥和泥。有一次大概是泥堆过大过厚了,黏土越踩越黏,一位身材比较矮小的女教师因为双腿陷入黏土过深,竟然拔不出来,插在黏土中无法动弹。大家赶紧向男同胞告急,经过七嘴八舌的议论,最后是找来两根较粗的毛竹竿,从她腋下穿过去,四个人高马大的壮劳力把她从黏土堆中抬起来,弄了出来。

鲤鱼洲的草棚都是各连自己盖的,除做房梁、檩条用的毛竹由场部采购统一供应外,其他材料如茅草芦苇之类,大都由各连自己解决。其中打土坯占用了连里不少劳动力和劳动日。但有了这番经历,后来住进自己盖起来的草棚里,自然也就分外亲切。

1969—1971年在鄱阳湖边北大鲤鱼洲"五七干校";王理嘉一家三口。远处为七连中文系"五七战士"亲手盖建的大草棚。

3. 牵牛犁田拉耥子，陈老农大显身手

刚到鲤鱼洲时正是农闲季节，所以赶紧整田块、盖房子，安顿生活。半年过去，春回大地，农活儿就一样一样紧接着来了。这时田块已经整好，灌田用的引水渠也已挖好，但鲤鱼洲要种的是水稻，经过拖拉机耕过的田地也还需要进一步翻耕平整，便于插秧。这时连里的劳动力几乎都集中在大田里，一边用人力平地，一边用水牛犁田。牵牛犁田，不是人人都干得了的，因为那长着一对大尖角的庞然大物很不好对付，它要是跟你发牛脾气，犯牛脖子，你拿它没治。有一回拉耥子平整水田，将近傍晚，老牛不知是累了还是饿了，不想干了，竟然一甩牛头，挣脱牛缰，径自翻过田埂，带着耥耙，自己回去了。你越追赶，它就跑得越快，耥耙上又尖又长的铁钉刺在大水牛的后蹄上，鲜血直流。只好不追它，让它自己回牛棚，休息吃草料。

牵牛犁田的一把手是后来写了上百万字《杜甫评传》的陈贻焮老师，他是老年教师里最年轻的，中年教师里最年长的，可无论干什么活儿都不落在别人后面，而且还能干别人干不了的活儿，比如牵牛犁田。大家都很钦佩他，尊称为陈老农。我就亲眼看到过他制伏一头大水牛的惊心动魄的场面：那老牛不知何故，犯犟脾气了，不听指挥，自作主张，撒开四蹄跑了起来。只见陈老农一手拽紧拴在牛鼻子上的缰绳不放，紧贴牛身，右胳膊右腋斜挂在牛脖子上，利用牛的力量，随半驮着他的老牛一起狂奔。跑了一阵，老牛既挣不脱缰绳，也甩不掉压在它脖子上的人，只得停下来，乖乖地被陈老农牵了回来，照旧干活儿。我在一旁圆瞪双眼，提心吊胆，看得大为叹服，觉得陈贻焮老师那会儿极像西班牙斗牛场上的勇士。他却心满意足地笑着跟我说，关键是要牵住牛鼻子，管住牛头，古人早就说了。

水田平整以后，赶紧春播育苗。连队把管理秧田的重要任务分派给了王福堂老师。因为秧苗的生长，要求相对稳定的水温，随天气的变化，适时放水换水。如果发生烂秧的事，没有了秧苗，那随后的农活儿就全都没戏了。事关全局，一定要找一个认真负责，一丝不苟，能够科学管理的人来负责，而王福堂正是这样的人。他果然不负众望，秧苗长

势良好，绿油油的十分可爱。

　　之后，就是起秧运秧，和让很多"五七战士"累断腰的插秧。然后是适时适量的施肥。化肥施多了秧苗会发黄烧坏，少了又长不好，影响吐穗结实。秧苗的生长很让人揪心，但在"五七战士"的精心管理下，茁壮成长，老天爷也帮忙，风调雨顺。黄灿灿的夏季稻应时呈现在大片大片的田地上，繁忙的"双抢"季节来到了。收获自己种出来的粮食，对我们绝大多数人来说，那真是有生以来头一回，全连都是起早贪黑地拼命干。这时连里已有了工农兵学员，等于又添了一批生力军，他们也让我们看到了长期务农者的收割"艺术"。其中有一位来自江西本地的学员，自小务农，他的收割速度不是一般的领先，而是遥遥领先，我们只能用"望尘莫及"来形容。这立刻引起了大家极大的兴趣，围观之后马上明白了自己赶不上他的原因。他不像我们那样抓住稻子一把一把地割，只见他镰刀贴近稻根，轻轻一割，动作很小，速度极快，神奇的是他割下的稻子都是朝一个方向倒的。他心里有数，很快地一路割出去十来米远，再返回来，用镰刀一钩一归拢，马上就把一堆稻谷捆在一起。稻把儿捆得也有讲究，大了捆不住，小了多费手脚，速度自然也就慢了。这一手熟练的技巧，是他在长期的农业劳动中锻炼出来的，绝不是我们一下子能学会的，所以我们看了之后也仍然只能靠拼干劲、凭力气来抢速度了。

　　"双抢"后我们吃到了自己播种收割的新大米，那绝不是城里粮店里买来的陈年老米可比的。

4. 养鸡养鹅放鸭子，杀猪捅心还是抹脖子？

　　全校将近两千人一下子拥到无人居住的荒芜的沼泽地，副食品供应不上，那是自然的。所以刚到鲤鱼洲，只能靠偶尔见到几片冬瓜的冬瓜汤、难得有几片菜叶的酱油汤，以及不知道是什么味儿的咸菜疙瘩过日子。但是一到农场各连分开，有了自己的场地，这艰苦的日子，慢慢地也就有了转机。场部后勤连的工作走上了正轨，熟悉了周边和市内的供应渠道。各连也有了自己的伙房，建立了自己的菜班，种菜吃菜，养鸡养猪，改善生活。

大概在半年多以后，在伙房劳动的沈天佑老师因患黄疸性肝炎，只能调离伙房，连队调我去接任，此后就一直在伙房充当火头军烧火，有八九个月之久。现在想来，我也真是跟烧火有缘。在密云炼钢烧锅炉供应开水，在鲤鱼洲又当了厨房的伙夫。从鲤鱼洲返校，大部分教师各回各系，但有一部分人却划归后勤当劳动力使用，我也在其中，那年冬天我又烧了一冬锅炉，为全校供暖出力。

鲤鱼洲的炉灶设计烧火的是在室外操作，所以比在伙房室内主持红案（副食）白案（主食）的要辛苦，更何况还有运煤、挑煤、劈柴等杂事。同时又是全连起得最早的人，因为要赶在大家起床前烧出两大锅开水来，这样管主食的马上可以下米煮粥，要喝水的也马上有开水可喝。伙房内做饭烧菜都离不开火，火候的大小要是控制不好，灶台上就会乱套。事关全连的吃饭问题，所以烧火的倒也责任重大，不敢掉以轻心。

由于火头军是在伙房室外劳动，自然而然地就兼管起另外一些事来，比如养鸡、养鹅、放鸭子等。其中也有一些有趣的事可以说说。场部为了帮助各连队自己改善生活，送来了十来只鸡，雌雄都有。那当然不是让大家大快朵颐的，而是让连队发展养鸡事业。等鸡生蛋、蛋生鸡、鸡群成堆时，想吃鸡也还是可以的，不过那是以后的事了。养鸡最让人担心的是它晚上不回鸡笼。鲤鱼洲有一种俗称野狸子的山猫，不知它藏身何处，生性凶残，嗅觉灵敏，每当场部有当时按人配给、定量供应的鲜肉送到，当晚它必来无疑。有一次我就在伙房里与它遭遇，只见它凶猛暴烈地上蹿下跳，实在吓得我不善。那忘了返回鸡笼的鸡，不管大小，只要被它找到，总是被吃得连鸡毛都找不着，只剩两个爪子一个鸡头。所以我晚饭后总要四处走动走动，看看有没有遗漏在外的鸡，但它躲在哪里，有时也很难发现，不免防不胜防，只好听天由命了。

鸡群白天是放养的，随它四处走动，自己找食。这样母鸡就下野蛋了，所以还得留意去捡。有一回，一只母鸡不知何故，认定一位女教师床铺上叠好的被子是它最舒服的下蛋地方，几次把它赶走，它却坚决返回，死乞白赖地非要在被子上下蛋不可。那位心地善良的女老师拗不过它，只好自己趴在床铺边上午休，让母鸡在被子上下蛋。最有趣的是我们不知道禽类先天的遗传习性，凡是刚孵出来的小鸡总是会把第一眼见到的活物当成自己的抚养者。有一次，一只老母鸡不知何故忽然离开了它孵化多日正在陆续破壳而出的小鸡，也是一位好心的女老师，主动在一旁照料。那老母鸡却久久不归，结果这位女老师就被一群雏鸡认定是自己的鸡妈妈，叽叽喳喳地始终紧跟着她，甩不掉也赶不走，弄得她无可奈何，哭笑不得。最后，还是那只休整完事的母鸡自己回来了，不知道它凭什么本事，把自己孵出来的这一群小鸡领走了。据说母鸡凭嗅觉能非常准确地辨别是不是自己孵出来的幼鸡，在连里我们也确实见到每只母鸡带领各自的小鸡，自成一群，从来也不会掺和在一起，不是自己孵化出来的小鸡，会被母鸡从鸡群里赶走的。

连里也养猪，由一位本来就是在学校膳食科养猪的猪倌喂养。猪倌倒也是一位专家，怀孕的母猪，他用手在腹部轻轻一摸，就可以摸出来一共怀了几头小猪，说一不二。但俗话说"隔行如隔山"，这位养猪专家却不会杀猪，也不知道怎么杀猪。于是到了可以杀猪改善生活的时候，在连里自发地引起了一场怎么杀猪的争论。有的说杀猪捅心，有的说亲眼见到杀猪是抹脖子的，也有调和论者认为两种方法都可以，反正只要杀死了就可以。犹如学术争论一般，居然意见分歧，莫衷一是。伙房不敢莽撞，怕弄出像小说《红旗谱》里老驴头杀猪的闹剧来，让抹开脖子却又没有割断气管的生猪，血淋淋地在连里满世界乱跑乱撞，甚至闯进住人的草棚砖房里去，弄得全连大乱。出了这样的事，那可是担待不起的。后来还是从后勤连请来一个会杀猪的师傅。我们在一旁见习之后，终于明白捅心和抹脖子原来只是一个过程的两个步骤，先在颈脖下面靠近心脏的一边，用杀猪尖刀割开一寸宽几分深的口子，那里没有神经系统，生猪毫无感觉。口子拉开以后，尖刀照准心脏部位猛扎下去，生猪一哆嗦，便不动弹了，只是在放血将尽的时候，那被四蹄捆紧的活猪才会抽搐挣扎几下。见识一回以后，杀猪放血，褪毛开膛，掏净内脏大卸八块，我们都能自己干了。

伙房在主食的改善方面似乎总是不能尽如人意。因为有不少在北方土生土长的教师职工,从小习惯了面食,不爱吃米饭,个别人见了米饭跟见了冤家似的,甚至半开玩笑地强调,干挑砖担泥那样的重活最好吃烙饼,米饭不顶事。所以伙房就得想方设法除馒头之外,再弄点花样面食来调剂口味。有一回场部送来一点数量不多的白糖,伙房用来包糖三角,大概是糖搁得不多,一位古汉语教研室的老师信口念了一句上联:"糖三角三角无糖",征求下联。中文系的教师多少有点职业病,在鲤鱼洲苦中作乐对对子,很有瘾头。但那上联却不怎么好对,七嘴八舌,脑筋甚至动到了倪其心老师身上去,对出了"倪半天半天有泥"这样的下联。那是因为倪老师在筒子楼集体宿舍住的时候,本来就服饰随便,倜傥不羁,他的宿舍床铺,也总是凌乱不堪的。在鲤鱼洲沼泽地泥潭挖泥时,他作战勇猛,不顾一切,要不了半天工夫,就浑身是泥了。后来又有人对出了"蜜四果四果有蜜"的下联,但有人也认为只能算差强人意。

在鲤鱼洲连队里生活的改善,经过一年多的努力就有了起色。虽然还是赶不上学校食堂和自己家里的水平,但是跟刚到鲤鱼洲的时候相比,那可是有天壤之别了。大家联系到当年延安的大生产运动,都说"自力更生,丰衣足食",那是千真万确的。

对鲤鱼洲"五七干校""五七道路"的审视和反思
——知识分子改造的必由之路?

办"五七干校"、走"五七道路",其目的是很明确的:劳动锻炼,改造思想,接受工农再教育。早在 20 世纪 50 年代后期,倡导高校学生、干部和知识分子下乡下厂,参加劳动,同工农结合,接受教育,改造思想,就已经在全国普遍开展过一次了。所以,这一次是继续上一次的再教育。从 50 年代走过来的人,很多都经历过这两次思想改造运动,我也是其中的一个。就我所看到的,在前后两次劳动锻炼中,知识分子的表现都是很值得肯定的。虽然体力不同,干多干少并不一样,但他们各自主动积极,奋勇当先,尽心竭力,严格要求自己,从不偷懒怕脏,那是一样的。可是就思想改造来说,前后两次加以对照,其效果、心境和感受却截然不同。

人类的文明是在进步的,社会是向前发展的,所以与时俱进、改变旧观念,接受新思想、适应新社会,这是人类群体生存发展的本能。从这个角度说,思想改造没有什么不可以接受的。但是,鲤鱼洲的思想改造为什么招致大家几乎一致的反感否定呢?在前一次为时两年多的劳动锻炼中,我们与工农劳动人民亲密相处、一起劳动,从来没有受到过训斥责骂,他们对我们是尊重的。而我们也的确是抱着真诚的态度,虚心学习他们的优秀品质,受到了会铭记终生的思想教育。但是在鲤鱼洲我们几乎见不到一个工农群众,那又如何接受工农再教育呢。我们提出了这一问题,所以我记得有一次也是唯一的一次,连队找来了一个住在鲤鱼洲附近的江西农民,在我们劳动间歇时,对我们进行了一次阶级教育。那是一位朴实淳厚的中年农民,他没有多谈什么江西老革命根据地的革命事迹,主要说的是"大跃进"时期农民修堤筑坝建水库、围湖造田时的冲天干劲,艰苦劳动,以及眼下农民的贫困生活。我至今还记得的一个例子是,他在说到江西农村嫁闺女收彩礼是根据体重计算的,八块钱一斤。农民在生产队靠劳动挣工分吃饭分粮食,年年辛苦却拿不到多少现钱。闺女嫁出去了,家里就少一个挣钱挣工分的劳动力,不收彩礼将来怎么养老活命呀。所以当时给我留下的一个印象,仍然跟十年前一样,农民真是太苦了。

但是鲤鱼洲干校思想改造中的问题,关键还在当时的军、工宣队身上。他们是由上面派遣到高校来的权力机构的代表,可以决定你是革命的还是反动的,反革命的可以生杀予夺、决定你的命运。当时,他们挟清理阶级队伍之余威,奉军委一号动员令之命,带领北大将近两千人的队伍来到鲤鱼洲。他们和我们的关系,一位明言快语的教师直率地指出:"名曰鲤鱼洲分校,实即劳改农场,宣传队与教职工的关系,实为监管与被监管的关系。"他还亲耳听到他们肆无忌惮地谈论:"这些知识分子一个一个都会说,他究竟想的什么,咱们吃不透,总得多长个心眼才成。"可见,说军宣队是把我们当作另类异类看待的,这话可谓一点也不过分。

在鲤鱼洲，军宣队板着面孔、疾言厉色地训人那是常有的事。大家都记得的一次是，雨越下越大，插下去的秧苗大多漂了起来，再干下去也是白浪费秧苗，连队只好收工。没想到正在大家擦干身子、换上衣服的时候，农场最高领导田参谋长突然大驾光临，让连队吹哨子紧急集合，一顿训斥：解放军打仗在枪林弹雨中冲锋陷阵，你们下点雨就收工了？这怎么锻炼一不怕苦二不怕死的精神，怎么风口浪尖炼红心？这种时候当然是不能辩解的，于是大家二话不说抄起工具，立刻返回大田，继续干活，身上湿透了也不敢收工。嘴上都默不吭声，心里却并不痛快，因为对此不以为然。其实这正是军宣队要达到的劳动改造的目的。清华北大两校的负责人之一迟群，当时以"两校"（梁效）的名义总结了一条向各地"五七干校"推广的经验就是：清华鲤鱼洲农场为了锻炼"五七战士"，有拖拉机不用。现在提起这事，使我想起了1958年前后在京郊农村的劳动时一位生产大队老支书的话。他对当时来农村劳动的农机学院的教师下地翻土大不以为然，认为他们是搞技术的，让他种地，韭菜麦苗不分；让他整拖拉机，一听声音就知道毛病在哪儿。要是给生产队整好了一台拖拉机，那能顶多少劳动力哪！看，这就是真正的劳动人民对知识分子下乡劳动实事求是的看法。在我个人多次下乡下厂参加劳动的经历中，贫下中农和工人师傅都是这样的，从没见过像军宣队这般的嘴脸。

走"五七道路"不仅要学农，还要学工和学军，所以在鲤鱼洲农场下地干活儿之外，还要搞紧急集合和野营拉练。今天也可以反思议论议论，这有必要吗？有意义吗？第二次世界大战时期，很多国家征兵从军，年龄也限制在五十岁以下，而鲤鱼洲北大教职工里不乏年过五十乃至六七十岁弯腰驼背的老人和妇女，在和平时期却还要对他们进行属于军事项目的训练？再说鲤鱼洲大草棚和部队战士营房的居住条件也大不一样，营房里战士的衣物被褥的安置，连牙刷的朝向，平时都有统一规定，一切井然有序；而在好几十人挤在一起凌乱不堪的大草棚里，床铺紧连，一掀被子，衣服就会翻落在旁边铺位上，平时又无训练，一搞紧急集合可不就乱套了吗？特别是这种紧急集合很像是故意恶搞，跟你开玩笑。一次是半夜两点在场部广场紧急集合，结果是跟鲤鱼洲清华分校跑片子看电影；另一次是连队自己搞的紧急集合，背上行军铺盖，黑夜里场内堤上的，绕了一大圈也就回来了，但等你解开铺盖，睡进被窝，暖暖和和快要进入梦乡时，突然又吹起了尖厉急促的紧急集合哨，还大声呵斥不许开灯，弄得大家措手不及：有的人把毛裤当毛衣，胳膊倒是伸进去了，脑袋却无论如何钻不出来；有的穿错了别人的衣服；有的人来不及打好行军铺盖，抱着一团被子就出去站队集合了。结果是把你奚落训斥一顿也就解散了。这不是存心让你出洋相吗？当年的"五七战士"，如今都已是七老八十的老年教师，说起这些事无不又好气又好笑，有的忍不住气愤地说："这简直就是拿老九当猴耍，故意作弄你"，"完全是在整压知识分子"。这对知识分子的思想改造，提高他们的军事素质，能起到什么积极作用吗？

　　野营拉练也是如此。七连自己搞的一次野营拉练，不管男女老弱，一律背上铺盖，带上干粮，爬坡上堤，疾走缓行，一路演练了好几个钟头，好些人特别是女同胞，几十里地勉强支撑着走了回来，但一到床位，马上不行了，有抽筋的，有要呕吐的，有休克的。农场十几岁的中学生拉练得尤其严酷，走得脚底打血泡、指甲盖都掉了的，比比皆是。尤其荒唐的是连场部幼儿园四五岁的学前儿童也搞起拉练来了，我五岁的孩子就在其中。每个孩子背着干粮行军水壶，怀揣红宝书，由幼儿园老师带着，排成队列，从场部幼儿园一直走到十里朝外的一个名叫天子庙的小镇上。来回怎么说也有二十里开外吧，幼小的孩子们令人难以相信地居然都走下来了。回来后向场部军宣队领导汇报，得到了表扬，还鼓励他们要再接再厉。可是我敢断定，幼儿园的领队一定没有汇报：当夜孩子们集体尿炕，衣裤被褥皆湿，不得不让家长把孩子都领回各自的连队，好让他们晾晒被褥、整顿内务。这种事情瞒得了场部领导，可瞒不了孩子的家长。但我们知道了，又有什么用呢？那时候"极左"思潮的恶性发展简直到了头脑发昏不可理喻的地步。有一次看见七连幼儿园的几个小孩子，在场院里嬉戏玩乐，追逐一只八九斤重、用于配种的大公鸡，嘴里叫喊的却是："同志们，快抓'五一六'！"要不是把开展"清查'五一六'分子"运动也宣传到幼儿园去了，小孩儿自己能闹出这种游戏来？

　　北大鲤鱼洲"五七干校"与许多其他干校的不同之处是，还有教育革命的任务。总管全国教育科研的、两校领导人之一的迟群，亲自驾临鲤鱼洲传达布置，要在北大鲤鱼洲农场，办跟史无前例的"无产阶级文化大革命"一样、完全新型的草棚大学。七连的中文系是文史哲三系的试点之一，当时参加教改、将来要当工农兵学员教师的"五同教员"（同吃、同住、同劳动、同改造思想、同教育革命），只不过区区数人，但教改筹备组的教学计划却是让全连（包括中文系、图书馆学系、图书馆职工、校医院大夫和职工）一起讨论的，当时还跟不上教育革命的"新型思想"，跳不出"旧观念""旧框架"，课程设置里未免放进了读一点李白杜甫，看一点红楼水浒的教学设想。结果是这份教改方案就被宣传队当作"封资修""旧教育思想"大回潮的典型，让全连组织讨论，痛加批判，教改小组也被撤销，另换新人。时隔四十年，现在看来一切很清楚，当时要的就是否定一切、打倒一切，为巩固"左"派统治服务的大批判教育。可是，连读一点李白杜甫，看一点红楼水浒都不可以了，那中华民族在几千年发展中形成的、一代一代积累下来的传统文化还能继承和发扬吗？而一个不能保持自己传统文化的民族，必定会在历史发展的长河中逐渐湮没无闻。这种大批判教育革命，是在促进科学文化向前发展呢，还是把它拉向后退、乃至消灭？

　　当然，最有资格对鲤鱼洲江西分校作出评价的是被他们选来的担负"上、管、改"任务的工农兵学员。这些被七连全连出动敲锣打鼓热烈欢迎进来的男女学员，对"完全新型"的草棚大学的反应，竟然是强烈的迷茫和困惑。他们认为这里既无教室操场，又无图书资料，实在不像一个大学，以至于有的学生干脆说是受骗上当了。尤其出人意料的是他们还认定这里没有好老师，都是北京淘汰下来的处理品。其实当时"五同教员"里不乏在"文革"结束后不久，就因为突出的科研成就成为学界公认的一流学者、著名教授以及新学科开创人者。为什么当时的工农兵学员会有这样的看法呢？现在反思却也一点儿也不用奇怪，当时连课程设置教学计划全都拿不出来，教师又噤若寒蝉，怕被抓典型挨批，谁敢讲课？那就难怪学生会这样看待鲤鱼洲的"五同教员"了。另外，说句不是笑话的笑话，当时鲤鱼洲北大教师的仪表，确实也只能用"乃武升天，斯文扫地"来形容。因为江西天气酷热，夏季地面温度可达五十多度，在烈日下干农活儿，汗流浃背，一件汗衫背心个把月就沤烂了。那时候买棉纱针织品要布票，哪来这么多布票？所以男同志几乎个个打赤膊只穿一条短裤衩，面目黧黑。听说这些"光着膀子戴手表，戴着眼镜吃馒头"的人，曾经有人在南昌市被人提出意见，认为这样进出百货商店影响店容市容。这副形象对工农兵学员给予教师的评价恐怕也不无关系吧。这种既无教室操场图书资料，又不讲课教学的草棚大学怎能不会引起学生的疑虑不满呢？

当时军宣队的处置是典型的"文革"时期的做法，整顿思想，"批判资产阶级样子观，树立无产阶级样子观"，让"五同教员"把自己作为"反面典型"，现身说法，自我批判，教育学生。之后，就计划把学员拉到井冈山去，写革命领袖（当然是当时认可的），写革命家史，收集革命民歌。从教育和教学的角度说，这倒也不失为一种办法，它可以学习采访写作的能力。不幸的是出发的那天，因为雨天，道路泥泞不堪，车轮打滑，司机无法控制车轮，结果在鄱阳湖大堤上造成载人卡车翻滚到堤下，当场压死一个教师和一个工农兵学员的恶性事故。现场的情景，据本书的两位作者、当时的"五同教员"乐黛云和周先慎有纪实性的叙述，真是惨不忍睹。而这些情况我还是今天才知道的，当时我在伙房工作，也曾悄悄地问过在掉眼泪吃饭的学生，他们无奈地轻轻回答："不让说。"后来带队的工宣队师傅还因此受到了处分，调离了七连。其实无论处分谁责怪谁，他们都只不过是替罪羊而已。这次恶性事故发生的根本原因，乐、周两位说得一点也没有错，那是鲤鱼洲"五七干校"（极可能是全国所有的"五七干校"）时时处处大批"活命哲学"带来的恶果。当时各种情况已充分显示坚持行车，肯定要出事故，可是连心里最清楚、有权拒绝驾驶的司机也不敢说不要走了。可见，当时鲤鱼洲军宣队大批"活命哲学"给大家的内心造成了多大的压力！都不敢科学地思维、按客观实际办事了。由于大批"活命哲学"，大搞"斗争哲学"，鲤鱼洲干校死人的事何止这两起？事实上一定数倍于此，亲眼所见、亲耳所闻就有三起：一次是不知哪一个连队，大中午的在七连草棚大路边的河里挖沙子，一位"五七战士"忽然在河里失踪了，同来的急忙跑来大声呼救。七连正在午休的许多会泅水的同志，立刻赶去，采用拉网式的搜索，从河里把人捞了出来，但已溺毙。另一次是在离七连伙房不远、配电所附近的一所废弃的草棚里，不知是哪一个连队的"五七战士"在那里用剃须刀生生地割断气管自杀了，七连校医院的医生提着氧气袋火速赶去，已经无法抢救，不治身亡。还有一次正逢我值夜班保安，半夜里场部却派人赶来，把已经挨斗赶下台来的前校医院院长外科大夫叫去，让他开胸按摩心脏，抢救一个溺水窒息的教师，也没有抢救过来。我曾悄悄问过这位平时与我私交不浅的外科大夫，何以半夜里会有人溺毙，是投河自尽？他苦笑着回答"真的不知道"。想来也是不让问吧。正如现在有人断言的，鲤鱼洲"五七干校"倘若不撤，肯定会年年死人，不断死人。新中国成立以来一直被知识界广大师生主动亲切对待的教育革命、思想改造，在鲤鱼洲"五七干校"搞成这样，真是让人可叹、可气、可恨！

　　教育革命中的这段经历当时显然没有汲取经验教训，所以从江西撤回北京后，1975年又把当年招来的工农兵学员拉到北京南郊天堂河劳改农场附近，开办了大兴农场和大兴分校。学制三年，教学上单科突进，结合学农学工，第一年在农场学政治课，第二年在工厂学专业课，第三年搞社会实践。我是当时的随班教师，学生没有周六周日休息日，教师则一个月可回去两天。表面上教育与学农学工相结合，实际上那年正值"四人帮"大搞批林批孔运动，教学根本无法进行。记得我应汉语专业同学的要求，在大帐篷里，讲了一次20世纪50年代中期有关三大语文任务（简化汉字、推广普通话、创制汉语拼音方案）的基本知识，仅此一回就受到工宣队的告诫：在当前的形势下讲专业课是不合适的。可见，无论搞什么都是为当时的政治需要服务的，所谓工农兵学员

"上、管、改"也不过是他们打的幌子。十多年后这班同学回母校聚会，不少学生告诉我：当时他们内心感到很紧张、恐惧、不安。竟与前几年鲤鱼洲分校工农兵学员感到失望迷茫的反应，如出一辙。

今天看来，说在鲤鱼洲"五七干校"种地、参加劳动不过是手段，改造思想才是目的，这还不是深层的解读。实际上办农场、办干校潜藏的根本目的是要进行"吐故纳新"，实施"新陈代谢"，让你一辈子在这儿安家落户、种地放牛、养鸡养鸭，从而把"文革"前十七年来培养出来的以及从前遗留下来的"资产阶级知识分子"，基本上从学校清理出去，这样岂不是就可以彻底改变资产阶级知识分子统治学校的现象了吗？所以在鲤鱼洲农场最大的忌讳是你不安心当场员，想回北京，还想当教员。后来据我从报章杂志、校友故旧那儿得知，当年他们在各地"五七干校"时，几乎都是如此，或个个表态，或集体宣誓："决心改造，永不回家。"在鲤鱼洲，七连的军宣队指导员说话还有点儿留有余地：你们有一部分人是要在这儿一辈子安家落户的。而中文系毕业的在另一连队的"五七战士"曾告诉我，他们连里的军宣队、工宣队可是说得斩钉截铁：你们到了这儿，我保证你们，第一，永远别想回去了，第二，永远改变不了颜色了。两句话一个意思：让你们晒黑了，炼红了，永远在此种地，务农，安家落户。

把"文革"前十七年培养出来的、包括新中国成立后从初中高中进入大学的青年学生，都说成是资产阶级知识分子，这是否能成立，暂且不论。但是，要把已经充当大学教师的新老知识分子都改造成农民并在农场安家落户，这就不仅是一个怎么看待评估知识分子的认识问题，它牵动许多深层的社会问题。因为在鲤鱼洲携家带口及至全家都来农场的，毕竟是不成比例的少数，大部分教职工的家庭人口，有老有小、有男有女都在北京，让全体农场人员个个都要表示"坚决走五七道路，接受改造，安心务农，永不回家"，他们能安之若素吗？当然在当时的政治高压下，表面上风平浪静，但内心深处却都有现在才能宣泄出来的郁闷、不满、气愤，连被以北京大学江西分校名义招来"上、管、改"的工农兵学员，在他们的第一次作文中也都毫无例外地"反映出一种迷茫和失望"。这种彷徨苦闷的心情，今天在本书《鲤鱼洲纪事》中有一些被直接表述了出来："在鲤鱼洲的日日夜夜，它反映了'文革'期间知识分子改造生活中的艰辛和伤痛。""我很想家……思绪万千，真不知道以后的路在何方。""人们前途未卜，不知会被如何处置，引领北望，充满期待与惶惑。"过去，"和贫下中农同住、同吃、同劳动，亲身体验贫苦农民的生活，确乎能受到一定的思想教育。而在鲤鱼洲这片原始的寄生着血吸虫的土地上，只有我们这些外来的'臭老九'在从事繁重的体力劳动。这完全是在整压知识分子！""北大鲤鱼洲农场，是错误方针的产物，但……当时去那里锻炼的知识分子们的表现确实是可嘉的。""鲤鱼洲两年，那残酷的现实，那一连串的谎言，那对人性尊严的亵渎，那对人们身心的伤害，在我脑海里留下了深深的烙印，是我永远的伤痛。"

当时绝对不能"呐喊"，只能在内心"彷徨"，于是变成了郁闷，对我来说尤其如此。因为在北大军宣队、工宣队领导的清理阶级队伍运动中，由于推动中文系政治运动的需要，我这个在读小学中学时连童子军都没有参加过的人，竟硬是被扣上了可怕的、完全是莫须有的、历史反革命的罪名，几乎要从革命群众队伍中被清除出去，在"五七干校"我属于"问题人物"。我一家三口都在农场，是"组织上"的特殊安排，没有通知我，也没有征求我爱人的意见，就把她从冶金系统调到鲤鱼洲来了，而且还让她带着孩子，衣物也尽可能地带去。显然是让我们在鲤鱼洲安家落户，永远务农。这在当时是人人心知肚明的，我自己当然也洞若观火。所以我的思想包袱、内心的伤痛当然也格外沉重。我蒙此不白之冤，还要"株连"到家属幼儿？当时我还回想到1957年，在一次由校团委会布置下来的团支部召开的、并规定每个共青团员必须发言的团支部会议上，我对1955年发动群众大起大哄的搞肃反运动，以及有关社会主义民主问题提出了一些看法。后来团委会根据发言记录认为我的思想有严重问题，给了一个严重警告的处分。这是我1950年进入大学后，在渴求进步道路上受到的第一次严重挫折，也从此在心灵上留下了一道刀疤、伤痕。在鲤鱼洲时我头脑里曾经浮现过一首几十年前在中学国文课上听来的韩愈的律诗，在写《鲤鱼洲纪事》时，竟然又时时浮现心头，拂之不去，姑且引用在此，借以写照我当时的心境：

> 一封朝奏九重天，夕贬潮州路八千；
> 欲为圣明除弊事，肯将衰朽惜残年。
> 云横秦岭家何在，雪拥蓝关马不前；
> 知汝远来应有意，好收吾骨瘴江边。

韩愈当时的情景、心境，在我内心引起的共鸣，恐怕未必只是我个人独有的吧。当然，如今回忆当年鲤鱼洲的岁月不能只是停留在悲情和豪情中，对曾经在一个历史时期内，普遍出现在神州大地上的"五七干校"，应该给予理性的审视和反思。为思想教育、文化教育革命和社会发展留下一点值得借鉴的文字史料。

"文革"期间，《人民日报》1970年5月7日曾经以社论的形式，发表过一篇介绍清华北大数千名教职工在鲤鱼洲农场劳动改造，坚决走"五七道路"的光辉事迹，并论述了知识分子的改造问题，社论的题目就是《知识分子改造的必由之路》。其用意显然是号召全国所有的干部、知识分子都要坚决地走这条光辉的"五七道路"。今天看来，用办"五七干校"，走"五七道路"这种方式来改造知识分子，是不是一条必由之路，答案很简单，但很明确：此路不通！因为它违背了人类文明社会科学发展的客观规律。

从20世纪50年代走过来的知识分子，在新中国翻天覆地的变化中，对改变自己的旧意识、旧观念，都是认真努力、积极向上的，而在下乡下厂、参加劳动向工农学习中，也确实受到了生动亲切的思想教育。从某种意义上说，这是一种自我教育、自我改造，因为当时一切都是我们自觉自愿、真心诚意去实践的。以劳动为光荣、以剥削为可耻，这在当时是普遍的深入人心的观念，现今也如此。但是鲤鱼洲的思想改造却完全不同，最根本的一点是，"五七干校"要把从事脑力劳动的知识分子集体强迫改造成体力劳动者。这完全是违反社会发展规律的，正如周先慎在《草棚大学纪事》"荒唐的大错位"中所说的："社会分工是文明社会的标志,各守其位,各守其职,各尽其能,社会才会进步,物质的和精神的文明才会同时得到发展。"当然,城乡差别,贫富不均,脑力劳动和体力劳动的差别,是必须改变的;但是世界上经济发达、科学文化先进的国家,无一不是采用农业机械化、管理科学化、劳动者知识化的方法,逐渐缩小、消除这种差距。科技文化资料显示:美国早在20世纪40年代农民只占人口的8%,现在只占2%以下,工人也只占人口的20%以下。这说明随着科学技术的不断提高,工农业生产的迅速发展,农民和工人必然会逐渐减少,白领和蓝领的差距也随之越来越缩小。这是世界各国文明社会发展的共同规律。而"五七干校"、"五七道路"却反其道而行之,不去发展科学文化,让工人农民从繁重的体力劳动中解放出来,却要把已经掌握科学文化知识的知识分子集体强迫改造成体力劳动者,这确确实实是社会发展史上旷古未有的荒唐现象。

今天我们把文化发展提高到国家发展的战略高度来看待,当年鲤鱼洲的"五七干校"却把几千年积累下来的灿烂辉煌的中华传统文化,当作"封、资、修"的历史垃圾,要把它一扫而光。19世纪末,中国的知识分子从百年屈辱、血的教训中,悟出了科学文化落后必然受人欺凌宰割的道理,发出了"教育救国"震撼人心的呼声。各地纷纷兴办师范学堂,因为有了教师,才能扫除文盲,提高国民的文化素质,发展科学文化;而"五七干校"却不让教师恪守自己教书育人的天职,剥夺了他们科学研究的才能,要他们在农场种地放牛,永不回家。这不是在戕害整个民族国家的教育文化事业吗?!

有位著名的知青文学作家曾说过:知青的岁月是苦难的岁月。当年的鲤鱼洲生活也是如此:鲤鱼洲的生活是动乱时期知识分子苦难的写照,是当时国家民族所处的灾难性境地在文化教育领域中的反映。

"五七干校""五七道路"是"极左"派肆虐的特殊时期的产物,作为一种历史现象,今天也无须去回避掩饰,应该加以审视反思,在认识了它的本质后,让它"空前绝后",永不再现。

2010年10月30日于北大智学苑,时将耄年

关于鲤鱼洲诗的信

谢 冕

平原兄：

多谢你为《鲤鱼洲纪事》向我约稿，更谢你"越多越好"的宽容。关于鲤鱼洲，当年一起劳动的同事已写了许多。我瞎忙，抽不出时间写新的，因此才想起那些特殊年代公开的和不公开的写作（主要是诗歌）。你说，旧的也行。我这才翻出那时的"秘籍"。先找出"公开"的，其中有一首当年"很有名的"、曾在全农场的大会上朗诵过的诗：《扁担谣》。

一看，才知事情并不如你我想象的那么简单。我发现即使是这一首内容很"革命"的诗，如今的人们读起来也会感到"不知所云"的惊诧——不加注释可能会有很大的阅读障碍。而做起"注释"来，一首尚可，"越多越好"的工作量就很惊人。看来实现"越多越好"的承诺，是有相当的难度了。今天送去的只有《扁担谣》一首（至于其他，看情况吧！）。

现在要介绍的是这首诗的有关背景。《扁担谣》的写作距今至少已是四十年。诗是写井冈山的，怎么会是"鲤鱼洲写作"？现在的人可能茫然。那年我们集体"下放"进入鲤鱼洲，干校经过一段时间的建设，生活、生产已初见端倪。就是说，住人的茅屋已盖好，道路已修通（当然是泥路），农田灌溉系统亦已完成。这时，那些人忽然想起我们是学校，应该搞些学校的事了。干校的事，是"劳动改造"，俗称"劳改"；学校的事，就是"教育改革"，简称"教改"。这里说的"学校的事"，即指"教改"。那时的领导英明，竟然会想到我们除了"劳改"，还应当有"教改"。

农场场部决定派出一支教改小分队，为北大农场试办教育探路。以当时能有的思路，只能是在思想改造的前提下，"走革命化的道路"这一端。于是，当年的井冈山根据地就成了小分队定点的首选——根据地不仅有利于贫下中农的再教育，而且有利于革命传统的再教育。这就是为什么"鲤鱼洲"会扯上"井冈山"以及"扁担谣"的原因。

小分队的成员由中文系、俄语系、东语系、图书馆学系和校医院等单位抽人组成，由我和向景洁负责。向景洁"文革"前担任中文系副系主任，"文革"中受到批判，靠边站了。大概是因为他对办学有经验，这次让他出马。而我本人在校时就曾"涉案""反革命小集团"，此时又"涉案""五一六"，日夜受到轮番的"批斗揭发"尚未脱身，也以戴罪之身获此恩荣。至于小分队的其他成员，中文系的冯钟芸、贾彦德和石新春，俄语系的龚人放、董青子，东语系的黄秉美，图书馆学系的李严等，他们的处境和心情，也好不了多少，大家都是受了惊吓后的战战兢兢。

这样的背景，这样的组成，加上身边还有工宣队的师傅负责监督和把关，我们当然是小心翼翼，如履薄冰。一行人身背背包，就这样走上了通往井冈山的"征途"。进山的第一站就是拿山。拿山的地名出现在著名的歌曲《十送红军》中，唱词中当年红军撤离井冈山，在拿山有一个动人的送别场面。我的《扁担谣》首句"流水不断忆拿山"，指的就是此地。《扁担谣》中的那根扁担是真实的，我将它从拿山带到井冈山，带到鲤鱼洲，再从鲤鱼洲带回北京，一直十分珍惜。至于情感，那就复杂了，有真实的成分，又有扩张的成分，甚至也有"表现"的成分。

总之是真真假假，有真有假，也难排斥弄假成真的成分。这种情感对今天的人们来说是不可理喻的，而对生活在当年的人们来说，却是不难理解的。当年我是怀着自我批判的和自我改造的热情写作的。因为这是我"非秘密"写作的作品，当然自认为是"真实"的和"正确"的、也是可以公开的。写出后在小分队成员中传阅，得到认同。回农场后被当作思想业务双丰收的成果，被安排在全农场的大会上朗诵，那时被认为是一种"殊荣"。

后来我十分厌恶自己的这种"虚假"的写作和这种"被安排"的"讲用"。有一段时间我羞于提及此事。记得回京后，当日同行的龚人放先生（龚先生是小分队中最年长的，当时"破四旧"，我们都是直呼其名。此处按今例，称"先生"）回京后曾指定此诗索墨于我，我以"字太臭"婉辞了，其实就是上述的原因。

到了近年，看法始有改变，认为从置身于当时的情景看，我的这种包含了真情的"虚假"，被压抑的宣泄，以及今天我的这种"羞于见人"的对自己的"厌恶"，是最真实的。要是再加上我的那些不准备发表的、写在小本子上的"私密写作"，两相比照，那就是对于像我这样的当代知识分子内心复杂性的极好注释了。

话说多了，反而说不清了，打住吧！《扁担谣》全文如下，一字不改。

2011 年 5 月 20 日于北京昌平

附：《扁担谣》

流水不断忆拿山
最忆离别那夜晚
乡亲们围坐火塘前
火塘前，话多嫌夜短
井冈儿女情意长
送我一根竹扁担
这根竹扁担
来自荆竹山

革命山上革命竹

雷打石边把家安

四十年前颁纪律

毛委员讲话石上站

为修公路上高山

削根扁担留纪念

革命人用的好扁担

这礼物，重千斤，受之有愧心难安

难忘这扁担

它是好教员

一堂扁担课

胜似寒窗二十年

它带我，重担跨越独木桥

它带我，砍柴割茅悬崖边

桥窄河水急

山路陡且险

乡亲们健步快如飞

我挑担子汗涟涟

这根扁担是根尺啊

量出差距千里远

想从前，在燕园

高楼之上看月圆

楼前未名水半勺

楼后玉泉山一弯

一盏孤灯孤单影

半杯苦茶苦愁颜

不想工农兵

名利苦攀缘

工农养我如父母

我却不会用扁担
想想后，想想前
二十一年事重现
那时节，我身背步枪闹土改
闽北山村歌连天
用扁担，挑谷送进翻身屋
用扁担，挑出地契烧红半边天
那时用的是扁担
心和乡亲紧相连
后来忘了那扁担
我与工农隔天边
又亲切，又陌生
似曾相识这扁担
扁担啊，与你阔别二十载
如今重逢在拿山
井冈儿女赠的好礼物
它是路标，箭头指向前
毛委员挑粮黄洋界
百万工农跟后边
我今接过这扁担
沿着红军路，不畏苦和难
挑回那红米南瓜革命好传统
定把那血汗洒在斗争最前沿
井冈儿女赠的好礼物
它是梭镖，红红缨喷火焰
工农暴动火熊熊
号召我舍生忘死去奋战
我挥舞扁担战田间
唤回了革命青春留身边

我肩挑扁担走万里

要把那罪恶的旧世界全打翻

流水不断忆拿山

最忆离别那夜晚

星满天

月如镰

村头流水过浅滩

井冈儿女情意长

临别送我竹扁担

我今一曲扁担谣

唱不尽革命山上革命人、革命情意深如海洋重如山

1970 年 2 月 5 日旧历年夜，茨坪
1970 年 5 月 7 日重改，鲤鱼洲
1971 年 10 月 24 日再改，北京朗润园

注：诗中出现的"荆竹山""雷打石""颁纪律""毛委员挑粮黄洋界"等，都是实有的地名和当时耳熟能详的革命史实。

（作者附记，2011 年 5 月 23 日）

鲤鱼洲杂俎

孙 静

发配？

林彪一号命令一下达，北大教师立刻要分为两部分：小部分留在学校，继续将教育革命进行到底；大部分则要开拔到江西南昌鲤鱼洲农场，接受劳动改造。我荣列其中。封建时代，官员遭贬，必须疾赴贬谪地，不能稍有延宕。此次虽非昔比，不是贬谪，而是革命猛进，然而是大规模集体行动，自然也不能违误时限。

我一直住集体宿舍，首要的任务是要处理图书。按指示需要自己装箱，写上名字，集中到指定的房间里保存。我虽也是普通教师，但行政级别颇高，工资比刚毕业的多一倍。经济充裕，又有点读书治学的兴趣，不免常逛书店买书。日积月累，也就有了相当的规模。现在却成了负担，深悔当初未识时务，多给自己找麻烦。看看这几年不断革命的形势，今后的教育会如何，学术会如何，前景实在迷茫。书读得越多越愚蠢，书读得越多越反动，书未必是什么好东西。掂量一下，再看看眼前学生的学习状况，四种文体而已。大约即使再做教师，很多书也未必用得上了。所以决心只留下一些选注本，排印本的著作，其他作家专集、历代人的古注、线装书，统统卖掉。八分钱一公斤，虽然比买时赔得很惨，但清理掉了"愚蠢"与"反动"的土壤，也轻松了不少，似乎可以轻装前进了。

那时我跟裘锡圭住一个房间。我处理的书中有一本是写八路军历史的，他提出能否把这本书留给他。这自然不成问题，我不少那一两分钱。不过却引起我一点疑惑。我知道他是坚定不移地搞学术的。在"文化大革命"中，他住在我的房间上层，我在二楼，他在三楼，他的墙角处地板有一个小洞，夜深时那里还在向下泄射灯光，我猜想他是在刻苦夜读。工宣队入校，我俩调到一个房间，每逢我从外面回来，一开门准会听到急剧关抽屉的声音。我猜想他是把书放在抽屉里读，便于及时隐藏，以免被人发现。直到后来在鲤鱼洲农场，那里很难见到书了，听说他在背《新华字典》。因时因势制宜，一点都不浪费时间，也绝不改变主意。这点虽属传说，我则深信不疑。八路军的历史与他的学术有什么关系呢？本想以后问问他，但始终没有向他开口。

裘氏很有点叛逆精神，不管刮什么风、下什么雨，他总抱着坚定的目标不动摇。有主见，有毅力，有执着。这至少是他成功的一个因素。我则不同，从弱冠之年起，就一向是听党的话，党指到哪里就打到哪里，一切顺从。这就是我和他的差别，比起他来，我差得远了。直到"四人帮"垮台，我才觉悟到凡事要有分析，有自己的见解，无论什么信仰，都不该是盲从的。

是浪费，还是加油

知识分子不念书，教师不教书，要在农场改造成劳动者，是浪费人才，还是要把臭老九改造成香老九，就像滚珠轴承总是要加润滑油一样。这是当时很大的争议。左言东和我都在菜班里，我是班长，他是菜班的五员大将之一。他就坚持认为这是浪费人才。国家花了那么多钱，培养到大学毕业，又做了大学教师，还要改造成为劳动者，原来不读书不就已是劳动者了吗？他说得蛮有道理。我和他的看法不同，读了书不见得思想就好，改造一下不算多余。我们俩谁都不能说服谁。

我和老左谈论问题比较随便，是有点历史渊源的。没到农场之前，我们俩往往有骑车并行聊天的机会。有一次他说到政策太不稳定，忽然批右，没多久又纠左，过些时候又批右。这一点我倒有同感，我们当时大体是觉得政策偏左，把正确的东西指斥为右。我对此曾发表一个高论。我说，正是左也左不到头，右也右不到头，才会是这样，也必然是这样。因为左和右都没有贯彻到底，谁是谁非总得不到证实。就像人长了疖子，总是不让它成熟，不让它出头，不把脓鼓出来，就总是不平复。我说，最好让一种东西，一直走下去，走到底，出了头，就好了。不料这句话倒被我言中了。后来一连串的左、左、左，不断继续革命，从"文化大革命"，到"四人帮"，终于走到了尽头，出了头，问题解决了。我想到周强的一句话，他说十七年就是摇摇摆摆走过来的。这是一句很正确的概括。他常常有一些惊人妙语。譬如，他称我们这一代是"小老猪"，小猪本来是应该长大的，但是没有长，却已经老了。可惜，他已经过世，不然对鲤鱼洲的生活，一定会写出一篇概括深刻、发人深省的文章。他虽然不是英年早逝，已经年过古稀，但未能充分发挥余霞满天的辉煌，令人怅恨不已。

菜班里有一员女将小邓，严绍璗的爱人。她是北京农业大学的，和严氏一起下放到鲤鱼洲。她的心气很高，竟在菜地里搞起研究来。不惮烦劳地在菜株上挂标签，在小本子上做记录。我心里觉得好笑。到鲤鱼洲是来改造思想的，不是种试验田搞研究的。菜班的任务，是要保证连队有菜吃，不在于有什么发明创造。但她做的毕竟是正事，我不赞成，不支持，但也不反对，不制止。后来，不知她的研究有什么结果。究竟是她的做法对呢，还是我的想法对，到现在也还是不很清楚。总之，小邓也是一位有目标、有主意、有主见的人。

不过，实践让我知道，当地老农的经验是非常重要的。譬如，北方种菜是很讲究底肥的，底肥上得越足，菜蔬长得越起劲。鲤鱼洲属南方，雨水多，底肥大都随雨水渗走了，蔬菜吸收不了多少。所以，上肥是要不断向菜上和畦上泼粪水，使之即时吸收。到了南方，看到不少地方种豇豆，就是没有北方的豆角（也叫扁豆、四季豆），觉得是个缺陷，便想要补阙，种起了豆角。长得枝繁叶茂，十分喜人，满心高兴，不料正当开花结荚时，起了金龟子，有如蝗虫一般，很快就把叶子吃光了，只有对着秧梗兴叹。再看看旁边的豇豆，丝毫无损，金龟子不吃它。无怪这里只种豇豆了。看来还是按当地的习惯、入乡随俗的好。

走跳板

　　鲤鱼洲的面粉是从外面运进来，用轮船河运。船靠了岸，要把面粉搬上大堤，才能进入农场。从船身到大堤上，是搭的曲折而上的跳板。一袋面粉五十斤，扛一袋，未免有点掉份儿，不称"五七干校"学员的身份。掂量一下，硬着头皮，扛上两袋。一百斤面粉，再加上一百多斤体重，走在跳板上，一颤一颤的。跳板的宽度有限，一脚踏偏，或一个失重，便会摔下去。那个后果是可以想象的。

　　面对此情此景，不禁想起几十年前的一段经历。我是九一八事变之后出生的。生下来就是"满洲帝国"的子民、"大日本帝国"的汉奴。十四岁时，我进入"国民高等学校"（相当于初、高中，但共四年）读书。日本人在满洲，实行的是奴化教育。日语课最多，文化课最少，每周有三个半天是劳动实习，种田、种菜、植树，美其名曰"农业国高"。学校的旁边是一条河，名叫溾河，地图上都标有这条河，算是有一定规模了。学校在河北，农场在河南。河上没有通车的桥，只有用跳板搭的人行桥。农田种的是粟。庄稼收割后，须运回学校，每人要扛两大捆。这是硬性规定，扛不了也得扛。那时年纪尚小，两捆粟谷压在身上已经有点吃不消，还要走跳板，那跳板比鲤鱼洲的还窄。看着跳板桥翻卷着的浪花，不免胆战心惊。幸好，安全通过了，不然也就没有后来的历史了。

　　两种情境差不多。当年掉下去，是葬身河底；如今掉下去，是粉身碎骨。但是，心气是不同的。当年是奴化的强迫教育，心中充满怨恨和怒气，虽然敢怒而不敢言，心里却不停地在咒骂，连父母都跟着骂，日本鬼子不干好事，让孩子冒这样的险。如今却是自觉走"五七道路"，很有点不怕困难、不怕牺牲、勇猛向前的豪迈感。如果此时父母还在身边，我想也不会再有怨毒，而是要说些鼓励话了。毕竟是两个世界、两种天下了。

从负重走跳板的经历里，我体会到，不敢冲难关，总是困难重重。只要渡过了困难，便无所谓困难了。

拣粪、掏粪

大田需要肥料，菜地更需要肥料。没有化肥，靠的是人粪、畜粪。所以菜班一个很重要的任务是积攒粪肥。我们不能与大田争肥料，于是自辟天地，去拾粪。那时总有维修大堤的民工，他们的简便厕所便成为我们的目标。我最佩服黄粤生了（她是俄语系的，当时俄语系与中文系同编在第七连队）。她是烈士子女，解放初便被送去留苏，学成后到北大俄语系任教，很有点高贵生活的经历。但她不怕脏，不怕累。南方雨天多，她穿着一件塑料雨衣到茅坑里掏粪，衣角转来转去，蹭上不少粪便，她也不在乎。不少民工不进厕所，随便找一个地方方便，这也是我们搜罗的对象。他们便，我们收。也许他们有点迷信，好像刚刚屙出的屎就被人拾走，有点不吉利。所以，看见我们来了，就跑得远远的。哪里跑得掉呢，你能去的地方，我们一定能去。

连队的厕所，也是简单的茅坑。前面是蹲坑，后面是粪池。粪池有相当的深度和广度，要从粪池里掏粪，只在坑上操作是不行的，不免要跳下去。当然不能穿鞋，除非那双鞋不想要了。开始实在有点为难，还有些自然的生理反应。但是怕脏、怕臭，能走"五七道路"吗？终于打起赤脚跳下去了。把粪池清理得干干净净，上来后，生理反应没了，倒有大进了一步的豪迈感。知识分子有多少人能够跳进粪坑里呢？对粪便开始有点新体验、新认识了。污浊的东西里也藏有不污浊的东西，反过来也一样，不污浊的东西里也藏有污浊的东西。

我是在农村里种过田的。17岁那年，家乡解放，学校停课，不久土改，我回乡下种了一年地，和地道的农民打了一年交道。从没有听到过他们讲粪臭、嫌粪脏。也许在他们眼里，粪是宝，这黄屎也是黄金。无怪要把知识分子改造成劳动者了，他们不少看法、感觉是全不一样的。

我在电视里听到表扬北京模范女清洁工。她的一句名言是：我脏点，让更多的人干净了。我对她和她的工作都很尊重，对她的话也很有亲切感。但是现在让我去做清洁工，我是不会去了。不是因为年事已高，即使再年轻几十岁，也一样。我也再不会跳下粪池了。时代不同了，环境不同了，气氛不同了，价值观也似乎不能不变了。不知道我是进步了，还是后退了，留待智者去解答吧！

冷与热

连队的战士住的是草棚。以竹竿为骨架，草帘子做墙和顶棚。墙与顶连接处留下一条空隙，就是窗。除了遮阳防雨，住在屋里和睡在屋外，没什么大差别。冬天，外面的温度摄氏一度，屋里二度。就盼晴天，太阳底下，温度可升到七八度，那就是擦擦身子、洗洗衣服的最好时光了。知道南方没有暖气，屋子里冷，1964年去江陵社教，已经领教过了，所以带去一床厚棉被。但夜里还是冻得睡不着，又把一件羊毛大皮猴压在被上，才觉得够温度了。

冬天冷得要命，夏天又热得可以。下午出工，一般要在三四点钟以后，有时还干脆不能出工。有一次在双抢期间，活计紧迫，看气候是不宜出工，但也顾不得了，勉强拉出去。但是到地里没多久，就中暑晕倒了一个，只好赶紧收工。菜田里为了灌溉，挖有流水渠。一次清渠，我没有经验，不知道厉害，便下到渠里了。猛然一股热气，扑面而来，有点窒息，头脑也开始晕眩，无法坚持下去。虽然"五七战士"不怕牺牲，但也不能就这样简单结束了生命。赶紧爬上来。至今我还不明白,那种热气里是否还有点毒性?

在鲤鱼洲令我惬意的一事,就是夏天可以少洗衣服。差不多一夏只要两条裤衩就可以了。从早到晚身上就是一条裤衩。今天收工冲身子时顺便洗了这条,换上那条,明天照样再洗了那条,换上这条。不只男人,女战士也不例外。有些女战士身体虚弱,上不了大田,就派到菜班里做帮手。蔡明辉就是我们菜班的一位常客。她的穿着和我差不多,下身也一条裤衩,只是上身比我多了一条背心。我是在农村里待过的,我们那里妇女无论如何上身总要穿件长衫,但那是北方。这里却无论如何穿不住了,只好彻底解放了。这样的穿着似乎有点不太文明,但不会有人觉得不文明,也不会有人议论不文明。看来文明也不能有固定的定义。

我们现在有时还会看到马路旁边会有一位推车的劳动者,光着脊梁在作业,不很雅观。这在文明的大都会里,当在取缔之列。其实不知道,他半身无着,汗流浃背,给清风一吹,那真是天堂一般的境界。这是鲤鱼洲给我的感觉和体验。可否宽容一些呢?或者,怎样更合理地调解文明与不文明呢?

孙悟空在太上老君炉里,练就了火眼金睛。我也在鲤鱼洲的大熔炉里,炼得了抗寒耐热的身子骨。这也是一种副产品罢!

群体的关爱

我有足疾,踝关节损伤严重。一天的活儿干下来,吃过晚饭,再要站起来,双脚剧痛,走路也是一瘸一拐的。菜班的人都知道我这个毛病,每逢饭后,看到我要撑着站起来,知道有事要办,总会有人问我要做什么?如果是下通知,他们就自动地当我的传令兵;如果是办事,他们就会自愿代办。总之尽量让我少遭罪。在那两脚酸疼的时刻,受到这样的照顾,真是如沐春阳,暖遍全身。顾国瑞做事务长,我是菜班班长,他约我一起步行去南昌,经幽兰等地,一面学习取经,一面了解菜情。他知道我有足疾，就把每天的行程安排得较短，也让我暖在心窝。

别人对我如此，我对别人也一样。一天，临近傍晚快收工时，眼看天边冒出一片乌云。那云很恶，好像大火时的浓烟，原子弹爆炸时的蘑菇云，翻卷着向上升腾。我看不妙，赶快让小邓收工回营。她还不肯走，我硬是把她催回去了。我想把剩下的活计做个收束迟走几步。说时迟，那时快，大雨点子已经猛捶下来，紧接着暴雨倾盆，电闪雷鸣。那时，我已有近四十年的人生经历，可从来没见过这样的凶恶气象，大约这是鄱阳湖畔特有的风云吧。要走是走不了了，菜地旁有一个大田用的窝棚，赶紧钻进去。气温骤降，身上只有一条裤衩，把窝棚里的几条麻袋全拉过来，盖在身上，还是冷得浑身发颤，上下牙捉对儿厮打。霹雳好像就在头顶上爆裂，不知会不会打到窝棚上。这时想到的，还是幸亏把小邓撵了回去，不然她一个女孩子，怎么受得了。这种对战友的关心是发自内心的。

孔老夫子说过几句妙语。一曰"仁者爱人"，要爱别人；一曰"己所不欲，勿施于人"，自己不喜欢的东西，不要加在别人头上；一曰"己欲立而立人，己欲达而达人"，自己要发展，也要让别人发展。这种境界大概可以在鲤鱼洲中找到。吃苦争先，荣誉互让，彼此关爱，携手共进，不知现在还能在哪里找到这种境界。

和孔老夫子妙语相对的，就是《红楼梦》里那句名言了：一个个像乌眼鸡似的，恨不得你吃了我，我吃了你。这样的境界，今天倒是不难找到的。

鲤鱼洲点滴

胡双宝

防　洪

2010年6月下旬以来，南方大雨。江西的赣江、抚河、信江大涨。赣江、抚河自南边，信江自东南汇入鄱阳湖，加上长江流量增大，鄱阳湖的水位一度逼近警戒线。汛情再一次引起在鲤鱼洲生活过的人的关注。

鲤鱼洲，只知道它在南昌市东北方向，可不知道它的比较具体的位置，连属于哪个县都不知道。江西省分县详图上，南昌县、新建县、鄱阳县（1957年改为波阳县，2004年恢复鄱阳县的名称）以及邻近别的县，都找不到"鲤鱼洲"三个字。离鲤鱼洲不到十华里、赫赫有名的天子庙也找不到，这里有不少与朱元璋有关的传说。只看到比较远的瑞琪（当时口头叫瑞洪）、滁槎两个知道的地名。可是"鲤鱼洲"的大名却上过《人民日报》1970年5月7日社论《知识分子改造的必由之路》。这篇社论专就清华、北大鲤鱼洲农场几千教工半年劳动改造的情况，评说知识分子改造问题，意义、影响是全国性的。这篇社论的发表选在"五七指示"四周年之际。听当天早上新闻和报纸摘要节目播送这篇社论，心情别样。

  1970年8月1日，放假一天。鲤鱼洲农场的主要领导（军人），按照军人习惯，八一建军节例行放假。当时当地的实际情况是，抢收早稻、抢插晚稻的"双抢"刚告一段落，挠秧等稻田保养管理时节尚未到来，属于相对空闲的几天。这一天，一些人睡了个懒觉，快吃早饭才起来。大家为"双抢"连日起五更睡半夜，实在够累的，该睡一个好觉了。

  上午，天空晴朗，伴有轻微白云，连日酷热之后透出些许难得的清爽。上午九点多，传来消息：江西南方下大雨，赣江等河流水位上涨；鲤鱼洲有的地方堤坝不牢固，要做好防洪准备。

  鲤鱼洲是当年围湖造田的产物。堤内稻田区不比湖区高多少。平时，湖水水面大致在稻区平面之下，涨水之后则高出地面。不止一次上过大堤，亲眼看到堤坝高厚坚实。好像还在不断整修，就在我们到后不久的1969年11月，还看到当地调集的民工修堤。不大能想象出，那样的堤坝会决口。真要决口，那是水火无情。我不会游泳，只能听天由命，顺其自然。我们七连所在之处，地势比较高，那只是相对而言，据说比机务连所在的靠近大堤的地方约高一米。对破堤而入的洪水来说，这一米之差，完全没有意义。

  8月1日这一天没有发生汛情，平安度过。有人说，这也许是检验"五七战士"的战备观念。

场员还是教员

  七连搬到四号仓库以后三四天，我调到了炊事班，跟老崔住在稻草搭成的伙房。11月初某日，吃完晚饭，就到仓库西头中文系住的那一片，听大家聊天。那时候住处没有电灯，完全是"瞎"聊。不记得是谁提了一个问题："咱们现在的身份是农场场员还是教员？"我当即说："当然是教员。锻炼一阵还是要上课教书。"有意无意间回避了"改造"一词。马上就有人反驳我的说法。这个问题，当时真还没有仔细想过。

我只是本能地那么一说，大家也多是凭直感随便议论。可能有人敏感地意识到不应该议论这样的问题，就用别的话引开了。隔了一天，全农场大喇叭播送大批判稿，不点名地批判"还想当教员"的思想，用语严厉。

我们到鲤鱼洲的这帮人，究竟"算"什么，当然谁也没有、也不可能给出明确正式的答案。不过，当时已经不再是教员，这是现实。不是教员了，是什么？一些人得出了"处理品"的概念。既然被当作，或者自己认为是被处理品，就有个怎样处理的问题。被处理者们在思谋比较适合自己的出路。一位原来校机关的干部发明了"再生布"一语。这一形象的说法在北大农场流行了一阵，激起原教工这样那样的思考。宣传队领导对"再生布"一说颇为欣赏。初到鲤鱼洲，预计会有一些人增添劳动服，场里安排销售一种不用凭布票购买的衣料，是用废旧衣物重新纺制而成。不知道它的正式名称是什么，在鲤鱼洲，通俗地叫它再生布。用以比喻知识分子的出路，倒也恰切。

拉耙子

进入 1970 年 4 月下旬，早稻插秧开始之际，某天晚饭后，工宣队吴师傅通知我，明天开始到大田班，具体是一排（中文系排）二班，班长是张少康。

开始是起秧运秧，后来是为插秧平地。地是头年秋后拖拉机耕过的，但不怎么平。平水田，通常是水牛拉耙子，一个人在后面赶着。有时候耙子上还放两筐泥土，以增大压力，耙出的田更平。

连里有四头牛：大胖子、二胖子、瘦三、面包。瘦三只有几个月，还不能干活儿。面包更小，是大胖子所生。母女样子、毛色都十分相像，相互间也比较亲热。面包还是小犊子，全连人人喜爱。放牛者也先后有语言学家、诗人等。

七连一共三个排。春插期间，两头能干活儿的牛分给了老弱比较多的二排和三排。一排没有。就是每排有一头牛，三个班，也只能轮流使用。靠人工用铁锹等工具平地，进度比较慢。我看见有闲置不用的耥子，就试着用肩背去拉。一试，还行。当然相当费力，很累，但使劲还拉得动。这样干了好几天。二班平整土地的速度加快了。沈天佑田头宣传，有四句"天佑体"顺口溜："七连有个胡双宝，光吃馒头不吃草，平整土地缺水牛，拉起耥子田里跑。"

我不在炊事班了，但还住在厨房的小仓库。一天清早，没有听见起床号，直睡到吃早饭，外面熙熙攘攘的把我惊醒。赶紧起来，吃完饭，继续拉耥子。没有人问我，怎么早上没有出工。我想，大家理解我干的是重活累活，体谅代替了批评。

落后一大截

在大田班不到三个月，7月中旬，又让我到炊事班。在鲤鱼洲21个多月，有将近19个月在炊事班。

1970年8月上旬的一天，吃早饭的时候，一位连领导通知我，吃了饭去支援清华。我当时心里有点打鼓：肯定是大田活儿，可我不熟，肯定干不快。支援大田活儿，应该派干大田活儿的快手，不应当派我这样不熟大田活儿的炊事兵。可这种意见不能提。也许领导还是有意锻炼我呢。每排出两人，加上我一行七人，早饭后，在袁良骏带领下，搭去南昌办别的事情的拖拉机到了清华四连。果然是大田活儿，大田活儿我不熟练，尽力往前赶，当然首先要努力保证质量。结果，我落在后面一大截。没有听见清华的同志说什么，只听见袁良骏解释说："他是炊事班的。"

在七连，我算力气比较大的，可跟别的连的一些人比，还真不行。1970年4月上旬，各连炊事班分派一人，到滁槎运面粉。从仓库扛面粉袋装船，距离100多米。别人大多是扛4袋200斤，还一路小跑，我只能扛3袋。试过一回4袋，十分勉强，下回还是3袋。

这两件事，脸上无光；在自己，是尽力了。

没有去井冈山

去过鲤鱼洲的教工乃至家属，不论去早去晚，不论老少病弱，包括小学低年级学生，还有像图书馆学系史永元那样双腿残疾者，都先后去过井冈山。近两年期间，我没有去过井冈山，在两千多名先后到过鲤鱼洲的人里，恐怕是绝无仅有。

去井冈山，并没有什么特殊条件。农场的要求是人人都要去接受革命传统教育，特别是当时时兴的路线斗争教育。各连某一批具体安排谁去，似乎有点临时的讲究：安排先进的去，是鼓励照顾；安排后进的去，是加强教育。自我感觉，在宣传队眼里，我属于中间，还可能是中间偏后者，既不属于鼓励照顾对象，也还不属于特别加强教育的对象，每一批都没有轮到我。有一部分人是自己要求去的，有的还要求非常迫切，领导当然予以适当安排。我没有要求过。由此也可以看出我是中间甚而偏后的分子。

鲤鱼洲的生活留有深刻难忘的印象。2002 年在南昌开会。会议主持方里有北大中文系校友。他知道我在鲤鱼洲生活过一段时间，问我要不要去鲤鱼洲看看。我说不要去，三十多年了，顶多看看红砖瓦房，如果没有拆的话。

附记：《北京大学纪事》记，1969 年 10 月二十六七日，1600 多名教工到鲤鱼洲接受改造。那是就总体说的。中文系这一批是 10 月 21 日离开北京，23 日到达鲤鱼洲的。

2010 年 7 月 30 日

草棚大学第一课

段宝林

1969年秋天，林彪一号命令下来之后，北大战备疏散，中文系师生分为两个部分：一部分留在北京，是总校；另一部分到江西，原为农场，1970年招生后，便成了分校。

我原来是在总校的，后来才到江西。对两边的情况都了解一些，感到有不少稀奇古怪的故事，可以写一写。

先讲北京总校。北大中文系开始是疏散到平谷深山中的鱼子山农村参加劳动，这里的主体是一二年级的学生，还有部分教师，老教授大都在此；另外还有一些年轻教员，主要是当过班级主任做学生工作的人。

1968年三、四、五年级的学生已经分配离校，学校里只剩一、二年级。我原来是四年级的级主任，也留在这里，做了二年级三班里的一个小班班长，和学生一起，到了京东平谷老根据地鱼子山。

平谷鱼子山和山东庄的劳动生活

当时正是深秋，通红的柿子挂在树上，比红花还要鲜艳。鱼子山农民的劳动是上山收柿子，把柿子放在柳条编成的背篓中，从山上背回村里。

老乡一般背五六十斤，有一次我背了九十斤，老乡看到我这个文弱书生居然可以背八九十斤，背篓都快装满了，在山路上爬高下低，行走自如，感到很奇怪。其实，我是长跑运动员，肌肉是很发达的。

我们按部队编制，一个班10个人。班里有一个女同学，是个山东人，在"文革"初期中文系"高吕辩论"中，她是反吕派，我是保吕的"四大干将"之一，她曾经给我贴过一副很有名的对联：

东造谣西造谣无谣不造；
保大皇保小皇是皇都保。

横批是"段宝林啊！"这副对联随着北大"大字报选"被传到外地许多地方，有人告诉我在四川串联时就看到过。

为什么说我造谣？还得从1966年6月初"文革"开始时说起。那时工作组刚进校。有一天工作组让我通知学生开会，后来却又不开了。有学生就贴大字报在楼梯口，写道："段宝林造谣！"更有大字报说我是"造谣专家"！这已是两年以前的事了。现在我当了她的班长，大家开玩笑时又提起那副对联，我就开玩笑地问她："你说说，我造了什么谣呀？"她脸红了，摇头说不出话来。也有的学生说我这个人爱开玩笑，这副对联本来就是编了开玩笑的。其实，乱扣帽子猛上纲，正是"文革"的特色。大家对这些并不介意，都知道我是个老实人，我对不同意见的人，一贯是很好的。这位女同学来自山东农村，在劳动中表现非常好，我们班把她评为班内唯一的一个"劳动积极分子"，在全系受到了表扬。

鱼子山是山区，冬天没有多少农活儿可干。于是我们又转移到平原的山东庄去改造河滩地。改造河滩地，就是把一大片满是鹅卵石的河滩变为农田。据说要在这一眼望不到边的大田里全种上梨树，生产那半斤重一个的大梨。如今平谷盛产水果，大桃大梨很多，其中可能还有我们当年的劳动成果呢。

我们的工作是推车运走石头，石头奇多，要从冻得硬邦邦的地里挖石头，装上人力车推走，劳动强度很大。幸好每天睡得很早，天一黑就上炕，火炕挺暖和，睡一觉身体也就恢复了，故而并不感到很累。不过晚上有时也要开会的。农民家没有电灯，有的班就大家凑钱买灯。

一个灯几块钱，如何分担呢？学生们想出了一个整教授的办法：他们决定"平均分摊"：每人拿出自己收入的百分之一。当时一级教授的工资345元，就出3块5毛钱。学生的助学金20元，只出2毛钱，青年教师工资56元也只出5毛6分钱。结果，主要由教授掏腰包买了很好的灯和煤油。

"下盆"的笑话

我和几个学生住在农民的一个热炕上，屋子里还有个煤炉。口渴想烧开水，有个同学看到门口地上放有一个小铁锅，就想拿了烧水来喝。农民大嫂见了就说："这是下盆，不能用。"学生不懂什么是下盆，以为下盆就是放在地上的盆，回答说："下盆没有关系！"就把小铁锅端回来放在火炉上，烧起开水来。烧开后，喝时感到这开水有点儿咸味，味儿不正，不过为了解渴，大家还是多少喝了一些。

后来才知道：原来下盆就是尿盆。弄得大家哭笑不得，出了一个大洋相。幸亏农民很厚道，没有出去说，知道的人很少。

从北京到江西

每天用小车推土垫地，劳动十分繁重，但吃睡都多，天一黑就上炕睡觉，心情却比较放松。如此干了三个月，开始批判"国防文学""四条汉子"，不久，把我调回学校大批判组，没日没夜干了一个多月。

我对作为政治任务的批判感到厌烦，而向往着江西农场的劳动锻炼。正好农场需要人，于是我在1970年3月到了鲤鱼洲农场。当时并不知道鲤鱼洲有血吸虫，更不知道它的厉害，只想体验一下南方农民的劳动生活，增加一些生活经验而已。我出生在城市，不了解农村，总想弥补一下这个缺欠。我的好奇心很强，怀着急切的向往，来到了鲤鱼洲。

当时江西正是雨季，好多天阴雨连绵，见不到太阳，到处是泥泞一锅粥，红土泥巴黏黏糊糊，很容易滑跤，走起路来非常困难。上鄱阳湖大堤挑砖，就更难了。路远又滑，挑起砖来更是寸步难行。为了锻炼，我每次会挑24块砖，每一块砖5斤，共120斤。慢慢走，满身大汗，但总算挑到了目的地。有一次，看到一个外系的年轻人，挑了40块砖，200斤了。我见他正在休息，就去试试看能不能挑得动，结果，挣扎着还真慢慢挑了起来，然后试着走走看，小步走，居然慢慢走了大约50米，实在走不动了才放下。不过，这也成了我的最高纪录。有的人，比我的力气大得多，可以挑300多斤。

当时，许多劳动是很繁重的。从船上卸大米，一麻包150斤，一个人背着实在很重，但许多人都能背，不过有些人的腰也被压坏了。

血吸虫与高级水稻

农场主要是生产大米，种水稻，这是要下水的，水里有血吸虫，这种寄生虫钻进人体破坏肝脏，可以致人死命。为了预防血吸虫病，在下田之前，需要在腿脚皮肤上搽一层药油。这种油很贵，据说所以我们生产的每斤大米的成本是市场价的25倍还不止。当时大米每斤不到两毛钱，我们生产的大米每斤则要花5块多钱成本。有人开玩笑地说："这是全世界最高级的水稻。"虽然，要搽药油，却仍然有许多人感染上了"小虫病"（这是对血吸虫病的俗称），有的是在鄱阳湖里或小河里游泳时感染的。据说北大、清华都有几百人，在区上建立了专门的病房。有的人较轻，治好了，但许多人的肝都受到了损害，埋下了祸根。

明明这个劳改农场有小虫病，为什么还要来呢？据说8341部队的宣传科长迟群来踩点时，有人提过这个问题。迟群说："既然农民都可以在这里生活,知识分子难道就高人一等吗?"坚持让北大清华两校大批高级知识分子教职员来这个劳改农场劳动改造,并且还扬言要"一辈子在这里走五七道路",当一辈子农民。所以,有的人把老婆孩子都带来了。特别是夫妻原来分居两地的,倒也得到了团圆,也是一件好事。但是,让我们在原来的劳改农场和血吸虫打交道,实在太不人道,对国家来说也是一个很大的浪费。这实际上是把我们和劳改犯同等待遇了。不过,当时抱着劳动锻炼的想法,没有想那么多,劳动还是很积极的。

插秧劳动有四个工种:有些人在秧田里拔秧,把秧苗一把把拔出来,捆成小把儿。这些活儿不重,老弱病残都可以干,有人还可以坐在小凳上干。另一些人挑秧,用大筐把秧送到大田去插。挑秧是比较重的劳动,我干得较多。把秧苗挑到大田的田埂上,再把秧苗一捆捆扔到水田里,落在插秧人的身旁。

最多的人是插秧的,大家横排开,每人一列,边插边退。我也参加插秧,但是插得很慢,常常落在后面很多。插秧时老弯着腰,特别容易累,累时腰就像要折断了一样,非常难受,为了锻炼,当然只好忍着。为了解除疲劳,就说些笑话,唱点歌,还有人口占旧诗词的。文学史教研室教古典文学的彭兰同志,就是有名的"五七诗人"。她是闻一多先生的干女儿,思想很进步,做的诗很有情味。在苦中作乐,倒也是一种积极的心态。插秧虽然很累,但直起腰来一看,那一片绿绿的秧田,秧苗随风摆动,确实很美,那"有风自南,翼彼新苗"的境界,确是书斋里体验不到的。

插秧之后,过几天秧田里草长起来了,就要挠秧。挠秧就是弯着腰在水田里给秧苗松土、拔草。要反复挠两三次。这挠秧的"挠",很有意思,真像是给秧田挠痒。这是一种田间管理。

等到早稻黄熟了,就进入了"双抢"大忙时期。一边割稻,一边插秧,都要抢时间,叫作"双抢",农事忙得不可开交。往往要起早贪黑地干才行。当时割稻还用镰刀,抓一把稻子,使劲割一把,割得腰酸背痛,实在是很累很累的。这时天特别热,因为鲤鱼洲是围湖造田的成果,这里原来是鄱阳湖的湖底,在地平面之下,凉风吹不到这儿,所以特别闷热，动一动就汗流不止。这时倒真体验到了"汗滴禾下土"的滋味。

割好稻谷之后，捆起来，运到场上去脱粒，然后装麻袋入库。大仓库是用红砖新砌的，很高大，都是去年秋天刚来时，由"五七战士"（教职工）自己盖起来的。爬高上梯，特别危险，据说曾有人摔伤。

我们这些教师是什么事都要干的。他们也真能干，连瓦片也自己做，张少康同志就干过用机器压水泥"打瓦"的工作。

大草棚的闷热难熬

我们在七连，除了中文系之外，七连还有图书馆和校医院、工会等单位的同志。上百人睡在一座很长的大草棚里，夏天热得要命。你想想，江西的夏天本来就很热，鲤鱼洲在鄱阳湖的湖底，密不透风，就加倍的闷热了。人们往往热得不停地流汗，在大草棚里太热，根本没法睡觉。

为了睡好觉，人们几乎都拿一张席子，睡在露天。但是，我要锻炼自己，挑战极限，偏要睡在大草棚里面，就是不去露天睡。结果，还真坚持了下来。只有我一个人如此坚持，他们都很吃惊。其实，我是有一套办法的：我在睡觉前，先到井边用凉水冲洗一下全身，降了温，然后马上钻进帐子，因为劳累很快就睡着了，也就并不感到怎么热。睡得还特别舒服。

大草棚前面，有个小草棚，这是伙房。老崔（中文系办公室崔庚昌）是炊事班长，常常去买鱼给大家吃。湖区鱼多，据说曾经有一条大甲鱼（老鳖），跑进伙房里来，被抓住吃了。当时甲鱼不像现在那么贵，我们的大锅饭也吃过甲鱼。

不过，有一次改善生活，却吃死了人。那是特别热的一天，每人发了一个咸鸭蛋，改善生活。大家中午都把蛋吃完了。可是，图书馆的孔祥祯老人，却舍不得一次吃完，留了半个蛋晚上吃，谁知吃了之后，到了夜间，突然肚子剧痛难忍。大家把他送到医务室去，已经不治而死。原来这是很严重的食物中毒：在大热天鸭蛋很容易变质，蛋毒素特别凶狠厉害，很容易致人死命。

我们七连，1970年共死了三个人，另外两人是翻车压死的，当时我也在车上，这是后话，下面再谈。

去广东招生

"双抢"之后，要招生办学。江西农场也就成了北大江西分校。当时决定江西分校从江西、上海和广东三地的工农兵中招收新生。

我被派到广东招生，了解一些招生的情况。广东招生组共有4人，8341部队2人（北大、清华军宣队各1人），教员2人；除我之外，清华还有一位年轻教员。在广州住在东山招待所，然后分三个专区，分头下去招生。当时规定，招生名额分到各地，地方政府根据学生的表现，择优推荐。学校派人下去审查择优录取。

我被分到湛江专区，先到高州县里了解情况，然后再下到生产队去和学生见面。生产队在高州山区，我借了一辆自行车，骑着下乡。上坡下坡，路很远，直到中午才到村里。我以为可以吃中午饭了，谁知农村吃两顿，中午不开饭。我又饿又累等到三四点钟才吃上饭，吃的却是稀稀的粥。不用说，整夜肚子都在唱空城计，实在不好受。晚上和学生见面。这是一位由广州下放来的高中毕业生，家中只有一个母亲，家境贫寒，劳动很好，曾冒险下水救人。情况很理想，当即同意录取，把档案带了回来。

我还去南山岛招生。南山岛是一个非常荒凉的海岛，我顶着烈日，一个人下去找人，走了三四个小时也见不着一个人。天是那么热，如果中暑晕倒，实在非常危险，后来想想真有些后怕。不过当时仗着自己身体底子好，一点也不在乎，我感到我是不怕热的。南山岛推荐的这个学生，是个初中生，文化基础不好，不符合要求，我就没有录取他。这样我就在湛江专区择优录取了一个人，完成了任务。

新生在南昌聚齐，来到分校在新搭的大门前受到"五七战士"们的列队欢迎。我们中文系30名新同学，由我带队，高呼口号进入学校。他们的编制也在七连，和教员住在一起。中文系30名工农兵学员，分为三个班，一个班10个人，每个班配备三个"五同教员"，由七连副指导员袁良骏、排长闵开德负责领导。一班的"五同教员"是袁行霈、周先慎、段宝林。二班的"五同教员"是乐黛云、张雪森、严绍璗。三班的"五同教员"是陈贻焮、冯钟芸、张少康。

　　开学以后，一场新的教育革命就开始了。这是在军宣队、工宣队领导下的教育革命试点，是"文化大革命"中的第一次。开学之后怎么上课？当然要打破过去的教学体系，不设课程，主要是在干中学，学毛著，搞大批判。但是课怎么上，谁也不知道。据说北京总校中文系第一课是由张剑福同志讲的。他是一个64级的红卫兵，胆子大，但在讲过之后，就受到猛烈的批判。所以我们分校教师听说后谁都不敢上这个第一课。

　　我历来是不怕批评的，就主动大胆上台去讲了这个草棚大学的第一课。

草棚大学第一课

　　学校领导对这个"草棚大学第一课"非常重视，不但有中文系30名工农兵学员参加听讲，而且安排全校各系的工农兵学员代表和教员代表也都来参加。这个第一课在校部的一个大草棚里举行。大家坐在小马扎上听讲。由我主讲解《在延安文艺座谈会上的讲话》，工农兵学员徐刚过去写过诗，也参加了此次讲课；学校领导当时要充分发挥工农兵学员"上大学、管大学、改造大学"的主导作用。

　　我们讲完之后，就开了一个全校大会。在会上，哲学系的一个工农兵学员发言，说有人在讲课中散布"封资修"的文艺观点，大谈文艺神秘论，等等，学校领导号召大家进行革命大批判。这当然是针对我来说的。因为我在讲课中，重点讲了艺术的魅力。

　　我为什么要那么讲呢？这是有针对性的。我考虑到这些工农兵学

所谓"草棚大学"是什么样的,这张照片上可以看得很清楚,当时的确就是这样上课的。但照片里讲课的却是一位新入学的工农兵学员,老师则只能坐在下面听,接受教育。而且有资格坐在这里听的教师,还必须是经宣传队挑选出来的,其他教师只能下大田去劳动。

第一排右第二位起顺序为段宝林(戴眼镜)、严家炎(穿背心)、张雪森。被张雪森的头部遮了半边脸的是陈贻焮。陈坐在这里可能是作为老教师一类的代表,也代表党的某一政策。至于学员,是从南方招来的那一批。

(图片说明:黄修己)

员，水平不齐，大多为初中水平，不知道什么是文学艺术，更不知道文艺的社会作用。为了树立和巩固专业思想，使学生热爱文学事业，我讲毛主席《在延安文艺座谈会上的讲话》时，重点讲了文艺的特点和艺术的魅力。我说，文艺是交流感情的工具，它不但可以起到思想宣传的作用，而且它有艺术形象，有形象性，往往比抽象的文章更吸引人、更感动人，从而起到更大的教育作用。我怕他们听不懂，就举了一些例子。我说，伟大的革命作家高尔基，从小热爱文学，看了许许多多文学书。有一次，他看了一部小说，很受感动，他就想弄明白其中的原因。他以为书中一定有什么魔术，于是拿起书来，对着太阳仔细地、反复地照看，想找到其中的奥秘。其实，这就是艺术的魅力。这是艺术的特点，也是艺术的优点，是文学专业最吸引人的地方……往往是其他的意识形态所无法比拟的。

另外我还讲了一个中国的例子：在解放战争时期，文工团在部队里演出《白毛女》，因为太感动人了，战士们看了戏感动得热泪盈眶，精神振奋，有的战士甚至要开枪打台上的黄世仁。可见这艺术的力量是多么大。战士们看完戏，高呼口号就直奔战场，战斗力大大提高。

在讲课之前，教师和工农兵学员代表曾经在一起备课。我和徐刚试讲了一遍，大家提了不少意见。我记得徐刚说开枪打死演员的事最好不要说，有损解放军的形象。张雪森说，不要说打死人，可以说想要开枪打"黄世仁"。后来我就照张雪森的意见讲了。讲完之后，反映都很好。但是，学校开大会提出了严重问题，中文系当然要展开批判。而学员们都说很好，批不起来。

我却希望大家都来批判讨论。在早操之后我特别走到队前讲话动员，希望大家对我的讲课进行批评、批判，写大字报。我讲话之后，工农兵学员们还是没有人出来批判，但是七连的教师们却写了一些大字报，教师们辅导学员也写了一些大字报。连着几天一共贴出一百多张大字报。当然，矛头主要还是对着文艺黑线的，要肃清文艺黑线的影响。

这些大字报的内容，我已经记不清了。我印象最深的是说："四条汉子在哪里？就在我们的思想里！"还有大字报说我"歪曲解放军英雄形象，把解放军说成连演戏也不懂，把演员当成了地主"，等等。我对那些上纲上线的无端批判，并没有在意，也没有做什么检查，只是抽象地肯定大家的批判，表示要加强思想改造，更好地学习马克思主义和毛泽东思想。

连队领导以为这么多大字报要使我吃不消了。其实，我并不在乎。大家对我非常宽容，继续让我当"五同教员"，并且还肯定我勇于上台大胆讲课。学校领导和教改组的夏自强同志，还让我不止一次向外校来取经的人介绍草棚大学第一课的情况。他们听后都反映说，北大教员大胆上台讲课，虚心征求意见，姿态高，很好，值得学习。连里又把讲政治课的光荣任务交给了我，还让我当了教学小组的负责人。我记得我曾经去八连，前去敦请历史系的马克垚、哲学系的楼宇烈等先生来讲过课。我希望他们在很短的时间里，讲很多的内容，多举例子，还要少而精，通俗易懂。他们觉得很为难，但都讲得很好。

在大堤公路上翻车

这些第一批工农兵学员在学校学习了两个月，领导决定我们师生一起到井冈山铁路工地去进行写作实习。

上井冈山，要经过南昌。当时我因为女儿生病刚刚从扬州探亲回来，在南昌到鲤鱼洲的大堤公路上看到有些路段很窄，我们乘坐的大卡车有时只有三个轱辘在路上转，一个轱辘已经悬空，十分危险。于是，我向8341军宣队张指导员建议，最好不要乘汽车去南昌而改为乘轮船，而且新北大2号新船已经下水，正合适。但是他说，乘船太慢，要乘一整天，到南昌还要住一个晚上，不好办，汽车已经订好了，还是乘车吧。

出发那天早晨，我们30名工农兵学员、10名"五同教员"，分别上了两辆卡车。一、二班在一辆解放牌大卡车上，三班乘后边的一辆嘎斯牌中型卡车。没有座位，人就坐在自己的背包上，两辆卡车坐得满满的。卡车两边贴了刺目的黄纸写的大标语："向江西人民学习！""向江西人民致敬！"

汽车上了大堤之后，走得非常慢，因为人多车重，大堤公路上坑坑洼洼，有的水洼还比较深，车陷进去很难爬出来。有一次大卡车的两个后轮已经滑到堤下，卡车歪了过来，幸好坡不陡，没有翻车。这时老司机还满不在乎，说汽车自己可以爬上来。我一看比较危险，立即下车叫大伙儿先下车来，等汽车爬上公路之后再上车。大伙儿都下来了，汽车爬上了公路，而老司机还对我不大高兴，认为多此一举，我也不去管他，安全第一最重要。

走了半天才走了几公里，已经中午了，才刚刚走到清华农场。于是我们打电话给分校农场，希望派一辆四十五马力的东方红履带式大型拖拉机来拖我们的大卡车，以加快速度。在等拖拉机时，大家都下车在清华农场吃午饭，清华农场很热情，用油炸小鱼的美食来招待我们，大家吃得很好。

吃完午饭之后再上车，有了拖拉机的拖拉牵引，汽车走得快多了。谁知其中也预伏着很大的危险。我们的司机是个饱有经验的老司机，当时他见到像坦克一样的拖拉机拉着卡车直跑，很得意地笑道："这玩意儿倒不错！"他就全靠拖拉机拉了。走了一段路，来到一条窄路上，这路的一边堆了许多碎石块，石块旁边剩余的半边路面刚刚够走一辆汽车。这时拖拉机已经走了过去，没有减速，而大卡车正走在半边的窄路上，有两个轱辘已经滑下路边，和走在前面路中间的拖拉机产生了一个斜角。拖拉机手在前面，没有看见，还是照样使劲拖拉，因为拉得太猛，把十多米长的钢丝绳给拉断了。就在钢丝绳断裂的一瞬间，大卡车受到猛烈震动，失去了平衡，慢慢翻到了大堤的下面。

大堤有两米多高，在翻倒的过程中，坐在后面的工宣队师傅、袁良骏副指导员，还有几个学员都及时跳下了车，汽车慢慢翻到大堤底下，四个轱辘朝天倒扣了下来。车上大多数人都被扣在里面了，其中包括教师袁行霈、张雪森、严绍璗和副排长徐刚等一、二班的大部分同学。他们有的被车帮子压住，有的被行李压住，大都受了内伤，轻重不等。一位解放军学员是从福建来的，曾经经历过翻车事故，他有应付翻车的经验，一点也没有受伤。我们问他有什么经验？他说："在翻车时赶快全身趴下，就不会被压坏。"这次他就趴下了，在车中一点也没有被压伤。

　　翻车后，有些人自己爬出来了，有的被别人拉了出来。后面卡车上的人出力尤多。清华农场的同志也赶来救人。但是，数了一下，少两个人：一个是教师张雪森，一个是工农兵学员王永干。他们还被压在车里。于是，大家一起合力把汽车翻过来，汽车滚到坡下水塘里去了。大家这才看到这两位同志还跪趴在地下。仔细一看，已经被压死了。三班的张文定同学当时就大哭起来，高叫："张雪森老师，王永干啊！"大家一下子都惊呆了。

　　他们两个都是坐在卡车最前排的，是卡车前面的钢梁压着了他们的头和身体。大概因为他们两个都比较胖，吃了午饭上车很快就睡着了，不知道已经翻车，所以没有避让而被大梁压着了。实在是非常惨的。本来张雪森同志是打前站的，他坐在前面驾驶室给司机带路，但是因为王永干晕车，他就把驾驶室的位置让给了王永干。可是走了一段，王永干怕驾驶室的汽油味，要换出来，正好我坐在前排靠边，副排长徐刚就说："段老师，你和他换吧！"这样我就坐进了驾驶室，夹在正副司机中间。不然，也许压死的就是我。他们都说我命大。也许是妈妈的魂灵在冥冥之中保佑了我。

　　其实，即使在驾驶室里也不是安全的。据说，坐在驾驶室里，翻车时往往更危险，因为翻车时汽油会溢出来，车头常常起火燃烧，起火之后车门开不开，里面的人就会被烧死。幸好那天汽车刚刚开了不久，马达还没有烧热，所以没有起火。翻车时我感到很突然，整个身体头朝下脚朝上，头顶被车顶碰了一下，晕晕乎乎，只感到脸上、衣服上被弄上一种液体，不知是什么东西。司机先打开车门爬出去了，我最后也爬了出来。

　　还好，没有很重的伤员，我们排队步行回到了分校。后来有几个受内伤较重的人，到南昌住院检查、治疗了几天。领导要开追悼会，让我写追悼会的悼词，我赶写了一篇，连夜一个人在黑洞洞的农场空地上，走很长的黑路，送到校部去审查。在路上，一个人单独走黑黑的很长的夜路，真有点不寒而栗。

我和张雪森同志都是1954年从上海考到北大的，又一起留在中文系教书，感情比较深，我就在悼词中写了一些抒情的悲伤的话。分校领导、六十三军参谋长是个老同志，听后说："调子太低沉！我们部队打仗，死人是经常的，都这样凄凄惨惨戚戚怎么行。"这篇稿子就没有用，不知现在还找得到找不到了。这倒是一篇很好的历史资料。

王永干的父亲是上海的一位老工人，几个儿子还没成人就都死了，只剩下这个儿子，也遭此横祸，实在是非常悲惨的。张雪森的夫人在农场小卖部工作，他们还有一个儿子，还在读书。他们在会上也发了言。

经过一段休整，我们还是到井冈山铁路地区去了，做了一些新闻采访，写了一些报道的文章。去井冈山之前，我和张少康、周先慎三个人，还到南昌郊区的部队报道组，请人给我们讲新闻报道的写作经验。

我们在下面分别采访农村和工厂的新人新事。来去都是步行，非常艰苦。记得有一次采访，我们来到一个新建的小高炉，一个学员还爬上去看了看。就在我们离开不久，只听到一声巨响，又听到一片哭声，可能小高炉发生了爆炸。我们已经走得很远，还有别的任务，也就顾不上他们了。如果爬上小高炉的学员晚走一个小时，说不定就危险了。

当时还在搞"文化大革命"，只讲革命，不讲科学，主观主义瞎指挥盛行，因而常常发生工伤事故。我们在途中就常常碰见一些捧着逝者遗像、哭丧的队伍。很可能就是事故的一些受害者。

千里野营到安源

到1970年年底，全国学习解放军进行备战拉练。所谓拉练，就是带着全部装备长途行军锻炼。解放军练兵是每年都要举行这种训练的，现在我们也要拉练了。这是学军的一门课。江西分校全体师生，统一行动，在8341部队和六十三军军宣队领导下，千里野营拉练去安源。

我们中文系师生是一个独立活动的小单位。大家背着不小的背包，每天行军几十里。开始是五十里，逐步增加到六十里、七十里，后来竟然可以一天行军九十多里。学习老红军的革命传统，虽然很累，情绪却很高，一路上唱唱歌，喊点口号，也能坚持下来。

唱歌有合唱，有独唱。谁高兴起来，张嘴就唱。唱得最多的是语录歌、毛主席诗词、红军歌曲，还有些苏联革命歌曲。如语录歌《下定决心，不怕牺牲，排除万难去争取胜利》、毛主席诗词《长征》、井冈山老红军歌曲《红米饭，南瓜汤》，还有苏联的《一条小路曲曲弯弯细又长》等等。一路上，也有聊大天、说笑话、讲故事的。走走说说，就忘掉疲劳了。

最累的要算陈贻焮先生了，他年纪最大，管伙食，挑一担伙食挑子。到了宿营地还要忙着做饭、开饭。学员们往往抢着帮他挑担子，他还不让，说自己挑得动。其实，他的腰受过伤，挑担子是相当吃力的。他爱讲一些老北大的笑话，有时还吟诵毛主席诗词。

我负责办一个油印小报，到一个地方就抓紧采访，还要组稿、编辑，放下背包就到处跑，起早贪黑，非常紧张。诗人徐刚是我的得力助手，他笔头子来得快，写了不少诗，有一篇还比较长，占了一个头版。在整个拉练过程中，小报出了好几期，受到了表扬。

在安源，我们参观了新建成的高大的安源革命博物馆，还下煤矿到掌子面和矿工一起挖煤，一起在石头砌成的很大的澡堂浴池中泡澡。我们行军刚刚到达安源时，就享受到了这种优惠待遇。那一天我们行军很累，进了浴池，池水又清又烫，真是非常解乏。

在安源我们还带领学员采访老工人，了解安源工人运动的历史，走访了安源工人俱乐部的旧址，工人代表和资方谈判的地方。当时，刘少奇已经被打倒，但是，老工人仍然念念不忘他。他深入了解工人的要求，非常巧妙地进行了有理、有利、有节的斗争。"从前是牛马，现在要做人"的口号深入人心。工人们说得非常动情。后来许多安源工人跟随毛主席上了井冈山。

行军走上井冈山

离开了安源,我们继续行军,沿着毛主席当年走过的道路,上井冈山。大家都非常高兴。第一站,就是三湾改编的三湾。在三湾,我们三个班,分别住在老乡家里,受到热情的欢迎。我们帮助农民干活,同时上党史课。

我是主讲教员,并没有带多少书,好在当地有许多革命历史的资料,当地一些宣传干部也介绍了三湾改编时的情况:毛主席怎样制订"三大纪律八项注意"(开始只是六项,后来逐步完善),怎样遣散了少数动摇分子,使革命队伍更加精干;后来又有个别领导人企图叛变投敌,幸好这封信在刚解放的县城邮局中被我们发现了,真是极端危险。革命初期队伍复杂,常常打败仗,险象丛生。三湾改编把"党的支部建在连上",加强了党的政治工作,在井冈山找到了根据地,成了人民解放的星星之火。

我们在三湾改编的地方学习党史,参观当年毛委员开会的地方,和老赤卫队员座谈。在这里待了好几天。一个晚上,我们在毛主席常常讲话的枫树坪,告别了三湾的乡亲们,大家用老乡送给我们的毛竹扁担,挑起行李,进行夜行军,往井冈山腹地进军。

一路上,我口占了一首小诗《别三湾》:

枫树坪下别三湾,乡亲送我竹扁担。
井冈翠竹光闪闪,革命路上挑重担。

夜行军是第一次,大家很新鲜。想到红军、解放军都是夜间行动,体验一下这个滋味也是很好的。夜行军的滋味确实并不好受,走到十点以后,就有些困了。行军时要跟着队伍的步伐,不能落后,有时困得不行了,就不自觉地打起瞌睡来。在打瞌睡的时候,两条腿还习惯性地往前走。有一次,我走着走着,发现我的扁担碰到了右边的大树,我睁开

1971年3月闵开德老师与学员在三湾合影

眼一看，吓了一大跳，旁边就是黑洞洞的山坡，再走错一步就可能连人带行李全都滚下去了，后果不堪设想。幸好，老天爷帮忙，感谢路边的大树救了我。

在井冈山，我们几乎走遍了最重要的地方。在井冈山的中心茨坪，我们住了好几天，参观了新建的井冈山博物馆，查阅了许多档案材料。毛主席在茨坪的旧居是一个小草房，我们可以随便进去参观，在毛主席写《井冈山的斗争》的靠窗的两屉桌前，坐下来写写字，在那阴寒的日子，体验一下当年艰苦斗争的生活。

我们还在大井毛主席坐着看书的大石头上坐一坐，向老赤卫队员问询当年毛委员在井冈山的情况。还到朱总司令挑粮休息的大树下瞭望曲曲折折的山路和重重险峻的高山，到黄洋界哨口去看看井冈山的天险。当时黄洋界山头建成了一个巨大的火炬形台子，叫"五星台"，挺壮观的。后来被撤掉了，听说可能是因为它的建设同林彪有关。也可能是因为它影响黄洋界山头防御工事的景观。

当时我还大发感慨，写了一首小诗：

五星台上看井冈，巍巍群山不寻常。
铜墙铁壁在哪里，工农大众心坎上。

后来第一句改成了"黄洋界上看井冈"，意思没变。

井冈山大学派汽车让我们到朱砂冲等五大哨口考察，使我们有机会饱览井冈山美景。看到高山悬崖挂着瀑布，非常壮观。于是又口占一首小诗：

井冈泉水清又清，飞流直下天地惊。
星星之火可燎原，五洲四海听知音。

井冈山大学校车的司机因为路熟，在山路上开得很快，也使人提心吊胆的。总算没有遇到什么危险。

茅坪是井冈山的一个最重要的红色据点。我们在这里就住在八角楼的旁边老乡家里。附近的一个大祠堂里，曾开过一次苏区代表大会，会上谭震林当选为政府主席。八角楼是一座木楼，并不很大。毛主席在这里写出了《星星之火可以燎原》，这是为解答林彪等人"红旗到底能打多久？"的问题而写的。

茅坪一条街相当长，有商店、学校、练兵场……在这里我们曾会见过袁文才的夫人。她个子不高，很朴实，像个老农妇。

在井冈山下的宁冈，我们住在毛主席办的教导团里，我在教室里还讲了一次党史课。这正是当年毛主席讲课的地方。宁冈城外的会师广场很大，这是当年毛主席带领的部队和南昌起义过来的朱德、陈毅带领的部队，湘南起义的农军会师的地方。会师后成立了中国工农红军第四军。朱德是军长，毛泽东是政委。由此，中国革命进入了一个新的阶段。

到韶山、长沙游学

下了井冈山,我们又开始了新的长征——去湖南韶山。在韶山,我们瞻仰了毛主席旧居、韶山农民协会、毛主席幼年读书的私塾等地。然后,到长沙,住在湖南第一师范学校,参观当年毛主席住过的地方、上课的课堂、洗冷水澡的石井……还参观了清水塘,看毛主席和杨开慧一起在党的湘区委员会、新民学会编《湘江评论》时期工作的房子。还登上岳麓山爱晚亭远望,想象当年毛泽东青年时代同蔡和森等人在此进行风浴、雨浴、露宿的情景。

大家在橘子洲头的南端,放声朗诵毛主席的《沁园春·长沙》,对着迎面而来浩浩荡荡的江水,体验"湘江北去……层林尽染,漫江碧透,百舸争流,鹰击长空,鱼翔浅底……"的意境和"恰同学少年,风华正茂,书生意气,挥斥方遒,指点江山,激扬文字,粪土当年万户侯"的伟大气魄,以及"到中流击水,浪遏飞舟"的崇高志向。尧何人也,舜何人也,有为者,亦若是!我们决心学习和继承毛主席的革命精神,为人民的幸福奋斗终生。

在江西、湖南的游学生活结束了,我们又回到了鲤鱼洲。回校后,就学习庐山会议的文件,批判陈伯达的"天才论"。那时我们已经集中在八连,和汤一介、郝斌等人一起写批判文章。我写得比较快,汤一介曾对此加以表扬,后来出了一期刊物,在头版登了我的文章。文科的教员都表示钦佩,其实,我是搞民间文化的,批"天才论"是老本行。在八连,我交流较多的是郝斌同志,我把我在安源、井冈山等地抄录的一些材料送给了这位党史专家。我以为这对他更有用。

当时图书馆调来了许多参考书,放在大仓库的一角,我常常去翻看。这里有不少内部资料,如考斯基的《唯物史观》(内部出版)以及匈牙利事件的许多原始文件。我在讲《关于正确处理人民内部矛盾的问题》的历史背景时,发现了这些非常珍贵的重要史料。

我从这些史料中看到,匈牙利党的领导拉科西等人犯了极其严重的官僚主义，引起广大人民的不满和反对。匈牙利的作家组织——裴多菲俱乐部在首都布达佩斯组织了学生的特大游行。这种形势被敌人所利用。美国中央情报局资助了这些活动，还组织发动流亡在奥地利的匈牙利贵族、官僚和反动军官们带着大批武器进入匈牙利，在布达佩斯武装攻打并占领了共产党的领导机关，把许许多多公安警察和共产党员打死吊在大街上……由游行示威演变成了反革命暴乱。这当然是非常深刻的历史教训。由此我对毛泽东反右时的思想有了更深入的认识。现在看来，毛泽东是把中国和匈牙利混为一谈了。其实，中国和匈牙利当时的情况是有很大不同的。把好心好意给党提意见的人都当成敌对分子，在全国划了好几十万右派，实在是一个很大的错误。

毛泽东是一个伟大的战略家，他的一些理论，如预防资本主义复辟、文科要以社会为工厂，等等，是有一定道理的。然而，由于他后来脱离实际、脱离群众，在具体执行中，往往产生许多片面性的严重错误，结果常常适得其反，造成了极其巨大的损失。主观与客观、动机和效果的严重背离，这是一个很大的悲剧。对中国和对他个人都是一个很大的悲剧。于此可见马列主义的实践是多么困难，而理论联系实际又是多么多么的重要。当然，这是我后来的认识，当时对毛泽东还是充满崇拜和个人迷信的。

我们"以社会为工厂"的游学活动，北大江西分校的教育革命试验，到九一三事件之后就停止了。鲤鱼洲农场全部撤销，移交地方。我们全部回到了北大总校，和北京的工农兵学员合在一起，混合分班。我们也去报社、电台实习，也下工厂、农村"开门办学"，但拉练、游学，已经没有了。

以上是我根据自己的印象、回忆匆匆撰写的，没有来得及去查看当时的笔记核对，但大体上是准确的，希望大家补充、订正。我当时记了好几本笔记，一时找不出来，等以后再详细地写吧！

2010年10月6日于中关园

鲤鱼洲生活点滴

陆俭明

一

遵照毛主席关于知识分子要走"五七道路"的指示，1969年深秋，我们随全校大部队来到了江西南昌远郊的鲤鱼洲。鲤鱼洲，原为鄱阳湖底的一角，在以粮为纲、围湖造田的风潮下，江西省动员民工利用冬季枯水时节，围了一片湖底，并面向鄱阳湖建造了一条十多里长、二十来米宽的大堤。由于该地区血吸虫严重，老乡们都早已将该地弃而不用了，如今却成了北大、清华两校的"五七干校"所在地。至于那地方为什么叫鲤鱼洲，问了好多人都不知道；有一说，原先那一带湖面鲤鱼较多故而得名。我们去之前，早有先遣部队在那里盖了两座大仓库和一些茅草房，此外放眼所见就是一片荒芜的芦苇和茅草。

当时中文系大约70%的教职员工都去了鲤鱼洲。年岁最大的是岑麒祥老教授，已年过花甲了；年岁稍小一些的是冯钟芸、林焘、彭兰、甘世福几位老先生，也快近六十的人了；中文系原副系主任、十级大高干张仲纯，另一位原副系主任向景洁也一起下来了。刚踏上鲤鱼洲，我们中文系和其他各系的男同胞都住在大仓库里，一排排一式上下层的双人铺，一个挨着一个；女同胞住在大仓库路南的小仓库。一到晚上熄灯号吹响后，仓库里就"开演"了"呼噜八重奏"。好在我是倒在枕头上就着，没福气欣赏，但真苦了那些睡眠欠佳的"五七战士"。听说女同胞住的小仓库更热闹，还有小孩儿哭声伴奏。

我们一切按军事化编制与生活。整个北大是一个团的编制。我们中文系开始跟俄语系和图书馆学系合编为一个连，命名为七连，连长是俄语系总支书记倪孟雄。中文系是一个排。开头谁是排长、指导员，记不得了。11月的一个深夜，突然吹起了集合号，要紧急集合。大家从睡梦中惊醒，不让开灯，大家只能摸黑穿上衣服下床到大仓库门口去列队集合。11月已经很冷了，又是深夜，不少人来不及穿袜子，就光脚穿球鞋；有的人只裹了件军棉衣，没穿衬衣；而女同胞大多蓬松着头发。我和张仲纯是上下铺，他慌忙中把我的军棉衣拿走了，我摸着他的军棉衣穿上就往外跑。他是个大胖子，我是个瘦高个儿，他穿我的衣服怎么也穿不上，我穿他的衣服，穿倒是穿上了，只是嫌短。到了仓库前刚明白是怎么回事儿才换过来。那狼狈相，我们自己看了都觉得好笑，但又不敢笑。紧急集合干吗呀？原来是去看电影——看阿尔巴尼亚电影《桥》。工、军宣队看着大家的狼狈相，免不了训了一通。训归训，还是叫大家穿好衣服才出发。

我们一开始的任务有三项：一是割草、割芦苇；二是置田；三是在场部指定的地区为连队盖草房。

割草、割芦苇，这既为炊事班提供了柴火，又为置田做了准备，为此专门组织了一个打柴班。

置田，按团部（一般称为"场部"）统一规定，每块田七亩半，长方形，四周要打上田埂，并要挖好引水渠、排水渠。先由测量队进行丈量，田块、进水渠都用石灰粉画上线。田块，一块挨一块。田块四周挖排水沟的土正好用来垒成田埂。进水渠，上宽1米，下宽30厘米，80厘米深。进水渠、田埂都修得笔直，水渠帮子、田埂都拍打得结结实实，修整得平整光滑，看着让人觉得很舒服。

为连队盖草房，所用竹子、稻草都由江西省有关部门供应，我们自己负责盖房。竹子、稻草，不知由哪里运到鲤鱼洲堤坝外后，场部一声令下我们就去扛，去背。竹子，都是大毛竹，力气大的一人拣一根大的扛，腾腾腾往前一溜小跑；力气小的就只能慢慢拉或者说拖了。稻草，则有的挑，有的背。盖草房的毛竹、稻草就这样运到了建房工地。盖草房，也要先设计图纸，然后按图纸先用毛竹搭好房架，再铺上稻草做的草帘子。男同胞爬上爬下搭房架、蒲草帘；女同胞负责做草帘。这都不是轻松的活儿，要有力气，更要用脑子，有技术。

这三件事，对当时被称为"四体不勤五谷不分"的知识分子来说，累是不言而喻的，但谁都干得很卖力，不管是出于自觉改造，还是出于服从命令，还是出于无奈，反正都一项一项按要求完成了。

二

大约去鲤鱼洲一个多月后，我们连队自己的草房盖起来了。全连男女就都搬出原先住的大小仓库，一起住到了连队安排的草房内。在连队住处还打了一眼地下抽水井，全连用水就靠它了。水质不好，含铁量高，如果盛一盆水搁着，第二天盆内四周就会呈现一圈儿铁锈。连队也进行了改编——俄语系跟其他外语系合编为一个连，命名为九连；我们中文系则跟校医院、图书馆以及图书馆学系重新合编为一个连，仍叫七连，不过为区别于先前的七连，大家称之为新七连（原先的七连称为"老七连"）。连长由图书馆学系总支书记闫光华担任，副连长由我们系的大向和图书馆学系的纪国祥担任，指导员都由军宣队、工宣队派人担任。

连队位于鲤鱼洲的东北部。鲤鱼洲有一条河，纵贯鲤鱼洲东北至西南，最宽处有二十来米。为解决连队吃菜问题，连队组建了一个菜班，由我们中文系孙静任班长；菜班成员大多是各排的老弱人员。菜班负责在连队沿河垦荒种菜。别以为种菜轻松，成天蹲着锄草、浇水、护理菜苗，一天蹲下来也累得够呛。另外，炊事班也开始养鸡养鸭养猪，以便逐步改善连队生活。

  第二年春耕来临之前，田块、水渠都按要求整治好了。场部考虑到有许多教员夫妇俩都来了鲤鱼洲，有的还带着孩子，总不能让他们老分居着住吧，所以决定利用冬季农闲时，盖一些砖房，供夫妇俩都在鲤鱼洲的教职员工居住。这在当时可算是一种人性化的表现。盖砖房的砖当然是从别处用船运来的，运到鲤鱼洲后由我们自己再运到连队盖砖房的工地。由于我们连地处鲤鱼洲的东北角，搬运的距离不近。我们几个壮劳力还都挺能挑，一担挑30—38块砖（每块砖约五斤重）；也有人用一条绳索一块托板用肩背；反正各有其智，各尽其能。盖砖房还得要瓦，场部决定自己制作水泥瓦，为此去买了台打瓦机，并将这个制作水泥瓦的任务交给了七连。七连将这个任务交给了我，要我带一班人马边学边制作水泥瓦。我们一起干活的，记得有张少康、黄修己、左言东、周先慎等人。岑麒祥先生也分到制瓦班，不过他老先生不是跟我们一样制作瓦，而是负责给制作好的成品瓦每天浇水——水泥瓦制作出来后一定要天天浇水，要浇十天水，以保证硬度。制作瓦，先要洗沙子，将泥冲刷掉，为此专门造了一个洗沙池；洗沙的水用一个柴油泵从河里抽取。洗沙很费力，需要壮劳力来干。将洗好的沙，按一定比例与水泥搅拌。我们当时用的都是400号水泥。搅拌不用机器，都是人工搅拌。水泥和沙搅拌好了就可以开始上机制作瓦了。虽有专门的机器，但要制作出合乎规格的高质量的瓦也不容易。开始造出来的，十有八九是废品，但大家学得很认真，很快就掌握了制作水泥瓦的技巧。我们一天两班倒，大家白班夜班轮流干，干得都很卖力，也很出色，废品率越来越低。整个冬天我们都在干制作水泥瓦的活儿，最后圆满完成了场部交给的任务。看着农场各连队盖起的一排排红砖平房，想着那些平房屋顶都铺盖着我们亲手制作出来的水泥瓦，那成就感便会油然而生，脸上也会泛出自豪的微笑。

三

春耕来了，大忙季节开始了。突然连部宣布由我任排长，周强为指导员。我感到很意外，因为我在1966年5月25日聂元梓贴出大字报（后称"5·25大字报"）的当天傍晚，61级语言班同学来问我："这大字报该怎么看？"我说了两点意见：第一，我们学校外国留学生很多，聂元梓他们对学校领导有意见当然可以提，但不宜贴在大饭厅那里，应该注意内外有别。第二，大字报内容，并不完全符合事实。我跟61级语言班同学关系较深较好，因为我给他们上过一年"现代汉语"课，还曾跟他们一起去山西万荣县调查过"拼音扫盲"的工作，又一起去湖北江陵搞过"四清"工作，所以他们很信任我，当然很相信我上面说的话。于是61级语言班同学连夜贴出整版反击聂元梓"5·25大字报"的大字报，并在26日去冲聂元梓他们举行的批判陆平、彭珮云大会的会场。6月1日新闻广播，伟大领袖宣布聂元梓大字报"是全国第一张马列主义大字报"，而且还说"写得何等的好啊"，于是当日下午全系大会上我就被第一个作为"黑帮爪牙、修正主义苗子"给揪了出来，在"文化大革命"开始后相当长的时间里，我一直被监督劳动、被陪斗。我心里明白，我没有反党反社会主义，但自己觉得大概是中了刘少奇修正主义的毒，所以犯了错误。因此，我来鲤鱼洲是改造来的，现在让我当排长，这不是很意外吗？不过当时没跟谁说，让我当，就当吧，好好干就是了。

在整个过程中，我和周强合作得很好，大家也都很配合。那时不管出工、收工都得排队，而且先得背诵一段毛主席语录。全排个个不怕脏，不怕累。记得春耕育秧，需要粪稀（由发酵后的粪与稀泥搅和而成），我们就在田边挖了两米宽、三米长、半米深的池子，先灌上水搅拌形成稀泥，再倒入粪水搅拌。先是用锄头、棍子什么的搅拌，太慢，也不易搅匀，于是我和张少康、左言东等几个人率先跳下池子用脚搅拌。接着图书馆的季国祥、校医院的姜喜迪几个也跟着跳下了池子。搅拌完了，每人身上都溅满了粪水，大家到河里一洗了事，谁也不嫌脏，不嫌臭。

春耕的首要任务是将每个田块灌上水浸泡数天，然后犁田。我们七连有一头牛，一辆江西出产的轮胎式拖拉机。陈贻焮，别看他是研究李白杜甫的学者，用牛犁田可是一把好手。那轮胎式拖拉机当然比牛好，但在水田里犁不了两圈，就陷在淤泥里了，怎么启动也无效。没法儿，只好跑回连部给场部打电话，请场部派履带式拖拉机来帮助将那轮胎式拖拉机拉出来。

机器躺倒不干了，人可不能歇着，就来人拉犁犁田。掌犁的就是陈贻焮、裘锡圭、张少康和我等一些所谓壮劳力在前面拉犁。每人一身泥浆。当然很累，但不觉得苦。一会儿那"东方红"履带式拖拉机嘟嘟嘟开来了，开拖拉机的就是侯学超；原先在系里都叫他"老侯"，现在大家叫他"老侯师傅"。履带式拖拉机来了，我们就停止了"人拉犁犁田"。那履带式拖拉机下到水田立马就将那轮胎式拖拉机从泥潭里拉了出来。不知谁大声喊了一声："五七战士们，我们来对对子，上联我有了，叫'拖拉机拖拉拖拉机'。谁来出下联对吧？"这上联出得巧，出得有意思，可是当时谁也对不上来。

鲤鱼洲多雨，有时还下滂沱大雨。雨小，我们还坚持在地里干活；雨大了，当然就回住地暂时避雨了。可是，我们被军宣队、工宣队狠狠训了一顿："下点雨就收工了？解放军怎么在枪林弹雨中冲锋陷阵的！你们这样哪像五七战士？怎么炼红心哪？"大家只能服从命令，又扛着锄冒雨下地了，心里不痛快、不理解也没办法。收工回来，个个都成了落汤鸡。好在炊事班为大家烧好了姜糖水，每人热热地喝了一大碗，倒没一个人感冒。从此，不管下小雨下大雨，都照样在地里干活。不过我们也很会苦中作乐，在劳动中不时地集体联句作诗——先有一个人大声说出一句，紧接着有人续第二句，第三句，第四句。这样集体联句而成的诗作了不少，可惜当时没有人收集，不过现在我还记得有这样两首豪情满怀的七言诗：

(一)

手插秧苗喜在心，大田片片绿油油。
你追我赶干得欢，春雨绵绵正加油。

(二)

五七战士斗志高，战天斗地逞英豪。
苦都不怕何怕累，红心颗颗献给党。

不难发现，那第二首诗最后一句是不押韵的。这最后一句出自沈天佑之口。他是研究古代文学的，是红学专家，当然不会不知道这不押韵，为的是逗大家一乐。大家也都接受，并给这种不押韵的诗起了个美名——"天佑体"。

在鲤鱼洲，我们中文系一排，不管年岁大小，不管农活会干不会干，大家都很卖力。在劳动过程中，不少人获得了"封号"。张少康、何九盈、杨必胜、徐通锵、倪其心、郭锡良、裘锡圭、周强和我都比较有力气，被称为"一等劳力"。裘锡圭虽不是太会干活儿，但力气特大，大家送给他一个"裘大力"的美称。周先慎力气不大，但很会用力，什么活儿都干得不错，不亚于壮劳力，大家也送了他一个雅号，叫"巧克力"。陈贻焮，前面说了是犁田的好手，也是插秧的能手，他年岁比我们大些，大家就尊称他为"陈老农"。来鲤鱼洲后，各连的厕所要我们自己盖，这个任务是由周强领着一帮人完成的。周强他亲自设计，亲自指挥，带头实干，大家曾一度称他为"厕所工程师"。场部要求各个连随时要向场部汇报情况，写简报的任务，连队就交给了严绍璗，于是大家就叫他"严简报"。吉常宏（因一直没法解决他妻子户口进京指标问题，"文革"后回山东大学中文系任教），由于他年纪较大、结婚较早，在校时大家就叫他"吉老"，到了鲤鱼洲让他参加毛泽东思想宣传队，去参加演出，在一个话剧里他演了老地主，于是后来就不叫他"吉老"了，而叫他"老地主"；可后来因他力气较小，又让他去放牛，于是又称他为"老牛倌"了。彭兰，年岁大，身体又不是很好，可挺会写诗，在田间地里不时用诗歌鼓动大家，所以有人称她为"七连女诗人"。这些封号雅号谐趣横生，增添了我们劳动生活的乐趣，彼此的感情也更融洽了。

四

过来人都知道，"文化大革命"中几乎每个单位都出现了两派，有的还发生了武斗。北京各高校，几乎都出现了"天派"（天派以当时的北京航空学院造反派头头韩爱晶为首，故而得名）与"地派"（地派以当时的北京地质学院造反派头头王大宾为首，故而得名）的对立。这种两派对立一直延续到"文革"结束之后。可是我们中文系，在"文革"中虽也曾出现过"新北大公社"（属于天派）和"井冈山"（属于地派）两派对立，但没有延续到"文革"之后。这为什么？这跟鲤鱼洲生活有关。

在"文革"期间，具体说是在1970年3月27日，经毛主席批示，由中共中央发出《关于清查"五一六"反革命阴谋集团的通知》之后，在全国范围内兴起了清查所谓"五一六"分子的群众运动。鲤鱼洲也于春耕结束后在全场开展"清查'五一六'分子"运动。场部军宣队领导在动员时，号召大家"一定要六亲不认，挖出毒瘤"，要大搞揭发。当时从其他连排的情况看，其斗争矛头主要指向"文革"初期的一些激进的造反派。我在"文革"初期虽由于被归入"黑帮爪牙"之列，未能参加各种"革命"运动，但对系里各位老师的情况还是清楚的。说中文系也有"五一六"分子，我不信。因此我作为排长，在会上一方面也说"要紧跟党中央，清查'五一六'分子"，另一方面强调一切要实事求是。而在会下，我将好几位同志，叫到自己住所，跟他们进一步交代一定要实事求是，千万不要乱揭发，也别乱承认。在那段时期，不少连排弄得人人自危，人心惶惶，而我们中文系一排，除个别人外，大家都没乱咬。虽然这带来的是连部对我们排的不断批评，说我们排"老右"，但事后证明，这样做极大地增强了中文系内部的团结。大家在劳动中，彼此互相照顾，互相体贴；生活虽苦，但其乐融融，甚至原有的一些矛盾也逐渐消除了。在"文化大革命"后，原先两派在中文系没有留下后遗症，这着实令人欣慰。

五

现在说说鲤鱼洲的伙食。

我们的伙食有个逐步改善的过程。刚来鲤鱼洲时，主食，因江西盛产稻谷，同时对我们北大、清华的"五七战士"特别优待，稻米敞开供应，没有定量，当然都是机米，即籼米；副食，就对不起了，当时全国副食供应都十分紧张，江西更不足，因此当时场部提出了一个口号："不跟江西人民争菜吃！"所以我们每顿饭都是咸菜酱油汤，酱油汤面上略漂几片不知大厨师从哪里弄来的绿色菜叶，以示安慰。那大米、咸菜是从南昌成批采购后用船运来的，船到鲤鱼洲靠岸后，场部就通知各连去搬运。各连都是派壮劳力去搬运，因为一袋米一百几十斤，一坛咸菜也有六七十斤。米包用肩扛，坛子没有抓手，大家只能怀抱肩扛。就这样，从船上走过颤巍巍的跳板，再翻过堤坝，扛回、抱回连队食堂。晴天还好，碰到下雨天，泥路滑得要命，特别是上堤下堤。好几个人，如周强、周先慎和我，就是在扛米包或扛咸菜坛子翻过泥泞的堤坝时不小心一咪溜而扭了腰的，落下了腰肌劳损的毛病。副食虽差，好在饭管饱，大家对下饭菜就不怎么计较了。我们到鲤鱼洲后的第一个元旦，场部给每个连一头活猪，叫我们自己杀。怎么杀，就犯难了。知识分子好争论，有的说该抹脖子，切断气管；有的说该捅心脏，让血都放出来，争论不休。最后还是请后勤连的一位师傅来帮着杀的。大概是为让大家解馋，老崔特意煮了一大锅红烧肉，让大家放开吃。每个人都吃了不少，最多的，像张仲纯、张少康等一顿就吃了两钢精饭盒。大家吃得过瘾哪！

有了菜班种菜，炊事班又自己养鸡、养鸭、养猪，第二年开春后，副食就逐渐改善了。我们连的大厨师是中文系原办公室主任崔庚昌，大家亲切地叫他"老崔"。他很会做饭，做出来的饭菜喷香；有时他去鄱阳湖边买到一些鲜鱼，其中不少是鳜鱼，经老崔一烹调，煮出来甭提有多鲜美。后来连队自己养了猪，鸡鸭也养得越来越多，伙食就一天好似一天。吃着自己亲手种的菜，自己养的鸡鸭下的蛋，吃着自己养的猪肉，别有一种滋味，别有一种喜悦。不过我们的成本可贵了，第一年秋收后一算，单就稻谷来说，一斤稻子要45块钱——在20世纪六七十年代，45块钱可不是个小数目，那时我们一个月的工资只有56块人民币。为什么成本会那么高呢？因为大家虽在鲤鱼洲，工资还是照发，这样算下来，垦种付出的代价当然大了。不过当时的说法是："不能算经济账，要算政治账。"

前面提到，江西盛产稻谷，基本不种麦子。开始上面配发的粮食都是机米，后来，考虑到教职员工中有相当一部分是北方人，他们习惯吃面食，觉着米饭不禁饿，所以后来配发一定数量的面粉，可以每半个月吃一次馒头花卷糖三角。吃饭也吃出对子来了。忘了是谁，一边吃着糖三角，一边高声说："我想到一个上联，'糖三角三角无糖'。哪一位来对下联？"可不是，那糖三角，糖都放在当中间，三个角是没有糖的。这上联也出得新鲜，出得妙。当时也没有人能对出下联。过了俩月，中文系教务员冯世澄先生也来鲤鱼洲了。他是老北大的教务员，老北京人。一天，又轮到吃面食的日子，跟冯先生说起了那糖三角的上联。他觉得上联出得好，有意思。当时，他并没说要出下联。过了两天，吃晚饭的时候，他宣布，那糖三角的上联，有了下联了，那就是"蜜四果四果有蜜"。果者，果子，即糕点也。如今北方一些农村就将糕点称为果子，日本也是；"四果"即四样糕点，"蜜四果"是指用蜂蜜制作的四样糕点，什么萨其马、糖耳朵、糖枣儿什么的。旧时过年过节走亲戚，送的礼物就是一盒蜜四果。显然，冯先生的下联对得非常好，这样就成了一副妙联：

糖三角三角无糖，蜜四果四果有蜜。

不过没有人出横批。我想横批可为"甜甜蜜蜜"——这也是一种苦中作乐之"甜蜜"。

这里顺带回应一下早先的那个上联:"拖拉机拖拉拖拉机"。直到秋收季节,这上联给对上了。江西地处南方,当地有一种习惯,早稻收割后,在稻茬上施肥,让其生长,再长稻子,此稻子叫"再生稻";有的还可在再生稻收割后的稻茬上再施肥,再生长稻子。于是下联就对上了:"再生稻再生再生稻"。整个对子为:

> 拖拉机拖拉拖拉机,再生稻再生再生稻。

那下联对得好,而且来自劳动生活。谁对的,记不起来了。也没有人给出横批。我想横批可为"辛劳有获"。

六

鲤鱼洲,号称是"北京大学鲤鱼洲分校"。1970年,全国一些高校招收第一批工农兵学员,鲤鱼洲分校也招收了一批,中文系招了一个班。在工农兵学员进校之前,连部决定由大向即中文系原副系主任向景洁和谢冕二位任正副组长,负责组织教改小组,成员有张雪森、乐黛云、周先慎等,由他们先设计教学计划。他们很认真,出于对培养国家人才负责的精神,设计了一个方案,课程部分政治课是少不了的,当然有一些新课,如有讲样板戏的课、讲批判田汉等四条汉子的课,但也有一些中文系文学专业和汉语专业的传统课程,其中当然会有中国古代文学史、现当代文学史、古代汉语、现代汉语等。结果这个教学方案一拿出来,就被领导给否了,还被扣上了"封资修回潮"的大帽子。大向和谢冕的教改小组正副组长的职位也给撤了,分别改由袁良骏、闵开德担任正副组长。后来定的课程除了政治课外,主要都是一些实用写作方面的课程。学生刚来鲤鱼洲,一切感到新鲜。但他们是来上大学的呀,可他们几乎一半时间是劳动,一天上不了多少课,这哪像大学呀!这些工农兵学员开始有意见了,甚至抱怨了,不少学员提出要回北京大学本部,即北京的北京大学学习。于是,军工宣队在学员中开展"批判资产阶级教育的样子观"的教育。可实际并没有解决问题。为稳定学员情绪,军工宣队决定将中文系工农兵学员拉到井冈山去,那里正在修铁路,让大家深入生活,并进行新闻报道写作方面的教学实践活动。

出发那天清晨,全连列队欢送。他们步行到大堤,乘上两辆大卡车,冒雨出发了。到傍晚只见他们都耷拉着脑袋走回来了,大家口里不说,心里想"大概出事了"。果不其然,由于道路泥泞,车轮不断打滑,其中一辆翻车了,滚到堤坝下,我们同一教研室的张雪森同志和一位上海来的学员王永干牺牲了。获此噩耗,大家悲痛至极。我闻讯张雪森不幸遇难,泪水不禁夺眶而出。这起交通事故本来是完全可以避免的。当时车行进到清华大学农场时,已经是中午了,仅几里地的路程就走了好几个小时。清华大学招待他们吃了午饭,就劝他们等雨停了再走,可就是不听。这也不能怪大家,因为当时一再大批"活命哲学",谁敢冒着挨批的风险哪?应该说这起事故完全是不讲科学、狠批所谓"活命哲学"所带来的恶果!

七

刚下鲤鱼洲不久,连队开展了"镰刀斧头"的讨论。这是怎么回事呢?当时虽在农场"五七干校",政治学习还是雷打不动,天天要抽时间进行。开始,当然首先是开展"走五七道路"的教育活动。在讨论中,叶蜚声发表了一个看法,说"镰刀就是镰刀,斧头就是斧头。让镰刀当斧头用,或者让斧头当镰刀用,既不实用,也是浪费"。这应该说是大实话。可这让军宣队、工宣队抓住"批判对象"了,并上纲上线,说这是对走"五七道路"的不满。于是开展了一周的"要不要走五七道路"的大讨论。说实在大家心里明白,老叶的话(大家都亲切地叫叶蜚声为

"老叶")是合乎真理的,但谁敢顶撞军、工宣队呀?只有个别人猛上纲上线,一般都只是说"比喻不当"马虎了事。老叶,原是银行会计,后被调至场部当会计,直到大队人马离开鲤鱼洲后才回北京。

现在回过头来想想,如此所谓"走五七道路",对国家的科学事业、教育事业,说实在没什么好处,对个人学术成长也很难说有多大帮助;但是,对个人的人生道路来说,则留下了难忘的经历与记忆,也让人增长了不少知识,懂得了不少道理。

草棚大学纪事

周先慎

百年沧桑,百年风雨。虽说一百年对于一个学校的历史来说并不算很长,北大于今仍可称为风华正茂;但亦如世间的一位百岁老人,在整整一个世纪中,她同样经历了世事的艰危,道路的坎坷,品尝过人间百味。百年中北大有辉煌,也有劫难;有光荣,也有耻辱。最大的劫难,除了戊戌变法失败,京师大学堂差一点被取消的危机外,主要有两个时期:一个是抗日战争时期,由于民族危难而被迫迁到云南的昆明,同清华和南开组成西南联合大学;一个是史无前例的"文化大革命"时期,北大经受了种种难以想象的破坏和摧残,一段时间大部分教职员工被赶到江西鄱阳湖畔的鲤鱼洲,进了"五七干校"。以后又在那里招收工农兵学员,办起了北京大学的江西分校;因当时住在草棚里,被美称为草棚大学。说是"美称",毫不夸张,因为当时以穷为荣,以艰苦为尚,住草棚而办大学,是继承了抗大的传统,当然是足以引为骄傲的。西南联大在劫难中创造了辉煌,因而举世闻名;江西分校却在劫难中蔑视知识、背离科学,使人民的教育事业遭受挫折,因而湮没无闻,鲜为人知。但是北大的这一段历史是不应该被遗忘的。作为办学,其间有许多惨痛的经验教训值得记取;而作为经历过那段生活的每一个人,又确有许多酸甜苦辣具备，令人不能忘怀，甚至可以说是弥足珍贵的人生体验值得回味。将近三十年的时光流逝，草棚大学的种种生活情景，如今回想起来，仍历历在目。下面的回忆，不限于招生以后的那一段，从某种意义上讲，"五七干校"也是大学，是抗大型的大学。所以我文中所记的草棚大学，包括了江西鲤鱼洲的"五七干校"和北京大学分校两个时期。

自己动手盖房子

知识分子自己能盖房子么？能的。鲤鱼洲的房子就是我们"老九"（这是当时社会上对知识分子的蔑称）自己盖起来的。

我们中文系的大部分教职员工，是在1969年10月随全校的大队伍到鲤鱼洲的。当时一切都讲军事化，走得非常匆忙，一声令下，说走就走，呼啦一下子就把一千多人的队伍拉走了。那些日子，北京的街头常见载人和载行李的卡车急驰而过，都是运送机关干部和知识分子到远离北京的"五七干校"去的，那气氛就像是有什么非常事件将要发生。若干年后才知道，那是根据林彪的一个什么号令采取的大动作。北大本来就定好了响应毛主席的号召，在江西的鲤鱼洲办"五七干校"，已经派去了第一批先遣队到那里做准备工作，但没有想到大队伍这么快就到了。所以，紧急中先遣队只为我们在荒地里搭了几座非常简陋的大草棚，在露天盘了几个土灶。每个草棚可住数百人，每个灶可供一个连队（当时都是军事编制）使用。草棚之简陋说起来都不会有人相信，若干根长长的杉篙，人字形交叉竖立起来，中间再用几根杉篙来连接，就成为支撑整个草棚的梁柱，江西有的是竹竿和稻草，竹椽一搭，草帘一挂，一座草棚就起来了。

记得到鲤鱼洲的当天晚上，把行李放在大草棚里，正在吃晚饭的时候，忽然广播里传来晚上有雨的天气预报。于是马上得到命令，要立即为露天厨房搭一个草棚。已经预先搭好了架子，工宣队的师傅（那时是由上级派来的工人宣传队和解放军宣传队领导学校）就叫我和一些人上顶上去捆竹椽。我素来恐高，也从未在空中干过活儿，但工人师傅叫了，不敢不上。硬着头皮上去了，两条腿紧紧夹住房架，虽然并不高，可是往下一看，心里还是发虚，两条腿一直颤抖不停。不久天果然下雨了，在细雨纷飞中，我们一直战斗到差不多天明，一座简易的草棚终于在我们的手下建立起来了。看看简陋得不能再简陋的草棚，只能聊避风雨，但毕竟是我们自己筑的窝，虽疲惫不堪，心中却浮起一种异样的喜悦。

这样的草棚我们住了好几个月。鲤鱼洲的天气是冬天奇寒而夏天酷热。第一个冬天是相当难过的，常常是外面刮大风，里边刮小风，偶尔也下雪，连雪花也会随风刮到棚子里来。不过慢慢地就有了改善。按连队区划，建小草棚，每一座只住几十个人，每个连队（一般是一两个系或两三个系）有好几座棚子。因为有了经验，也因为有了细心琢磨的时间，所以也就盖得比较严实，手巧一点、本事大一点的连队，甚至还盖得相当讲究和精致。除了盖住房，也盖厕所，开初是露天的，慢慢又改为带顶的，也都颇有讲究。周强同志在初期就曾专门带领一些人盖厕所，而且负责设计，所以竟得了一个"厕所工程师"的雅号。

再以后就盖砖瓦房了。砖是农场组织烧的，瓦则由我们连队自己打。我们连队买了几台非常简单的水泥打瓦机，人工操作，主要靠力气。我曾经是打瓦班的成员，张少康也是。我们都比着打，看谁打得多，打得好。记得那时我的成绩颇佳，加上插水稻也曾露过一手，在"奥林匹克"比赛时，插得又快又笔直，得了个冠军。虽然身子骨不壮，力气不大，各种活儿却都还干得相当不错，因而赢得战友们赠我一个"巧克力"的美名。那些一排排陆续建起来的砖瓦房，顶上的瓦，几乎全出自我们打瓦班战士（那时候我们都以做"五七战士"为荣）之手，不知道洒下多少汗水在里边。

"五七战士"中夫妻双双一起下来的不在少数，还有不少带孩子的，但在初期，都只能分住在大草棚里，过一种集体的战斗生活，而根本没有家庭生活。以后条件改善了，不少夫妇都分到了一间房。像陆俭明、马真夫妇就分了一间砖瓦房，我和许多人也都沾光，把箱子什么的存放在他们那里。

劳动可以创造世界，从我们自己动手修建房子这件事情上，多多少少有一点点体会。

走过鲤鱼洲的路世界上什么路都可以走

干校生活中，令人不能忘怀的是鲤鱼洲的路。

干校所在的地方，原本没有路，是先遣队的同志们替我们修了一条土路，成为鲤鱼洲上的主干道。上工下工，运送物资和粮食，都主要靠这条路。鲤鱼洲的地，大部分是带黏性的土质，又加上多雨，开春以后到了雨季，几乎每天都是细雨纷飞。一下雨，路就成了泥浆，大半年中几乎就没有干过，深的地方竟有一尺左右。在鲤鱼洲上走路，那才真叫"行路难"。常常都能见到这样叫人哭笑不得的景象：一脚踩下去，拔出来，雨靴陷在泥里了，看见的只是穿着袜子的脚；趔趄间，穿着袜子的脚又踩下去，再拔出来，袜子又没了，看见的只是什么也没有的光脚丫。中文系一位教师的儿子，在北京时是最调皮的，有点天不怕地不怕的劲头，很少见他哭过鼻子，可到了鲤鱼洲，那条难走的路却把他制住了。有一次陷到泥路上两只脚都拔不出来，竟一个人站在路中间放声痛哭。

因此大家都说，走过鲤鱼洲的路，世界上没有什么路不能走。过了将近三十年再来回味这句话，好像所指又不仅仅是那条难走的路，还概括了一种人生的哲理在其中。

自己种出的稻米真香

在鲤鱼洲，除了为改善生活条件而进行的辅助性劳动外，主要就是种稻子。我们绝大部分人都没有种过稻子，甚至连稻田也没有见过，于是就在江西请了几位老农民来做顾问。在他们的指导和帮助下，我们边干边学,从撒种、育秧、薅草到收割,都全部拿下来,最后终于种出了稻子。我小时候曾在农村干过一些简单的农活儿,比如薅秧什么的,但撒种则一定是由有经验的老农来做,我从没有沾过边儿,这次在鲤鱼洲却学会了亲自撒种。看见自己亲手播下的稻种冒出芽来,又日见生长(每天都到地里去看),在自己和战友们的汗水浇灌下,慢慢变成一片翠绿,再变成一片金黄,再变成白花花的大米、香喷喷的米饭,心中充满了一种难以言传的喜悦。

　　苦中出甜,这甜才是真正的甜。这是以前从未有过的体验。种稻的过程是极其艰辛的。最紧张的时候一天要干十好几个小时,除正常的劳动时间外,加班是家常便饭,其名目很多,早晨有早战,中午有午战,晚上有夜战。最苦也最难熬的是夜战。已经干了一天了,人已极其劳累,白天的热气还未消除,却还要再强撑着干下去。或者是薅草,或者是收割,一般在稻田里弯下腰来,就很少有直起来的时候,要是在稻田里能躺下来,也许泡在水里都会睡着的。更要命的是蚊虫和牛虻的叮咬。鲤鱼洲上的蚊子和牛虻特别多,又特别毒,咬得人痛痒难忍,却抽不出手来对付它。收工回来,一摸腿上身上,重重叠叠都是大大小小的包。但是正因为经历了这样一番艰辛,当吃到自己亲手种出的稻米的时候,就别是一番滋味,跟从前任何一个时候吃的米饭味道都不同。记得新稻子刚打下来,马上就碾成米,全连庆丰收,吃新米饭。那香啊,真是一辈子都没有品尝过,甭说米饭,就连米汤也泛着绿,透着清香,喝起来美滋滋的。

　　一切都是自力更生,凭着自己的双手和汗水改善自己的生活。记得刚到鲤鱼洲的时候,一个连队一百多口人,一顿饭只吃一个冬瓜,每人的汤碗里只漂着数得出的几片。以后生产发展了,生活就有了很大的改善,不仅有菜吃,也有鱼吃,有肉吃。鱼有时是农场里组织人去打来分给各个连队的,有时候也由连里自己去买。鲤鱼洲的鱼,特别是鳜鱼,真是肥美,以前没有,以后也再没有尝到过那么好吃的鱼了。连里自己养猪,不但自己养,连宰也是自己动手。据说有一个连队,还是由一位女教员动手宰的,真是巾帼英雄,了不起。这样,隔一段时间就有一次

"打牙祭"的机会。那时劳动量大，饭量也大，男同志一顿饭吃五个馒头（就是一斤）是很普遍的，连我也是这样。记得我们连队有一次宰猪打牙祭，烧了一大锅红烧肉，定了这么一条规矩：不限量，当顿管饱，管吃够，只是不许留下来下顿吃。我们中文系的原副系主任，是一位十级大高干，快六十岁的人了，那种当时常见的长方大铝饭盒，他竟一顿吃下了满满一饭盒，还多是大块大块的大肥肉。由此可以想见那时候我们这些"五七战士"的饭量多大，吃饭多香。这是只有在繁重而又艰苦的劳动中才有的事。

到后来生活就更好了。我是1971年春夏之交因家中有病人而先于大部队回到北京的，到当年9月就全部撤离了。据说最后撤离的战友们走前要把什么都处理掉，实行"三光政策"，竟然大摆了一次"百鸡宴"。

从无到有，我们体会到了劳动的艰辛，也品尝到了享受劳动成果的愉悦。

断腰协会

在鲤鱼洲干活，劳动强度大，又缺少劳动保护，因此常常造成身体这样那样的损伤。最多的是腰扭伤。夏天酷热，干活时男同志都是光脊梁，只穿一条短裤衩，脖子上缠一条擦汗的毛巾。这时候就能看见，不少人的后腰上都贴有一张狗皮膏药。大家开玩笑说，腰扭伤的人都是断腰协会的会员，那张狗皮膏药就是会员的标志。我也是断腰协会的会员，后腰上也贴有一张会员标志的狗皮膏。

我至今仍清楚地记得，我的腰是在一个风雨之夜运粮食时扭伤的。我们连队离鄱阳湖的大堤比较远，所需的物资包括每天必须吃的粮食，因土路泥泞，常常都要从大堤由一条小运河用船运到连里的仓库，但中间有一道旱坝隔断，翻越旱坝就要靠人将粮食扛过来再装上另一边的船。那天夜里已经十点过了，天正下着雨，还刮着风，连里通知，粮食到了旱坝，要十来个人去扛过来。其中就有我在内。一包大米是二百斤重，虽说那时年轻，但即使是晴朗的白天，也从未扛过这么重的麻包。我猫下腰，两个人就把一袋沉甸甸的大米压到了我的肩上，当时就感到分量很重，但咬咬牙，居然也挺起腰来了。脚下全是烂泥，刚迈出两步，脚跟不稳，身子晃起来，眼看就要压趴下了。说时迟那时快，背后突然有一位彪形大汉用一双有力的手将我肩上的麻包托住，然后用壮实的身子护着我战战兢兢地过了旱坝，但刚卸下麻包，腰就疼得不行了。我从心里非常感谢那位大个子战友，他不是我们系的，我仿佛记得他姓王，名字却叫不上来，要没有他的及时帮助，我的腰很可能就真的断了。从那以后腰上就贴上狗皮膏，入了鲤鱼洲上的断腰协会。

这腰病跟了我十几年，一遇潮湿，或天气转阴下雨，就隐隐作痛，直到近两三年才少有发作。今天我已记不清都有哪些朋友是当年断腰协会的会员了，也不知道他们是否也跟我一样这老病有了缓解，或因科学的进步、药物的改进，已不再用那会员标志的狗皮膏了。但我永远不能忘怀的，是那位记不起名字的大个子朋友，从他那双强有力的手，我感受到一颗热烈的心。

"耐温将军"也耐不住了

忘不掉的还有鲤鱼洲上的盛夏。鲤鱼洲的天气，春日是天天下雨，入夏则骄阳似火，酷热难当。毫不夸张地说，几乎整个夏天，男同志就没有怎么穿过上衣。除了开会，劳动场上的标准穿着，就是下面一条裤衩，脖子上一条毛巾。那脊背黑黝黝的，像是要流出油来。女同志衣着齐全，却最叫人同情，她们享受不到男同胞们的这分福气。

鲤鱼洲是血吸虫病的多发区，领导上三令五申不准到小运河里洗澡游泳，说是水里有传染血吸虫病的钉螺。但多数人都顾不得这些，一下工，浑身汗水泥水，放下工具就往运河里一跳，求得一时的凉爽。后来打了手压式水井，下了工就还有一场比跳到小运河里洗澡还要美的享受。两个人结成一对伙伴，大家轮流来，一个人先蹲在水龙头下，另一个人压那把手,清凉的、白花花的水就汩汩地流出来,浇到头上、脊背上、双腿双脚上,从外到里又从里到外透着凉意,汗水泥水和着半日的疲劳,一下子都冲走了。那心里的美,就甭提了。

白天干活儿时虽然挥汗如雨,但抬头可以看见开阔的天空,空旷的原野,心里会感到舒展一些,再热似乎也容易熬过来。最难过的却是夜里睡觉,因为要进屋,蚊子又多,还必须钻进蚊帐里。可一钻进去,就像进了蒸笼,那浑身的汗水就一个劲儿地往下流。所以大家都是放一盆水在床边,不断地用毛巾浇水擦身子。一个晚上能睡多少觉就只有天知道了。以后连这也熬不下去了,于是有人将床搬到屋外,蚊子虽然更多,但多少透一点风,到底舒服一点点。一个人出来,两个人出来,出来的人越来越多;但总还是有一些人不肯出来,坚持在里边熬着。于是大家把不肯出来的人戏称为"耐温将军"。不过到了后来,终于连"耐温将军"也耐不住了,一个个也都从屋里搬到了屋外。

大批判是主要的教学内容

学校决定要在鲤鱼洲成立分校,招收工农兵学员,于是中文系成立了一个教改小组,拟订教学计划。我记得负责人是原副系主任向景洁同志,成员中还有大诗人谢冕。他们几个人小心翼翼地合计了好久,终于制订出一个教学大纲来,其中把中国文学史上最有代表性的第一流的大诗人李白和杜甫列为教学内容。没想到这一下可惹了麻烦,遭到非常严厉的批判,上纲上到了封资修的回潮。现在回想起来,我们这些知识分子真是糊涂,"文化大革命"是要摧毁一切文化的(那时除了几个样板戏,几乎一切文化都被看成是封、资、修),怎么可以教李白、杜甫呢?连里组织了好几次讨论,实际上就是批判。讨论中有人就提出了"彻底砸烂中文系"的口号,还为此出了几期黑板报。向景洁同志被撤了职,以后又另外成立了一个以袁良骏和闵开德同志为首的教改小分队。教学内容可想而知,除了政治课外,主要突出两个方面,一个是学习写作实用性的通讯、评论、总结、调查报告等所谓"四种文体",另一个就是大批判,批判封、资、修。

我当时很光荣地被选进了教改小分队。但今天回想起来,到底进行了哪些实实在在的教学活动,却没有留下什么较深的印象。能想得起来的,是为了纪念毛主席的《在延安文艺座谈会上的讲话》发表多少周年,教员和工农兵学员结合起来进行文艺批判。

举行批判会,要准备发言。我当时的任务是帮助一个同学写出批判前苏联作家肖洛霍夫的《一个人的遭遇》的批判稿。稿子的内容现在一点也记不起来了,但印象很深的是这位同学写这篇稿子写得非常艰苦。他的文化基础比较差,过去又没有接触过苏联文学,更没有搞过什么文学批判。我先帮他读肖洛霍夫的这篇作品。虽然内容并不艰深,但要读懂也不容易,尤其是要找出其中有毒的地方就更难。这位同学被这篇稿子弄得愁眉不展,觉也睡不好,饭也吃不香。我也很苦恼。我很同情他,但我的任务只是帮助他写,可以替他修改,却不能代笔。后来批判会是开了,稿子也念了,但不论发言的人还是听发言的人,最终大概都没有真正弄明白肖洛霍夫《一个人的遭遇》到底毒在哪里。这位被肖洛霍夫的《一个人的遭遇》弄得焦头烂额、狼狈不堪的工农兵学员,在改革开放后,听说已成为一位精于经营之道的很有成就的企业家。

劳动和诗歌——"天佑体"

学文学史的时候,知道诗歌起源于劳动,最早的诗歌就是原始人劳动时调整筋力张弛的"举重劝力之歌"。不过始终也没有什么实际的体会。到了鲤鱼洲,才真正体会到诗歌确确实实跟劳动有密切的关系。我平日是很少写诗的,但在鲤鱼洲不算太长的日子里,竟写了好几十首。

最早的一首是《打柴歌》。刚到鲤鱼洲的时候,连里有一个打柴班,我是其中的一员。全连烧火做饭的柴火都靠我们供应。所谓打柴,实际就是在荒原上割茅草和灌木。有几天我闹痢疾,打一上午柴,要蹲在野地里拉好几次。浑身无力，难受得很，但柴还得打下去。于是需要为自己也为大家鼓劲，就一边干一边想词儿，构想诗歌。想得沉迷了，竟也会暂时忘了身子的疲软，觉得时间过得比任何时候都快。下了工，就用笔把干活时想到的词句记下来。就在那两天带病打柴的时间里，我写成了一首有几十句的《打柴歌》，内容当然是充满革命豪情的。后来在一次全连的晚会上，由我们打柴班的马真同志朗诵了，还获得了大家的好评。这是我生平第一次发现自己的"诗才"。

最叫人兴致淋漓的是大家一起在水田里干活时候的集体吟诗（其实不是曼声吟，是大声吼）。都是即兴而作，联系当时的实事实情，脱口就来，主要是为鼓舞干劲和劳动热情，其作用确实可以让人忘却劳累。有时候是联吟，一人来一首，有点像是赛诗；有时候是联句，每人一句，可以一气联下去，满田的人都可以轮上。这些诗一经吟诵出来，就在空中飘散、湮没，从没有人将它们记录下来。当时来得最快的是沈天佑同志，真可以称得上出口成章，他的诗不加修饰，不加锤炼，甚至也不讲究押韵，只要凑上四句，喊出热情和干劲就行。后来大家就把这种在劳动中产生的，不大讲究技巧，只重鼓舞作用的田头诗歌称作"天佑体"。彭兰同志是中文系著名的女诗人，她在田头吟诗也不少，偶尔也透出一点古诗的韵味，大概可以算得上是"天佑体"中的阳春白雪吧。

1970年的冬天，响应毛主席的号召，同工农兵学员一起拉练到革命根据地的安源和井冈山，一路上也产生了不少的诗歌。拉练是军事术语，就是野营行军，部队上用野外长途行军来磨炼士兵的一种方法。拉练的艰苦，不下于留在鲤鱼洲在烈日之下干农活。要背行李，还要自己临时搭灶做饭，记得那时候陈贻焮先生和陈铁民先生就是拉练队伍中的伙夫，专门负责做饭的，那就更辛苦。最多的时候我们每天要行军百里以上，晚上还有夜行军。记得有一天，从早晨走到中午，脚痛得不行，好不容易挨到一个小镇上吃午饭。刚宣布停下来，一屁股坐到街边的地上就瘫倒了，恨不得就这么躺下再也不起来。脱下袜子一看，我的天，每只脚的脚底下都有七八个水泡！用"寸步难行"四个字来形容当时的情景，一点也不过分。可下午还有五六十里的行程！用针放掉脚底下水泡里的水，吃过饭后稍事休息，就又继续开拔了。怎么办？一路上就用琢磨诗歌的办法来转移注意力。这次拉练将近一个月的时间，共写了三四十首诗，当然同样也是表现当日的革命豪情的，但也并不全是鼓动词，也有写得富于诗意的。可惜都没有记录，亦如鲤鱼洲上的田头诗，都随着历史的消逝而湮没无闻了。只有袁行霈先生给工农兵学员讲诗歌写作时引用过我的一首，因此还记得其中的两句："一路风雨一路歌，满身泥水满身花。"也还能约略见出当时的精神风貌。

批判"活命哲学"带来的恶果

"一不怕苦，二不怕死。"这是毛主席的教导，也是当时叫得最响亮的口号。但是光讲革命精神而不讲科学，就潜伏着极大的危险。其实在鲤鱼洲建"五七干校"，办草棚大学，本身就包含着诸多的危险因素。干校所在地的大片土地都是围湖造田圈起来的，大堤外，鄱阳湖的水面要比堤内我们连队的房顶还要高，一旦决口，后果当然不堪设想。其实主事的领导者们是很清楚这一点的，因为当时带家属的教职工不少，开办的幼儿园和小学就特意建在紧靠大堤之下，当时不懂，后来才知道这是准备一旦洪水进来时就好及时把孩子们撤到堤上去。但当时领导者的指导思想是："五七道路"既然是革命的道路，那么到鲤鱼洲来就是干革命，革命不怕死，怕死不革命。

这样的环境条件，这样的指导思想，出事是迟早的事。在我们大部队到鲤鱼洲之前，先遣队中就已经有两位教师，因为驾船到南昌运物资，遇到暴风雨，不幸牺牲了。但领导者们并没有从中吸取教训。到鲤鱼洲后不久，就从我们的邻居清华的"五七干校"传来这样的消息：说他们有一位教员，当然是学理工懂科学的，告诫大家，在鲤鱼洲这样潮湿低洼的地方，遇到雷雨闪电，一定要趴在地上，否则就有可能被雷电击中。这一真诚的告诫，却被当作"活命哲学"来批判。用所谓的"革命"代替了科学，知识分子的生命，在那些当权者们的心中就没有什么地位了。记得我们连队的严绍璗同志,就常常被派去从运河里划船运粮食物资回连队。他不会划船,也不太会游泳,而那条不太宽的运河却有几米的水深,一旦翻了船,命运也是可想而知的。所以我在心里总常常为他捏着一把汗。像我上文提到的在风雨之夜到旱坝上去扛大米,也是有极大的危险的,可是有谁关心过呢?

终于有一天,出了大事了。1970年的岁末,我们教改小分队的几个教员,在一位工宣队师傅的领导下,带领新招来不久的工农兵学员,到井冈山铁路建设工地去进行教学实践活动。所谓教学实践,其实不过是去一边劳动,一边学习采访写作。

一大早,两辆卡车分载着我们全体师生四十多人,从泥泞不堪的大堤上开出,预计是中午开到南昌,晚上就到达工地。但大堤上泥泞路滑,汽车根本开不动,走走停停,快到中午了,才开出二三里地。中间有一次,我乘坐的后边一辆车差一点就滑到大堤下去了,停在半坡上,由清华机务连的战友们派来拖拉机,弄了大半天才从斜坡上拖上来。人人都感觉到这次出行危险很大,甚至预感到可能要出事,可是没有人(包括领队的工人师傅和小分队的负责人在内)敢提出为了安全把队伍拉回去。甚至几个工农兵学员在半开玩笑中已透露出一种不祥的预感。开始是说晚上到不了工地了,晚上能到南昌就不错了;后来又说中午能到南昌就是万幸了;再后来又有人说,说不定会到南昌开追悼会吧。有一位很机灵的上海学员,就不肯坐到汽车里去,只站在司机室的门外边,好在紧急时往下跳。

到中午还只开出几公里,车无法前进,停在清华干校机务连的旁边。清华的领导热情地请我们到他们那里去用午餐,并劝我们不要走了,等明天天晴了他们派船把我们送到南昌去。可是仍然没有人敢说把车开回去,因为谁也不愿意蒙受"活命哲学"的罪名。结果午饭后不久,汽车启动继续往前开,刚开出不到一百米就翻了车。

等清华的战友们帮助把车翻过来时,我看见有两个人的头被压得变了形,血从嘴里、耳朵里冒出来,我知道肯定是出了人命。不久就知道,那是教员张雪森同志和学员王永干同志。另外还有好几位受了伤。

大家见此情景，都不禁伤心地哭起来，年长的陈贻焮先生最动感情，面对着辽阔的波涛汹涌的鄱阳湖，禁不住失声痛哭。只有到了这一步，大家这才垂着头，默默地、无可奈何地缓步走回自己的连队。一路上遇到的人，都用异样的眼光看着我们，很显然，他们也都猜着出了什么事。

人死了，开了追悼会，但又有什么用呢？后来，领队的工宣队师傅还受到了处分。知情的人都觉得，他其实非常冤枉，批判所谓"活命哲学"才是真正的根源。但看来当时的领导并未从这次事故中认真地吸取教训，因为此后我们所经历的危险事情还多得很。如果不是第二年就撤回北京，还会不断地死人是确定无疑的。

荒唐的大错位

以上零零星星地回忆了在鲤鱼洲所经历的一些事，有美好的，也有不那么美好的，有令人愉快的，也有令人感到痛苦的。平心而论，将近两年的草棚大学生活，思想上的收获还是不少的。白手起家，自食其力，品尝到劳动创造世界的快乐；经过艰苦生活的磨炼，精神意志方面的提高也很明显；劳动中，人与人的关系也有新的内容、新的调整。如此等等，对每一个个人来说，都是一些难得的人生体验。但是作为北大发展中的一段历史，作为中国教育和科学事业发展的历程来看，却不值得肯定，甚至可以说，是北大历史上的劫难和耻辱。

社会分工是文明社会的标志，各守其位，各司其职，各尽其能，社会才会进步，物质的和精神的文明才会同时得到发展。违背了这一规律，就会受到惩罚。知识分子固然可以盖房子、种稻子、打瓦、烧砖、开拖拉机，等等，可以创造物质财富；但是他们毕竟比熟练的工人农民差得远，何况因此而浪费了他们的学术青春，剥夺了他们科学研究与创造的机会与权利，这显然是整个教育和科学事业的巨大损失，是整个国家和民族的巨大损失。正像一定要让工人师傅离开他们熟悉的机器，而派他们到北大来管大学一样；正像对那位后来成为一个出色企业家的工农兵学员，当初一定要强其所难，让他去批判什么肖洛霍夫，以至于弄得他焦头烂额一样；正像将北大那么多那么好的图书馆、教室、实验室闲置不用，而偏要到偏远的鲤鱼洲去盖茅草棚办什么草棚大学一样，让知识分子不读书、不看报，而去种粮食、养猪、盖房子等，都是一种违背社会发展规律的荒唐的大错位。

　　北大的这种荒唐不能怪北大，这是无法选择的。也不仅仅是北大一家才这么荒唐。最近北大百年校庆，有人在报上著文，提醒北大人要好好反省，说北大有光荣也有耻辱，比如"文化大革命"中的马列主义大字报、梁效写作班子，等等。这当然说得不错。但这些也是身不由己，北大和北大人都是不能选择，并且是无可奈何的。身不由己的事不止从前有，今天也还有，比如据个人的愚见，由学校来办企业、开商店、搞创收之类就是。这很可能又是一种新的错位。北大推倒南墙，搞商业，经传媒炒作，很热闹了一阵子，但我也听到社会上有眼光的人就颇有微词。不仅办企业、开商店，听说最近又有个几星级的宾馆新开张了。做生意，经商赚钱，总好像跟北大，特别是跟"创世界一流"有点不沾边。说起推倒南墙、盖资源楼赚钱，等等，北大一些人很可能跟从前办草棚大学时一样，很有一点引以为荣的味道。不过，后之视今，亦如今之视昔，焉知过了若干年，后人不会耻笑我们跟当年办草棚大学一样荒唐？历史的裁定是最无情的，也是最公正的。每个人，每个学校，都躲不过而只能接受历史的裁定。

1998 年 6 月 14 日于北大燕北园

"五七道路"纪事三则

黄修己

1969年10月,中文系宣传队领导、8341部队的孙连仲,当年毛泽东的警卫员,宣布了系里第一批去江西鲤鱼洲北大实验农场的教师名单。我和三十多位老师开始踏上毛泽东所指引的"五七道路"。早在"文革"初起就已经听到"五七指示"了。有所困惑的是,人类社会经历过三次大分工才发展到今天,为什么现在倒要取消分工,学生除了学文,还要学工、学农、学军,我们也得去种地?这是社会进步还是倒退?但那时不可能细想这样的问题,因为对毛泽东还很迷信,"最高指示"还会错吗?只是认为"老九"都是"处理品"了,走"五七道路"也是对我们的一种处理嘛!于是便跟随大潮去续那十年噩梦中长达两年的、又黑又惨的一段。直到今日,都说梦醒,我看未必。"五七道路",那是一次对中国知识分子最严重的摧残,两年后我们是从鲤鱼洲爬回北京的,带着遍体的累累伤痕!只是要把此事表达得彻底,今日仍非其时,包括这过程中知识分子自身很多值得反思的问题。谢谢"五七战友"陆颖华老师,她很热情地通知我写鲤鱼洲的回忆,那就选几件自认为可以说的先来说说吧!

陆俭明保护了我

陆俭明是我们班的班头,红卫兵造反高潮时期他是青年教师中受冲击比较严重的。1966年"6·18",那天下午教师正在二院学习,突然有人报告说系里的红卫兵来啦!有人急着把陆的夫人马真藏到女厕里;陆走不脱,被红卫兵抓到院子里,浇了他满脸的墨汁。陆到了鲤鱼洲后拼命干活,自言要用更多的汗水来"赎罪"。每天天没亮,他就起床为炊事班挑水,身为班长总是带头干重活、脏活。我这里提供一张照片——画面中央就是陆俭明,他正奋力拉"爬犁",上面的稻子堆得高高的,可以想见有多重。"爬犁"本是牛拉着在水田里平整土地用的。到了收割之时,因为缺乏运输工具,就以人为牛,用它在旱地上运稻子,当然是十分费劲的。人干牛活,这是很典型的鲤鱼洲生活的一个镜头!

在鲤鱼洲,白天繁重的劳动,疲惫不堪,晚上也不得安稳地休息,经常还要搞紧急集合,或者搞"夜战",名曰"到风口浪尖去摔打",为

陆俭明老师在拉爬犁。

了"炼红心"。

有一天半夜，宣传队又搞紧急集合。我们中文系和俄语系同住一座大仓库，里边搭着一排排双层的通铺。睡上铺要爬梯子，不方便，所以我们那一排只有裘锡圭和我两个人睡在上铺。我因为耳朵背，又加睡得深沉，就听不见集合的哨音。但在朦朦胧胧中感到好像有人从我的身上爬过去，此人当然是裘锡圭，他要从梯子下去必须横越过我的躯体。他径自爬下去了。过了一阵子，我感觉到有人踩着梯子上来，用手电筒照了过来，说道："这里还有一个人在睡觉！"又听见下面另一人说："不管他，不管他。"我这时已经悟到是宣传队来查铺，但他们既然说不管我，我也就不管他，继续睡我的大觉，连裘先生是什么时候回来的也并不知道。

这一夜无事。可是躲得了初一，躲不过十五，第二天早操集合就挨了批。我们连的指导员，一位8341部队的新战士，他在队前批评说："昨天晚上紧急集合，居然有人敢不起来，继续睡他的大觉！……"正当这位指导员开了个头，接下来不知道要怎样"大批判"之时，突然排头那边很响亮的一声"报告！"原来是我们的班头陆俭明喊的。指导员被这突然的"报告"愣住之时，只听陆俭明开腔道："昨天晚上紧急集合，我们班有一位同志没有起来，这位同志耳朵聋，他听不见哨音。我作为班长没有叫醒他，这件事应该我负责！"没想到老陆简单的几句话，居然镇住了指导员，也许太出乎他的意料，在毫无思想准备的情况下，他竟哑口无言了。正要进行的对我的"大批判"，也就戛然而止，在陆俭明的保护之下，我竟躲过了一关。

知识分子要是都像这两位……

我们未去鲤鱼洲时，已经有几位打前站的教职工，因为坐船采购遇风浪不幸淹死在鄱阳湖。我们到鲤鱼洲不多久，又发生了技物系青年教师汤吉士在我们七连附近挖河沟时晕倒溺毙。那条夺命河沟其实很浅，汤老师站在河里挖土，可能是太劳累或者有病晕倒了，等到抬上来时已经不行了。我们连里校医院的医生护士，都赶到现场参加抢救。孙宗鲁等医生轮流为汤做人工呼吸，后来场领导决定在毫无手术条件的情况下为他开刀做心脏按摩，这当然是为了证明已经"尽力抢救"了。尽管那时人命不值钱，但死人事件频发，对领导来说总是不光彩的；于是决定隆重追悼，想挽回些影响。追悼会前一天来中文系搬兵，要赶写汤吉士的事迹，尽量地把他树为先进人物，表明他死在"五七道路"上是"重于泰山"的。连里派了我和严绍璗（"璗"似读为 dàng，但不知为什么大家都叫他"绍汤"）去支援。

第二天一早就要开会，要我们写出像报告文学那样的长篇的动人的事迹，用在追悼会上朗诵。如此紧迫，我们对死者又毫无了解，只好立即召集多次座谈会收集材料。技物系老师都非常热情，也很为我们着急，便尽力提供材料，还摘了很多黄瓜、西红柿来慰劳。我俩则以严守三大纪律，不拿群众一针一线为由，一个不受，从而获得连声的赞扬。严君写文章是中文系出名的快手，更加是一位拼命三郎。有他冲锋在前，我紧随其后，一起发扬"连续作战的作风"，夜以继日复夜以继日，差不多连续二十个小时一口气不喘地干到次日天蒙蒙亮。稿子是赶出来了，便由数力系一位被派在追悼会上朗诵的老师来念，借以熟悉稿子，也好让我们边听边润色。可我们没多久就昏昏然一起跌入梦乡去了。数力系的老师不忍心叫醒我们，等到我们醒了过来，已经是早上九点钟了。我急忙冲到集会的广场，已是追悼会的尾声。汤吉士老师的夫人正悲戚地捧着丈夫的照片，由两位女同志搀扶着走下主席台，后面跟着长长的吊唁者的队伍……

我和绍璗君这回"出使"数力系，给他们连的宣传队留下了不错的印象。领导他们连的工人师傅在总结时，颇为动情地说："知识分子要是都像中文系这两位老师这样，那就……"，那就什么呢？忘了！能记住的，一是绝对是对知识分子的高度评价，二是绝对不是"那就不要走五七道路了"！

可惜对这表扬我并不受用。我们不过工作比较认真负责，能够吃点苦罢了。像我们这样的知识分子，平平常常，比比皆是，何止千千万万！但从工人师傅的反应中可以看到，原先他的心里知识分子是何等的一塌糊涂，一无是处，个个王八。此偏见并非天生，他也是受了蒙蔽的。所以这回看到严君和我这样地努力工作，大概感到很新鲜，竟不惜给了虽廉价倒也真诚的谬奖，可见他本心不坏。由此我也明白了负责我系"清理阶级队伍"的那个六十三军的年轻排长，为什么每次训话总不离两句话："打你个人仰马翻"，"打你个锅底朝天"！因为讨厌此人，我就把他叫作"锅底朝天"。原来他的眼里北大遍地王八，我们都是坏蛋，所以才与我们有仇似的。他同样是受了蒙蔽的！一旦他看清了知识分子的真实面目，他会改变观感的。

一斤稻米的成本五元多

既然是种地，而且是北大人来种地，当然也要"科学"，要搞搞"技术革新"，各连队都组织了专门的班子。我们连三个单位的人于"技术革新"都是门外汉，只好派人到数力系去"合作"。负责大田生产的郭锡良派了我去，他说："我之所以派你去，是因为看中你还有四两力气。"为了"技术革新"，北大的投入不小。我们"合作"的项目是研究制造插秧机，花钱买了各种工具设备，还有角铁、圆钢等材料，结果是一事无成。后来为增加力量，又加派了炊事班的潘兆明。我们二人的最后成果是扛回来几把薅草的耙子。这是用长长的竹竿，在头里钉块装上钉子的木块，可以给水牛挠痒痒。因为可免于弯腰薅草，还很受女同志的欢迎，出工时喜欢挑选我们手造的工具，到田里可以直着身子薅草，还能互相说说话。但用这样的东西作为"技术革新"的成果，当然是一种讽刺。

由于这缘故，有一段时间我经常与潘兆明一起上下班，也有了一起发牢骚的机会。有一天，大概是无聊了——插一句，我在鲤鱼洲的整个日子，心灵是空荡荡的。那时前不见希望，后不知究竟，念来日之悠悠，不无聊又如何？这一天为排遣无聊，两人就一起来算账。时间是第二年的夏天，我们已经收获了第一茬儿的稻子。不知怎的，我们突然想起这自产的稻子，成本是多少呢？于是，扳着指头算起账来。

我们先算在鲤鱼洲大约有多少北大的教职工，这些人都是领工资的，他们每年的工资总数是多少（还享受着公费医疗）。

这么多人从北京拉到鲤鱼洲，火车、汽车、轮船，要花掉多少车船费。而且还要算上物资的运费。鲤鱼洲本是"大跃进"围湖造田失败后废弃的荒地，除了芦苇和荒草，一无所有。听最早来的人讲，到了这里是割一片芦苇是地基，挖一个坑是茅厕。人要在这里生活，所有的物件用品都要从外面运来。对我们来说，就是都要从北京运来。从床板到锅碗瓢盆，都是北京的。更有笑话，有的人为了一辈子走"五七道路"，离京时来个大搬家，带来的东西很多，他家的炉子连同里面的煤渣也一起来走"五七道路"了，反正运费是国家掏。我开玩笑说不妨写一篇《北京煤渣鲤鱼洲漫游记》。哪怕是盖草棚，用的稻草也是买的。后来为了盖砖房，建了个瓦厂。打瓦可以靠人力，但砖还得买，于是买来一台制砖机，用电力的。这打瓦制砖我都参加了，因为不懂机器，几个人费了好大劲才发动起来，总算制出了第一批砖坯。但是没有能力建砖窑，就把晒干的砖坯码成个金字塔，塔心是空的，在里面放柴火来烧。最后的成果是砖坯全部报废，可供人们路过那里时用脚踢它一下。那部制砖机也不知去向何方了。

为了运输的方便，农场添置了一艘机动货轮，不停地往返于南昌和鲤鱼洲。这幅照片拍的就是这艘货轮正泊在鲤鱼洲堤岸卸货。那两个大孩子（大概是家属）扛的是竹竿，有意思的是后面那位女同志拿的是个大木桶，这样的东西运来干什么，是洗澡用的吗？

耕地要用牛，各连队都设牛倌，我们连当牛倌时间最长的可能是谢冕。这些牛是买来的，要花钱的。后来又添置了一批拖拉机，这一笔开销就更大了。再后来还给各连队买了手扶拖拉机。洪子诚是我们连的手扶拖拉机手，他的最惊险的业绩是把手扶拖拉机开到河沟里去了。我路过那里，看到一辆拖拉机可怜巴巴地歪倒在河沟里，心想会不会是子诚

鄱阳湖边卸船。

那辆?回来一问,果然是他的。幸好人没事,后来才能编写出震惊文坛的当代文学史。

每个连队还要请一位当地的老农教我们种地,管人家的吃喝还要给报酬。

每逢鄱阳湖涨水,鲤鱼洲便成湖底,为了安全先要加高堤坝。不管多苦多累这是可以派我们去干的。但耕地又要用湖水,于是又要修建排灌站。这当然又是北大自己掏钱,这一笔开销绝对不小。

……

两个人这样七算八算,然后除以我们全场的稻米产量,最后算出的每斤价格是人民币五元多,因为肯定漏掉不少经费开销,这个数只少不多。而那时北京的大米市价是糙米一斤一毛多(小站米两毛三,面粉一毛八,富强粉两毛五)。账算完了,两人哈哈大笑:"花了五块多钱才能生产一斤糙米,难怪粒粒贵如珍珠!"当然吃起来更是无与伦比了!

中文系（七连）的大批判专栏。

这当然只是因为无聊，这样地瞎算账来解解闷儿。为这"五七道路"不知浪费了劳动人民多少钱财！然而无法用数字来表现的是浪费、糟蹋了多少宝贵的青春年华，更加破坏了国家的教育事业、科学事业。我们干完活，还要搞"大批判"来砸烂中文系！这个大字报专栏就是我们自己为批判"旧中文系"搞的。照片里那砖房，就是当时我们自己盖的、鲤鱼洲的"五星级宾馆"我看到有人近日在鲤鱼洲拍的挂着"北大江西农场旧址"铜牌的砖房，金灿灿的屋顶，何等漂亮（我们那时打的瓦是灰瓦）。如果那时的砖房真是这样的，那简直就是七星级、八星级的了。不免感叹：不过四十年的时间，历史就变成这样的了，后人看了还以为我们住这么好的房子，多么享福！而实际的砖房，却是照片中这样的破陋。

　　图中站在梯子上贴大字报的是闵开德。最高处的大标语是"高举毛泽东思想伟大红旗把无产阶级教育革命进行到底"。能看得清的文章标题有："在毛主席亲自关怀下创建新中文系"，"彻底砸烂旧中文系"，"教育革命与己无关吗"，"走一辈子五七道路"。看看这些标题就知道我们在干什么。一大群看大字报的都是出工时路过这里的我们连的人，不过都是图书馆和校医院的。这些扛着农具的人，衣衫褴褛，正是"五七战士"的典型形象！现在大家的地位已经大有变化，可要记住那年头也是这样扛着锄头，戴着草帽，穿着短裤，光着脚丫……不要忘了受难的日子啊！

回望鲤鱼洲

袁良骏

我是 1969 年 10 月 27 日出发去鲤鱼洲，1971 年 9 月底返回北京的，不过两年。而返京至今，又已经快四十年了。在这漫长的岁月中，多少事已经像烟尘一样轻轻飞逝，唯独鲤鱼洲的这两年，却总是那样鲜明、清晰，牢牢地印在脑海中，无法忘记。鲤鱼洲上岁月稠，便成了我总的感想，总的记忆。回望鲤鱼洲，套一句俗话，"感慨系之"矣！

"热处理"与"老祖宗"

鲤鱼洲虽说是"实验农场""五七干校"，但采取的纯粹是军事编制。每个人都被编入一个固定的班、排、连中，平时一张嘴也总是某班、某排、某连如何如何，俨然大家都成了军人。军人，自然有军容军纪，自然要严格要求。虽然干的不过是农活，春种秋收，耕耪犁耙，并无异于农民，但他们思想改造的任务却十分艰巨。工、军宣队一下来便颁布了铁的纪律，决心把这两千多名"臭老九"都改造成红彤彤的"五七战士"。记得有一次"挠秧"，突然下起了瓢泼大雨，连长闫光华同志宣布收工，带队回连。不想正被场部领导田参谋长碰见，马上勒令回去，继续干活："这点小雨算什么？连这点小雨都顶不住，还怎么高标准、严要求？还怎么锻炼队伍？"这大概是我们到鲤鱼洲后的第一堂生动的教育课。

田参谋长据说穷苦出身，从小战士升到了高级军官，当了中国人民解放军某军的参谋长，身高八尺，面孔黧黑，像一座铁塔一样，让人肃然起敬。他的这种高标准、严要求的"治军"思想自然也成了大家的美谈。问题的复杂性在于：北大这支"五七"大军太衰老、太脆弱、太经不起摔打了。

就说我们中文系在编的七连吧，纯粹是老弱病残拼凑而成的"混成旅"。它的一排是中文系，青年教师较多，在七连队伍算最齐整。但是，十级高干、中文系前系主任张仲纯同志年近六十，而岑麒祥教授已经年逾花甲，冯钟芸、彭兰、华秀珠、林焘、甘世福、吴小如等先生也都已五十上下。女同志也不少，除冯、彭、华三位，还有蔡明辉、陆颖华、李一华、乐黛云、马真、邓岳芬等。要带这样一支队伍打硬仗，的确不容易。但是，比起一排来，二、三排就更差了。二排是俄语系和校医院，纯粹是"娘子军"（占百分之七八十）。三排是图书馆学系和图书馆，像岑先生一样的老同志更多，孔祥祯、何韵贤、关懿娴（女）、叶道纯（女）等，似乎都不比岑先生年轻，孔先生眼神不好，可能已年近古稀了。就是这样一支"杂牌军"，平均年龄大概在四十上下，"女兵"占一半，"老兵"占四分之一，病号（特别女病号）至少也有三分之一。要说这是一支缺乏战斗力的老弱残兵，恐怕一点也不夸张。其他连情况如何，我没有详细调查，但看来情况也差不多。

正在田参谋长、卢政委等"场部领导"严格"治军"之际，江青秘书、北大清华总管迟群驾到，并发表了长篇广播"训话"。迟大总管主要讲了两点：一是要对大家进行"热处理"，百炼成钢，鲤鱼洲的高温湿热，就是对大家进行"热处理"的最佳场所，这是党和人民对大家的最大信任和关怀。二是要大家准备在鲤鱼洲当"老祖宗"，当北大人在鲤鱼洲战天斗地的第一代，为后来者做出光辉榜样。

当时我被指定为七连副指导员，指导员（军代表）先是老钟、后是小石，工宣队师傅来自首钢（忘了姓名）。工人师傅、军代表让我负责搜集大家的反应，我自然在各排找人了解一番，美言一顿。但不难看出，谁心里都充满了疙瘩，也不难从一张张勉强微笑的面孔上窥察出一丝丝阴云。

"热处理"的潜台词是什么？不就是大家都是"处理品"吗？说老实话，迟大总管的"训词"大大加深了本来就有的"充军"感。联系到出发前收回北大工作证，刻不容缓地"开拔"离京，原来北大不要我们了，我们成了不值钱的"处理品"。当然谁也不敢说，但是，哑巴吃饺子，谁心里没有数？至于什么当"老祖宗"，就更是有力证据了。在这里当"老祖宗"，不正是"处理品"的代名词吗？不客气地说，迟大总管春风得意，光顾说得痛快，没有"换位思考"，忽略了这两千多被"热处理"者的接受能力，效果只能说是适得其反的。"四人帮"粉碎后，据说迟群被逮捕法办，判了十八年有期徒刑，罪名是篡党夺权。相比之下，他在鲤鱼洲的"训词"，又何足道哉？

"遍地英雄下夕烟"

每想到鲤鱼洲战天斗地的火红岁月，我总油然不已地诵起毛主席《到韶山》的著名诗句：

> 为有牺牲多壮志，敢教日月换新天。
> 喜看稻菽千重浪，遍地英雄下夕烟。

鄱阳湖畔的鲤鱼洲，空旷、辽阔，夕阳西下，霞光万缕，"五七战士"收工了，大家扛着铁锹，喊着口号，唱着歌曲，走回那几间遮风挡雨的茅草棚。人们忘记了疲劳，忘记了痛苦，忘记了思念，尽情享受着劳动的愉快、崇高和壮丽。"五七战士"进入了"天人合一"的理想境界。面对金光灿烂的千顷稻谷,踏着夕阳的万道霞光,这不正是毛主席笔下的壮丽景象吗?"遍地英雄下夕烟","五七战士"当之无愧呀!

说起毛主席的"五七指示",现在看来,可能偏颇不少,大有"绝圣弃智"的味道。然而,劳动人民知识化,知识分子劳动化,这永远都不会错。有朝一日,劳动人民都知识化了,知识分子和工农大众已浑然一体,知识分子的概念已成了历史,这两个"化"自然就消失了。劳动的确创造世界,创造美。鲤鱼洲让"五七战士"们蓬头垢面,衣衫褴褛,腰酸腿痛,"倒头便睡"(《水浒》名言),然而,它却给了他们健壮的筋骨和美丽的心灵。"遍地英雄下夕烟",多么让人提气和自豪呀!

鲤鱼洲人劳动中的豪情和英姿,虽然过去了几近半个世纪,然而却永远不会褪色,不会消逝。这里,我要追记下一些真实的画面,为我的那些英雄的战友们写照留影。

1. 巾帼英雄队。冯钟芸、彭兰、华秀珠、陆颖华、蔡明辉、李一华、乐黛云、马真、邓岳芬等九员女将,不愧为中文系的"巾帼英雄队"。她们克服了人们预想不到的种种困难,放下架子,也放下那些传统观念,咬紧牙关,不让须眉,始终笑语欢歌在战天斗地的第一线。如果论功行赏,中文系"巾帼英雄队"应获首奖。

2. 崔庚昌率领的"火头军"。兵马未动,粮草先行,崔庚昌同志领导的炊事班,功勋卓著,与"巾帼英雄队"相比也不遑多让。老崔和炊事班,蒸的馒头又白又大,炖的鳜鱼又嫩又香。一提起老崔和炊事班,人们就要流口水。老崔和炊事班成了大家的"理想国",成了七连战斗力不竭的源泉和健康的保证。老崔复员前是部队的炊事班长,经验丰富,指挥若定。而胡双宝兄那样的大力士,则成了老崔的左膀右臂。一屉馒头不用抬,他一举就端起来了。大馒头一个至少有三两,他一口气可吃十二个,而我们吃六个就称创纪录了。他还酷嗜酱豆腐。一次可以吃一瓶——这大概正是他力大无比的原因。

3. 牛倌谢冕。种稻子就要犁田,犁田就要有大水牛,有大水牛就要有牛倌。而我们的"大诗人"谢冕,就成了无可取代的牛倌。每当看到谢冕领着五六岁的小儿子谢悦放牛时,我都不禁要想起《儒林外史》上的王冕:时代不同,"冕"则一也!不知谢冕兄在牛倌任内构思了多少好诗和诗歌理论,只记得他光着膀子,挥舞着皮鞭,叱咤风云,而那头可爱的老水牛,对他崇拜得简直五体投地。

4. "犁把势"郭锡良、何九盈。老水牛喂得滚瓜流油之后,便要驰骋水田、建功立业了。挥鞭扶犁、指挥吆喝老水牛的任务,便落到了两位"犁把势"郭锡良、何九盈的头上。莫非湖南人皆善于犁田?这两位犁把势皆为湖南人。在我的山东老家,扶犁是难度最大的技术活,犁把势是品级最高的农活专家,一般皆为中老年。郭、何二位也不大了我们几岁,不知何时学会了这门卓越技艺。老水牛俯首帖耳,水田被犁得深浅合宜,平滑如镜,给大队插秧者留下了大片沃土。今年已是锡良兄的八十大寿,祝寿时我祝这位犁把势长命百岁,超"米"(88岁)奔"茶"(108岁)。

5. "壮工"裘锡圭。论劲头,裘锡圭兄绝不亚于胡双宝。他成了连队机动组中的一员,专干挑粪、扛粮一类的重活,可以说有困难就上,无坚不摧。二百斤的粮食袋,一下子便把我压趴了,但他扛起就走,真让人叹为观止!裘兄还有一绝,不管干什么活,总要带上《新华字典》。一坐下来休息,马上翻开查阅。两年下来,他几乎把这本字典背熟了。而今,锡圭兄已成了海内外不可多得的中国古文字专家。想想当年他在干校背字典的劲头儿,也就不难理解了。

6. 插秧冠亚军张少康、周先慎。插秧,是我们的主要农活,关系着一年的收成。插秧,也是持续劳动强度最大的农活,一个上午插下来,没有一次不腰酸腿疼。很多人得了腰疼病,入了"腰伤协会",插秧就是主要的罪魁祸首。然而,大家苦中作乐,每次插秧都要搞冠军争夺战。结果,张少康、周先慎二兄总是又快又好,遥遥领先。冠亚军的桂冠自然就落到了二位头上。二位技术尖子不仅插秧出众,盖房子、打稻子等也都是技高一筹,成了大家心目中的技术能手。二位仁兄皆细高、斯文,大概正是技术能手的标准体态。

7. 菜班长孙静。鲤鱼洲各连蔬菜、副食均自给自足(第二年主食也自给自足了),鱼、肉之类要到南昌、滁槎等地去买,蔬菜就全靠自己种了。这样,菜班的重要性也就可想而知。菜班长孙静是个老干部,行政十七级（县团级），在连里仅次于十级大高干张仲纯。他有脚疾，一上班总是一瘸一拐，干上大半小时后方能健步行走。浇菜的大粪桶很大，满满的两桶少说也有八九十斤。看到他一瘸一拐的那个吃力劲，谁都替他咬牙。但是，就是他，带领几位老弱病残女，种出了黄瓜、苦瓜、南瓜、豆角、辣椒、西红柿……源源不绝地保证了七连的蔬菜供应。"瘸腿孙静"也成了七连著名的历史人物。

8."天佑体"诗歌运动旗手沈天佑。毛主席有句名言："革命就是宣传。"就此而言，沈天佑一手推动的"天佑体"诗歌运动，应该是七连史上生动而光辉的一页，沈氏则应是七连革命史上的第一功臣。所谓"天佑体"，说白了即是即兴诗，或曰顺口溜。无论是插秧还是割禾，只要一休息，便成了"天佑体"的天下。张三来一首，李四来一首，"天佑体"便插上了翅膀，飞翔在地头田间。一阵阵笑语喧哗也就四处回荡了。于是忘记了疲劳，赶跑了困倦，"天佑体"诗歌与"天佑体"诗歌运动便成了七连战士不可或缺的艺术生活。之所以称之为"天佑体"，此无他，皆因沈天佑兄首先念（不是"写"）出、创作不断且大力推动之故也。大家念他创作、推动有功，才将那些众人念出的民间诗歌创作皆以"天佑体"命名，以免将来在文学史上惹起不必要的争议。

9.施工队长周强和质量监督严家炎。刚到鲤鱼洲，百端待举，吃喝拉撒睡，样样需要安排。既要盖厨房，又要修厕所，还要盖宿舍。虽然一切都是因陋就简，"延安精神"，但也需要认真测量，妥善施工，周强便应运而成了施工队长。他腰带皮尺，手持标杆，俨然一名工程师，带领多位技工，在七连阵地上东走西看，左测右量，绘出了一个又一个"施工蓝图"，随之，多幢"建筑"（尽管都是草棚）也就陆续施工、落成了。施工队有一位严格把关的质量监督，这便是严家炎。几乎周强的任何一项数据都会遭到他的质疑，他百般挑剔，非在鸡蛋里面挑骨头不可。周强有时不耐烦了，试图压服。但严兄不干，争论到底，非弄个水落石出不可。无奈中，周强送了严兄一个"过于执"的雅号。但是，"过于执"便"过于执"，计算不好休想施工。七连的茅草棚一幢比一幢坚固，无一间漏雨或倒塌，这是不是"过于执"的功劳呢？

永远难忘的深情

由于军事编制，严格管理，鲤鱼洲人一年仅有一次休假（仅为半个月），不得再告假。这大概是学的部队，并非毫无道理。但鲤鱼洲的这些老弱病残兵谁不是拉家带口，谁没有一些后顾之忧？怎么办？只好成立"互助会"，大家互相帮助。张三要休假了，李四、王五赶快找到他，托他去探望一下自己的家属，再给自己要点什么东西。李四要休假了，张三、王五也赶快找到他，如法炮制。你别说，这还真解决问题。两年间，鲤鱼洲人的种种困难也就这样一个一个地解决了。鲤鱼洲人在北大校园时，从无这样亲热，鲤鱼洲的热死人的盛夏和冻死人的寒冬把人们的距离拉近了，人们的心贴到了一起；每想到这种关怀和深情，当年的鲤鱼洲人都难免激动不已，热泪盈眶。下面便是我亲历的一件。

大概是1970年冬，我接到爱人白玉芝的电报："儿病重速归。"我赶紧告假，想回家（塘沽）一趟（因孩子还刚刚一岁）。但遭到严词拒绝，完全没有考虑的余地。正好，冯钟芸先生得到了探亲假，要回北京一趟。我赶紧找到冯先生，向她提出了一个自私得不能再自私的要求，求她路过天津时绕道塘沽一趟，看看我的老婆孩子。塘沽是天津的东北远郊，很不顺路，恐怕要耽误冯先生一两天的时间。她爱人任继愈先生当时也在学部"五七干校"（河南），他们的探亲假好不容易凑到一起，我偏偏不知好歹横插一杠子，实在也是狗急跳墙，毫无道理。没想到，冯先生二话没说，让我赶紧写了一封信和详细地址，便匆匆上路了。也许是托冯先生的福，她一到塘沽，我孩子的病便见轻，她走后高烧也就退了。冯先生虽然给我们上过唐诗课，但我和她实无任何个人交往。她这样关照、爱护我，不仅有一般的师生之谊，恐怕也是鲤鱼洲人的战友情怀。2006年冯先生以八十六岁高龄仙逝，今年任先生也以九十七岁高龄仙逝了。他们生前，我对他们未立寸功，深思无以回报。而今也只能祝福他们的在天之灵了。

"草棚大学"的历史悲剧

1970年夏,伴随着北大清华招收工农兵学员的规划,鲤鱼洲上的七连中文系也奉命招收了三十名工农兵学员(皆取自江南各省),办起了"北大江西分校中文系",揭开了人类教育史上崭新的一页。

鲤鱼洲有无条件办大学分校,这不是鲤鱼洲上"五七战士"可以与闻与讨论的事。一声令下,雷厉风行。快得很,三十名工农兵学员便在锣鼓声中进校了。这当然是七连的一件大事,挑选出十名教员,成立了教学小分队,脱离连上的一般安排,专门负责工农兵学员的学习与生活。十名教员是冯钟芸、乐黛云、张雪森、袁行霈、陈贻焮、陈铁民、周先慎、严绍璗、闵开德、袁良骏,由袁、闵担任正副队长。

说老实话,毫无思想准备,刚刚经历了一场"破四旧""砸烂封资修"的暴风骤雨,这工农兵学员如何教,上什么课,怎么上,怎么才是贯彻无产阶级的教育路线……一切都是谜团,只有一条是正确的:工农兵学员不是单纯来念书,而是来"上、管、改",即"上大学,管大学,改造大学"的,老师们既是学员的老师,也是他们的改造对象。既然是改造对象,态度当然要老实,要加倍的谦虚谨慎。

让我们始料不及的是,三十名工农兵学员并非欢欣鼓舞,他们一进鲤鱼洲便泄了气。这就是北大?教学大楼在哪里,图书馆在哪里,宿舍在哪里?这个破地方能办大学?我们要在这里待三年?……一系列的"活思想"。面对这些"活思想",教学小分队实在无力解决,只能用革命的豪言壮语煽起他们上、管、改的热情和责任心而已。然而,不能坐而论道。"上、管、改"马上开始,"活思想"只好听其自然。

针对大部分学员文化水平较低(高中程度三五人,小学程度三五人,大部分是初中程度),我们决定因人施教:高中程度专教写作,初中以下专教读书、识字,各得其所,反应尚佳。年龄最大、文化水平最高的徐刚是上海崇明岛的造反派头头之一,文笔甚佳,在上海小有名气,很会写诗。我们就让他发挥特长,继续写诗。记得他写了一首《阳光灿烂照征途》,朗诵给大家听,颇受同学欢迎。朱菊英(女)、于根生、王永干等程度也较好,也动员他们写诗文、搞创作。他们虽然不敢像徐刚那样朗诵自己的作品,但他们也是动了笔的。朱正直、王慧兰(女)等几位识字不多的同学就派专人个别辅导,从认字做起。冯钟芸先生负责教王慧兰,教得认真,学得专心,师生形同母女,小王提高甚快。多年之后,直至冯先生仙逝,她们一直保持热线联系。冯先生后来告诉我,小王是南昌人,毕业回去后当了一家百货公司的经理,干得很好。乐黛云同志和同学们的关系也极融洽。她勇于"斗私批修",对同学们不隐瞒自己"摘帽右派"的身份。她有句名言:"我的右派分子的帽子是摘掉了,但是,我的摘帽右派的帽子是永远也摘不掉了。"这样一来,她的坦诚不仅得到了同学们谅解,也深得同学们的崇敬。在小分队中,她和冯先生与同学关系最好。特别在赴井冈山开门办学期间,确实做到了同行、同住、同吃、同学……"三同""四同""五同"的程度,真正是打成了一片。在和这一届工农兵学员的联系中,乐黛云同志大概也是保持得较好的。

  小分队的诸位都干得兢兢业业,认真负责。特别突出的还有袁行霈、陈贻焮、陈铁民诸位同志。袁行霈患有结肠溃疡症,经常拉肚子,药不离身。但他竟咬紧牙关,和同学们一起登上黄洋界,挺进井冈山,还写诗鼓励大家,实在是超常发挥。陈贻焮是大家公认的大师兄,他在七连一排年龄仅次于彭兰先生和吴小如先生,头发已经掉了不少。但他和陈铁民担任井冈山开门办学中的炊事员,挑着锅碗瓢盆、油盐酱醋,重逾百余斤,但他们硬是不仅健步上山,且保证了大家的一日三餐。二位陈老师的"咬牙精神"也感动了大家,张文定等同学主动来帮他们挑担和做饭,也成了师生密切配合的佳话。

  然而,鲤鱼洲办大学分校,这毕竟是一个"极左"思潮的产物。教员再辛苦,也培养不出合格的大学生;而同学再努力,也不可能真正完成合格的大学学业。更加严重的是,片面强调开门办学,片面强调"一不怕苦,二不怕死",也酿成了不应有的悲剧。这便是张雪森兄和学员王永干君双双殉难的大车祸。

那是 1970 年秋末，连里（实际上是场里）决定教学小分队带工农兵学员去井冈山开门办学，既进行革命传统教育，也采访英雄人物，练习写作。不妙的是，晚上下了大雨，满地泥泞，晴天坚如钢铁的鄱阳湖大堤变成了烂泥塘。再看我们的运输工具，四十名师生和全部行李，仅有一部拖拉机。机尾拴上一根大钢丝绳，牵引着一辆斗车，师生和行李便都在这斗车上。我虽然对交通一窍不通，但总觉得太悬乎，便对领队的工宣队张师傅说："太难走了，是不是人都下车，光拉行李？"张师傅觉得我言之有理，便赶紧到司机座找到薛师傅，提出了我的建议。不料薛师傅一口回绝："不用，车越沉越安稳，不用下。"既然如此，我和张师傅便最后跳上了斗车的车尾。然而，刚走了不到几分钟，便听到一声巨响，斗车开始向堤外倾斜。不好，我大喊一声："跳车！"张师傅和我还有于根生等三位同学便刷地跳了下来。一看，钢绳早已断掉，斗车已经三个车轮离地，"哐当"一声巨响，斗车翻倒堤外，人全被扣在了车下，斗车停不住，打着滚掉到了大堤底下去了。再看师生们，一个一个惊魂未定，慢慢爬起身来。然而紧扣在斗车前横梁上的张雪森兄和王永干同学却再也起不来了……

晴天一声霹雳，两位师生的牺牲引起了一片悲声，大家痛哭流涕，鄱阳湖大堤夺去了我们两位可爱的战友，夺去了两条可贵的生命！惊慌失措中，距离较近的清华农场的战友赶到了，他们赶紧将两位死者的遗体盖好，抬去了北大农场医务所。七连的领导也闻讯赶来，在慰问了受伤的师生后，让大家化悲痛为力量，继续搞好教育革命。大家悲伤不已、垂头丧气地回到了七连。

人命关天呀！为什么那么听信司机的胡言乱语，为什么不坚决让人都下来，为什么不暂缓出发、天晴再走？……悲哀和痛苦咬噬着我的心灵，我痛骂自己的愚蠢！不错，你提出过建议，但为什么不坚持？你为什么对大家生命安全这样掉以轻心？……说什么都晚了！

现在看来，鲤鱼洲上办"草棚大学"只能说是一个极"左"的幻想，是不符合鲤鱼洲的实际的。这本身就是一个悲剧。而张雪森兄和王永干同学的不幸殉难，更是悲剧中的悲剧了！然而，二位师生毕竟是为教育事业而献身,我呼吁北大中文系、北大校长和中共北大党委:请申报教育部,追认张雪森、王永干二位教育革命殉难者为革命烈士!时代特殊,事件突发,缺乏先例,然而他们不愧为革命烈士,他们应该追认为革命烈士!

师生夜话,告别鲤鱼洲

1971年的深秋,正当鲤鱼洲人度过了第二个酷热的夏季,准备迎接第二个丰收的时刻,一声令下:鲤鱼洲农场停办,革命师生全部返回北大,农场移交南昌市人民政府。

怎么回事?怎么这样喜出望外?这是哪里来的一股神力?大家议论纷纷,但没人晓得。反正回京在即,也就别管三七二十一了。返京后才慢慢了解到:党中央、毛主席决定恢复大学招生,北大清华率先招生。周恩来总理召见二校领导,垂询招生事宜。北大领导极言教师缺乏。周总理说原来北大曾招生万余人,不是不缺老师吗?答曰:有两千多尚在江西鲤鱼洲农场。周总理说:"赶快全部调回。"怪不得场部如此雷厉风行,责令各连立即制定返京规划,要分期分批,有条不紊。房屋、设备、庄稼都要管理好,要全部如数交给南昌市。办完交接手续后,最后一批人员再撤离鲤鱼洲。

我和吴小如先生有幸都成了"殿后"人员,有幸和另外几位战友一起,站好鲤鱼洲的最后一班岗。一批一批返京之后,洲上失去了往日的辉煌和喧嚣,恢复了它原有的空旷和寂寥。秋虫唧唧似乎更加惹动乡思了。一日晚饭后,我和吴先生奉命去七连西北角(也是整个农场西北角)去看庄稼,以防止有人盗收盗割。以我俩的孱弱之躯,防得了人家的盗收盗割?实在只能是应景。好在一夜平安无事,却为我们师生的倾诉衷肠创造了最佳条件。

可能是大学一年级,吴先生给我们开了一门很别致的课——"工具书使用法",从《说文解字》讲到《辞源》《辞海》。每部工具书有何特点，如何使用，皆当场示范，头头是道。且板书潇洒，令人歆羡。然而，吴先生在中文系似乎不怎么被重用，开的课很多，但"文革"前连个副教授也不是，仅仅是个讲师。据说，可能有点"历史问题"（可能！），"反右"中和不少"右派分子"关系密切，如何如何。到鲤鱼洲后，我们虽天天见面，但只是点头寒暄，从未坐下来谈心聊天。这一次真是"天作之合"，大旷野里就俩人，想不聊也不成了。

聊了些什么？似乎内容很多，但现在一条也记不起了。只记得吴先生这样说我："袁良骏，我坦率告诉你，'文革'中我对你印象不佳，相当'左'！唯我独革，目空一切，让人望而生畏。但是，到鲤鱼洲后，我慢慢改变了对你的印象，我觉得你左是左，但很正直。'四好初评'时那么尖锐批评小石瞎指挥、不尊重大家，真是说出了大家的心里话，有种，难得呀！后来上边不还是把小石调走了？！听说你为此挨了批，还要补划右派，大家都替你捏一把汗。出车祸那个事，主要不赖你，还是'左'造成的。返校后你好自为之吧！"

吴先生这些金玉良言，我一直铭记在心。返京后，我不时去看望吴先生。后来，我虽然调离了北大，但仍不断去看望吴先生，也请吴先生为我撰写了《武侠小说指掌图》的《序言》并为《张爱玲论》等书题签。

师生夜话，是我们对鲤鱼洲最好的告别词。

2010年重阳节于独行斋

回想"五七"路
——鲤鱼洲杂记

杨必胜

去鲤鱼洲的事,过去四十来年了,在我的脑海里已是一片混沌的荒原了。现在说要写回忆,一时真不知写什么好。幸好母系和陆颖华老师发来了几篇老师、学长们的文章。我读了后真的想起了许多事,真的有些激动。有时夜里想着想着,脑海里那模模糊糊的荒原竟浮现出一幅幅景象。有时,甚至激动得久久不眠。

真心"化"

想当年去鲤鱼洲,出发时是什么心情呢?好像并无惆怅,也不郁闷,相反,还有点高兴,甚至有点兴奋。三年啦!北大校园里发生过多少旷古未有的令人惊心动魄、伤心透顶的事啊!那无情而凶暴的批斗,那愚蠢而残忍的武斗,那惨不忍睹的跳楼自杀场面,那没完没了的派仗,那每天每天的政治学习和开会,终于到头了吧!那个校园令人郁闷,换一个陌生的环境好!劳动总比开会和无所事事好受。再说了,听主席的话，走"五七道路"，还会错吗！劳动嘛，我不怵。1957年进了北大校园，就不少劳动，去平谷深翻，去门头沟挖煤，去昌平建校……奇了怪了，我们不断地在劳动化，在改造思想，哪有很多机会接触"封资修"啊，怎么到头来还是"基本上是资产阶级的"！① 反正这知识分子也不知怎么当了，那就去当农民吧。应该说我走"五七道路"是真诚的，我是真心实意想去劳动化。

鲤鱼洲自然环境之恶劣，生活条件之艰苦，那风、那雨、那雷、那热、那冷、那潮湿，那透风漏雨的草棚，以至于血吸虫病和洪水决堤的危险都有同志描写了，我只说说我们睡的床。刚到鲤鱼洲我们是住在四周无遮挡的非常简陋的大帐篷里，过了些日子，两座大仓库初步建成了，我们就搬进了大仓库。这仓库是红砖砌的，里外都还没抹泥，有的地方有些漏风。这里面排列着约七八十张当学生时用过的木制旧双层床，我们系和俄语系组成的第七连就住在这里（我记不得当时女同志住在哪里）。不久，农场的建制进行改组，我们系和图书馆学系、图书馆、校医院的同志组成新的第七连，我们系的人主要在其中的第一排。这回我们的驻地离湖畔的大堤比较远。我们在这里搭起了两座长长的草棚，又运来很多小竹床，排列在草棚里。这小竹床就是我们睡觉起居的地方了。这竹床约50厘米宽、1.8米长，勉强够一个人躺在上面。我把几件衣服和几本书裹在一起做枕头，其他杂物就放在枕边或床下。这草棚是泥土地，这地方原是湖底，出格地潮湿；这里雨又多，雨稍大时，草棚就有地方漏雨，屋地就很潮湿。你想，这床底下怎么好放东西呢？有时夜里睡着睡着，这被子和所谓的枕头之类就掉到床下去了，弄得又湿又脏，真是很狼狈。那时，我常想，啥时候有张大一些的床睡该有多好！可是又觉得这属于怕吃苦的错误念头，是不敢流露出来的。

鲤鱼洲的劳动确实很艰苦。刚去的那年我31岁，正是有劲的时候，又因我一贯喜欢体育锻炼，身体并不单薄，在普遍比较文弱的中文系教

---

① 那时有个中央文革发的关于教育革命的文件，提出了两个估计，其中一个是："十七年培养的知识分子基本上是资产阶级的。"

鲤鱼洲农场七连驻地。

师中,算是身体较好的。当时我被派去当大田班班长,我的上司是陆俭明和周强,他们是一排的正副排长。我的那个班肯定不是主力班,人员好像不很稳定,有几个老弱。记得我那个班多干些平地挖沟、拔秧运秧之类技术性不强的活儿。平地、挖沟是我拿手的活儿,因为我胳膊比较有劲。平地时,我铲起一锹土一悠一甩,可以甩得老远,自己感到很得意。平地时,有时许多人排成行,用传递法,把一筐筐泥土传到低洼处。这时大家常常作起诗来。这诗随口喊出,或一人喊一首,或有人先喊一句,其他人一人接着喊一句。形式多是四句顺口溜,内容都是赞美劳动、歌颂"五七道路"的。记得沈天佑、陈贻焮、彭兰等几位老师最擅长,最起劲。大家边干活边做诗边说笑,真是热闹、高兴。

有时在纷纷细雨中进行,更别有情趣。那种欢乐的情景至今令我神往。那时劳动,大家都很自觉,根本没有谁来监督。大家都是尽力而为,班排长都带头拼命干,并不批评谁。你想,年近六十的中医师张宝健,年过五十的图书馆学系的系主任关懿娴,他们成天风里来雨里去,在泥水里摸爬滚打,要克服多少困难啊,还有啥好批评的![①] 有什么任务,大家总是争先恐后抢着干。有重活时,体力强的会挺身而出。

---

① 一般老年教职工都照顾干轻活,但他们属于"问题人物",平时都干大田活。

比较突出的重活是扛大包。这大包主要有两种，一是稻谷包，都是麻袋包，装满一百五十斤。这种包一般比较壮的劳力都扛得了。我自然不在话下。一是大米包，也是麻袋包，一包二百斤。能扛这种包走十来米的，全排没几个。凡有这活儿时，排里一般会派我去。记得常被派干这活的还有马大京和裘锡圭先生。马大京是系里著名的所谓"现行反革命"学生，那时的所谓"现行反革命"大致都因为说了林彪或"四人帮"的坏话，马大京也不例外。他毕业不能分配出去，被贬到鲤鱼洲和老师们一起劳动改造。这位同学人高马大，很有劲儿。有最重的活，他总是抢在前头。老师们喜爱地称他为"马大力"。锡圭先生也被大家称为"裘大力"。我也有时被称为"杨大力"。其实，中文系力气大的同志还有陆俭明和张少康等，但并没有人称之为"×大力"。为什么呢？我猜想这"大力"可能有"笨力大"的深层含意。我和裘等不善于干插秧、播种之类技术性较强的活儿，而陆、张等是多面手，样样活儿都干得出色。

还是说回这扛大包吧。第二年春天有一次，场部命令每连派二人去参加运大米，我被派去。我们坐解放牌大卡车到一个叫滁槎的河边小镇的码头。这码头边靠着一艘汽船，船和码头之间相隔四五米，中间架着一块约40多厘米宽的长木板。我们的任务是从船上把200斤重的大米包扛到卡车旁边，那里有两个人把包搭上车。这活儿对搬运工人来说是家常便饭，可是我看到这阵势却心慌腿软，害怕支持不住摔下河去。当我上到船上，由两个人把沉甸甸的大米包压到我背上时，我弯曲的两腿被压得更弯了。我定了定神，把两脚站稳，咬牙使出浑身力气，把两腿伸直，这才一步一步地往前挪步子。当我一脚踏上独木桥时，那木板颤动了一下，吓我出了一身冷汗。我定神紧盯着这晃动的木板，慢慢走了过去。当我挨近汽车，大米包从我的脊背被搬开时，像是放下了千斤重担，心里格外舒坦。我为自己闯过了这道关口而无限欣慰，觉得自己无愧于"杨大力"的称呼。

那时我最怵的活儿莫过于挑砖。大约是1970年初吧，农场准备给各连盖些砖房，用汽船运来一大批红砖，一垛垛地码在鄱阳湖畔的大堤上。场部命各连"五七战士"都去挑砖。一般是各连挑各连盖房的砖。

从大堤到我们连驻地大约有五里地。人们依自身体力来挑，最能挑的有挑 32 块的。砖每块 5 斤，32 块就是 160 斤。我算强劳力，不好意思挑少了。但我是胳膊有劲，肩膀和腰腿不大行。我往两个筐里码到 24 块就不敢再加了。这 120 斤的担子，我挑起来时腰已不直了，这担子压在哪边肩上，哪边的背就被压弯。挑着走起路来有点踉踉跄跄的，刚走二三十步，肩膀就痛得不行，便换左肩来挑；左肩更差，挑不到 20 步就痛了；只好再换肩。挑到支持不住，就在路边把担子放下来歇一会儿。这样一路挑一路换肩，不时停下歇肩。挑到最后一段路时，肩膀和腰都疼痛难忍，浑身大汗淋漓，脸发胀，头脑昏昏沉沉的，简直不知道自己是怎么挨到头的。这挑砖的活儿一连干了几天，中间有时还下雨，人们挑着重担在泥泞的田埂上艰难地往前走，有时脚底下滑来滑去，摇摇晃晃地就像在跳舞。有的摔倒了，砖头撒了，又爬起来，把砖装好，再往前挑。这几天的经历，在我的脑海里打下了深深的印记，使我体会到劳动人民的艰辛，体会到什么叫艰苦磨炼。同时，也给我留下了腰肌劳损的痼疾。

风口浪尖

1970 年春天，我们栽种的第一茬儿秧苗，长得绿油油的，已经快到要插秧的时候了。可是天总是不停地下雨，不管雨大雨小，全连都坚持出工，紧张地平整水田，修筑沟堤，为插秧作准备。下雨天上工，"五七战士"们出发时，男的大多光脊梁，穿裤衩，有的再穿件雨衣，或裹条雨布；有的就什么挡雨的都没有。女的就都穿着雨衣，或头肩和下身各用雨布裹起来。那雨衣和雨布红、黄、蓝、绿、白什么颜色都有。人们的装束真可谓千奇百怪，再加上还站着些弯腰驼背的老头老太太，这队伍确实不甚雅观、煞是可笑。那一天早晨，阴云密布，下着小雨，副连长向景洁和排长陆俭明把队伍带到大田，把人员分为拔秧、运秧、插秧三部分，摆开干了起来。这时由于连日下雨，大田里的水比较深，秧插下去不大稳得住，要使劲往下扎才勉强稳住。而那雨却越下越大，到后来竟是瓢泼大雨了。这时插下去的秧被大雨一打，大都飘了起来。大家就说这活儿干不下去了，干也是白干，还浪费了秧苗。大向和老陆商量后决定把队伍拉回去。

大家回到草棚，擦干身体，换了衣服，正坐下来休息聊天时，突然听到几声刺耳的哨声，指导员（军宣队员）和连长命令全连集合。于是大家马上到草棚外空地排队，指导员喊口令整队后，请场部领导田参谋长讲话。这时雨下得挺大，豆粒大的雨点无情地打在人们毫无防护的头脸和身上。这位田参谋长身材魁伟，脸色黧黑，声音洪亮，是一位威严的将军。这位将军进驻北大后，听说主管后勤，人们在校园各处常常可以见到他雷厉风行的伟岸身影。这次他讲话中对今天连排干部把队伍从地里拉回来的事进行了批评。他要求大家学习前辈艰苦奋斗的精神，发扬我军"一不怕苦二不怕死"的传统。而在大风大雨中坚持劳动，正是在风口浪尖上磨炼意志、锻炼队伍的好时机。训话后，我们就被带下大田继续劳动，直到下工。

这次听了训话，大家好像明白些，但还是有些糊涂：这活儿明明干不好，为什么还要干呢？后来"四人帮"的干将迟群等以"两校"的名义，总结了一个经验，发到全国，里边有一个内容给我印象很深。文件中说，清华鲤鱼洲农场为了锻炼"五七战士"，有拖拉机不用，是一条好经验。原来劳动改造是目的，劳动效果是可以毫不计较的。由部队的将军用带兵的方法来训练我们这些文弱的知识分子，看来是过于猛烈了些。但大家都知道田将军是好心，对他好像并无反感，反而觉得蛮可爱的。

在教改的外围

经过一段时间的锻炼，大家普遍适应了比较艰苦的劳动生活，一般都能吃能睡，一些失眠和食欲不振之类的知识分子的常见病几乎都消失了。特别是吃到自己亲手种出来的大米和蔬菜，更是高兴。于是普遍产生了"劳动省心"的思想，感到搞体力劳动挺不错，不像备课、写文章要绞尽脑汁，还提心吊胆，担心犯错误挨批。什么教改啊，教书啊，一时都被老师们抛到九霄云外去了。可是不行，到了秋天，教改的锣鼓又响起来了。宣传队召开大会，动员开展教育革命，说总校要招收第一批工农兵学员，咱农场也要招，要把农场逐步建成分校，而试点就在中文系。接着就成立了由副连长（原副系主任）向景洁牵头的教改筹备小组，成员有谢冕老师等，由他们起草教改方案。不久，宣传队又召开全连大会，说教改要大批判开路，要批十七年的修正主义教育路线，要批"封资修"的影响，还要批不安心走"五七道路"和"劳动省心"的错误思想。

宣传队把教改筹备组起草的教改方案作为旧教育思想回潮的典型供大家批判。记得并没有公布方案全文，只提出其中的三条错误：第一，学一点李白、杜甫；第二，看一些好电影；第三，设适当的寒暑假。大家听了有些莫名其妙，不知这三条错在哪儿。暗地里有些议论，但谁都不敢公开说出自己的想法。连里还在厨房和砖房之间的空地竖起一块大字报栏，组织人贴了几张应付差事的大字报。而小组会则冷冷清清，发言多是东拉西扯，草草了事。很快教改筹备小组被撤销，挑选了另外一些老师组成教改小组，负责起草新教改方案并准备招生。后来从华东地区招来了30名工农兵学员，宣传队选派了七八位教师和学员们组成了一个教改小分队。当时被选入的教师是光荣的，我对他们有些羡慕，但心情很平静，因为我压根儿也不敢想自己会被选上。而且我还是有点留恋"劳动省心"。

后来，小分队冒雨去井冈山，不料在大堤出了翻车大事故，死了一位老师和一位学员！在追悼会上许多人都哭了。那突然牺牲的张雪森，是我所在写作教研组的副组长。在我当学生时，他曾是姚殿芳先生的助教，批改过我的作文。后来在教研室，作为领导和师兄，他总是和蔼地关照我们几个刚留校的小师弟。他相貌英俊，文质彬彬，30多岁就遽然离世，太令人心痛了！那时我想，难道教改就非要死人吗？晚几天出发不行吗？但马后炮是谁也不愿放也不敢放的。后来，小分队还是去了井冈山，听说大家收获挺大，又听说一些学员和一些老师发生了一些矛盾。到了8月，小分队就先撤回总校了。

鲤鱼洲的教改，我只是处在外围，只能说些表象。我想，那次教改，大概是过激的、不成功的，但即如一篇文章的初稿，即使不成功，推倒重写，也不见得没有一点可保留的东西吧。

收　获

在鲤鱼洲两年的生活，完全停止了专业的学习和教学，损失自然很大。但在思想、身体、劳动能力等方面，收获应该也是有的。不过，我这里要说的收获不是指这些，而是指我个人得到的特殊的意外收获。这就是我得到了一个宝贝女儿。

我是1969年5月结的婚。结婚不到5个月我就去了鲤鱼洲，第二年5月间我的妻子张桂兰来探亲。那时，宣传队领导要求大家坚定走"五七道路"的决心，希望大家把家属带来，最好来落户。我便和妻子商量，希望把我们的家建在鲤鱼洲。她当时是村干部，调外乡当驻村工作队员。她答应回去跟领导商量。她探亲回去不久，就来信告知已怀孕。那时，宣传队号召"五七战士"和在农场的家属在农场生育，以示在农场落户扎根的决心。我便写信和她商量让她来农场生产，她回信同意。到了11月，桂兰便又来到农场。难为她腆着个大肚子，提着不少东西，一人来到鲤鱼洲。她把户口迁来了。连里特殊照顾，让我们住进一间砖房。我们就在农场安了家。我们在食堂吃大锅饭，妻子临产前，在营养方面，我无力对她有什么照顾。妊娠那天是2月13日，下午三四点时说要生，就有人把我从地里叫了回来。这时我房间里已有几位医生和护士在忙，接生的是李庆粤大夫，她是我们的大师兄陈贻焮老师的夫人，因此我格外放心。我在房外焦急地等啊等啊，一直等到晚上近9点，才听到"哇哇"的婴儿哭声，我心里的石头这才落了地！过了一会儿，我被允许进入房间，只见李大夫抱着小小的婴儿对我说："祝贺你得了个千金小姐！"我小心把婴儿接过来抱了抱，心中有说不出的高兴和自豪。

陈贻焮先生抱杨鲤兵于北大勺园。

消息传遍全连，同志们纷纷来看望祝贺，炊事班连夜送来了鸡蛋汤面给桂兰吃。我给女儿起名叫杨鲤兵。在我女儿出生前一两个月，连里已有两个宝宝出世，都是我系老师的，一个是吕乃岩的，起名吕建洲；一个是何九盈的，起名何鲤。他们都是小哥哥。

孩子是生下了，可怎么照顾她们母女呢？连里让我请假些日子，炊事班送来了二十个鸡蛋和两颗白菜。在当时的物质条件下，已是很照顾了。那些日子，李庆粤大夫经常来看，及时采取医疗措施。连里天天都有女同志来我屋里看望，帮助照料婴儿，热心地提供照料母婴的建议。桂兰真是天生的好母亲，她的奶特别多，孩子吃不了，有时还涨奶，不得不白白流掉一些。因此，当务之急是给桂兰补充营养。

当时物质的匮乏是现在的人难以想象的。整个农场只有一个小卖部，可以买点儿烟、火柴、盐、手纸之类的东西。方圆十几里根本没有买东西的地方。实际上，那时营养品是配给的，正常途径是不可能买到的。于是我便跑到十多里地远的农村挨家挨户向农民说明困难，询问有无鸡和鸡蛋可买。第一次我跑了一天，只买到几个鸡蛋。第二次又跑了一天，还是只买了几个鸡蛋，根本就买不到鸡。其实，当时也并不是完全没有营养品买。场部每月会分配少量奶粉、点心之类到各连优先让产妇、病号买。可是,我经济太紧张,桂兰只买了一点点。我活了三十多岁,没有做过饭,只好在妻子的指点下,笨手笨脚地用煤油炉每天或煮或煎些鸡蛋给妻子加菜。我女儿因母奶充足,一天天长胖。可她妈却因为付出太大补充太小而一天天消瘦,脸色越来越憔悴。我看在眼里,心中焦虑,一筹莫展。一天原校医院外科大夫乔静来看望,她看了就说桂兰脸色不好,是贫血。又把了脉,翻看眼睑,说是严重贫血,必须马上补充营养,否则后果严重。她还叮嘱不要说是她说的。乔大夫因为"文革"中被揭发出过医疗事故,被上纲到迫害工农子弟,受到严厉的批判斗争,在我连劳动,不让给人看病。桂兰的病情不知是谁反映到宣传队领导那儿,很快负责后勤的连队有打鱼的小组送来了十来个大大小小的甲鱼,食堂吃鱼时,也特别多给些。谢冠洲老师的夫人熊菊香也是从外地来落户的,她把从广东老家带来的一斤多咸猪肉都拿来送给桂兰补身子。在当时的鲤鱼洲,肉可是稀罕之物,这些咸肉对桂兰来说比金子还宝贵啊!在大家的关怀下,桂兰的身体才逐渐好转。女儿满月时,长得

蒋绍愚先生抱杨鲤兵于七连砖房前。

杨必胜爱人张桂兰抱着杨鲤兵。

胖嘟嘟的,很可爱。我们抱她到屋外玩儿,同志们抢着你抱抱我逗逗,喜爱得不得了。馆系主任关懿娴教授特别喜欢我女儿,她拿着照相机,给拍了许多照。照相机当年更是稀罕之物,全连说不定只有她一人有。回京后她把那些照片洗出来连同底片都送给我们。现在看来,对于育儿来说,当时的鲤鱼洲,无论在环境上,还是在物质上,条件都太差了。我妻子由于月子没有做好,后来落下了妇科病和风湿病,使我心中一直十分歉疚。现在看来,那时宣传队号召在农场落户并且造成不得不在那里生育的形势,显然是不妥当的。

    为了桂兰能出来上班,我们决定把我岳母从北方接到鲤鱼洲来带孩子。在得到场部批准后,我便在4月间请假出发北上把岳母接来。这次行动费用较大,我向老友蒋绍愚、赵祖谟借了些钱,才勉强渡过难关。

    我原以为我全家四口从此要在鲤鱼洲落户了。没想到到了7月就

2008年重回鲤鱼洲拍摄的原农场指挥部旧址。

有风声说要撤了。9月间,我们就随大部队撤回北京了。因为要等桂兰的户口解决,领导让我在北大大兴农场继续劳动半年,家则安排在离农场几里地的天堂河村,有二三十户情况与我类似的家庭住在那里。半年后,我们被安排在北京林学院的两座筒子楼里(当时林院大部分已迁外地)。而桂兰就作为家属工在林院北端的苗圃干活。后来传来消息说户口解决了,说是经毛主席特批的。大家十分高兴。

现在很清楚,北大鲤鱼洲农场,是错误方针的产物。但我觉得,当时去那里锻炼的知识分子们的表现却是可嘉的。我怀念那艰苦岁月中的许多老师、学长和挚友,他们有的已不在人世,他们和蔼可亲、热情相助的形象,留在我的记忆中,启示我真诚地善待周围的人。

2010年9月12日

"大象"

么书仪

　　1971年的暑假,我到南昌鲤鱼洲——当时的北大"五七干校",去探望已经从老师变成了"男朋友"的洪子诚。在南昌下了火车,辗转找到了北大干校驻南昌办事处,晚上躺在黑暗中,北方人的我第一次知道了想要在铺着一张凉席的硬板床上入睡有多难,大概那是需要"童子功"的。第二天中午过后,我才坐上了每天一次往返于鲤鱼洲和办事处之间的拖拉机,在一路颠簸中到了鲤鱼洲。

　　中文系在北大的代号是07,在干校就是七连了。走近一个大草棚——那是七连的"五七战士"集体宿舍,草棚下面是许多挂着蚊帐的单人床,蚊帐杆上挂着五颜六色的雨衣,蚊帐上面还捆绑着各色塑料布,想来是挡雨的……色彩各异的雨衣、塑料布和塑料绳构造出一片凌乱,只有床下一双双摆放整齐的雨靴还昭示着主人们的良好习惯。

　　我被安置在一间客房里等候洪子诚,正在拍蚊子的时候就听到外面有了"稍息""立正"的口令声,就知道一定是"五七战士"们收工了。我出门看了一眼已经解散了的队伍就又退回了屋子,令我惊讶的是,所有我当年的老师们全都是光着膀子、光着脚,只穿着一条短裤和一双塑料凉鞋,短裤多是杂线织成的粗糙的"再生布"(用已经破旧的棉织品重新处理，再次织成的棉布）做成的……洪子诚走进屋，也是这样的打扮……他要我出去和老师们见面，很平常地说："没关系，都这样，南昌太热。"我只好走出屋，去和认识的老师打招呼；老师们可能也不习惯这样面对昔日的学生，和我说话的时候全都双手交叉抱在胸前，似乎这样就可以遮挡住自己没穿衬衫的不雅，几句话过后就借故匆匆地消失了。

三年前"文革"时候的"黑帮、走资派、陆平的爪牙"、六年前我上大一大二时的系主任向景洁，已经变成了北大"五七干校"七连的副连长（正连长是图书馆学系的原书记闫光华）。看见他的时候，我的内心马上泛起了惶愧不安，想起了在二院批斗他的时候，自己也是站在远处高呼过"打倒向景洁"的啊。可是向主任的表情却已恢复了"文革"前的开朗和儒雅，对我也比上学时候多了几分亲近。

当时，老师们叫他"大象（向）"——离开了学校，住在同一座草棚下，都光着膀子……老师们也变得无拘无束起来。向主任因为身躯肥胖，变成了"大象"；三位年纪比较大的女老师被合称为"蓬皮杜"，其中就有彭兰先生和"留办"的老师杜荣，杜老师是林焘先生的夫人；一位好口才、喜辩难的老师被叫作"雄辩胜于事实"（"事实胜于雄辩"是"文革"中的常用语），这外号因为太拗口不那么流行……阶级斗争相对松弛、以劳动为主的干校生活让老师们像是回到了学生时代。

9月1号晚上，在我打算回北京的时候，大向带领着金申熊先生、顾国瑞先生敲开了我的门。他们穿得衬衫长裤、衣冠楚楚，却都是一手拿着擦汗的毛巾，一手拿着蒲扇来找我谈话。三个人显然是经过准备的，谈话大意是：你和子诚相隔两地，此次回到新疆，再见面就要来年了，你们都到了婚嫁的年龄，子诚今年已经32岁，你也已经26，我们都是子诚多年的同事，都了解他的人品，子诚是个老实人，不会花言巧语，我们可以向你保证……那一场谈话使我至今记忆尤深，因为那促成了第二天我们的结婚——那时候"老实"和"努力"几乎是所有人的衡量尺度，而系主任和我的老师们的"保证"让我深信不疑……

第二天，大向给了洪子诚一天假，我们就从南昌领回了结婚证、买回了水果糖。

　　回到我的客房门口,看到门框上已经贴上了一副喜庆的对联,隔壁卫生室住着北大校医院的院长孙宗鲁,他掀开门帘笑着说:"大向命令我给你们写一副对联,我的毛笔字不好看,也不敢违抗他的命令,献丑!献丑!"这时候我才仔细地去看那副对联的字,中规中矩的字体并不输给中文系的教师,这位上海医学院的高材生显然是训练有素。客房里面我的单人木床旁边已经拼上了洪子诚的床板,两条凉席长短不一,床上悬挂着双人蚊帐,那应该是白天我们俩去领结婚证的时候,向主任差人做的吧?

　　吃过了晚饭,大向就开始张罗我们的结婚式:先让我给工军宣队送去了水果糖,请他们过来参加。然后,中文系当时在鲤鱼洲的教师都集中到宿舍前的空地上,围坐成一圈。那天,老师们都穿上了背心或者圆领衫,正式的长裤或短裤,腰里扎着皮带,俨然又变回了原来的师长……

　　大向宣布,为了庆祝婚礼,由大家表演节目,按照毕业年限,以长幼为序,唱歌可、唱戏可、快板可、山东快书可、说笑话可……只记得最后一个节目是最年幼的70届毕业生马大京(他因为"文革"中有"反动言论"被推迟分配,跟随着工、军宣队到北大干校劳动锻炼)的小提琴独奏曲,似乎是"梁祝",而我表演了京剧样板戏《海港》清唱……仪式很快就结束了,因为明天早上他们都要下地干活……我们收到的贺礼有好几本红色塑料封皮的《毛主席语录》和《毛主席诗词》,老师参观井冈山带回的小手绢,还有一个装《毛主席语录》用的精美的小竹篮,那是吕乃岩老师送的……

　　回到我的客房,教现代汉语的王理嘉老师和他的妻子余瑗瑜抱着两只新枕头敲开了房门。两个人穿着整齐,文雅客气地表示了祝贺之后,放下枕头就告辞了。看着崭新的洁净的白布绣花枕头(那应该是他们从北京带过来准备自己用的),感觉到王老师夫妇的细心和好意,我们俩互相看看满身的汗水,决定还是不要弄脏它们,洪子诚用一条绿色的军毯卷成一卷,放到床板上充当了自己的枕头。后来我们才知道,床上的

北大排灌站依然健在。(摄于2008年夏)

鲤鱼洲新景——草棚变成了砖房。(摄于2008年夏)

蚊帐也是他们的。

第二天，我醒来的时候，洪子诚已经走了。我在屋子里听着七连副连长大向集合队伍上工的例行的一套："立正！毛主席教导我们说：抓革命促生产促工作促战备，齐步走……"

花开花落、春去秋来……那个曾经是那么有能力、有魄力、有担待、有人情味的系主任，那个曾经给了我真实的、朋友式的劝告，促成了我们这段婚姻的系主任终于也走到了生命的尽头……

其实他的心是年青的，与时俱进的性格让他的生活质量没有降低：记得前年（2006年）的秋天，我还看见他驾驶着一个电动摩托在蓝旗营的院子里飞驰而过……我也知道，他在七八十岁的时候接受了电脑，迷上了上网，他写信、传送图文，他有同学网友，互相鼓励着渡过退休之后疾病来临、生命却还没有离去的日子……

2007年6月10日（星期日），他的一个短文留在电脑里：

我亲爱的亲人们，朋友们和同学们：

我多年重病在身，最近又甚感身体不适，为此，我想对我的后事表明我的意见。

1. 后事绝对从简：除教务部领导和我的亲人外，不通知任何人，也绝对不搞任何祭奠形式，不写悼词。

2. 不保留骨灰，全由我的家人处理。

3. 待一切后事处理完毕后，再通知我多年的朋友、同事和同学们。

请务必尊重我的意见，不要改动。

赤条条来，静悄悄去，不落葬，不立碑，一缕青烟化尽尘世烦恼，灰扬四方了却一世人生喜和忧。

莫悲伤，不需悲伤：我只不过去了人生旅途必然要到达的地方。

解脱，真正的解脱：没有了病痛，没有了日夜的揪心和操劳。我们彼此如释重负！这岂不是真正的解脱？

相会,再相会:我们定然能在人生最后的驿站重逢,到那时让我们再叙亲情。

别了,我亲爱的亲人们,朋友们和同学们!
…………

这应该是他和人世的告别。

也应该是个遗嘱。

也许在这个时候,他已经了无生趣,不再留恋人世人生?他的灵魂已经飘然而去了?然而,他是在九个月之后的2008年3月9日去世的——也许这九个月并不是他的选择。

在他的身后,讣告、治丧小组、告别仪式、悼词、花圈……一切都是遵从着他这样级别的革命干部的丧葬规格进行——那也不是他的选择……

——其实人可以选择的东西真的是很少很少。

2010年11月28日

(作者系中文系教师洪子诚的妻子)

我在鲤鱼洲上大学

张文定

陈平原教授主编《鲤鱼洲纪事》,发短信邀我写一点有关鲤鱼洲的事。他还叮嘱说,当年在鲤鱼洲上学的留在北大的只有你一人,希望你从当年学生的角度写写鲤鱼洲。关于鲤鱼洲的故事,我读过乐黛云、陆俭明等老师的文章,内心很不平静。鲤鱼洲本是鄱阳湖畔的一块荒原,1969年后成了清华大学、北京大学改造知识分子的"五七干校",两校有四五千名知识分子到鲤鱼洲开荒种地,接受改造。1970年8月,北大清华招收了首批工农兵学员,北京大学有420多名学生被分配到鲤鱼洲草棚大学学习,我是其中之一。从那年9月1日到1971年8月江西分校被撤销,我们与老师们在鲤鱼洲度过了刻骨铭心的日日夜夜。四十年了,那一桩桩的事,那一幕幕的景,挥之不去,历历在目。

破灭的大学梦

1970年8月15日,我接到了北京大学的入学通知书。能到北大上学,我做梦都没有想过。然而,上大学的梦,我却做了很多年。

我是1966届高中生。在那个年代,中考升高中的升学率很低,上了高中的年轻人,都希望能上大学。1966年的3—4月间,毕业班已经停课,进入到了紧张的高考复习阶段,填报高考志愿的工作即将开始。我喜欢数理化,准备报考的是理工科类大学。我家在黄浦江边,江里挂着各色旗帜、川流不息的船只,还有停靠在吴淞口和杨浦大达码头的军舰,从小就深深地吸引着我。我小时候特别喜欢舰船,喜欢画舰船,也手工做过航模。黄浦江边的江南造船厂、中华造船厂、求新造船厂等我都有幸参观过。我的梦想就是长大了去造船,造大轮船、造大军舰。因此,上海交通大学的造船系是我心仪已久的第一志愿。我们中学的1964届和1965届的两届高考升学率都近90%,这两届学生中有多人考上清华、北大、人大、复旦、上海交大、南京大学、北师大等名牌大学。自己的学习成绩在毕业班里也算排在前列,因而对上大学自以为胜券在握。

那时,党对我们高中毕业生的教育是"一颗红心,两种准备":参加高考,接受祖国的挑选。但是,一场突然降临的政治大风暴却彻底改变了我们的命运!

6月1日,中央人民广播电台播放了"北京大学聂元梓等七人的一张大字报"的全文,同时播送了《人民日报》的社论《横扫一切牛鬼蛇神》和评论员的文章《欢呼北大的一张大字报》,一场从北大开始的"文革"风暴,波涛汹涌,很快席卷全国。处于临考前夕的我们高中毕业班,已经无法静下心来复习功课了。"文化大革命""三家村""四家店""大批判""大字报"还有与我们息息相关的"高考""招生""大学""教育革命"等等,纠缠在一起,困扰着我们,折磨着我们,让我们不知所措。高考还有戏吗?我们的梦还有戏吗?6月中旬,我们班派代表向校长直接发问:"高考还能照常举行吗?"校长说:"没听说有什么改变,你们还照样复习。听中央通知!"但没有过两天,一件与我们1966届应届高中毕业生命运攸关的大事又突然发生了!

6月18日是星期六,中央人民广播电台"新闻与报纸摘要"节目播发的一条新闻,把我们从大学梦中震醒了:中共中央和国务院在6月

1966年6月18日,《人民日报》刊登了中共中央、国务院"关于改革高等学校招生办法"决定,发表了《彻底搞好文化革命 彻底改革教育制度》的社论。

13日决定,改革高等学校招生考试办法,并决定1966年的高等学校招生工作推迟半年。

同时还播出了北京女一中高三(四班)、北京四中高三(五班)写给党中央和毛主席的信,这些应届毕业生强烈要求废除旧的高考制度。广播中还说,"根据毛主席的指示和群众的要求,废除现行的高等学校招生考试办法,要实行推荐与选拔相结合的新的招生办法。"

紧接着,《人民日报》又连续刊登了北京女一中、北京四中等应届高中毕业生和全国各地应届毕业生的表态。我家乡的上海《解放日报》在6月19日就用一个整版的篇幅刊登了华东师大附中、格致中学、六十一中、继光中学等应届高中毕业生的表态。这一天是星期日,报纸到下午才看到。

高考制度要改革,高校招生推迟半年。听了广播,班里的同学,有的沮丧,有的高兴,大部分不知所措。从这学期开学三个多月紧张的高考复习戛然停止了。7月24日,中共中央和国务院再次发布了《关于改革高等院校招生工作的通知》,提出了从1966年起,高校招生下放到省

《人民日报》刊登的北京女一中高三（四）班、北京四中师生给党中央和毛主席的信。

市自治区办理。从 1952 年开始实行的全国统一招生考试制度一下子被废除了。"全国统一招生考试"废除了，但高校招生没有废除！我们的内心还在做大学梦，还在寄希望于半年后——"1966 年高等学校招生工作推迟半年"，这可是中央文件说的，我们还有机会上大学！

半年过去了，到了 1967 年 1 月，我们翘首以盼的各省市新的招生办法和招生通知一直没有出台。当时全国已乱成一团，亿万人都卷入到几近疯狂的运动中，地方党政机关基本全部瘫痪，从上海"一月风暴"刮起的"夺权运动"也越演越烈，有谁还会想到大学还要招生？有谁还能够来组织招生？中共中央和国务院联合发出的那个"推迟半年"的决定怎么可能会有下文呢？我们真的太天真，太相信那个红头文件了！十二年寒窗苦读待圆的"大学梦"破灭了！全国几十万应届高中毕业生的人生命运被这样改变了！（我还记得，我有位同学还打电话给上海市高教局，询问上海高校招生实施计划。不料，接电话的竟然是一位造反派，那人说，"一月风暴了，你们还想上资产阶级的大学？"他的回答使我们不寒而栗！）

后来，我们理所当然地成了再教育的对象，上山下乡，到广阔天地去接受贫下中农的再教育。

圆梦北大

1968年7月22日，《人民日报》发表了毛主席对《从上海机床厂看培养工程技术人员的道路》调查报告的批示："大学还是要办的，我这里主要说的是理工科大学还要办，但学制要缩短，教育要革命，要无产阶级政治挂帅，走上海机床厂从工人中培养技术人员的道路。要从有实践经验的工人农民中间选拔学生，到学校学习几年以后，又回到生产实践中去。"这个调查报告和毛主席的最新最高指示，却没有燃起我上大学的欲望。我心里清楚自己的身份，我不是"有实践经验的工人和农民"，而是正接受再教育的"知识青年"，上大学只是黄粱美梦了。

1970年7月初，我接受了一项特殊的任务，参加修改1954年的第一部《中华人民共和国宪法》。那年3月，毛主席就指示要准备开四届人大，要修改宪法。中央发了51号文件，要求各地组织工农兵修改宪法，并要求每个基层组织拿出一份修改宪法的草案来。革委会的一位领导还向我们传达了毛主席和党中央的指示精神，最主要的有这么几条：宪法的条文不能太多，要精简，多了群众记不住；毛主席不愿意当国家主席；要突出毛泽东思想；要强调共产党的领导核心等。我以前从没有看过什么宪法，也不懂得什么是"政体""国体"，让我去参加修改宪法，这不为难我吗？但领导说，这是政治任务，不能推辞；你是高中生，你不干，谁来干？他还用流行的套语说，参加不参加是态度问题，修改得好不好是水平问题。也许真有些初生牛犊不怕虎，不懂得接受这种任务所蕴涵的风险；也许是领导的信任感动了我，我决定接受这个任务，参加了由三人组成的宪法修改小组。小组成员一面翻阅领导发给我们的1954年的《中华人民共和国宪法》，一面对照马恩列斯和毛主席的有关语录，还有当时的两报一刊社论合订本等，开始挑灯夜战"修订"

起宪法来了。也许是不真正懂法,修改起来也没有什么条条框框,我只用了一周的时间,就很快拿出了《宪法》修订草案的初稿。我起草修订的《草案》四章56条,比原来《宪法》的四章106条少了50条,文字也减少了一半。其中最主要的修改有三处:一是把第二章"国家机构"中涉及国家主席的39、40、41、43、44、45、46条删除,将42条"中华人民共和国主席统率全国武装力量,担任国防委员会主席"改为"中共中央主席统帅全国武装力量",将国家主席要履行的必不可少的职责合并到总理身上;二是将原来《宪法》中四种所有制形式,删除了"资本家所有制"和"个体所有制",保留了"国家所有制",将"合作社所有制"改为"集体所有制";三是在《宪法》总纲中单列一条:"中国共产党是中国的领导核心"……当时领导交代,修改小组每人要出一份草案,然后汇总讨论再修改,但由于其他同志没有拿出草案,也没有对我的草案提出什么意见,修订小组就匆匆忙忙把我修订的那份草案上交了。

过了一周,市五办(即农林办)和县社两级突然通知,要在我们那里开一个修改宪法的现场会。据说,我修改的那份《宪法》草案竟然是上海郊区第一份草案。会上,多个单位的修改小组介绍了工作情况,我被定为重点发言。我向与会者报告了在修改宪法时为什么对三项作重点修改,以及具体增删条款的依据。我这个发言想不到受到与会者的欢迎和领导的肯定。现场会结束后,曾在"文革"前任过上海县人民检察院检察长的公社党委书记韩文普,当着我的面,对参加现场会的一位领导说,这位小张还懂一点法律,他的宪法修改稿还是有点水平的,有机会应该送他去大学读法律。当时我心里咯噔了一下:现在大学都不招生了,进哪个大学去啊?我认为是在开玩笑,根本不知道中共中央46号文件早就发出了,46号文件就是毛主席圈阅的《关于北京大学、清华大学招生(试点)的请示报告》。

新的大学招生办法是:实行群众推荐、领导批准和学校复审相结合的办法。这个招生的方法与1966年6月13日突出"实行推荐与选拔相结合的招生办法"是一脉相传的,但最大的不同是,招生的对象已经不是应届高中毕业生,而是有实践经验的工农兵。从1966年6月13日到 1970 年 6 月 27 日，两份中共中央的高校招生文件竟相隔了 1480 天。由于北大清华是毛主席亲自抓的点，北大清华开始招生，各级领导不敢怠慢，极为重视。客观地说，第一批推荐选拔还相当认真，走后门的极少。我对自己被推荐上大学有点茫然：我不是上山下乡知青中的先进模范代表，也不是党员干部，更无家庭和社会关系的背景，也许是由于在修改宪法这样的偶然机会中的"特殊"表现，而这个机会的时段又恰好与北大清华的招生试点时间相重合，这样使我很荣幸地进入了干部和群众上下一致推荐上北大的名单。

8 月 16 日，我正式拿到了北京大学的入学通知书。录取我的是北京大学江西分校文学专业普通班，同时拿到的还有"清华大学、北京大学新生入学注意事项"和北京大学上海招生小组通知书。那年上海的录取通知不是由北京大学直接发的，而是由上海各区县局的革委会发。我的通知书等材料早已丢失，同班余上海同学保存着当年录取通知书、注意事项等各种材料。

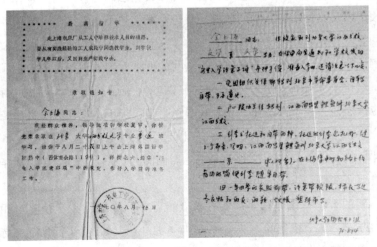

这是余上海同学的入学通知书。通知书由他的工作单位上海大隆机器厂的主管、上海第一机电工业局革委会签发。

这可能是北京大学校史上最简单最特殊的入学通知书。北京大学上海招生小组给我们学员发了一份入学注意事项，竟然是用复写纸复写手写的内容。

没有经过入学考试，没有专业的选择自由，一切都是决定好了的。上中文系与我的理工科梦想相差甚远，我曾希望北大招生组的高艾军老师把我转学化学，但当时的招生计划，化学系只在上海的工厂里招生，根本就没有知青的份儿。由于1970年北大法律系也没有招生，领导希望我学法律的想法也未能实现。

上还是不上？考虑到专业，我曾有过一丝犹豫。但转念一想，这是一个多么难得的机会啊！而且又是上北京大学，我怎能放过？我不再犹豫，在县里召开的座谈会上，我坚定地向领导表示，不辜负党和人民的希望，完成在北大的学习任务！在高中毕业四年后，我成了我们中学高中毕业班中第一个进了大学门的"幸运儿"。这个早该圆的大学梦，在四年后如此突然地降临成真，真有点悲喜交集，感慨万分！

特别的迎新活动

8月28日，上海到北大清华上学的全体工农兵学员在上海外国语学院集中，当时上海市革委会的领导和各区县局的负责人还分别到上外和上海北站为我们送行。在欢送的喧天锣鼓声中，我们分乘北上和南下的火车于下午七点几乎同时离开上海。当看到北上列车渐渐远去，自己也将离开上海开赴南昌的那一瞬间，一种难言的惆怅在心中翻滚，我的大学梦真的圆了吗？上了北大，却不能到北京！在1966年大串联的洪流中，我到过北京大学，那古色古香的校门，那湖光塔影的美丽校园，给我留下了美好的回忆，尤其是对那座藏书量全国第三的北大图书馆更是无限羡慕和向往……

我反复阅读那份北京大学江西分校手写的通知书中的要点：第一，党团关系转北京市革委会；第二，户口、粮油关系转江西鲤鱼洲北大江西分校；第三，除带衣被外，特别注意带棉衣、雨衣、雨靴、蚊帐及塑料布。"北京""江西鲤鱼洲""雨衣、雨靴、蚊帐、塑料布"，我们到底要去哪里？上大学怎么还要我们带"塑料布"？

北大江西分校是什么样？分校的图书馆会是什么样？夜深了，窗外一片漆黑。列车内，大部分同学已经入睡。在车轮滚滚、时有颠簸的硬座车里，在断续的打盹和瞌睡中，我不断地在延续着那美好的大学梦：我梦见江西分校建在鄱阳湖边，像武汉大学建在东湖边一样，校园湖光山色，美不胜收……

29日上午，我们顺利到达南昌站，又是锣鼓喧天！分校的军宣队、工宣队领导，教师代表以及南昌四中学生在车站站台排开，敲锣打鼓迎接我们。

这样隆重的场面，以前只有部队在迎接新战士入伍时才会遇到。在站台上，我见到的第一位中文系老师是段宝林。他在站台上热情地迎接我们，并作了自我介绍。段老师戴了一副近视眼镜，脸色黝黑，步履矫健，说话轻声细语，带有南方口音。他在站台上清点了上海上中文系的学生的名单，又帮我们提行李。那时我们手提的行李很简单，大部分是一张线网袋，内装搪瓷脸盆和洗漱杯、牙膏和肥皂（肥皂是凭票供应的紧张商品）、毛巾鞋子以及少量的更换的衣服等。上海车站隆重的欢送和南昌车站热烈的迎接，使当时"肩负着工农兵重托"的我们深深地感到了肩膀上的沉重压力。南昌，是中国人民解放军的诞生地，被称为"英雄城"，是与上海、北京、广州、延安、遵义等齐名的革命城市。我此时虽然有点遗憾，因为没有能到北京学习；但也有幸到设在英雄城南昌的北大分校学习，也是感到了无比幸福和无上光荣。

"迎新"的解放牌十轮卡车，没有直接驶向江西分校，而是把我们拉到了南昌四中。

在四中，我们办理了入学手续：每人交三张照片，交户口及粮油关系转移证明等。"户口迁移证明"和"粮油关系转移证明"，其实就是两张普通的64k纸上，加盖了公安局和粮食局的章。在那个年代，没有听到过有伪造证明的案件。至于原先要求我们在报到时要准备的"录取通

南昌四中师生在校园里夹道欢迎到江西分校上学的工农兵学员。

知书"和"清华北大新生入学注意事项",根本没有提。

南昌四中位于赣江边的爱国路41号,是1968年才创办的一所市属初级中学,校舍全是新建的,室内的课桌椅也全是新的,散发着松木的清香。当晚,我们就在四中住下了:男学生被安排在一层教室里住,女生住在二楼的教室里,没有床板,大家睡在由课桌拼接起来的"大通铺上"。

从接待我们的老师那里,我们对北大江西分校有了一个大概的了解。江西分校原来的名字是"北京大学江西实验农场",今年5月,为了准备招生,才改为北京大学江西分校。"校部"设在远离南昌市区40来公里的鄱阳湖畔的鲤鱼洲上。当时江西分校的老师们还很不习惯将农场称分校,段宝林老师就常常把分校的"校部"说成是农场的"场部"。

第二天,30日一清早,四中校园的广播里响起了清脆的军营起床号。外语系的军人学员行动敏捷,很快起床,队列整齐,歌声嘹亮。地方学员大部分却还在呼呼大睡。也许不习惯睡大通铺,也许是蚊子的不停叮咬(大通铺没有办法挂蚊帐),大多数同学直到下半夜才入睡,迷糊中以为起床号是附近驻军的,也不会想到我们刚报到,学校就让我们集合出早操!

等系里军代表大声招呼我们赶快起床到教室楼之间的"天井"集合,我们才慌慌张张地起床。在夏天,在不打背包的情况下,我们第一次的早集合竟用了30多分钟!这让担任分校革委会主任的田双喜参谋长极为不满。队伍集合完毕后,他在队列前的训话中严厉地批评了学员的拖沓散漫习惯。他说:新北大学员要像抗大学员一样,吃苦耐劳,服从指挥,步调统一,纪律严明;不要以为你们是选拔上来的工农兵大学生,就沾沾自喜,在你们身上还或多或少有资产阶级思想和少爷小姐作风;你们要和"五七战士"一样,在艰难困苦和大风大浪中"摔打"自己("摔打"在鲤鱼洲是常用词),不经过"摔打",成不了真正的战士。田双喜是北京军区某师参谋长,入伍大概几十年了,是典型的职业军人。长期的军旅生活使他习惯依军人的行为规范来要求他人、用军人的思维来管理一切。他身材魁梧,讲话声音洪亮,威严有力。他大声宣布:"下不为例!如再有拖沓迟到者,要罚跑3000米!"吃早饭时,我们在底下私语:这位参谋长太严格了!我们进的是北京大学,又不是军校;我们是老百姓,又不是军人,干吗这样要求我们?段老师又悄悄告诉我们,江西分校起床熄灯都是吹号,真的像部队一样!

早饭后,在四中教室楼之间的"天井"里召开了我们入学后的第一次全体学员会议。分校党委书记、8341部队某部政委卢洪胜讲话。他介绍了北京大学江西分校的概况,强调说,北大是毛主席亲自抓的点,你们是毛主席亲自批准招收的第一批工农兵学员,你们的一举一动,都涉及北大的声誉,你们要为工农兵争光,为北京大学争光,为毛主席争光。他还说江西分校没有高楼大厦,没有湖光塔影,我们学抗大精神,走"五七之路",是一所新型的大学。在南昌,分校将组织你们参观学习,进行革命传统教育与路线教育。从他的讲话中,我们也对分校的招生情况有了一个了解:分校共招生420来人,中文、历史、哲学、经济和国际政治五个文科系招生160多人,东语、西语与俄语三系招收了160多位学员,其余是生物系的学生。外语系招生的专业有英语、俄语、越南语、印地语等四个专业,学员主要是来自各大军区的现役军人。

随后,各系分别开会。中文系到南昌迎接新生的除了段宝林老师外,还有系军代表及袁良骏、闵开德、李庆粤等老师。军代表介绍了中文系的招生情况:新生31人,来自上海、江西、广东和部队。其中上海11人(入学不久,戚菊华同学调到东语系印地语专业学习,实为10人)、广东5人、江西12人和部队3人(来自广州部队和福州部队)。学员按部队体制,编成一个排三个班。教师闵开德任排长,学员徐刚任副排长。徐刚是我们学员中年纪最大的一位,他来自上海崇明岛,在上高中时,正遇蒋介石要反攻大陆,他毅然弃学从军,在部队当了三年的步兵,是部队中一名小有名气的战士诗人。1965年,徐刚从部队复员

江西分校军代表在四中介绍鲤鱼洲北大分校情况。

后又回到中学上课,准备参加1966年的高考。在"文革"中,当过兵的徐刚成了他们县红卫兵的头头,还结合到了县革委会,在崇明县,他也是一个有名的笔杆子。我分在第三班,班长赵松发,22岁,与我同龄,来自江西景德镇,是一位12岁就进陶瓷厂工作、已经有10年工龄的老工人。(后来听说他进的是厂里的半工半读学校,一面学习,一面上班)按照当时的政策规定,工龄在10年以上者可以带薪学习,赵松发是江西分校中文系唯一享受带薪学习的地方学员。学员中,解放军学员待遇同部队,其他学员统一每月19.5元的助学金。在学员每月统一被扣掉13元伙食费后,还有6元的零花钱。这个待遇与部队的战士津贴一样,但地方学员得自己管衣被鞋袜等。

随后,各班又分头开会。大家自我介绍:籍贯、工作单位、职务、政治面貌。在我们的学员中,有不少已入了党,当了干部。学员中有党员12人,其中来自部队的3名解放军学员全是党员,钟容生和罗金灵还是排级干部;来自江西的有7人,来自广东的1人,来自上海的1人。上海政治面貌最直接地反映了本人的工作业绩和政治上的表现,这使得来自党的诞生地、所谓"一月革命风暴"中心的没有入党的上海学员无形中有一种"政治上矮了一截"的心理压力。

参观:入学教育第一课

按照学校的安排,我们开始了在南昌的参观活动。江西,是革命老区,井冈山、瑞金,在我们这一代人的心目中,是神圣的地方。南昌,是八一军旗升起的圣地,是中国人民解放军的诞生之地;南昌,是进行革命传统教育理想的地方。按照分校党委的安排,我们马不停蹄地参观了"江西革命纪念堂""毛泽东思想万岁纪念馆""毛主席在江西革命活动纪念馆"。使我们受到心灵震撼的是"烈士纪念堂"里那一本本的烈士花名册,一串串可怕的数字:为了新中国的诞生,江西有25万多名烈士献出了宝贵的生命。25万!全省当年人口的1%!江西的革命烈士竟

南昌毛泽东思想万岁纪念馆("万岁馆")

然占了全国烈士总数的六分之一!是全国烈士最多的省。可见,江西对中国革命所做的牺牲有多大!

"毛泽东思想万岁纪念馆"是当时江西规模最大的展览馆,在当地被简称为"万岁馆"(现在已经改名为江西展览中心)。"万岁馆"来源于林彪的题词:"伟大导师、伟大领袖、伟大统帅、伟大舵手毛主席万岁!万岁!万万岁!"1967年5月,林彪为新版《毛主席语录》题词后,各地兴起了一股建造毛泽东雕像和建"万岁馆"的热潮。南昌的"万岁馆"外观上仿照北京人民大会堂,建筑规模宏大。据说全部工程只用了4个月,是江西当年标志性的建筑,也是全国最早建成的"万岁馆"。在上世纪60年代末,它与成都、沈阳和杭州的"万岁馆"并称为全国四大"万岁馆"。在南昌"万岁馆"的中国革命史的专题展览中,除了歌颂毛泽东外,给我们的感觉是特别突出了林彪。如在南昌起义的解说词中,南昌起义领导人是周恩来、朱德和林彪,而作为总指挥的贺龙却只字未提。(当时南昌起义纪念馆据说在调整陈列,没有开放)在一幅展现"朱毛宁冈会师"的油画中,加上了林彪的身影,而与朱德一起带部队上山的陈毅却消失了。在介绍1928年6月的"龙源口"战斗时,不提战斗总指挥之一的陈毅,只是轻描淡写地提了一下直接带部队参战的红四军参谋长兼 28 团团长王尔琢。把这场被誉为"打败江西两只羊"（指红四军打败了杨池生的 29 师和杨如轩的 27 师）的井冈山根据地"关键一战"的"龙源口大捷"说成是由当时只任 28 团第一营营长的林彪指挥的。这让我们这些读过一点历史，尤其是读过《红旗飘飘》的年轻人大惑不解。对这样的违背历史的"介绍"，带领我们参观的，比我们年纪大得多、官衔不低的军代表，还有与我们一起参观的教师也竟然个个失语（和我们一起参观的还有历史系的教师）！

在参观学习和革命传统教育中，我们学员最关心的还是何时出发到分校去。不过，好像何时出发到分校是"军事行动"的机密，谁也不清楚。直到 30 日下午，段宝林老师低声告诉我们：明天（31 日）晚

参观毛主席在江西革命活动纪念馆。

上，全体学生将徒步行军到分校的驻地"鲤鱼洲"去。段老师的"小道消息"，很快就从军代表那里得到了证实。

鲤鱼洲，鲤鱼洲，鲤鱼洲到底在哪里？我在中国地图册上怎么也找不到。从上海出发时，高艾军老师告诉我们，鲤鱼洲在南昌的东北方向，在赣江注入鄱阳湖口的地方。到了南昌后，我们却一直没有看到赣江。上海有黄浦江，广州有珠江，上海和广东的同学很想看看赣江。好在我们住的南昌四中离赣江只有四五百米。晚饭后，我约班里的王永干、周铭武等几个刚刚认识的同学，想去看看赣江的风光。我们一路遛到了八一大桥下。赣江两岸显然没有黄浦江两岸那样的建筑，更没有上海外滩那样男女依偎在一起的风景线。八一大桥在当年也算是全国有名的大桥，除了长江和黄河上的大桥外，它的长度据说仅次于浙江钱塘江大桥，排名第四。这大桥始建于抗战前的1936年，由上海陶富记营造厂设计，原名叫"中正大桥"，是当时的江西省主席熊式辉为讨好蒋介石而命名的。大桥在抗日战争和解放战争中两次被炸，1949年南昌解放后，改名为八一大桥。我的一位远亲曾参加1955年大桥的重修工作，他得知我要到江西上学，说有机会一定要去看看八一大桥。那天，我们几个在深夏的暮色中，走到赣江边，远眺在波涛滚滚的赣江江面上，那座千米长的八一大桥，它显得那么苍老。我们在想，明天，我们学员将怎样沿着这条赣江走，奔向我们的鲤鱼洲。

夜行鲤鱼洲

夜行鲤鱼洲的"命令"是8月31日一早发布的。那天上午，我们先是参观"陈波烈士英雄事迹展览"（陈波是驻赣某部的一位副连长，1969年7月28日下午，在抢救新建县一名触电群众时不幸牺牲）。参观结束，在回四中的途中，军代表要我们吃完午饭后好好地休息，还批准我们可以上街买一点东西，下午4点前赶回集合，晚上全体学员徒步前往鲤鱼洲。

下午 4 点，我们就吃了晚饭。在离开四中出发到鲤鱼洲之前，系军代表对我们说：为什么要让学员步行到鲤鱼洲呢？是我们没有车吗？不是！是我们没有船吗？也不是！毛主席曾经说过，能吃小米、会打草鞋、会走路、会爬山，才能算是抗大学生。我们不是没有车，不是没有船，为的就是继承抗大传统，为的就是行军锻炼人！接着，军代表向各队授旗，在"继承抗大传统，坚持五七道路""下定决心，不怕牺牲，排除万难，去争取胜利"的口号声中，我们出发了！在四中校门口，南昌市的工农兵代表又敲锣打鼓地欢送我们，这样的欢送是南昌地方上组织的，还是北大分校自己安排的，我们学员当然不得而知。但在那个年代，我们这些"幸运儿"，上了"北京大学"，就成了"毛主席亲自抓的点"上的人了，就个个仿佛成了英雄劳模。欢迎欢送、欢送欢迎，习以为常。

我们在路过赣江江边的叶楼村时，又集体参观了新建成的"李文忠烈士纪念馆"。李文忠是6001部队某部六连的排长，1967年8月19日，他奉命在护送革命群众和学生过赣江时，为抢救落水的群众和学生，献出了宝贵的生命。由于李文忠是在参加支左时牺牲的，在当时有特别重要的政治意义。李文忠生前的那四句话"毛主席热爱我热爱，毛主席支持我支持，毛主席指示我照办，毛主席挥手我前进"迅速风靡全国，成为最时髦的政治话语。1967年10月20日，经毛泽东主席批准，中央军委授予李文忠"支左爱民模范"称号。李文忠成了一位与欧阳海、王杰、刘英俊等齐名的烈士和英雄；李文忠所在的四排被命名为"支左爱民模范排"。他牺牲后不久，江西省革委会在李文忠牺牲的赣江边立起了烈士纪念牌，并很快建起了一座颇有规模的以李文忠烈士名字命名的纪念馆。这等无上的荣誉在新中国牺牲的烈士中极为罕见（就是在1949年前牺牲的烈士中也只有方志敏、杨靖宇、左权、刘胡兰等享有这种待遇，当时与李文忠齐名的刘英俊、门合等烈士也没有建纪念馆的待遇）。"李文忠烈士纪念馆"，主要展出了李文忠烈士的事迹、遗物、日记等，另外，与李文忠同时牺牲的李文忠的战友李丛全、陈佃奎两位烈士事迹也有展览。分校领导已经事先布置好各系在纪念馆里进行新学员宣誓活动。宣誓的内容大概是：学英雄的精神，走英雄的道路，创英雄的业绩；学习李文忠，毛主席指示我照办；学习李文忠，毛主席挥手我前进；学习李文忠，艰苦奋斗走抗大路；学习李文忠，勇往直前去上管改！宣誓，按照我的理解，比我们平常说的发誓或叫起誓更严肃、更正式。它是用最郑重的形式，在誓言接受者面前表明自己，并请接受誓言者监督，在起誓的那件事上把对自己的监督和处置全权交给誓言接受者。我只记得入队和入团有过宣誓，可那是加入组织的必需的形式。我们到鲤鱼洲去，干吗要宣誓？宣誓的顺序是按分校连队，三连外语系第一个，接着是五连生物学系、哲学系、历史系、经济系等，中文系殿后，也许时间太紧张，军代表没有等我们宣誓完毕，就召唤赶紧出发。至于为什么要在李文忠纪念馆宣誓，我们后来到鲤鱼洲，住进了草棚，开始了特殊的学习与生活，才明白军代表要我们宣誓的真正用意，是要我们毫无怨言地走"五七路"，义无反顾地去上管改。

当我们在叶楼村李文忠纪念馆前的广场上休息时，由七连派出的"迎新文艺宣传队"从鲤鱼洲赶来，见缝插针地为工农兵学员演出。分校的七连由中文系、图书馆学系、图书馆和校医院的人员组成。宣传队的队员中有中文系的乐黛云、石安石、黄修己等中青年老师，也有校医院的乔静大夫等。他们每人头上都戴了顶时髦的军帽，身上还扎了条腰带，肩上还挎着水壶和小包，个个精神抖擞，颇有解放军战士（他们多称是"五七战士"）的风范。他们表演快板书《鲤鱼洲上新事多》、三句半《喜迎工农兵学员》、男女声两重唱（乔静与黄修己）毛主席诗词《清平乐·六盘山》等节目，其内容都是歌颂"五七道路"和抗大精神的。演出结束后，他们一路跟随我们步行到鲤鱼洲。

离开"李文忠烈士纪念馆"，天色已晚，我们开始了夜行军。我们的队伍中，有身着军装、头戴红五星、挂着红领章的200多位解放军学员，加上我们地方学员、到南昌迎接我们的分校教师和文艺宣传队队员，大概有500来人。这是一支军民混杂的行军队伍：前面有北京212吉普车开道，中间有三轮摩托车穿梭联络，后面还有挂解放军牌的卡车殿后，一路浩浩荡荡，歌声嘹亮，引来沿途不少人围观。徒步行军出发

七连迎新文艺小分队在李文忠纪念馆前演出,乔静(右一)、乐黛云(右二)、石安石(左三)、黄修己(左一)等参加演出。

不久,老天好像要有意考验我们似的,又是刮风又是下雨,给我们来了个下马威。走在队伍前的段宝林老师毫不犹豫地把随身带的雨衣给学员,自己却被雨水打得像落汤鸡一样。同学之间也互相关心、互相帮助,送斗笠,让雨衣,抢背包。大家踩着泥泞的乡间公路,顶着风雨,奔向鲤鱼洲。沿路经过一个村时(大概是蒋巷村),突然鞭炮震天,这个村的村民们竟在夜晚冒雨敲锣打鼓,在村口欢迎我们!他们给我们送水端茶,那夹道欢迎的场面就像当年欢迎解放了他们村的解放军一样热情隆重,使我们感动得热泪盈眶。一位学员当场作诗献给村民:"一杯茶水一片心,阶级情谊比海深;谆谆嘱托牢牢记,五七路上大步行!"贫下中农报以了热烈的掌声。

清晨两点,我们到达了一个叫滁槎的地方,在那里休息。滁槎是南昌到鲤鱼洲的必经之地，是江西省生产建设兵团第九团团部所在地。九团的领导和农垦战士得知我们步行到鲤鱼洲，半夜起来，夹道欢迎我们，并与我们举行了一个简短的联欢：九团的毛泽东思想宣传队和北大分校的文艺宣传队各演出了几个节目。使我们几个上海籍学生感到特别亲切的是，九团里竟有不少会说上海话的农垦战士。一打听才知道，九团的上海知青竟然有一千多人，是今年4月刚到鲤鱼洲的，大部分来自卢湾区。

　　在鲤鱼洲，主要有三个大单位：清华实验农场、北大实验农场（北大分校）和江西生产建设兵团九团。鲤鱼洲原是江西一个垦殖场的地盘，建于1962年。到1969年清华、北大将鲤鱼洲选为干校所在地之前，垦殖场的职工已经在鲤鱼洲上开垦建设了六年多，为造田而围的鄱阳湖大堤也已初具规模。1969年12月后，垦殖场整体编入了农垦部队的序列，成了福州军区江西生产建设兵团第九团。鲤鱼洲总面积有50多平方公里，可开发的耕地4万多亩。1969年5月，清华大学要在江西设立试验农场，据说还是通过中办和江西省委，才找到了离省城南昌还比较近的鲤鱼洲这块地方。北大当时是跟着清华走的，晚两个多月也到鲤鱼洲清华农场的隔壁创办了北大江西实验农场。清华和北大在鲤鱼洲的地盘中，有一部分就是垦殖场开垦出来的地。至于为什么江西那么大，北大却跟着清华到鲤鱼洲，各有说法。近年来，北大有的老师在回忆中写道："北大在犯人都要逃离的血吸虫病的重灾区鲤鱼洲设立农场，是当时的军代表特意安排的。"这种论断缺乏事实的依据。最大的可能大概与北大清华两校的支左部队同是中央警卫团（8341部队）有关。因此，才有以下事实：1969年5月7日，清华大学先去了鲤鱼洲，1969年7月10日，北大先遣队也到达鲤鱼洲。有的老师在文章中说，"鲤鱼洲方圆七十里没有村子"，这也不是事实。实际上是，清华实验农场的场部是当年垦殖场第三大队的队部，北大实验农场的驻地也是该大队的一个中队所在地。在两校农场附近，有江西建设兵团第九团，十几个连队的好几千人就分散在周边。离北大分校十多公里处，还有天子庙、西塘等自然村。

离开滁槎时，风静了，雨也停了，路面不是打滑就是十分泥泞。9月1日又恰逢农历八月初一，整夜没有月亮。由于刚刚转晴，天上只有稀疏的星斗。行军的队伍也从开始时的斗志高昂、歌声嘹亮，渐渐平静了下来。来自上海的朱菊英、曹仲华和广州的梁炽文等同学由于穿着皮鞋长途行军，打泡的打泡，崴脚的崴脚，有的血泡已经穿孔了，苦不堪言。七连派到南昌迎接学员的人员中，有校医院的李庆粤大夫，她背着药箱，一路跟随我们。途中，她一会儿给那些打泡崴脚的学员临时做消毒包扎处理，一会儿又鼓励学生要克服困难，坚持前进。在同学们的相互鼓励下，那几个"病号"克服疼痛，坚持行走，坚决不坐"收容车"，"不下火线"！

一路上，分校的文艺宣传队的老师们在路边打着竹板，为我们鼓劲打气："累不累，想想革命老前辈；苦不苦，想想红军两万五！"中文系的徐刚同学曾当过兵，在部队时，是一位小有名气的军旅诗人。在行军途中，他既是我们排的副排长，又成了文艺宣传队的鼓动员。他一路活

学员徒步行军到达鲤鱼洲北大江西分校驻地。

跃,创作了不少即兴打油诗,其中有一首:"沿着滔滔赣江走,抗大传统永不丢;迎风沐雨不怕苦,大步奔向鲤鱼洲!"使我们感叹的是,那些与我们一起行军、年纪比我们大得多的老师们竟没有一个打泡的,也没有一个掉队的。

经过艰苦的一昼夜的长途跋涉,我们终于在清晨到达了鲤鱼洲——我们朝思暮想的北大江西分校。不远处,已经传来了热烈的锣鼓声。出现在我们面前的是一片望不到边际的绿色原野,远远有座座茅屋,缕缕炊烟。没有围墙,没有大楼,在机耕道上,有一座"迎新彩门",喜庆而简单:彩门用六根原木搭成,四根竖搭,左右各两根,挂上"走五七道路,办抗大学校"的门联;两根横搭,最高处自然挂上了毛泽东的像,横幅是"热烈欢迎工农兵学员"。"彩门"上,光秃秃的,没有松枝翠柏,更没有五颜六色的纸花。在锣鼓声中,我们穿过了"迎新彩门",正式进入了北大江西分校的"校园"!

草棚大学:"三大""四无""五不像"

拖着疲惫的双腿,走进了七连的住地。七连在分校西北部,离校部有一段距离。段老师将我们领进了大草棚休息安顿。我们不敢相信,面前的这个草棚就是我们要住的宿舍——大学生宿舍。我们开始环视七连的住地:三排大草房,两排是宿舍(分别为男女宿舍),还有一排是砖厂用房加仓库,还有几间夫妻用房。连队伙房是一座独立的砖瓦建筑,面积不大,只架锅做饭,没有餐厅,洗碗池也都在露天。连部食堂为我们准备的"迎新早餐",也只能自己端进草棚,坐在床板上吃。

长长的草棚分成了若干间,每间多的住三四十人,小的也要住二十多人。全连男同胞分排住在一起。床位上下两层。为了节约空间和材料,同一层前后床位基本上连接在一起。同一层铺位上的人在睡觉时,大家必须自觉地头对头,脚对脚。我被安排在底铺。潮湿的地面上蛤蟆、青蛙跳来跳去,空中来回飞舞的不但有苍蝇,还有可怕的马蜂,床板上爬来爬去的不但有小虫，还有壁虎和蜈蚣，房顶上跳跃着喳喳叫的麻雀……更难以接受的是，厕所竟然远离草棚宿舍有二十米，设施简陋到了极点，前是茅坑，后是粪池，与贫困山村的茅厕并无二样。厕所的屋顶也只有半边，挡不了雨雪。夏日里，那些硕大无比的绿头苍蝇（粪蝇）成群成群地乱冲乱撞，粪池内和土墙上，扎堆的蛆实在让人恶心……在大学圆梦时的那种憧憬渐渐远离，内心的激动已经消退，脑中一片空白，茫然不知所措。在鲤鱼洲，有一首顺口溜："小虫飞、牛虻叮，蚊子咬。房上床下老鼠跑，屋里屋外蛤蟆叫！"大家面面相觑，发憎发懑，不满和怀疑油然而生：这是北大的分校？这是北大中文系？这是我们的宿舍？我们的教室在哪里？我们的图书馆又在哪里？

　　吃完早饭，我们躺在草棚的床板上，迷迷糊糊地休息。下午，连里就给我们开会。军代表老张给我们介绍了七连和连部领导。七连是由中文系、图书馆和图书馆学系、校医院四个单位的人员组成。连长闫光华（闫光华老师在10月1日前就调回北京了）、副连长钱鸿钧（闫光华调回北京后，任连长）、向景洁（原中文系副主任），指导员是军代表，副指导员袁良骏（中文系）。连里还有军宣队员和工宣队员。全连原有三个排，加上我们教学排，共有四个排。接着，介绍担任教学的跟班教师：冯钟芸（女）、陈贻焮、严家炎（严老师10月25日调回北京总校）、乐黛云（女）、袁行霈、张雪森、段宝林、周先慎、闵开德、袁良骏、洪子诚（10月，洪子诚老师调回连队开拖拉机去了）和严绍璗等。中文系的教学组由袁良骏老师任组长。跟班教师要与学生实行"五同"（即同吃、同住、同劳动、同学习、同改造思想），在鲤鱼洲，称他们为"五同教师"，以区别于不直接参加教学活动的"五七战士"。"五同教师"中，除冯钟芸教授已年过50，陈贻焮老师46岁，乐黛云老师已过40，其余都是三十来岁的青年教师，最年轻的严绍璗老师刚满30岁。会上，老师们的表态，让我们感到既亲切又惊诧。他们对自己经过劳动锻炼后重返教学第一线，感到高兴和激动，也感到责任的重大；他们的讲话中，口口不离自己是"五七战士"，要向工农兵学员学习，向工农兵学员致敬。

热烈欢迎工农兵新学员大会主席台。

到达鲤鱼洲的当天晚上,在五七广场举行全校迎新大会,也就是现在的开学典礼。

"五七广场"是一片还没有开垦出来种上庄稼的湖底,有一百来亩那么大,周边全是水稻田,场上杂草丛生,一簇簇的芦苇到处可见。这是我们参加的第一次全校大会,除值班外,全校所有的人都要参加。清华农场、建设兵团、周边几个公社等单位的领导不仅亲自与会,还派了不少代表来参加。校领导、学员代表、教师代表、"五七学校"的红小兵和来宾轮流讲话。会后,分校和清华、建设兵团的文艺队演出了自编的节目。也许是夜行军的缘故,既累又困,文艺演出时我竟迷迷糊糊地睡着了。这次迎新大会参加的人数,据当时北大分校的简报说有五六千人。当时分校全部教职工近两千人,再加上我们新学员和"五七学校"学生也不到三千人,校外的来宾最多大概有一千来人,何来五六千之说?但不管怎么说,这是在鲤鱼洲上召开的参加人数最多的一次大会。

1970年9月1日,参加迎新大会的工农兵学员和"五七学校"的学生。

晚上,睡在掩得紧紧的蚊帐内(蚊帐如果按压得不严,蚊子就会乘虚而入,后果不堪设想),眼睛直盯着草棚顶。静听着不时传来的清脆的咕咕的蛙声,和那一轮一轮地向蚊帐攻击的蚊子的嗡嗡叫声,思绪万千。在"草棚大学"的第一晚,尽管昨晚行军了几十公里,又连续开会,都很累,但面对如此差的环境,大家辗转反侧,难以入眠。睡在我上铺的周铭武同学患有失眠症,更是翻来覆去,把床板弄得咯吱咯吱作响。由于老师和我们住在一起,大家都不敢吭声。下半夜,有几个同学由于没有按压好蚊帐,被穷凶极恶的草蚊子连续叮咬,痛痒难熬,不得不半夜里爬起来找碘酒和清凉油。还有一个同学腿上起了一条肿块,后来知道是被蜈蚣咬了,直到一周后才消肿。

这是什么大学啊?我们开始发问。在新中国的大学中,有哪所大学把学生安排在四面透风的草棚里居住?!尽管在南昌,分校对我们做了密集的革命传统教育和"一不怕苦、二不怕死"精神的强化教育,也有

段宝林老师与一班学员在鲤鱼洲七连草棚前合影,背后是居住的大草棚。

了吃苦的一定准备,但无论如何没有想到,摆在我们面前的物质条件竟如此之差!对"草棚大学"的不满和怀疑、内心的不安和焦虑,从我们到鲤鱼洲的第一天开始就在学员中蔓延。

　　第二天,连里给每个学员发了三件东西:一把铁锹、一根竹扁担、一只小板凳。铁锹是为了下地劳动用的,整地修路挖沟都离不开它,平时由连里统一保管。第三天,连里就开始安排我们与"五七战士"一起下地干活。七连老弱病残的特别多,是一个缺劳动力的连队。因此,主管劳动生产的钱鸿钧副连长,无疑是把我们30名学员看成壮劳力了,不断地给我们安排各种各样的农活。小板凳在江西分校每人一个。这种小板凳,制作极为简单,不用卯榫,用几根钉子把五块木板钉起来即可:一块做凳子面,两块做凳子脚,再在两侧各钉上一块,用以固定凳脚和凳子面,这样,一个小板凳就完成了。在鲤鱼洲,没有课桌椅,上课时,大家在蓝天下,坐在小板凳上听老师上课。平时自习或要写信什么的，各自坐在小板凳上，将自己的床板当作桌子。全连的批判会、联欢会，大家也会坐在小板凳上。全校开大会、看电影，每人必须带小板凳。在分校，除了下地劳动外，几乎所有的活动都与小板凳有关联。有人戏言：在鲤鱼洲，大家"围着板凳团团转！"久而久之，大家对小板凳有了一种特殊的感情。后来，江西分校撤销，返回北京的不少"五七战士"和工农兵学员还把小板凳带回了北京总校，在东操场开全校大会或看露天电影时，那些拿着小板凳的人基本上都是从鲤鱼洲回来的。

  分校不是部队，却实行严格的军事化管理，除按部队连、排、班编制外，还设有连文书和司务长。我们到鲤鱼洲的时候，文书是图书馆学系的李严老师，司务长是中文系的胡双宝。除班排等干部外，其他一律称为"五七战士"，教工子弟学校即"五七学校"也编为一个连。全校的起床和熄灯由校部统一吹号，步调高度一致。二三季度（4—9月）六点起床，一四季度（1—3月，10—12月）六点半起床。起床号后，农忙期间排队下地出早工，其余时间集体出操跑步，"五同教师"和学员编在一个班，也一起出早操。冯钟芸、陈贻焮、乐黛云、严家炎等每天和我们年轻人一样，出操时也要高喊"一二一"；副排长徐刚、一班长李仲柏、二班长钟容生等几个领操的班排长感到过意不去，劝中老年教师不要和我们一样一起出操，自己在草棚周围走走就行了，但这些老师们却坚决不要照顾，坚持和我们一样参加出操。在一次出操时，袁行霈突然感到不舒服，后来知道他好像肠道有老毛病。

  我们到鲤鱼洲的时候，七连的伙食已经大大改善。在分校，超过七连副食水平的据说只有五连（这个连队以生物系为主）。七连主要得益于孙静老师领导的种菜班和崔庚昌领导的炊事班。孙老师领导的菜班里有蒋绍愚、左言东、邓岳芬等老师。在七连的菜地里，不但有茄子、黄瓜、冬瓜、南瓜、西红柿、辣椒、豇豆、萝卜等，卷心菜、菜花、胡萝卜、青油菜、黄牙菜、大白菜等秋冬菜也长势很好。我们每天的主食以大米为主，偶尔也有面食。在鲤鱼洲，吃饭主食不限量，敞开吃；由于我们到校时，已经收割了一茬儿稻子，我们所吃的米饭都是由新谷碾成的，吃起来特别香，熬的粥也很上口。副食主要是烧炖茄子、黄瓜、冬瓜和白菜等老四样，味道一般。平日里很难见到荤菜，只是在过节时才有肉吃。早餐基本上是稀饭馒头，偶尔也有花卷、糖三角。早上的小菜不是咸得发涩的咸菜疙瘩，就是自腌的萝卜条和豆腐乳，偶尔也有豆汁，有一种臭味，据说还是从北京调来的，但南方的同学没有一个喜欢吃豆汁的。在鲤鱼洲，我们很快学会了馒头夹豆腐乳吃，南方同学不太喜欢吃面食，喜欢吃的面食也只是有馅的馒头（南方把有馅的才叫馒头，有肉馒头、菜馒头、豆沙馒头之说）、馄饨和有汤的面条。后来发现馒头夹上豆腐乳吃，别有滋味，便喜欢上了。因此，常常是炊事班的老师把一大瓶豆腐乳一拿出来，很快就被要完了。学员中有顺口溜："馒头夹腐乳，豆汁撒米粥，青菜盖米饭，天天好进补。"七连的炊事班长是崔庚昌，据说在部队当兵时当过炊事员，做大锅饭有一套。他个儿不高，性格豪爽，对我们还相当照顾。司务长胡双宝，山西人，高个子，学语言学的，说话有点结巴。他喜欢喝山西醋、饮二锅头和吃豆腐乳，七连早饭的小菜能备有豆腐乳，可能与胡双宝的喜好有关系。（后来好像是顾国瑞老师接任司务长后，曾一度减少豆腐乳的供应量，我们还向军代表反映过。）炊事班还要负责养鸡养鸭养鹅，食堂每天有处理的饭菜，供应给养猪班喂猪，零星的米粒饭粒之类的就喂鸡喂鸭喂鹅，因此，伙房周边总是围着鸡鸭鹅在寻食。我们入学后，七连有200多人，开饭时，也颇为热闹。令我们咂舌的是，那些戴着眼镜、饱读诗书的老师们——现在的"五七战士"，自用的饭盆和菜盒都是大号的，饭量也大得不可思议。有的老师米饭能吃两盆，足有一斤多，馒头用筷子穿上五六个，一顿就能吃光！在开饭时，有的端着饭盆有蹲着吃的，有边走边吃边聊的，也有坐在草棚里的床上细嚼慢咽的，也有迫不及待、狼吞虎咽的……高级知识分子用餐时应有的斯文劲已无处可寻。

分校没有周日，规定十天休息一天（每月1、10、20日），这就等于每两个月少休一天半。休息日也没有什么地方可去，除了洗洗衣服、理理头发外，就只有待在草棚里看看毛选（当时其他书根本没有）了。更难以忍受的是，在休息日，只在上午10点和下午4点各供餐一次。一日两餐，在北方冬季也许习以为常；但在南方，由于夏秋白昼时间很长，起床也比较早，在许多地方，还要在午餐和晚餐中间加吃点心。在鲤鱼洲，好不容易盼到的一天休息日，却是挨饿的日子。虽然休息日不吹起床号，但大家常常7点前就起床了。从隔夜的6点吃的晚餐一直到10点，大家常常饿得发慌，肠胃咕咕作响。这个"一日两餐制"我们很不习惯。为了休息日不挨饿，有的同学学会了在前一天早餐时多取一个馒头藏好（只有早餐有馒头），预备在第二天早上吃。9、10月份江西的天气还特别炎热，隔日的馒头常常会变馊变质，吃了闹肚子。有的同学开始写信，让家里寄一点吃的东西。来自广州的梁炽文，家境较好，他让家里在中秋节前寄了一大包月饼和其他食品，还偷偷地分给同学们品尝。此事不知怎么搞的，被军代表知道了，结果是可想而知的。张代表居然从月饼这件事上，举一反三，挖掘出了工农兵学员思想深处的问题，并把它提高到坚定不坚定走"五七道路"，坚持不坚持抗大办学方向，要不要发扬"一不怕苦，二不怕死"精神的高度来认识。各班为此召开了班务会，谈对此事的认识。梁炽文在一班也作了检查，接受老师和同学的批评帮助。"月饼事件"后，几个原准备让家里寄东西的同学，赶紧再写信，"千万不要往鲤鱼洲寄东西了！"

　　入学后不久，大概是为了摸摸学员的思想，也为了了解学生的文化水平和写作能力，学校要求每人写一篇批判资产阶级教育路线文章，谈对"鲤鱼洲草棚大学"的认识。结果大部分同学都对所谓的"草棚大学"表示出了不满和怀疑。认为，"草棚大学"哪有大学的样子？是"三大""四无""五不像"。三大是：大草棚、大通铺、大锅饭。四无是：一无教室，二无图书馆，三无教材和教学计划，四无实验室。鲤鱼洲草棚大学还是地地道道的"五不像"：不像农村、不像城市、不像工厂、不像部队，更不像大学。

　　学员们在底下纷纷议论：鲤鱼洲连办学的基本条件都没有，办什么大学？哪有一张课桌都没有的学校。在鲤鱼洲的"草棚大学"能学到东西吗？有的同学向军代表提出要求，应该让我们到北京总校学习。还有的同学认为我们是上当受骗了，最直接的理由是中央48号文件说是清华北大招生，没有说有什么分校在鲤鱼洲招生。有的还直接发出疑问：毛主席真的知道工农兵学员在鲤鱼洲的草棚里上学吗？鲤鱼洲分明是"五七干校"，哪是大学？学员们对大量的体力劳动安排，意见更大："我们进北大是来学知识的，不是劳力！""上管改任务中第一任务是上，就是上学，是读书学知识。"有的同学干脆地说，我们到北大来就是"背着口袋来学知识的！"个别同学还滋生了退学的念头，三连有的学员还打了退学报告，要求回部队去。

"草棚大学"是不是大学和"能不能在这里学到知识"的问题，引发了分校对"大学样子观"的全校讨论。

"大学样子观？"

针对工农兵学员中的思想波动和"三大""四无""五不像"的言论，分校的领导认为，这是资产阶级大学样子观在工农兵中的反映，必须深入批判资产阶级教育路线，尤其是"资产阶级大学样子观"，批判十七年，批判旧北大。9月4日，分校组织了一次学习毛泽东思想全校讲用会，以几个典型发言批判十七年。会上，发言的有西语系教授吴柱存、历史系副主任许师谦、经济系的中年教师徐雅民，还有一位刚毕业留校的吴撷英。他们主要联系自己的经历，讲述了在鲤鱼洲脱胎换骨的体会和收获。吴柱存是老教授，许师谦是老干部，徐雅民和吴撷英是中青年教师。有干部有教师，老中青三代，颇有代表性。其中许师谦和徐雅民的发言给我们印象很深。许师谦青年时代就参加革命，曾任历史系副主任。他说："三十年前，我到了延安，进了抗大，走上了革命道路。到了北大后，在刘少奇修正主义教育路线毒害下，犯了不少错误，是毛主席发动的'文化大革命'挽救了自己。三十年后，我到了鲤鱼洲，走上了五七道路，又一次焕发了革命青春。鲤鱼洲就是新时代的抗大。"徐雅民是烈士子弟，他父亲曾是新四军的一个团长，在抗日战争中光荣牺牲。徐雅民说："是根据地的人民把我抚养长大，在中学就入了党，人民又送我上了北大。但在修正主义教育路线的毒害下，对劳动人民疏

《人民画报》刊登的北大江西分校"五七战士"学农的图片。

远了,阶级立场也变了,演变成了修正主义的黑苗子。是五七道路,是鲤鱼洲,使我重新回到了劳动人民一边。"徐雅民老师当时是北大青年知识分子思想改造的成功典型,他的事迹和照片还刊登在那时的《人民日报》等报刊上。

军宣队还要求我们认真学习刊登在1970年5月7日《人民日报》上的通讯《知识分子的必由之路》。这篇长篇通讯是以清华大学和北京大学的教师从北京来到江西鲤鱼洲农场劳动锻炼,走"五七"道路,进而发生的思想、感情巨大变化的过程,得出结论,"五七"道路是知识分子改造的"必由之路"。

草棚大学有一个时时参照的现实榜样,是江西共产主义劳动大学。"继承抗大传统,发扬共大精神",是分校领导挂在嘴边的两句口号。9月5日,分校请江西共产主义劳动大学总校的王锦祥老师来校作报告,介绍"江西共大"在两条路线斗争中艰苦创业的经验。"江西共大"创办于1958年,原是一所农垦系统的半工半读的职业技术学校。他们坚持

《人民日报》刊登的《知识分子改造的必由之路》通讯。

毛主席的教育路线,坚持自力更生,勤工俭学,艰苦奋斗,在山冈湖畔办学,在大树底下报到。共大学员入学的第一堂课就是搭棚子,盖宿舍建教室,自己垦荒种地,半工半读,自己养活自己。共大在江西有100多所分校,5万多学生,堪称当时全国最大的学校。共大的办学思想和教育实践得到了毛泽东的肯定。1961年7月30日,毛泽东写信祝贺"共大"三周年(即"七三〇"指示),信中说:"你们的事业我是完全赞成的。半工半读,勤工俭学,不要国家一文钱,小学、中学、大学都有,分散在全省各个山头,少数在平地。这样的学校确是很好的……"毛主席把"共大"看成是瑞金红军大学和延安抗大的延续。在他看来,当时的中国大学已经被"资产阶级所统治",只有"共大"才是他"完全赞成的"。王锦祥在报告中给我们传达了"七三〇"指示,又举了很多例子,说明"共大"是如何受到江西农民的欢迎,"共大"的毕业生如何在三大革命中发挥积极的作用。江西分校的领导在会上说,"共大"学员能做到的,北大工农兵学员也能做到,要把"共大"作为榜样,办好草棚大学。

9月20日，分校在五七广场召开全校大会，播放迟群的讲话录音。迟群原是中央警卫团的一名宣传科长，是当时政治上的大红人，担任国务院科教组的负责人和清华大学党委书记，兼任北大党委的常委。他的讲话说，教育战线出现了一股对抗工人阶级领导，对抗"五七道路"，要走回头路的所谓"右倾回潮妖风"。这场斗争是一场占领与反占领、改造与反改造的斗争。必须要深入批判旧十七年的修正主义教育路线，坚持工人阶级领导，坚持走"五七道路"。迟群的讲话中也隐含着工农兵学员中出现的问题（包括在北京的清华和北大总校的工农兵学员中也有不满情绪，有的直接给周总理写信反映教学中的问题）同那些没有改造好的知识分子有直接的关系。分校领导要我们学习迟群讲话，联系分校阶级斗争新动向和形形色色的错误言论，批判资产阶级的"大学样子观"。

分校的毛泽东思想宣传队在五七广场还为我们专场演出，除样板戏外，大部分是自编的有关鲤鱼洲的节目。其中有话剧《传家宝》，主要控诉刘少奇修正主义教育路线对青年学生的毒害，还有快板书《鲤鱼洲是好地方》，就是针对"三大四无五不像"的大学样子观进行批评。快板书列出了"草棚大学"的"六大"："第一大，校门大，进入了鲤鱼洲，就到了新北大；第二大，土地大，千亩良田连蓝天，自给自足不缺啥；第三大，草棚大，金丝稻草铺房上，冬暖夏凉顶呱呱；第四大，教室大，头顶蓝天读宝书，不怕风吹和雨打；第五大，食堂大，大锅饭，大锅菜，餐餐吃得乐呵呵；第六大，广场大，五七战士摆战场，齐心建设新北大……"学校的广播站也连篇累牍地播放大批判文章，有"五七战士"写的，也有工农兵学员写的。

连里的教育也紧锣密鼓，既有全连大会，批判"资产阶级大学样子观"，连部的黑板报也出版了讨论的专辑，又有让"五七战士"（在分校只有四类人，一是军宣队和工宣队，二是"五七战士"即广大教职工，三是工农兵学员，四是批判改造对象）现身说法，他们将自己作为靶子，批判资产阶级教育路线对自己的毒害，以自己的教训为工农兵学员敲响警钟。参加现身说法的不但有跟班的"五同教师",也有在生产第一线的"五七战士"。

陈贻焮老师回顾了大学毕业后,一门心思地想在中国古代文学研究上做出成绩,立志要写出有影响的著作,想成名成家当教授。在60年代,不关心国家大事,躲进小楼成一统,沉浸于王维、孟浩然,欣赏李贺、李商隐的诗。在那时,特别被李商隐的爱情诗迷到,还写这样历史题材的爱情小说,背离了正确的政治方向,糊里糊涂地走上了白专道路,成了修正主义教育路线的牺牲品和文艺黑线的吹鼓手。他还讲了自己到鲤鱼洲后,拜贫下中农为师,向老农学习使牛技术,当上了"牛把势",在鲤鱼洲艰苦的劳动和生活中,得到了磨炼:脸变黑了,身体强壮了,对劳动人民的阶级感情加深了。陈老师还声情并茂地念了一首诗:"五七征途永向前,今朝喜着策牛鞭。辛勤应向耕牛学,要为人民种好田。"

张少康老师给我们讲他们1955级学生当年破除迷信,解放思想,编写的《中国文学史》,后来如何从"红皮书"演变成了"蓝皮书"的教训(1958年,中文系1955级学生破除迷信,解放思想,编写了《中国文学史》,第一次出版时是红色封面,上下两册。第二年,《中国文学史》进行了修订,但原书中的批判性大为减弱,再版时封面也变成了蓝色,上下两册变成了四册),以批判十七年资产阶级教育路线。

谢冕老师给我们讲自己一个曾经充满革命热情的军旅诗人到北大后的变化。他说,在北大学习时,还有革命热情,1960年毕业留校后,一心钻进了象牙塔,留恋湖光塔影,向往书斋生活,热情减退了,诗风改变了。到鲤鱼洲,走了"五七"路,上了井冈山后又如何焕发了革命热情,写作了《扁担谣》《八角楼的灯光》等诗作。他还给我们念了《扁担谣》,诗作比较长,只记得有这样的句子:"流水不断忆拿山,最忆离别那个晚,井冈儿女情谊长,送我一根竹扁担……"诗中叙述了他参军到农村搞土改时用扁担为贫下中农送粮,后来在燕园,忘了扁担,也与工农隔了天。如今要用这根井冈儿女送的扁担,战田间,走万里,把旧世界全打翻。这首诗好上口,在学员中影响很大,很多人还把它抄录下来。在鲤鱼洲,许多人都知道谢冕老师的《扁担谣》。2009年,为出版《谢冕文集》事宜,我与高秀芹请谢冕夫妇在西苑小肥羊餐馆用餐,在讨论到文集内容时,我建议谢老师能把鲤鱼洲期间创作的诗歌,特别是那首《扁担谣》也收录其中,谢冕老师笑了笑说"现在不妥"。

青年教师严绍璗是北大中文系古典文献专业的首届毕业生。他联系自己从1959年入北大后,沉浸于古籍书海之中,在业务上成了尖子,在政治上成了矮子和瞎子的经历,批判了封资修思想对青年学生和青年教师的毒害。没有在全排会上发言的教师,也必须在小班上发言。我们班的冯钟芸老师、张雪森老师和洪子诚老师也很认真地自我解剖、自我批判。老师们的发言,当时给我们的感觉是真诚坦率,并没有感到有什么虚假之处。尤其是像谢冕、段宝林、张雪森这样参加过革命工作又上了大学的老师,他们的经历与我们工农兵学员有相似之处,他们的讲用和批判,对我们心灵的触动更大。军代表老张对我们说:他们的教训你们要吸取,你们上了大学,不要走弯路;我们在草棚里办大学,学抗大,就是要你们不忘工农本色,一辈子革命。

随着与教师们接触增多,我们对他们的了解也越来越多。他们的吃苦耐劳精神,他们的劳动技能,他们对草棚大学、对"五七道路"的认同似乎都超过我们这些所谓的有实践经验的工农兵学员!

"教学排"还组织我们到鲤鱼洲上的塘南村访贫问苦,请苦大仇深的老贫农张桂娇讲家史,控诉旧社会和日本帝国主义的罪恶。班上也开展了学员的"忆苦思甜"活动,诉旧社会之苦,颂新社会之甜。分校中文系的1970级的学员是清一色的普通工农子弟,许多学员的家在旧社会也有一部血泪史。我们班朱美英同学的母亲13岁就到地主老财家当丫环,受尽了折磨;于根生同学的祖父是渔民,在打鱼时,被日本兵无辜枪杀;张传桂家也欠地租,被逼得到处躲债……各种教育活动就是要使我们坚信"幸福生活来之不易""你的一切,是党给的""上了大学,不能忘本",要肩负起"上管改"的历史使命。"刀在石上磨,钢在火里炼,人在苦中锤!"要经得住鲤鱼洲艰苦生活的考验,安心在草棚大学里学习成长。

到塘南村访贫问苦。

"大学样子观"的讨论是由工农兵学员引起的,工农兵学员更多地成了批评教育和改造的对象。我们也和教师一样,个个自我批判,一起接受教育,一起坚定走"五七道路"。

入学教育和"大学样子观"的讨论持续了将近一个月。分校军宣队领导说:样子观是有阶级性的,当年抗大在窑洞里办学,办成了毛泽东思想的大学校,是革命大学的样子;草棚大学既像农村又不像农村,既像城市又不是城市,既像工厂又不是工厂,既像部队又不是部队,是一所坚持走"五七道路"的社会主义文科大学的雏形,是无产阶级大学的样子!哲学系学员金星火,在样子观的讨论中,写了一首"大草棚,金黄黄,抗大精神大发扬,边学习来边生产,草棚飞出金凤凰!"的顺口溜,被校领导看中,树为解决了样子观问题的典型,还上了分校简报和总校的《内部通讯》，中文系的魏根生也写了一篇赞草棚大学的小评论，也上了《内部通讯》。

"大学样子观"的大讨论，表面上解决了工农兵学员的思想问题，但要从深层次上解决没有那么容易。在1970年9月分校召开的一次讲用会上，有位学员反话正说："五七道路宽又广，抗大精神代代扬，湖光塔影不留恋，草棚大学是方向！高楼大厦哪能培养出合格的无产阶级革命接班人！"其实他要向军宣队反问的是，按照军宣队的逻辑，鲤鱼洲的草棚大学是社会主义文科大学的雏形，那么在北京的总校是什么类型的大学？在总校湖光塔影下学习的工农兵学员能成为无产阶级接班人吗？

入学后，学校一直搞政治教育，不断组织我们劳动，却迟迟不上课，学员们意见一大堆。学校一方面又在学员中开展"反骄破满"和批判"背着口袋来装知识"的自我教育运动，一面要求各系在"大学样子观"教育搞一段落后，尽快开设第一课。

四种文体和评教评学

按照学校的要求，第一课都要学习毛泽东思想，要有工农兵学员参与。全校的第一课是中文系拉开了序幕。对于草棚大学的第一课，教学小组十分重视，因为这毕竟是恢复招生后的第一堂课，讲什么，谁来讲，怎么讲，绝不能疏忽大意，出了问题可是对毛主席教育路线的态度问题了。分校领导让中文系先走一步，做个试点，并希望中文系拿出经验来。七连的教学组讨论决定，第一课以《在延安文艺座谈会上的讲话》为基本教材。承担第一课教学任务的是段宝林老师。段老师的专长是民间文学，不是文艺理论。但他在研究民间文学时，大量阅读过马克思主义经典作家对文学的论述，对毛泽东文艺思想和解放区的文艺创作也有研究。他对《在延安文艺座谈会上的讲话》中提出的"文学艺术为工农大众，文艺工作者到群众中去"有自己的理解和亲身的实践。他曾告诉我们,他到中国许多地方收集歌谣,到青海、西藏和陕甘宁少数民族地区的很多老解放区采风。段老师对上好这第一课信心很足。教学小组和段老师还征求了其他教师和学员的意见,还在小范围内让段老师做了一次试讲。为了发挥工农兵学员上管改的作用,还让有创作实践经验的学员徐刚参加备课,并一起上讲台。9月17日,中文系的第一课开讲。来听课的不但有中文系教学排的全体师生,还有文科各系的教师和学员代表,学校教改组也派人来听课。在这堂课上,段老师结合《讲话》,着重讲了文艺的特点、功能和艺术性。他说,文艺作品最大的特点是有艺术性,没有艺术性的作品不是文艺作品。艺术性就是艺术魅力,文艺的作用是通过艺术形象的魅力发挥作用。他信手拈来讲了两个例子。一个是高尔基看一篇小说时,受到感动,以为书中有什么魔力在发挥作用。他把书放在太阳下,用放大镜反复照,想找出其秘密来,结果除了纸上的文字外,啥也没有。第二个是举了解放战争期间歌剧《白毛女》演出的例子。许多战士看了《白毛女》的演出后,群情激奋,他们高呼打倒黄世仁,推翻旧社会的口号,奔赴战场,英勇杀敌。他还讲到一次在部队演出中,有位战士被剧情感动,控制不住情绪,竟举起枪来,向剧中扮演黄世仁的演员开枪。老师的本意大概是要通过这两个故事来说明"越有艺术性的作品,就越能感染人、打动人"。徐刚结合自己当年在部队的诗歌创作经历,谈军营诗在战士中的影响。他还念了几首自己的诗,有一首《告别军营》给我印象很深,其中有两句:"告别军营情不舍,战士一步三回头。"根据学校的要求,课后要评教评学。中文系的学员对这第一堂课基本满意,认为课讲得还比较生动。但前来听课的哲学系的学员却认为,教师在讲课中散布"文艺神秘论",脱离了阶级性谈艺术性。而且,举枪的战士也没有什么代表性,他分不清现实与演戏的区别,是损害了革命战士的形象。根据学校领导的指示,七连结合第一课中出现的问题,开展对修正主义文艺路线的大批判,肃清"四条汉子"文艺黑线的影响。这次批判声势不小,还贴出了不少大字报。段宝林老师开始有点想不通,但他好像有准备,他主动在全排会议上表态,接受大家批评。也许是段老师本人历史清白、有革命的经历,

段宝林老师(前排右三戴眼镜者)、袁良骏老师(后排戴眼镜者)与工农兵学员在一起参加"评教评学"活动。

态度诚恳，学校对第一堂课的批判只限于"路线批判"，没有把对"四条汉子"的批判引向段老师个人，而是一起批判资产阶级文艺路线。

那次全校性的"评教评学活动"，并没有把师生关系搞紧张了。段宝林老师后来还成了政治课教学的负责人，他给我们讲中共党史和马列原著的辅导。上完第一课后，教学组把他们制定的中文系的培养目标和教学计划交给学生讨论。当时中文系培养的目标是"忠于毛主席、忠于毛泽东思想、忠于无产阶级革命路线的德智体都得到发展的有文化的劳动者；为工农兵服务，为无产阶级专政服务，为革命大造舆论的革命战士"。开设的课程分政治课和专业课。政治课有中共党史、毛泽东哲学思想；专业课有毛泽东文艺思想、毛泽东诗词、革命样板戏、文艺创作、文艺评论。根本就没有中国文学史、古代汉语等课程。

工农兵学员中，文化程度参差不齐，在中文系30名学员中，具有高中学历的只有5人，还有3个是小学学历，其余20多人都是初中水平。来自江西的学员中，党员干部多，但文化基础差的也多。大家对中文系将要开设什么课程一无所知。这从同学带的书中可见端倪。我记得带书的有那么几个：朱菊英带了一本《萌芽散文选》，于根生带了一本上海师范大学内部印刷的《中国文学史》，徐刚带了本《诗韵》之类的书，梁炽文带了秦牧的散文集。我带了一册中国青年出版社1963年出版的《历代文选》（上册），是由冯其庸主编的。其余大部分同学除了带《毛泽东选集》《毛主席语录》外，没有带任何书了。

教学活动陆续开始后，系里发现，有的学员连最基本的文体都不知道，文化基础差，不会写文章，这如何能培养为革命大造舆论的战士呢？根据学员的文化水平和毕业后要回到三大革命第一线的实际需要，教学组开设了以培养"通讯、调查报告、工作总结和小评论（论述文）"这四种文体的写作能力为主要目标的课程。当然，毛泽东哲学思想、中共党史还是排在首位，同时开设毛主席诗词和样板戏课专题课。

严家炎老师开设的毛泽东哲学思想课，给我们的印象很深。严老师为人谦和，治学严谨，他的专业应该是中国现当代文学研究和文学批评，现在却让他上辅导学习毛主席有关必然王国和自由王国理论的课。

那段话的原话是这样的："人类的历史，就是一个不断地从必然王国向自由王国发展的历史。这个历史永远不会完结。在有阶级存在的社会内，阶级斗争不会完结。在无阶级存在的社会内，新与旧、正确与错误之间的斗争永远不会完结。在生产斗争和科学实验范围内，人类总是不断发展的，自然界也总是不断发展的，永远不会停止在一个水平上。因此，人类总得不断地总结经验，有所发现，有所发明，有所创造，有所前进。停止的论点，悲观的论点，无所作为和骄傲自满的论点都是错误的。其所以是错误，因为这些论点，不符合大约一百万年以来人类社会发展的历史事实，也不符合迄今为止我们所知道的自然界（例如天体史，地球史，生物史，其他各种自然科学史所反映的自然界）的历史事实。"什么叫王国？什么是必然王国？什么是自由王国？严老师给我们解释说：哲学上的王国就是一种状态，必然王国是指人们在认识和实践活动中，对客观事物及其规律还没有形成真正的认识，而不能自觉地支配自己和外部世界的一种社会状态；自由王国则指人们在认识和实践活动中，认识了客观事物及其规律并自觉依照这一认识来支配自己和外部世界的一种社会状态。严老师结合《反杜林论》《矛盾论》《实践论》等经典著作中的论述，结合鲤鱼洲知识分子从不懂水稻种植（必然状态）到掌握水稻种植技术（自由状态）的过程来谈学习体会。他还举了"粒子学说"，说明人类对许多东西没有认识，必然是绝对的，自由是相对的。人类要不断从必然走向自由。在社会生活中是这样，在生产和科学实验中也是这样。严老师讲这堂哲学课，提供的知识量很大，理论色彩很浓，涉及了原子、电子、粒子等，这对一些文化基础不高的学员来说比较难理解。对严老师这堂课，学员的反映不一。徐刚、于根生、许贤明等同学认为严老师的课严谨，理论联系实际，很有收获。但傅米粉、王惠兰、曹仲华等同学认为严老师课上涉及的概念太多，"必然""自由""王国""状态""飞跃"等，搞得一头雾水。为了帮助他们理解这些概念，严老师在课后还与学员继续讨论，他举身边的例子，更通俗地讲"两个王国"的理论，直至同学们大概明白。很有意思的是，尽管学员们对两个"王国"一些基本的哲学概念搞不太明白，但并不妨碍他们去"活学活用",有的同学还用"王国"的理论来总结秋收中的感受,写成小评论,还受到严老师的肯定。严家炎老师10月就调回了总校,他以后再也没有教过哲学课。

10月19日,乐黛云老师开设了"语法修辞与逻辑"课。乐老师开课前,段宝林老师和严家炎老师的毛泽东文艺思想和毛泽东哲学思想课已经开场。在学员看来,段老师和严老师的课不像是专业课,是政治课,而"语法修辞与逻辑"课是地地道道的中文系的专业课。乐老师也是研究中国现代文学的,"文革"前在中文系写作教研室工作,对与写作有密切关系的语法修辞、逻辑很有研究。她讲语法、讲修辞、讲逻辑,思路开阔,从分析具体作品、文字着手,从鲁迅著作到学员作文,举例丰富自然,分析深入透彻,她把枯燥无味的语法修辞讲得生动活泼。她从分析鲁迅《中国人失掉自信心了吗?》等杂文着手,讲语法修辞,讲逻辑知识。她说:写文章要有三性——准确性、鲜明性和生动性,没有三性,文章就没有灵魂,只是堆积的一堆文字,没有生命力;准确性来自正确的判断和逻辑推理,鲜明性就是要观点鲜明不模糊、不能模棱两可,生动性就是语言要来自生活,生动活泼,不要枯燥无味,要文通字顺;要做到这一点,可以读一点鲁迅的书,还要学语法逻辑。她还针对学员在写作中不注意标点符号使用,一逗到底的现象,讲标点符号的使用,还举例说明"下雨天留客天天留我不留"一句由于断句和使用标点的不同产生的相反含义。乐黛云老师性格开朗直率,待人真诚热情,与全排同学的关系都很融洽。她爱人、哲学系的汤一介老师和儿子汤双也都在鲤鱼洲。每次汤老师到七连来家庭聚会时,乐老师就向我们介绍汤老师。论年纪,她已近40岁,在七连十多位"五同教师"中排行第三;论资格,她比陈贻焮老师还早一年毕业,排第二。在乐老师身上,总会感到有一股青春的活力,有一股萌动着的闯劲,她对如何开展教育提过很多美好的设想,她对年轻的工农兵学员也是充满希望和热情,在"五同教师"中,她与学员的关系可以说是亲密无间。

严绍璗老师给我们讲简报和工作总结的写作。严老师是分校的一支笔,当年七连和分校的许多简报就出自他的手,在鲤鱼洲有"严简报""严总结"的绰号……周先慎老师讲通讯的写作，分析《人民日报》上一篇关于一个钻井队先进事迹的通讯，层出叠见，头头是道。教学排还请国际政治系和江西省革委会写作组的同志来讲调查报告的写作。另外，袁行霈老师讲毛主席诗词，声情并茂，他从诗词创作的时代背景，诗中的用典韵律、艺术手法和社会影响等来分析解读，使我们大开眼界，学到了历史知识并得到艺术的享受。张雪森老师讲样板戏课，同样吸引人。他从京剧的历史、唱腔、角色，京剧的改革来分析样板戏《智取威虎山》，还带我们学唱《打虎上山》一段，学员中除余上海、曹仲华、王永干、邓新凤等几个懂一点京剧的唱腔、还能唱上几段外，其他普遍不行。

  刚开始上的这些文化课，很不系统，零打碎敲，断断续续。其实，在否定了十七年教育后，连里的教学组也不知道开什么课好，任课老师也不知道怎么讲才好；由于开设的课程与他们原来学的专业很不相符，一切在探索试验中。但我们总算可以上学听课了：我们或在草棚里，或在草棚外，坐着小板凳，围在老师身边，静听老师讲课。老师也不时提醒我们，听不懂随时提问，讲得不对和错误，可以提出批评，甚至批判。老师所表现出来的渊博的知识、虚心的态度、诲人不倦的精神和对我们真诚的关心，让我们永生难忘。

  为了提高学员四种文体的写作能力，连里要求学员多写多练。小评论主要是结合大批判和思想教育活动来写作，其他几种文体的写作由连里联系校部，再安排到其他连队去采访，即所谓"结合战斗任务，组织教学和实践"。文化基础差一点的留在连里，安排教师单独给他们开小灶补文化课；基础稍好的同学或参加写大批判文章，或到分校其他连队采访。学员们写的文章，老师不但认真批改，还要面对面地讨论交流。10多位老师带30位学生，而且每天三段时间都与学生在一起，大家真诚相待，相互关心，慢慢地师生关系发生了与那个年代相左的变化。在当时的政治环境下，军工宣队把学生作为所谓"工人阶级占领学校"的主要依靠力量，在每次运动中，总是引导学生起来批评老师，让他们冲锋陷阵，师生关系变成了革命者和被革命者的关系。因此我们入学后，有些教师面上对工农兵学员很尊敬，而心里却远离我们，总感到工农兵学员和军工宣队一样，是来批判和改造他们的，心灵之间的隔阂无处不在。他们总是给工农兵学员唱赞歌，从不敢直面批评学员中出现的种种问题。于根生同学写过一篇题为《为什么对我们敬而远之》的小评论，认为教师和学生是同一战壕里的战友，应该互相关心，真诚相待，建立新型的师生关系，我们需要得到老师们批评指导。学员的坦诚感动了老师，师生关系也越来越密切。真像乐黛云老师在《空前绝后的草棚大学》一文中说的："和这些充满朝气的学员倾心相交，热忱相待，真心爱上了这些真诚、坦直，积极向上，求知欲望极强的年轻人。"

在这样的教学活动中，我接受了校宣传组下达的任务，到"五七学校"采访他们的办学经验。"五七学校"是为随父母来到鲤鱼洲的中小学生而办的，有小学部和中学部，也是一个连的编制。连长是孟广平，曾担任过北大附中的校长。七连的陈贻焮、乐黛云、张雪森、沈天佑、赵齐平、陆颖华等老师的孩子也都在五七学校上学。各个年级用的课本与北大附小、附中一样。但五七学校实行的也是军事化管理，孩子不论大小，全部住校，老师也与学生同吃同住。学生除了正常的文化课外，还有比较多的学农劳动实践课。分校划给了五七学校一大片农田，由他们自己耕种。这些还是少年儿童的学生们也学会了种水稻、种玉米、种蔬菜、养鸡养鸭养鹅。他们有的还通过嫁接、人工授粉等，培植出大冬瓜、大南瓜。他们被晒得黝黑黝黑的，与乡村的孩子已经没有什么区别了。能吃苦，爱劳动是五七学校学生最鲜明的特点。后来，我写的一篇关于五七学校的通讯，没有被外面报刊采用，只是在分校广播台播出了。

汗挥"五七路"

劳动是分校学员最主要的功课，大概要占三分之一，其他三分之一是政治学习和参加没完没了的各种会，三分之一是文化学习。到鲤鱼洲的第二天，副连长钱洪钧带我们到七连的稻田、菜地、砖厂等处，认识了生产组的郭锡良、唐作藩老师，种菜班的孙静老师、邓岳芬老师，砖瓦厂的陆俭明老师和炊事班的崔庚昌、胡双宝、陈铁民、顾国瑞老师等。七连的水稻长势很好，生产组的郭锡良深为满足。郭老师是王力的大弟子，曾参与过1961年版的《古代汉语》一书的编写，在古代汉语研究上很有成就。到鲤鱼洲后，他参加生产组，对水稻、花生等农作物的栽培特别用心，自己买了农作物种植的图书，还选定了几块地，从育种、种植、施肥、喷药等环节做不同的试验。他几乎每天一大早，就扛着铁锹下地了。他还根据每天的观察，记了栽培日记，人们都叫他"郭院长"（与中科院院长郭沫若同姓）。我们虽为学生，但按照抗大和"共大"的模式，不但要参加劳动，而且要自己养活自己。

10月中下旬，是刨花生和水稻收割的季节。七连有十来亩花生和上百亩的水稻，任务还是相当艰巨。我们的到来无疑为七连增添了一批强劳力。在我们中间，出生在农村的学员占了三分之二（部队学员也都是农村出生），割稻子对大多数学员来说不是一件难事。王纪根、于根生、朱美英、赖美凤、许贤民、吕水传、王仙凤、梁玉萍、邓新凤等同学都是上山下乡的知青，割稻是一把好手。来自城里工厂的学员却连镰刀都不会握，勉强割下的稻子也不会码放。梁炽文、朱菊英、王永干等同学没有割多少稻子，却先把手指割破了，尤其是王永干，流了不少血，还打了破伤风针。学员排与由中文系教师组成的生产一排在田间展开了割稻友谊比赛。他们是七连的绝对主力。学员排派出了王纪根、吕水传，一排派出了张少康、杨必胜两位老师，结果王纪根和吕水传得第一第四，张老师和杨老师得第二第三。真是旗鼓相当。我们在田间休息时，炊事班的老师们还送开水和酸梅汤之类的自制饮料到田头。在田头劳动时，中文系的老师还喜欢苦中作乐，做一点打油诗，有时候一人念出第一句，后面就有人跟着念。我们的跟班老师袁行霈、张雪森、周先慎、段宝林，还有冯钟芸等和一排的沈天佑、彭兰、金开诚、赵齐平、周强、谢冕等老师都是创作的参与者。尤其是彭兰老师，虽然不是我们的跟班老师，由于她经常作诗，大部分学员都认识她，她一口浓重的湖南口音，给人留下深刻的印象。其间，偶然有被大家欣赏的诗句，马上就会有"好诗,好诗"的赞叹声。田头创作的诗作几乎都没有留下,偶尔连里黑板报上刊登一些诗歌,可惜当时没有把它抄到日记中去,已经无法回忆。

割完水稻刨完花生后,我们参加了抢修鲤鱼洲大堤和修筑"五七大道"的会战。

鲤鱼洲的大堤高有 20 多米。由于鲤鱼洲是围垦的农田,在鄱阳湖涨水时,湖面的水位要比住地高出好几米。1969 年夏天,江西建设兵团九团段和清华农场段的堤坝突然发生溃坝,造成了生命和财产损失。溃堤问题严重威胁着鲤鱼洲上的兵团第九团和两校农场"五七战士"的生命。为此,从 1969 年 11 月到 1970 年 1 月,江西省曾发动鲤鱼洲周边的 1 万多农民、江西生产建设兵团的万名农垦战士和清华、北大两校的教师,共有 2 万多人参加了加固鲤鱼洲堤坝的大会战。

会战进行了两个多月,修成了一道长 1 万多米、高 24 米、宽 8 米的鲤鱼洲大堤,基本上确保了堤内的安全。由于大堤完全由土堆积起来,在 1970 年夏季的大雨中,损毁了不少地段,有的地方还出现了隐

1969 年 11 月加固鲤鱼洲堤坝劳动的场面。

患和险情。为此,学校还举行过防洪演习。有一次凌晨2点左右,广播里突然响起了紧急集合号声,校部通知各连队到五七广场集合。副连长钱鸿钧出发前对我们说,大堤出现了危险,要去抢修。我们全连每人扛着铁锹,跑步到达五七广场。七连距场部最远,那次却不是最后一个到达广场的。一向对纪律要求很严的田参谋长在集合完队伍后说,今天的紧急集合是一次防洪演习。他对全校的集合速度比较满意,还表扬了七连。随后,他又命令参加演习的全体人员就地观看新拍摄的电影——样板戏《沙家浜》。我们只能席地坐在凌晨被露水打湿的草地上,在迷迷糊糊的睡意中,强打着精神,接受样板戏的教育(看样板戏是政治任务,必须认真观看。没有特殊理由,是不允许请假的)。

修补大堤的工作量不是很大,不到两天就完成了。

10月29日,分校组织的抢建"五七大道"的会战由工农兵学员拉开了序幕。

在鲤鱼洲,原先通往各个连队的路都是泥路,实际上原来根本就没有路,所谓的路都是拖拉机的履带和轮胎压过的机耕道。鲤鱼洲的土是湖底的泥,在无雨干燥时,坚硬如石、凹凸不平;稍下一点小雨,滑溜如冰;到了雨季,泥泞不堪,举步维艰。在鲤鱼洲,人们常说:"会走鲤鱼洲的路,不怕再走天下路。""行路难"困扰着每一个鲤鱼洲人。

"五七大道"全长3200多米,是分校交通干线,连接各个连队。分校把连接鲤鱼洲大堤和五七大道的700米引路路面工程和挖400米的路沟任务交给我们400名学员,完成这个工作量预计要六天。七连离鲤鱼洲大堤最远,有十来里路。修路开始后,我们每天一早就步行到鲤鱼洲大堤工地,一直到下午五六点才回连队,中饭也由连队送到工地上吃。修路需要大量的石块、卵石、沙子。我们被派到大堤外的"北大码头"去搬运石块。这个设在鄱阳湖边的码头上,停靠着两条汽船,船名分别为"新北大一号"和"新北大二号"。这两条汽船是北大分校通过水路对外联系的主要交通工具。装载石块和沙子的是租用的铁驳船。党委书记卢洪胜说,修路用的上千立方的卵石、沙子和上万吨的石块都是由分校的"采石连"自己采伐的,"采石连"是由一批青壮年教师组成的连

分校全体工农兵学员突击一周,参加抢修"五七大道"的劳动。

队。当我们把一块块沉重的石块搬运上车,手上打出血泡时,心中感慨万分,敬佩之情油然而生。谁都知道,"采石"是多么繁重和危险的事(包括要打炮眼,填火药,炸石头等),北大的这些老师是冒着多大的危险,吃了多少苦,才采回这么多的石块。我们修路运石运沙,打夯挖沟,个个累得腰酸背痛,每晚回到连队,躺在床上,不想动弹。经过四天的连续会战,终于提前两天完成了校部交给我们的700多米的路面铺设和400多米的路沟挖掘任务。

全校修路大会战开始后,我们又继续参与分配给七连的路面工程建设,师生们共同的汗水使"五七大道"变成了一条平坦的沙石路,鲤鱼洲的行路难问题得到了基本解决。七连最受益的是文书李严老师了,因为她每天要到校部取报纸和信件,这下她可以少受刮风下雨日子里的行路之苦了。

修订《汉语成语小词典》

11月7日上午，七连召开修订《汉语成语小词典》的动员会。

《汉语成语小词典》是由北大中文系1955级语言班学生在1958年编写的，当年出版后，受到广大读者的欢迎。它与《新华字典》一样，是中小学生必备的工具书。我们入学不久就听说总校中文系的学生参加了《新华字典》的修订工作，任务还是周总理下达的，对此我们羡慕不已。10月初，到北京参加国庆观礼的同学回到鲤鱼洲后也给我们介绍了总校学员参加修订《新华词典》的情况，更激起同学们参战的欲望。我们几次向袁良骏老师和闵开德老师反映我们的愿望，如果不能直接到总校参加修订，希望能分配一些条目给我们修订。据说袁老师和闵老师向总校反映过我们的要求，但总校没有同意。现在，修订《汉语成语小词典》的任务交给我们，大家兴奋不已。

在动员会上，分校党委书记卢洪胜为《汉语成语小词典》修订定了政治原则。他强调说，修订《汉语成语小词典》是中央交给我们的光荣任务，要像总校中文系修订《新华字典》那样，坚持毛泽东思想挂帅，坚持"三结合"（军工宣队、教师和工农兵学员）编写队伍，坚持批判封资修；要把原词典中不合适的成语删除，增加"文化大革命"以来的新成语，编成一本反映时代精神的革命词典。会后，每人领到了一本1965年版的《汉语成语小词典》作为工作用书。这是我们在江西分校上学期间领到的唯一一本铅印书。在那个空前书荒的年代，同学们对这本小词典如获至宝，爱不释手。

《汉语成语小词典》的主要编者陆俭明老师和马真老师当时正在鲤鱼洲，他俩理所当然地成了这次修订的主力和主持者。

马真老师在会上回顾了1958年，在"破除迷信，解放思想"的指引下，中文系1955级汉语专门化学生们编写《汉语成语小词典》的亲身经历和一些经验教训，鼓励工农兵学员克服畏难情绪，"自力更生，艰苦奋斗"，完成此次修订任务。陆俭明老师给学员上了关于成语知识的

马真老师在修改《汉语成语小词典》誓师大会上讲话。

专题课。陆俭明老师说,成语是汉字语言词汇中一部分定型的词组或短句。成语有固定的结构形式和固定的说法,表示一定的意义,在语句中是作为一个整体来应用的。他讲了成语与惯用语、谚语的相近相异之处。他说,成语大都出自书面,基本上是属于"文人语言",在语言形式上,是长期沿袭的固定用语,有约定俗成的结构,字面不能随意更换。他还说,成语在语言表达中有生动简洁、形象鲜明的特点。陆老师的课形象生动,引起了学员对成语的兴趣,修订工作开展得很热闹。

修订的主要工作,一是增删词条。学员们没有学过语言学,更没有做过语言研究。但他们还是提出了当时流行的词组和用语,如"灭资兴无""斗私批修""一打三反"等词语,毛主席语录和诗词中的"下定决心""排除万难",革命样板戏中的一些唱词和在群众中流传很广的词语,如"明知征途有艰险,越是艰险越向前"等。能否入词条,老师和学生常常一起讨论。有的说可以,有的说不行。结果,有的收了,如"灭资兴无";有的没有收,如"斗私批修"。最后的决定权在修订领导小组。

对成语词条的解释和重写例句是修订的重点。每个同学都领到几个词条,重写释义和例句。陆老师对同学提的要求:词条的释义要坚持科学性,例句既要有时代性,还要有稳定性。但在"三结合"的领导小组中,军工宣队是起领导作用的。他们强调,修订工作每一步必须坚持革命性与批判性,要突出毛泽东思想,突出"文化大革命"。结果在修订中,"样板戏""五七道路""阶级斗争为纲"的政治语言屡次出现。如:"老当益壮"的例句改成"他走在光辉的五七大道上,精神焕发,老当益壮";"软硬兼施"的例句是"敌人威逼利诱,软硬兼施,李玉和坚贞不屈";"偃旗息鼓"的例句写成"认为革命大批判搞一阵子就可以偃旗息鼓,这是阶级斗争熄灭论的表现";对"独善其身"的词义解释为"原意只顾自己修养,不问政治。这是孔孟宣扬的修身养性之道,是一种个人主义的处世哲学"。"狼子野心"的词义解释是"狼子:狼崽子。野心:野兽的凶残本性。比喻阶级、野心家对权利和名利的狂妄的欲望和狠毒用心",例句改写成了"无产阶级文化大革命彻底揭露了刘少奇一类骗子反党篡权的狼子野心,粉碎了他们复辟资本主义的罪恶阴谋"。例句中的"骗子"这个词很少与刘少奇连在一起,这显然是受1970年庐山会议毛泽东提出的"批判陈伯达一类的政治骗子"的运动有关;由于陈伯达还没有被点名,就把"骗子"与当时已经被"永远开除出党"的刘少奇连在了一起。在《汉语成语小词典》3000多个词条中,这样带有浓厚时代政治色彩的词义和例句大概有二十来处。

《汉语成语小词典》的修订到11月28日就基本结束了。学员参与完成的只是一个草稿,所谓的让工农兵学员参加,实际上只是一种形式,最主要的工作还是由教师去完成。不在教学第一线的中文系老师如林焘、唐作番、叶蜚声、蒋绍愚、何九盈等都参加了。后续的修订工作主要由陆老师、马真等承担,好像在开拖拉机的侯学超老师还回来过。

也许由于比较粗糙，商务印书馆没有在1971年出版（《新华字典》1971年出了修订版）。后来，这本《汉语成语小词典》又经由1971级语言专业的工农兵学员参与修订，直到1972年才出版。我们曾参加修订的江西分校中文系的全体学员，每人都得到了一本1972版的样书。

入学快三个月了，由于我们与不在教学排的老师"同吃、同住、同劳动"，大家彼此开始熟悉。在休息日，也使我们有机会与其他班的老师和不在教学排的"五七战士"们有了交往。1970年10月，领导让我和朱菊英同学参加连里的政宣组，协助出版连里的墙报，这样，我认识的老师更多了。金申熊老师和倪其心老师写了一手好字，硬笔书法和蜡版都刻得很好，我曾向他们俩学过刻蜡版。金老师对朱菊英同学的一手硬笔字也很为赞叹，还问她学过哪家的书法。徐通锵老师有本《现代汉语》（试用本），还不是正式出版的，是一种16开的征求意见本，我曾向他借阅过。蒋绍愚是研究古代汉语的，他的理发技术是一绝，曾给我们好几个同学理过发；研究文艺理论的陆颖华老师心灵手巧，会缝纫，是连里业余修补小组的主力，我找她补过衣裤。研究中国古代诗歌的彭兰老师是一位诗人，我曾向她要过诗作刊登在板报上，并得知她还是闻一多的学生。研究中国小说的赵齐平老师带着他儿子东东住在集体宿舍里，我们都喜欢东东那孩子，也与赵老师熟了起来。研究中国文学史的吴同宝老师有一副天然的好嗓子，京剧唱得好。同样喜欢京剧的还有林焘、金申熊、唐作藩等老师，他们还在连队的活动中，集体唱过《十八棵青松》。一排长张少康老师是上海人，人长得瘦高，干农活绝对是一把好手，胜过不少从农村来的学员。在田间劳动中，沈天佑老师是最活跃的一个。在他的鼓动下，学员排还与一排开展赛诗会，你一句，我一句，颇为热闹。在这样艰苦的环境中，田头诗的创作活动减轻了我们高强度劳动的痛苦和疲劳。

我们还结识了周强、吕乃岩、石安石、潘兆明、李一华、陆颖华、黄修己、陈铁民、顾国瑞、胡经之、杨必胜、崔庚昌、左言东等老师和职员。裘锡圭老师的床位靠门口，他给我们印象最深的是，一有空闲，就坐在床前，翻阅《新华字典》。在鲤鱼洲，年纪比较大的还有岑麒祥和张仲纯。据说张仲纯是十级高干，当过驻外文化参赞，是中文系级别最高的干部。他给我们留下的最深刻印象是他的饭量，虽然已经50多岁了，饭量在七连可以排在前几位。陈贻焮、乐黛云、张雪森、陆俭明、王理嘉、严绍璗、蒋绍愚、吕乃岩等十多位老师全家都到了鲤鱼洲，还有唐作藩、赵齐平、陆颖华也带了孩子来到鲤鱼洲。他们似乎已经有了在江西长期生活下去的准备。陈贻焮老师1969年在全家来到鲤鱼洲时，曾写下了《移居》一词："移居彭蠡侧，喜与妇雏偕。刘艾香盈把，扬帆风满怀。共梅消岁腊，先雪渡江淮。目送衡阳雁，家山隔水涯。"诗中表达了能全家一起到鲤鱼洲、免了亲人分别相思之苦的"幸喜"和对身在湖南老家的母亲及其他亲人的思念。

血洒鲤鱼洲

"文科要把整个社会作为自己的工厂"是毛泽东的一个重要指示。在学习讨论中，学员们提出，我们不能仅仅在鲤鱼洲学习，应该走出鲤鱼洲，走到社会这个大工厂中去学习，在社会这个大熔炉中学习锻炼。

修改成语词典的任务刚结束，我们得到了一个"喜讯"，要到井冈山去进行教育革命实践：一是到老区接受革命传统教育，写革命家史、记述革命回忆录；二是深入井冈山铁路工地第一线，边劳动、边采访报道先进事迹和先人物。中文系是江西分校第一个走出鲤鱼洲、到社会上开门办学的系，分校好像要把中文作为试点。12月2日，七连召开了上井冈山进行教育革命实践的动员誓师会。分校党委书记卢洪胜、校教改组的麻子英和高艾军也来到七连。分校领导希望我们到社会上以后，要做到：一、认真学习毛主席著作；二、虚心接受再教育，认真改造世界观；三、严格要求自己，处处要做出好样子；四、要有敢闯精神，闯字当头；五、要吃得起大苦，耐得住大劳；六、师生要搞好团结，与当地群众也要搞好团结。我们教学排变成了一个教改小分队。不知什么原因，小分队对三个班的学员作了调整，我和傅米粉临时调到了二班，二班的老师是乐黛云。小分队学员加教师共41人，由工宣队的陈师傅亲自带队。

12月5日是我们出发的日子。吃早饭时，天还下着雨。我们正担心能否正常出发时，老天突然放了一下晴。校部派来的两辆卡车在9点30分到了七连。我们踩着草棚前的淤泥，背着背包上了车，分坐在两辆卡车上。由于下雨，七连的"五七战士"还没有出工，他们列队欢送我们。来到鲤鱼洲上学已经三个月了，我们还没有机会走出鲤鱼洲一步，现在，我们要到井冈山去，要到社会上去，大家的心情像久关在笼子里的鸟，突然被放飞了一样，高兴极了。我们唱着《我们走在大路上》《三大纪律八项注意》等歌曲，把印有"北京大学江西分校中文系"的红旗（江西分校各连的旗子都是以连为单位，我们连队的旗子是"北京大学江西分校第七连"，这次为了去井冈山，特意做了一面打有"中文系"字样的旗帜）插在车头上，旗子迎风飘扬，特别引人注目。车行驶在我们参与抢修的五七大道上，经过五七学校、一连、四连、校部、五七广场、八连、基建连、机耕队等兄弟连队，正在田间路边的"五七战士"和工农兵学员频频向我们招手示意，兄弟连的学员们更是露出羡慕的目光……

我们从五七大道，经过木工厂边的斜坡，慢慢驶上了高高的鲤鱼洲大堤。开始一切还顺利，但麻烦很快就来了。由于连续下雨，由泥土堆积起来的鲤鱼洲大堤变得松软不堪，堤上还有许多积水，卡车行驶在上面，不是不断打滑，就是陷入泥坑，不得动弹。我们有时下来让卡车轻车前行，有时要集体去推车。从上午10点到中午12点，我们走走停停，停停走走，好不容易驶入了清华农场机耕队的大堤处。谁知道，清华大堤的路面更为糟糕，就像当年红军走过的草地，一个水坑接着一个泥潭。没走多久，我们两辆车都深深地陷入了污泥之中，再也无法前进一步。我们从清华借来了铁锹，齐心协力挖掉轮胎边的污泥，好不容易把车子推出泥潭。但好景不长，汽车一发动，刚起步，又陷进了新的泥潭之中。后来，两辆汽车全部趴在了泥坑中，越陷越深，淤泥把整个汽车轮子都淹没了，用铁锹挖土已经解决不了问题。我们只得等待救援，设法把汽车从泥坑中挖出来。

队伍是继续前进,还是返回分校改日出发,小分队陷入两难的境地。有同学和老师主张回学校,等天气好转后再出发。张传桂是军人,在部队是通信兵,经历过几次翻车,都是死里逃生。他说他们一次通讯车翻车事故就是由于道路泥泞湿滑引起的,他提出能否改期出发。小分队的总负责、工宣队陈师傅和袁良骏、闵开德老师也有点犹豫。按我们所处的位置,只要再走几百米,走出清华的大堤,前面就有沙石路了。如果改日再走,会涉及一路上其他行程的改变。当时通讯极不方便,联系也很困难,一旦改期,非常麻烦。这时有位司机出了一个主意:让学校派履带式拖拉机,牵引后面的卡车前进。在鲤鱼洲的雨季,运送物资的汽车、耕田的拖拉机也常常会陷入泥潭,最有效的办法就是用履带式拖拉机来牵引着车走(在鲤鱼洲七连,有"拖拉机拖拉拖拉机"的对联)。这个意见被带队的三位领导所采纳,陈师傅在清华农场机务连不断打电话,请示连里和学校。得到的回答是,学校将派拖拉机来牵引。

由于起了个大早,此时又是中午,加上"挖泥""推车",大家肚里咕咕直叫。小分队领导决定临时在清华机务连食堂吃午饭。清华的同志对我们非常热情,他们不仅推迟了自己的开饭时间,好让我们先吃,还特意让食堂给我们另加了一个炸小鱼。清华机务连的连长还热情地对我们说,欢迎北大工农兵学员和"五七战士"到清华做客!这是我们第一次在清华吃饭,也许是饿了,每个人都吃得特别香。

吃完午饭,学校派来的拖拉机赶到了,很快就把陷入泥潭中的汽车拉了出来。队伍又要出发了。我们重新上了汽车,也许是由于太疲惫,一上车,坐在自己的背包上,很多人就开始打盹。在朦胧的睡意中,在东方红拖拉机的牵引下,我们的汽车像一条行驶在波涛中的小船,左右上下,颠簸前行,险象环生。等我们第二次上车走了不到10分钟,突然,一声尖叫:"要翻车了!"眼前的一幕把大家惊呆了:我们的2号车由于后右轮打滑空转,引起前左轮驶离了路面。失去重心的卡车开始向左倾斜,向大堤内侧翻转。一面是有强大牵引力的东方红履带式拖拉机开足马力向前开,另一面卡车已经往下翻转。巨大的反方向作用力把连接拖拉机和汽车的牵引绳撕成两截，2号车几秒钟内就翻落在大堤内侧的一个土丘上。车在反转的一瞬间，袁良骏老师、陈师傅和赵松发、于根生等被甩出车外，其他近10余人全部被扣在了车底下。包括张雪森、陈贻焮、袁行霈、严绍璗、段宝林等老师。

"快救人！"我们从突然降临的灾难事故中猛醒过来。1号车上的师生们连滚带爬跳下车，冲向土丘。由于分校的卡车都有半截栏板，车翻倒在土丘上，车体内还有一个小小的空间。当我们打开后挡板，一部分人开始爬了出来。但车内仍有七八个人被卡在里面，必须尽快把汽车吊起或者翻转过来，才能将我们的老师和同学救出。由于出事故的地点就在清华机务连边上，正在吃午饭的清华的同志们也拿着铁锹、绳子赶来营救。在使用了其他办法都无效的情况下，大家只能齐心协力把汽车翻一个个儿。梁玉萍、赖美凤、邓新凤、朱美英等几位同学先后被救出来，但她们都受到严重的脑震荡。当我们用手扒开车里的背包、脸盆等杂物后，呈现在我们面前的状况惨不忍睹：张雪森老师与王永干同学血肉模糊，并肩躺在一起。两人的脸也已经变了形，头部都受到了极为严重的挤压，脑浆都流了出来。尤其是永干，耳朵里也在不断出血，唯有心脏还有微弱的跳动。我从未见过如此惨状，顿时失声痛哭，呼喊着张老师和王永干的名字。但他们早已奄奄一息无法听到我的呼喊！我和几个同学赶紧把张老师和王永干抬到清华农场卫生室抢救。清华农场的卫生室里除了有一个氧气瓶外，根本就没有什么抢救的医疗设备。医生也无能为力，而我们更是欲哭无泪！在抢救了一个小时后，张雪森老师和王永干同学的心脏相继停止了跳动。后来听医生说，他们这样严重的脑颅开裂，是很难抢救过来的。年过半百的陈贻焮老师也被扣在车里，他跌跌撞撞地爬出了车厢后，看到了张老师和王永干的惨状，一个人抱着脑袋，席地坐在大堤上，面对鄱阳湖，号啕大哭，那撕心裂肺的哭声，让天地都为之动容。在场的老师同学和清华的同志也无法压住心中巨大的悲痛，鲤鱼洲大堤上下，哭声一片。朱美英从行李堆中爬出来，有些反常。也许是这场突然降临的灾难，也许是严重的脑震荡，使她失去了正常的思维，竟木呆呆地问大家，你们在哭什么？当我们告诉她，张老师和王永干已经离去,她什么话也没说,苍白的脸上,不断地流下滴滴泪珠。小朱后来经过几个月的治疗,才基本治愈了严重的脑震荡,恢复了正常的思维能力。在这场不到两分钟的灾难中,张雪森老师和王永干同学不幸罹难,5人受了重伤。分校中文系的第一次社会实践活动,就这样在付出了沉重的血的代价后夭折了。

12月5日也成了七连最悲伤的一天。当我们回到七连时,"五七战士"也和我们一样,为失去了张雪森、王永干而悲痛。张雪森老师和王永干同学都是我们三班的。从进入鲤鱼洲,我们就同住在一间草棚里。张老师实际上是我们班的班主任(当时称跟班老师中的负责人)。他曾在上海市委机关工作过,是从工作岗位上考入北大的,与我们有相似的经历。他对我们学员中出现的问题,如对"背着口袋装知识",对"大学样子的认识",也有他自己的理解。他找学员谈话,与军代表老张的那种僵化说教完全不同。他十分关心学员的衣食住行。那年11月15日,西伯利亚寒流南下突袭江西,北风嗖嗖,气温骤降了十来度,由于鲤鱼洲周边是湖水,天气特别湿冷。张老师见来自广东汕头的周铭武同学衣着特别单薄,马上拿出自己的绒裤送给他穿。小周还患有习惯性失眠症,张老师亲自到大夫那里去要安眠药(安眠药控制严格,一般不给学生用),还教给小周几个深呼吸的动作,每天睡觉前做。他与我们同住一间草棚,与王永干同学分睡前后铺。

王永干同学来自上海市区,在家是独生子,技校毕业后就进了工厂。他是上海轻工局系统的先进工作者,女朋友也在同一工厂。如果他没有被推荐上北大,也许很快就要结婚了。他有很好的卫生习惯,穿着干净整洁,一看就是上海市区的人。他没有下过农村,对鲤鱼洲的"农场生活"很不适应,还用上海话发一点牢骚:"条件忒忒版了"(上海话,太差了)。一次,我们下地劳动回到宿舍,傅米粉同学可能是累了,一屁股坐在了永干的床上,把裤子上粘的泥巴全掉到了洁白的床单上。永干很不高兴,说了一句"侬噶忒版!"(你怎么那么差劲!)傅米粉同学听不懂上海话,闹起了矛盾。张老师是上海人,清楚"忒版"的多重含义。他找两人谈心,还把我们班里四个上海同学召集在一起,特别告诫我们，在集体场合，在不是上海人在场的情况下，不要在底下叽叽喳喳说上海话，这会影响班里的团结。他还告诉我们，在七连，中文系的上海人有好几个，严家炎、李一华、张少康、陆俭明、严绍璗等，加上图书馆学系和校医院的，上海人一大堆，但我们在连里不说上海话。后来，我们几个上海人开始注意讲家乡话的场合，慢慢改掉了上海人的这个"通病"。张老师平时也喜欢哼哼京剧样板戏的唱段，在三班，也只有永干同学能与张老师"唱和"几句。永干同学遇到什么事也从不瞒张老师，包括他与女朋友的交往。

　　他们两人遇难后，学校让我代表工农兵学员在全校追悼会上发言。为了准备发言稿，我曾翻阅过王永干写的日记。在日记中，经常有"张老师找我谈心。""向张老师汇报自己对草棚大学的看法，我认为在鲤鱼洲学不到知识。张老师却说，不能这样看。他对我说，环境不是能否学到知识的决定因素，他还讲了抗大时学生住窑洞，抗战时北大清华在云南办学，学生也曾住草棚里。冯钟芸老师就是在云南的草棚里上过学。""张老师，我们的老师，也像是大哥。他全家都到了鲤鱼洲，真不容易。他希望我珍惜上学的机会，学好知识和本领。""今天，我割稻时，割破了手指。张老师表扬我在劳动中的表现，还要我明天休息。他鼓励我的上进。我心中曾有离开鲤鱼洲回上海去的一闪念，这是私心作怪，是一种怕吃苦当逃兵的思想。"在遇难前一天，12月4日的日记中他这样写道："今天，我郑重地向张老师递交了入党申请书。他很高兴，勉励我到井冈山后，虚心向老区人民学习，向同学学习，严格要求自己，争取早日入党。"看了王永干的日记，我似乎明白了，张雪森老师为什么和王永干同学会并肩坐在一起。也许，他们两人在车上已经说了许多，还要说很多。谈话的主题是开门办学？是井冈山铁路？是入党问题？我们永远无法知道了。

　　中文系重大的翻车事故震惊了全分校。兄弟连队尤其是有学员的连队纷纷派代表到七连慰问。12月9日，是张老师和王永干亲属到七连的日子。我们三班全部动员，参加接待。张雪森父母、王永干父母都从上海赶到南昌奔丧。连里派出了冯老师、乐老师和几个上海同学接待死难者亲属。张老师和王永干的遗体在南昌火化后,学校把四位老人和其他亲属们以及王永干工作过的上海纸盒十七厂领导,接到了鲤鱼洲。他们都要到七连看看张雪森和王永干生前工作和学习的地方,看看曾经与他们朝夕相处的同事和同学们。为此,七连还认真布置了一番,出了悼念张雪森和王永干的墙报,还写了"为有牺牲多壮志,敢教日月换新天"的大标语。王永干的父亲王恒江是一位有40多年工龄的老工人,他30多岁才有了永干这个独子。三个月前,在我们离开上海的那天晚上,他还到火车站送行。当我们再次见到王伯伯,他在上海站向我们挥别招手的身影又浮现在面前。现在,王永干却突然离去了,王伯伯永远失去了唯一的儿子,我们怎么能不悲恸!王伯伯真是一位有觉悟的有宽广胸怀的上海产业工人,对分校没有提出任何要求。他强压住心中巨大的悲伤,还拉着我们的手,勉励我们:永干生前做的事太少,没能完成学业,对国家和人民还没有什么贡献就走了;你们要好好学习,做出成绩,完成上大学的任务。他讲话时的样子和口气,很像电影《英雄儿女》中王成的爸爸王复标。倒是王妈妈,哭个不停,乐老师和班里的女生朱美英等负责陪伴永干的妈妈,王妈妈显然受到了强烈的刺激,老是不断地说,永干啊,你在上海好好的,我为什么同意你到这个鬼地方来上学啊?都怪王恒江这个老头子,还鼓励永干要为工人阶级争气,上大学上大学,把命都丢了啊。她的情绪有点失控,坐在王永干的床铺上,反复抚摸,不愿意起来。白发人送黑发人,人生之大悲也。后来坚强的王伯伯也失声痛哭,老泪横流。我们也一起跟着哭。

冯钟芸老师和小杨同学等陪伴张老师的家人和张老师的爱人徐慧文。徐老师原在北大仪器厂做财务工作,到鲤鱼洲后分配在校小卖部工作,她到七连来过多次。我们三班学员都认识徐慧文和张老师的儿子张思明和小女儿。张老师的突然离去,让这个家庭陷入了无穷无尽的悲痛之中。徐慧文老师刚听到这个消息时,昏厥了过去。倒是张老师的长子张思明,表现出了与他13岁的年纪不太相配的坚强。

12月10日,分校在五七广场举行隆重的追悼大会。由于王永干是我们三班的同学,我被安排代表工农兵学员在追悼会上发言。家属代表发言的是张雪森老师的长子张思明。他那年才13岁，是"五七学校"初一的学生。他父母到了鲤鱼洲后，他一度回上海老家虹口区上小学。鲤鱼洲办起五七学校后，他和妹妹都进了五七学校。思明是一位品学兼优的好学生，我在五七学校采访时就认识了他。他不愧是张老师的儿子，年纪虽小，却既懂事又坚强。在追悼会上，他的发言感人肺腑，稚嫩而铿锵的声音催人泪下：我妈妈失去了相濡以沫的丈夫，我和妹妹失去了敬爱慈祥的父亲，但他会活在工农兵学员的心里，活在"五七战士"的心里；金训华活了16岁，欧阳海活了23岁，他们为革命而牺牲，光荣伟大；我爸爸活了38岁，是为教育革命而殉职，也很光荣！如果只为自己活着，即使活了100岁，也是轻如鸿毛。思明表示要继承爸爸的遗愿，长大了要当一名教师，为教育事业贡献终生。张思明后来真的实践了他对爸爸的誓言。1974年，他北大附中毕业后，就留在附中当了数学教师。他一边坚持教学，一边刻苦地自学。通过自学考试，取得了北大数学系的本科毕业证书和学士学位，以及首师大的硕士学位。是全国自学成材的先进典型之一。他在数学教学和教学管理上取得了突出的成绩，1998年被北京市人民政府授予"中学数学特级教师"称号。1999年评为中学特级教师（正高职），是北京市获此职称的最年轻的数学教师。他还获北京市"五四奖章""苏步青数学教学奖一等奖"，被教育部授予全国优秀教师称号，是享受国务院特殊津贴的专家。他撰写了40多篇教育科学论文，出版了150多万字的著作。他担任北大附中副校长，是当今闻名全国的特级教师。30多年来，张思明在教师岗位上，用不断取得的优异成绩告慰了张雪森老师。相比之下，我们这些曾聆听过张老师的教诲、受到过张老师帮助的同学们，却没有思明做得那么好，那么出色。

分校还做出了《关于向优秀共产党员张雪森、优秀共青团员王永干同志学习的决定》，大家清楚，这个决定只是给死难者家属的一个安慰。追悼会后，余上海等同学还陪同王永干父母将永干骨灰送回上海。

"12·5"事故本来是可以避免的。如果当时的领队能尊重师生的生命，尊重一点客观条件，尊重一点群众意见，都不会做出贸然出发的决定；如果2号车的司机也像1号车一样，在拖车时让师生下车，走过那段烂泥塘再上车，或许就不会发生这样的惨剧。但在那个高唱"一不怕苦，二不怕死"和缺乏安全知识和对生命缺乏尊重的年代，发生这样的事故似乎也就不奇怪了。事后，领队陈师傅受到了处分，被调回原厂工作。据说，陈师傅家在北京，家里也有不少困难，本来就不乐意到江西鲤鱼洲来。这下，他倒是真正解脱了，回到北京特钢厂去当工人了。七连的军代表老张也被调回了部队。

政治运动与"批判会"

在那个年代，鲤鱼洲上政治运动不停，在"文化大革命"这个大的总的政治运动下，还有接连不断的小运动：什么"清理阶级队伍"，什么"一打三反"，什么"清查'五一六'"，什么"反骄破满"，等等。

比起被称为"一次七八年，七八年来一次"的政治运动，所谓的"批判会"从不间断。批判会在江西分校成了常态的活动，几乎每周都有：批资产阶级教育路线，批刘少奇一类的政治骗子，批聂元梓，批否定"工人阶级领导"和否定"五七道路"的言行，批"五一六"分子，批"修正主义文艺黑线"和"四条汉子"，批资产阶级"大学样子观"，等等。批判会有的有具体的目标，有的则是唱高调的路线批判。

12·5翻车事件后，领导决定，暂不去井冈山铁路，留校参加分校的阶级斗争。学校正在开展揭批和清查"五一六"反革命集团的运动。中文系学生被分派到各连参加运动，练习写批判会的报道和批判文章。12月12日到14日，我和一班的王纪根、二班的符功琪等同学被派分校组织组，协助他们了解有关"揪陶联络站"的情况和各连揭批运动的情况。我们跟着学校组织组的同志，两次到八连参加批斗哲学系孙蓬一和历史系教师孙×的大会。对于这些人"文革"中的问题，我们一无所知，对所谓的"五一六"也不清楚，参加批判会也只是接受教育和当记录员。到其他连队的同学也同样如此，也许校部机关认为我们帮不了他

鲤鱼洲的田头批判会。

们什么忙,过了几天,又让我们全部回七连了。

也许七连没有像聂元梓、孙蓬一这类突出的批判目标,或许是中文系的教师受孔孟之道影响,文人习气浓厚;七连的大批判会上的发言,除个别老师外常常温文尔雅,斗争性没有像其他连队那么强;尤其是互相揭发和批判时,更是拉不开情面,批判会变成了一种"政治形式"。工农兵学员由于不熟悉情况,发言也是无的放矢。尤其是结合本连实际的批判,搞得并不太好。我们到鲤鱼洲上学后,与教师"五同"了一段时间,相互之间有深切的了解,老师关心我们,我们尊重老师。这本来是一件天大的好事,但军工宣队代表不高兴了。在这些人的眼里,教师是没有改造好的资产阶级知识分子,必须不断对他们进行批判。

在全校揭批"五一六"运动开始不久,七连的军代表召集了一次"学员排"会议,说是介绍七连阶级斗争情况。这次会议,"五同"老师全被排除在外。军代表老张告诉我们,七连表面上风平浪静,实际上存在着尖锐的阶级斗争,有的人反对毛主席的革命路线,有的人搞阶级报复,有的人犯了严重的错误至今执迷不悟,这些人就在我们面前。他让工农兵学员要提高警惕。在军宣队的授意下,七连党支部华副书记向学生介绍所谓阶级斗争新动向,还抛出一些老师的历史、家庭的档案数据。说某某人反对工人阶级领导,还散布流言蜚语;某某人抵触"五七道路",借机报复;某某人等是老右派,假装老实,其实心怀叵测;某某人是"五一六"分子,反党乱军;某某人的亲属是被政府镇压的,内心对党不满;某某人有现行反动言论,至今不悔改;某某人脱过党,某某人历史不清……华副书记说,把他们的情况告诉你们,是对你们的信任,希望你们在大批判中发挥主力作用。张代表还宣布,对老师家庭和历史上问题,你们不能外传,不能公开(其实是他在公开)。在军代表眼里,工农兵学员是革命的动力,而教师是革命的对象,要让学员知道革命对象的问题,知己知彼,才能批得起来。当时,张代表和华副书记抛出的所谓"阶级斗争新动向和内部情况",让我们着实吃了一惊。

华副书记出生工人家庭,曾是上海工人地下党的党员,上世纪50年代初还曾担任过上海一家国营棉纺织厂的领导。她被调到北大工作后,曾担任过中文系的党总支副书记。她对党忠心耿耿,对"上级指示"执行起来从来是不折不扣。工军宣队进驻北大后,由于她是工人出身的干部,成了最早被解放的干部之一,还结合到革委会。我们到鲤鱼洲时,她在七连担任党支部副书记。1974年1月,我们毕业前夕,来自上海的张建中同学因为在同学中散布对江青、王洪文、张春桥和姚文元等人的不满,被定为恶毒攻击无产阶级司令部,受到开除党籍和学籍的处分。当时担任中文系党总支副书记的老华直接参与决定了此事(当然,当年开除张建中的决定权主要掌握在军工宣队手里),并将张建中同学送回了上海某农场监督改造(张原是农场党委秘书)。1978年,华副书记又坚决支持对张建中的冤案平反昭雪,好像还去了上海张建中的单位。老华退休前一直在中文系工作。她在位时,我在回中文系时见过她好几次,不好意思当面问她对当年"抛档案"的反思。老华已经逝世好多年了，她一生做过许多好事，也做了不少错事，一辈子过得并不如意。但总体来说，她是一个工作勤勤恳恳的好人，一些原先挨过她整的人，也似乎原谅了她。

12月14日开始，七连开始深入揭批"五一六"分子。正在鲤鱼洲劳动的文学理论教师胡经之被作为"五一六"分子"揪"了出来，接受连里的批判；语言学讲师石安石因在通信中表达了对军工宣队一些做法的不满，被检举为公然对抗宣传队，搞"阶级报复"；不久，曾参加过解放战争和抗美援朝战争、立过几次大功的转业干部贾传喜也开始被批判，据说他曾是"新北大公社"的武斗队长……由于大部分工农兵学员对什么是"五一六分子"还搞不清楚，参加批判会基本上是作为受教育的听众。

胡经之老师是江苏无锡人，1952年考入北大中文系，他和严家炎先生都是1956级北大第一批副博士研究生。胡经之先生知识广博，兼通中外文史，说话文质彬彬，当年在文化圈里交往很广。我们学生虽然对胡老师的经历大多不太清楚；但也不相信胡老师是什么"反对周总理，搞阴谋诡计的'五一六'分子"。说来也奇怪，尽管军代表已经对我们做了反复动员，但我们学生在批判活动中却没有人站出来批判老师的；甚至在分批参加所谓"攻心会"的时候，学员们也几乎都保持沉默，极少发言。没有几个人拿华老师抛出的那些"内部材料"作炮弹，去炮轰和批判老师。这一点使我们至今能在良心上感到自慰。因此，当过了若干年后，在工农兵学员受到普遍责难的情况下，曾在江西鲤鱼洲劳动过的中文系老师们，都不会将他们曾遭受到的批判归罪于工农兵学员。

也许是为了把大批判的火烧得更旺，12月18日分校又在五七广场召开了第七次落实政策大会，各单位的批判对象都安排在队伍的前面。七连也有一名1970届的毕业生，据说，由于有反动言行，毕业时没有分配工作，到鲤鱼洲接受思想改造。他是蒙古族人，人很潇洒，小提琴拉得很好。他也许还是比较幸运的，七连从没有开过批判他的会。他就是后来的著名作家马大京。

正当清查"五一六"政治运动在七连深入展开、批判对象开始扩大时，12月24日我们开始了千里野营拉练活动。这次一走出鲤鱼洲，我们在外达100多天，直到第二年的4月才回来。

千里野营拉练去安源

1970年冬天，一项全国性的活动在各行各业迅速展开——野营拉练。在960万平方公里的土地上，只见一支支"部队"在走动，有解放军，有工人，有学生，有机关干部等。当时人们喜欢穿绿色的军装，可究竟为啥要野营拉练，谁也不晓得，只知道"练好铁脚板，打击帝修反"（美帝国主义、苏联修正主义、反动派）。原来毛泽东在11月24日对"北京卫戍区部队进行千里战备野营拉练的总结报告"上有批示："全军是否利用冬季进行长途野营训练一次，每个军可分两批（或不分批），每批两个月，实行官兵团结、军民团结。……大、中、小学（高年级）学生是否利用寒假也可以实行野营训练一个月。工厂是否可以抽少数工人（例如四分之一，但生产不能减少）进行野营练习。"这个被称为"11·24"的批示，不仅在全军掀起野营大拉练的热潮，也揭开了亿万民众野营大拉练的序幕。当时，各行各业普遍组成野营拉练队伍，手举红旗，肩扛背包，身着"军装"，拉练大军，川流不息。一时间，工人进乡村，农民进城市，军人进山区，学生进军营。神州大地人如海，歌如潮，埋锅做饭，浓烟滚滚。据说，当年美国的侦察卫星还没有现在那么清晰，发现有如此多的部队在调动，还紧张了一阵子。

对毛泽东这样的重要指示，北大作为"毛主席抓的点"，执行起来更是雷厉风行。北京总校从12月22日、分校从12月24日分别开始了"千里野营拉练"活动。

江西分校野营拉练的目的地是安源——毛泽东曾在那里领导过工人运动，"文革"中，由于一幅名叫《毛主席去安源》的油画更是名声大振。参加拉练的除了全校420多名工农兵学员外，还有全体"五同教师"、分校文艺宣传队和"五七学校"高年级学生，一共有630来人。全部人员编成一个营，营长高立明（8341部队军代表）、教导员麻子英（学校教改组组长）。营部每天出版油印的《千里野营简报》，中文系段宝林老师带了几个学生参加编辑与采访工作。中文系成立了战地炊事班，由陈铁民老师、陈贻焮老师、符淮青老师、傅米粉同学和我五人组成。陈铁民老师是1960级的古代文学方向的研究生，在七连炊事班劳动，有做大锅饭的经验。傅米粉同学曾在野战部队当过兵，有在野外挖坑垒灶做饭的经验，他又是江西人，沿途联系有语言优势，可协助符老师采购食品。符淮青老师是研究现代汉语的，他刚调入教学排，为人低调，做事极为细致，有条不紊；在中文系，符老师有个绰号叫"符铁逻"（铁的逻辑），他负责采购食品兼会计（是司务长的角色）是最合适的了。我和陈贻焮老师身材比较魁梧，也有力气，挑担砍柴、埋锅烧火还行，属伙夫的角色。在炊事班的五人中，我是最年轻的。不知道什么原因，营部将分校的毛泽东思想文艺宣传队30多人编入了中文系，但他们由营部直接指挥，只在我们连用餐。

12月24日一早，我们迎着初冬飕飕寒风夹带着的雨雪，开始了野营拉练第一天。我们这支队伍颇为特别：既有200多名现役军人，又有一大批老百姓；既有年逾半百的老教师，也有十一二岁的小学生。我们一路上战风斗雨，跋山涉水，大步前进，先后经过新建县城、西山公社、高安县石脑公社、泗溪公社等地。31日是公历年末，下午我们到达上高县，在离外交部"五七干校"不远的一个村里扎营。那天上午，营部就下了指示，全营统一吃饺子迎新年，晚上还要集体参加分校与上高县的新年联欢晚会。营部还特意从鲤鱼洲拉来了新鲜的猪肉，按每人半斤下发各连队，用于包饺子和改善元旦伙食。自野营拉练一周来，我们炊事班在陈铁民老师的带领下，边干边学，起早贪黑，保证了全连简单的一日三餐。但现在营部下令统一吃饺子，这让炊事班犯了难。除了两位陈老师，都不太会擀饺子皮。我自告奋勇担当剁肉拌馅的任务，由于用馅量大，又叫上了李仲柏、王纪根来帮忙。为了能集体吃上饺子，袁良骏和闵开德老师让全体学员都来帮厨。由于学员都是南方人，大部分也不会包饺子，尤其是擀皮。随队的李庆粤大夫和两位陈老师成了教官。大家边学边擀，各显神通，包出来的饺子也各式各样：有的像馄饨，有的像烧卖，还有的像包子，只要把馅包进了面皮里就行。那晚，我们是借用了村民的柴灶煮饺子，由于两只锅不大，我们不得不将饺子分多批下锅。最终大家在新年夜吃上了自己包的热气腾腾的饺子。对我们南方同学来说，大多是生来第一次吃饺子过新年，这也是我们到鲤鱼洲后吃的第一顿饺子。尽管饺子样子不怎么好看，出锅后还有不少破损，但大家还是吃得很多很香！从那次开始，我和班里的许多南方同学开始喜欢上北方的饺子。当晚，我们野营拉练营与上高县举行了一场新年联欢，上高县和分校的文艺队表演了精彩的节目。会后，放映了老电影《铁道卫士》。

第二天是元旦，我们的出发时间推迟到了 10 点。出发前，在营部宣传鼓动队的徐刚大声朗诵了他的诗作《野营路上》。记得其中有这样的句子："手捧红书走千里，千里野营红一线；战士高举革命旗，插遍大地红满天。""行军路上辞旧岁，云雾山中庆新年；迎着朝阳读宝书，万朵红霞绕身边。"当天，我们只走了 40 来里，下午两点多就在上高县徐家渡的徐市中学安营扎寨。由于到达营地比较早，符老师和傅米粉很顺利地从镇上采购了当地的特产——徐家渡油豆腐，还购买了江西到处都有的冬笋和青油菜等。炊事班很从容地把包饺子剩下的猪肉加工成美味的红烧肉，加上冬笋炒油豆腐和鸡蛋汤。这两菜一汤，是我们整个千里野营拉练中吃得最好的一顿晚餐。

1 月 2 日，我们从徐家渡出发，经过万载县鹅峰、宜春洪塘黄土岭、井江、安祖、新田、西村等，于 1 月 5 日到达我们的目的地萍乡市的安源。

从野营拉练以来，我们每天不是背着大铁锅，就是挑着餐具，走在田间和山坡的小道上。为了保证三餐及时供应，我们每天必须比别人起得早，睡得比人家晚，休息的时间要少得多，其辛苦程度可想而知。过了两天后，陈铁民老师建议，我们五人在行军时分两组行动。即一组比大部队早出发一小时，到达休息处或宿营地后马上埋锅烧水做饭；第二组殿后，收拾其他餐具后，快步赶路，也要赶在大部队之前到宿营地，这样才能保证饭菜的正常供应。我和陈贻焮老师常常在一组，主要任务是轮流挑着大锅赶路和砍柴烧火。陈老师身强力壮，一些重活常常抢着干。他总是认为，做饭做菜时帮不了很大的忙，就在白天行军时多挑一会儿担子，多背一点东西。而另外两位符淮青和陈铁民老师比较内向，话语不多。

　　从万载的鹅峰到宜春的洪塘有两条路，一条是平坦的公路有70多里，一条是山间小路，一路上要翻越三座大岭，有60多里。营部决定选择走山路，以考验大家。我们原来每天的用粮都统一装在营部卡车上，这辆车一路上跟着我们各连的炊事班。现在，汽车不能走山路，炊事班还得带上午饭吃的几十斤大米行军。由于一路上人烟稀少，我们不得不在山沟里架锅烧水，挖坑做饭。也许是新挖的锅坑比较潮，也许是由于我新砍的柴火太湿，火力就是上不去，差一点把一锅米饭做成夹生饭。陈老师后来又找来一点松枝，火力很快就上来了。陈老师告诉我，松树枝内有油，湿的也能燃烧。一次我们在野外点火做饭，一缕炊烟在山谷中袅袅升起时，陈贻焮老师突然来了诗兴，念起了王维的"大漠孤烟直，长河落日圆"的诗句。陈铁民老师是林庚先生的弟子，是研究古代文学的，陈贻焮老师被中文系30后的教师称为"大师兄"。他们俩对孟浩然、王维等唐代诗人有共同的兴趣。两位陈老师在鲤鱼洲时，同在一个砍柴班，后又一起向老农学使唤耕牛，同当"牛把势"，水田里的耕、耙、耖、耩、耢等农活样样都会。这次千里野营拉练，他们又在一起当炊事员，两人自然很投合。我只是读过那些列入中学语文课本的古代诗歌，竟没有读过王维的这首名诗，尤其可笑的是竟不知道"长河"是指哪条河。我向陈老师求教，陈贻焮老师知识面很广，天南海北、天文地理、自然和社会、动物植物，他知道得很多。我们一路上跋山涉水，陈老师给我们讲了一路话。他的话匣子一打开，很难收住。如果有人愿意听，喜欢刨根问底，他就更有精神。他说"长河"就是"黄河"，这首《使至塞上》是一幅美丽壮观的画，王维的诗是"诗中有画"，王维的画是"画中有诗"。他还拿起火柴棍在地上画起了横的"长河"、直的"孤烟"和圆的"落日"。在那样一个年代，在那样一种野营拉练的野外环境里,陈老师拿着树枝,一面画画,一面讲唐诗——时间是1971年1月4日,地点是在江西万载县新田公社西村。可惜,当时没有摄像机拍摄下来,留下这珍贵的镜头。

从6日到10日,分校的野营拉练营在安源活动了5天,集体参观了"毛主席在安源革命活动纪念馆"、毛主席当年在安源的十三处活动地,听纪念馆的工作人员讲解安源的革命历史和毛主席八次到安源活动情况,还到安源水泥厂、炼铁厂、肥皂厂、制药厂及养猪场实地考察,从毛主席当年下井的总平巷下井劳动。

在安源,我们每晚还有"革命文艺活动"。7日,比我们先到安源的南昌市工人野营训练二团为北大野营拉练营放映电影《地下游击队》。8日晚,北大放映电影《宁死不屈》回谢。这两部都是阿尔巴尼亚的革

在安源矿总平巷参观,听安源矿史。

命电影，是那个年代能看到的少数几部外国电影。9日，北大分校与安源矿工、南昌市工人野营团举行联欢，安源矿毛泽东思想文艺宣传队与北大分校宣传队做了精彩的演出。安源矿的演出，内容大多结合安源的革命历史，突出路线斗争和传统教育，联系矿上的阶级斗争和生产实际，艺术水平很一般。给我印象最深的是那些工人演员表演的批判刘少奇在安源工人运动中的"投降主义路线"的舞蹈，完全是1966年红卫兵的动作，我的感觉还比不上中学的水平。我们江西分校文艺宣传队人数不多，尤其是没有年轻人，虽也是突出路线斗争，歌颂"五七道路"，但艺术水平要比安源矿高出一等。

11日，分校的大部队按计划原路返回鲤鱼洲，我们中文系被留在安源继续教改实践。

中文系在安源又住了10天，主要是采访矿上的先进人物和先进事迹，练习通讯和调查报告的写作。由于我们午饭安排到安源矿职工食堂用餐，又不行军，炊事班只负责早晚餐，工作量少了很多，我也可以回到班里参加教学实践活动。我们几次头戴矿灯，下到地下几百米的矿井里，与工人一起挖煤。井下的劳动，使我们对煤矿工人的辛苦有了更深切的体会。我们分别接受安源矿政宣组分配，到各矿井和车间采访。其中最重头的是要采写为抢救工友而牺牲的江宗秀烈士的先进事迹，这个任务交给了其他同学，我和另外一个同学被安排采访机电车间的老模范周保清师傅。他工作脚踏实地，任劳任怨，吃苦在前，坚持奉献，不求索取，被车间工人誉为安源的老黄牛。他还在家里办"老三篇"的学习班，坚持全家人一起学习，把三个人（张思德、白求恩、老愚公）作为全家集体学习的榜样。为了更好地了解周师傅，我们连续几次到他车间里参加劳动，晚上还和老师一起到他家里，听他们全家斗私批修晚检查。后来我们完成了一篇《胸有凌云志，脚踏实地干——记工人周保清》的通讯，由老师做了一点修改后，交给了安源矿政宣组。政宣组对这篇稿子比较满意，后来据说还编入了《安源矿学习毛泽东思想先进事迹汇编》。1月20日，我们离开安源，又开始野营行军，目标是永新县井冈山铁路建设指挥部。

从安源到永新有250多里，准备用三天走完。由于我们离开了大部队独立行动，没有车辆跟随，队伍的后勤保障等一切都靠自己。第一天我们从安源到高州，行军70多里，很顺利。第二天我们赶到莲花，行军80多里，沿途还看到了901钻井队的井架。中午在坊楼公社吃饭休息。坊楼的洋桥村是解甲归田的甘祖昌将军的老家，可惜我们在路过洋桥时未能见到他。第三天，我们从莲花到永新，有100多里。我们先于队伍出发不久，挑着锅的陈贻焮老师突然叫了一声，随后一个踉跄，险些摔倒，担子从他肩膀上滑落下来。我们一问，得知是陈老师的腰椎病突然发作，腰部几乎直不起来了。当时我们还在公路上走，从莲花到永新是有长途汽车的，陈铁民老师和我都劝陈贻焮老师买张汽车票坐车走，随后赶到的袁良骏和闵开德两位领导也要陈老师坐车，还要符淮青老师去买票。但陈老师坚决不同意，说老毛病，不碍事，坚持要与大家一起走。我赶紧用柴刀（我们炊事班带柴刀）砍了根树杈给陈老师当拐杖，他就一只手拄拐杖、一只手撑着腰，半弯着腰，艰难向前走。为了抄近路，我们开始走山路、钻树林、穿独木桥。永新地处罗霄山脉中段，山不太高，但一座接一座，走不到头似的，这是我们整个野营拉练中路程最长的一段。由于山里严禁用火，我们没法烧开水，大家又累又渴，有几个女同学已经走不动了，曹仲华同学还有虚脱的征兆。在经过一个叫龙潭小村烧水休息时，村里的孩子们都围上来，好奇地看着我们这群不速之客。见到孩子们，刚才一路上很少说话的陈老师用湖南腔的江西话乐哈哈地与孩子们聊上了，问他们上不上学啊，家里几个人啊。当他得知，有个女孩与他9岁的女儿同岁，却不能上学，每天要照顾弟妹，还要上山采菇拣柴，不胜感慨。休息时，随队的李清粤大夫告诉我们，陈老师有腰椎病，但没有想到这次发作得这么严重。这可能是由于连续赶路，多日得不到充分的休息，又适逢"大寒"节气的影响（在节气交替的日子，老伤容易复发）。李大夫与陈老师青梅竹马，相亲相爱，感情极深。她是随队医生，一路上主要在照顾几位发烧的女同学，对陈老师却少了一点关心。陈老师对此毫无怨言，他要李大夫多去关照生病的同学，还有那几个崴了脚、打了泡、行走困难的同学。陈贻焮、李庆粤夫妇都是普通的群众，但他们表现出来的顽强拼搏和先人后己精神极大地鼓舞了我们，大家精神振奋，互相帮助，互相勉励，终于在傍晚顺利到达永新井冈山铁路指挥部。

一路上，幸亏有李仲柏、王纪根等帮助挑锅灶，同学们轮流帮厨，一起做饭做菜，使我们能在较短的时间里做好饭菜，保证供应。到了永新后，炊事班解散了，陈铁民老师也回鲤鱼洲去了，我和傅米粉同学、陈贻焕老师也各自回到班里。李大夫还对我们几个一路上对陈老师的照顾表示深深的感谢。我们从鲤鱼洲到安源，又从安源到永新，走了一千多里，完成了野营拉练的第一阶段的任务。

从三湾再到井冈山（一）

到井冈山铁路工地开展教改实践，是早就定了的，如果没有去年的"翻车事故"，我们早就到了铁路工地。而我们这次到永新时已是1月22日，农历十二月二十六了，离春节没有几天了。

为了过一个革命化的春节，全班从腊月二十八到年三十，开展了三天的"四好总评"和个人总结活动。所谓"四好总评"，是当时军宣队将部队开展的评选"四好连队"和"五好战士"的活动照搬到了学校。"四好连队"的条件是政治思想好、三八作风好、军事训练好、生活管理好；"五好战士"的条件是政治思想好、三八作风好、军事训练好、完成任务好、锻炼身体好。创"四好"和争"五好"是林彪出任国防部长和主持军委工作后在1961年提出的，在部队开展了将近10年。评出的"四好连队"由国防部发证书，"五好战士"由各大军区和军兵种发证书。"创四好，争五好"是当时部队战士争取荣誉的一种原动力，那时能给家里寄上一张"五好战士"的荣誉奖状，是家里和本人的光荣，也是本人以后入党、提干的必要条件。"文革"开始后，有部队到地方三支两军，也把"创四好、争五好"活动带到了地方，后又将"创四好、争五好"合并为"四好活动"——上半年为"四好初评"，下半年为"四好总评"。北京大学从 1969 年开始就开展了这项活动。江西分校就是一所"五七干校",实行的是军事化管理,除工军宣队队员和后来入学的工农兵学员外,其余人都被称为"五七战士",这样开展此项活动也显得顺畅。"四好总评"评出的"五好战士",由北京大学(总校)统一发证书。工农兵学员上半年还没有入学,当然没有参加过"四好初评",但却参加了下半年的总评活动。学校还给了学员队一定的"五好战士"名额,学员们也希望能有机会评上"五好战士",寄一张喜报回家,同时也是对原选送单位的最好汇报。

"四好总评"对我们个人来说是入学后的一个学期的总结,但这个总结并不只是自己独自的反思,而是要公开在班里讲,所谓要把自己的思想灵魂亮出来。同学要讲,老师也要讲,每个人都要自己讲,每个人都要对你进行批评,每个人还要作检查自我批评。1 月 25 日下午,轮到我被评述:学员赵松发(班长)、杨根莲(党小组组长)、徐刚(副排长)、张传桂(党员)、傅米粉(党员)、于根生和袁良骏、陈贻焮两位老师对我思想、工作、学习、生活等诸多方面表现做了充分的肯定,同时也提出了尖锐和严肃的批评,我也做了自我批评。也许在野营拉练中当野战炊事员时给全连留下比较好的印象,我被评为了 1970 年度的"五好战士"。1968 年我曾报名参军,由于"文革"原因,解放军从 1966 年 9 月起就停止了征兵,1968 年是首次恢复公开征兵,吸引了大批适龄青年。到我们区域征兵的是北海舰队,能当一名海军战士虽与我的造船梦有很大的差异,但能到军舰上去当兵,也是梦寐以求的。我也曾做过一个梦:驾驶着军舰在海上巡航。失去了上学机会的老三届的男生们,争先恐后地报名入伍。我参加了体检,并合格过关。那次征兵的去向是北海舰队的潜艇部队和海军航空兵部队,政治要求特别高,甚至那些不是直属亲戚的社会关系也要查三代。我的身体条件虽合格但政治审查最终没有通过,当兵梦也随之破灭了。那次应征入伍的同学到部队一年后就把"五好战士"的喜报寄回了家,令我们这些没有当成兵的人羡慕不已。想不到的是,我上了大学,也能当"五好战士"。

除夕夜,我们吃了一顿特殊的年夜饭——忆苦思甜饭。晚上集体去看电影《海岸风雷》。这是一部从阿尔巴尼亚引进的故事片，影片讲述了一个老渔民家庭，他的四个儿子分别走上不同的人生道路。其中老二迪尼是地下工作者，老三皮特里是医生，老四维西普也是革命党员，但长子沙里姆却偏偏是个可耻的叛徒，他多次向意大利法西斯当局告密，导致地下党组织工作受到很大的破坏。后来一次抢救伤员的任务，因沙里姆的告密而导致失败，老三皮特里情急之下冒名顶替游击队员而被关押进牢房，迪尼和维西普在游击队的支持和配合下突袭监狱并成功营救出皮特里，歼灭了法西斯。这和同样是阿尔巴尼亚故事片的《地下游击队》在内容和表现上几乎相同。

大年初一上午，团支部举办了一个讲用会，由三位申请入团的青年讲用学习毛泽东思想的体会。晚上，观看驻地 6618 部队的文艺演出。俗话说，每逢佳节倍思亲。春节期间，大家都特别思乡思亲，我们中的大部分人入学前从没有离开过父母，现在却在春节团圆的传统节日里不能回家，内心很不好受，有个别同学还偷偷地流泪。那些与我们朝夕相处的老师们，大多有父母，有儿女，春节也不能回家团圆。陈贻焮和李庆粤夫妇的儿女在鲤鱼洲五七小学校，女儿友庄（小名小妹）才 9 岁，他们也不能回鲤鱼洲与孩子团圆，而把父母般的关爱给了我们。我们每个人只能在心中默默祝愿自己的亲人和老师的家人平安。

春节一过，又开始人人过关，还要把自己的所作所为联系到路线斗争高度来认识，这也被称为"路线分析教育"。在这种上纲上线的教育中，个别同学与老师产生了一些矛盾，特别是在评议袁良骏、闵开德、徐刚这三位排级干部的路线分析会上，有的老师批评徐刚同学骄傲自满，并把骄傲自满上升到了资产阶级名利思想和对工人阶级态度的高度来分析，使徐刚同学难以接受。徐刚入学后，曾在《解放日报》《文汇报》以及北大的《内部通讯》上发表了几篇新的诗作，不时地流露出对小分队教学安排的不满情绪。但把这种不满提高到路线的高度来分析，确有过分之处。徐刚也曾在班里作过检查，但从心里并不服气，尤其对副指导员袁良骏老师有意见。后来经过多次沟通，他们之间的矛盾已得到解决。但这个消息传到鲤鱼洲，被说成小分队的师生关系出了大问题。

　　由于铁路建设工地在春节期间休息，我们原定下工地的教学计划无法安排，领导决定，再次野营拉练，上井冈山参观学习，接受革命传统教育。2月3日我们从永新出发，先到三湾枫树坪，参观了三湾改编的旧址；路经古城，参观"古城会议"旧址；到宁冈砻市，参观龙江书院、朱毛会师广场和红军教导大队旧址。我们还从宁冈夜行军到茅坪。茅坪，是井冈山革命根据地最重要的据点。在这里，毛泽东说服了绿林好汉王佐，参加了红军，壮大了红军队伍，在井冈山站稳了脚跟。我们在茅坪住了两天，参观湘赣边界特委一代会、二代会旧址和著名的八角楼，到洋桥湖参观毛主席的旧居和红军军部，听根据地人民讲红军的故事。在八角楼里，段宝林老师带领我们学习毛泽东在这里写下的《中国的红色政权为什么能够存在？》和《井冈山的斗争》等著作，大家都感到很有收获。

　　2月8日，我们离开茅坪，沿着朱德挑粮走过的小路继续前进。同学许贤明来自井冈山，他理所当然地担当起我们参观的向导。一路上，我们一边行军，一边观赏着井冈山的一山一水，一竹一木。我们在松林里捡松子球，在小溪边饮山泉。我第一次在小溪里看到了娃娃鱼，那形态真是特别可爱。（2006年，我到井冈山，曾重走这条小路，但在溪水里再也没有看到那野生的娃娃鱼了！）我们跨急流，穿竹林，抄近路。经过双马市，登上了著名的黄洋界。

　　黄洋界位于井冈山中心茨坪西北30多里，是井冈山革命根据地的五大哨口之一，山顶海拔有1300多米。这里峰峦叠嶂，地势险峻，常弥漫着茫茫云雾，无边无际，好像大海汪洋，故也叫汪洋界。展览馆的讲解员给我们介绍了发生在1928年8月30日的黄洋界保卫战战况。1928年7月，红四军主力在湘南行动受挫后转移到了桂东。8月初，毛泽东率红四军31团3营下井冈山赴桂东接应主力。8月中旬，国民党湘军和赣军共四个团准备对井冈山进行"会剿"（湘赣两军会合围剿）。当时红军以不足一个营（红军31团1营的两个连）的兵力，从早晨8点开始，凭借黄洋界的天险之势，在根据地赤卫队和人民群众的支持下，打退了湘赣敌人的多次猛烈进攻。下午 4 点，红军战士将不久前缴获修复的一门迫击炮搬上了黄洋界瞭望哨，在敌军新的进攻即将开始之际，向敌方连发了三发炮弹。当时，红军手中只有三发炮弹，前两发没有打响，而第三发炮弹正落到了湘军指挥所附近爆炸。湘军指挥官原以为红军主力已经下山，忽见炮弹在身边爆炸，以为主力又返回井冈山，吓得魂飞胆丧，害怕被歼灭，逃之夭夭了。赣军闻讯后，也停止了策应湘军的行动。十多天后，毛泽东和朱德率领红军主力回到了井冈山。得悉黄洋界保卫战胜利的消息，毛泽东高兴地写下了《西江月·井冈山》诗篇：

山下旌旗在望，山头鼓角相闻。敌军围困万千重，我自岿然不动。早已森严壁垒，更加众志成城。黄洋界上炮声隆，报道敌军宵遁。

这次北大江西分校中文系教学排的师生集体行军，徒步登上了黄洋界。大家兴奋地眺望井冈山脉，茫茫的云海中，层层山峦，绵延不断……尽管大家长途跋涉，气喘吁吁，但仍情绪高昂地跟着袁行霈老师一起在黄洋界火炬亭前大声朗诵毛主席的诗篇《西江月·井冈山》，体会毛泽东诗词中描述的壮阔的战争场景、红军坚定的必胜信心和军民昂扬的革命斗志。在黄洋界上读毛泽东诗词，感到心潮澎湃、浮想联翩。那个时代，还没有什么红色旅游，到井冈山的交通很不方便，能有机会到黄洋界来参观的除公费出差外，大多是参加野营拉练的部队指战员、工矿企业的民兵和大中专学校的师生，其他的人员凤毛麟角。我们成了当天上黄洋界的唯一团体，也可能是 1966 年全国学生大串联结束后，第一批有机会集体上黄洋界参观的大学生。

现在去黄洋界参观，已经见不到那高大的火炬亭了。1960 年 10 月，黄洋界就建造了一座木质结构的纪念碑。1965 年又建造了钢筋水泥结构的纪念碑，纪念碑上有毛泽东主席的手书《西江月·井冈山》和朱德总司令题写的碑名"黄洋界保卫战胜利纪念碑"。"文革"开始后，林彪成了副统帅、接班人，而朱德受到批判攻击，江西的当权者就把刻有朱德题词的纪念碑炸了，建了个黄洋界火炬亭，"黄洋界"三个字也是由林彪题写的。

1975年4月,我与北大中文系新闻专业1973级学生在黄洋界火炬亭前留影。

1975年4月,我带学生到井冈山实习调查,第二次登上了黄洋界。此时,林彪已经摔死在温都尔汗,火炬亭上的林彪题词也已换成了毛泽东的"黄洋界"手迹。我们几个人又在这个火炬亭下拍照留念。

2005年6月,我第三次上黄洋界参观,"文革"中建造的由林彪题词的火炬亭已被炸毁,恢复了1965年竖立的纪念碑,同时在竖碑前又增加了一个横碑,一边是朱德的手书"黄洋界"三个大字,一边是毛泽东的《西江月·井冈山》的手迹,并重建了纪念馆。我那次参观时,纪念馆里正在举办贺子珍展览。此是后话了。

陈贻焮老师从三湾出发上井冈山的途中对我们说要写诗,他在宁冈、茅坪参观时特别认真,从茅坪上了黄洋界,更是诗兴萌发。陈老师一般不写顺口溜,他写旧体诗。当时他高声朗诵了几句,记得有"见罗霄红遍,日出东方"。后见到陈老师写的《沁园春·登黄洋界》,全文如下:

百仞层冈，山腾细浪，云海苍茫。早东风播暖，雪晴双马，青阳焕彩，翠涨龙江。挺拔云松，婆娑何树，珍重清荫护运粮。井冈路，随燎原烈焰，遥接重洋。工农暴动三湘，换赤县颓澜自主张。仗楼上灯光，烛明长夜，笔编文字，点破迷航。万众争先，千峰竞险，丑类啁啾休跳梁。齐仰止，见罗霄红遍，日出东方。

或许由于词中的遣词用字还要琢磨，也可能是碍于诗中的政治色彩，陈贻焮老师除了在井冈山念过这首词外，一直不愿意把它公开，生前也没有编入他自己的《梅棣盦诗集》中。直到2012年1月，我才从李庆粤大夫那里，抄录到了原词的全文，公开于此。这首词或许可以作为研究当年知识分子心态的一个例子。

从三湾到井冈山（二）

2月9日下午，我们顺利到达了井冈山革命根据地的中心——茨坪镇。茨坪位于井冈山主峰北山麓，是一块面积20平方公里的高山盆地，明末建村时，因满垄遍布柿树，故名"柿坪"，后以方言谐音称"茨坪"。茨坪是第二次国内革命战争时期井冈山上最大的村庄。1927年10月27日，毛泽东率领秋收起义部队首次到达茨坪后，这里就成为红军的常驻之地。至1929年1月，一直是井冈山革命根据地的中心。

2月10日，我们参观"毛主席创建井冈山革命根据地展览馆"，展览馆原名叫"井冈山博物馆"，1958年经国家文物局批准于1959年建成。1962年，朱德元帅参观博物馆并题写了馆名。"文化大革命"开始后，博物馆改名为"毛主席创建井冈山革命根据地展览馆"，展览馆的外观同安源的"毛主席在安源革命活动纪念馆"雷同，入口处两面的墙上，镌刻着毛主席手书的"星星之火，可以燎原"八个大字。全部展览宣扬了毛泽东的丰功伟绩，突出"枪杆子里面出政权""星星之火可以

鸟瞰茨坪。

燎原"和"建立农村革命根据地,以农村包围城市,最后夺取城市"的"井冈山道路"。由于我们的野营拉练从南昌、安源、三湾、古城、宁冈、茅坪、黄洋界等红色地方一路走来,对"井冈山道路"也有了一定的感性认识,参观展览时有种驾轻就熟的感觉。在那个年代,瞻仰和参观伟人旧居和革命圣地后,都要做两件事,一是盖纪念章,二是戴上毛主席像章拍照。我们全体师生在展览馆前照了一张全家福,除了冯钟芸老师探亲在北京外,北大江西分校中文系教学排的30名学员、9名教师悉数参加。这是我们教学排的第一次合影,也是唯一的一次合影,因此这张照片弥足珍贵。(见本书"前言"第19页)

教学排的老师们也在展览馆前合影。

2月10日,我们在茨坪继续参观了毛主席和朱德的旧居、湘赣边界特委、湘赣边界工农兵政府、红四军军部、红军教导团、军械处和公卖处等遗址,还参观了井冈山阶级教育展览馆。在毛主席旧居参观时,讲解员给我们讲了毛主席在茨坪期间提出的"三苦""四要""五同"。三苦是"艰苦学习、艰苦生活、艰苦奋斗";四要是"要团结互助、要灵活机动、要实事求是、要批评与自我批评";五同是"同吃住、同学习、同行军、同打仗、同做群众工作"。我们似乎感到鲤鱼洲的"五同"是从井冈山的"五同"继承发展下来的。在毛主席旧居前,乐黛云老师和李庆粤大夫招呼全体女生与她俩合影,使我们男生羡慕不已。

在茨坪居住期间,许贤明还带我们到小井参观红军医院,到大井听老赤卫队员邹文楷讲井冈山革命斗争的故事。大井位于茨坪西北面七公里处,有红军医务所旧址等。1927年10月下旬,毛泽东率领中国工农革命军上井冈山首先就到达这里。毛泽东领导红军深入群众,向群众宣传革命真理,组织、武装群众,动员群众进行生产劳动,解决实际困

分校中文系教学排的教师在井冈山合影。前排右起:段宝林、陈贻焮、袁行霈、闵开德;后排右起:乐黛云、周先慎、严绍璗、袁良骏、符淮青。

难。在这里还设立了红军医务所,免费给当地群众看病、治疗。并在这里开始了对地方武装王佐部队的教育改造工作。1928年2月,王佐率领地方武装参加了工农革命军,被改编为工农革命军第二团第二营,从而壮大了革命队伍。邹文楷曾任井冈山大井乡暴动队队长,他带领暴动队配合红军打退国民党政府军对井冈山的多次"会剿"。1928年8月30日的黄洋界保卫战中,他率暴动队员配合红军用竹钉阵、滚石礌木等杀伤敌人,缴获各种枪支百余支。就在那一年,他加入了中国共产党。红军长征后,他留在家乡务农。新中国成立后,曾任大井高级农业生产合作社社长、中共吉安地委委员、井冈山管理局党委委员。1960年出席全国民兵代表会议。我们那次见到邹文楷老人时他已经75岁,但身体硬朗,精神矍铄,对我们非常热情。他给我们讲了毛主席改编王佐部队的许多故事,以及毛主席旧居后一棵海罗杉和一棵罗木石楠的传奇故

与邹文楷老人在井冈山大井毛主席旧居前合影。

事。当年毛主席曾在树下读书开会,观看红军战士操练,传说那两棵树很有灵性:在国民党对井冈山围剿时被烧枯,但新中国成立时却又长出了新叶。邹文楷老人对革命的忠贞不渝以及淡泊名利、胸怀坦荡的精神和情操深深感染了我们。1975 年,我到江西出差,特意又去了一次井冈山,再次到大井访问了已经 79 岁的邹文楷老人,还与这位传奇的老人合影,弥补了 1971 年的遗憾。

我们在茨坪也开展了几次特别的教学活动,主要是安排学习党史和毛泽东诗词。党史学习结合实地参观考察,学得比较生动。段宝林老师结合参观,给我们讲述井冈山革命根据地的形成和发展、根据地内部的路线斗争。毛泽东诗词专题在鲤鱼洲上了一两堂课后就停了。由于我们的教学计划中没有中国文学史和古代诗词之类的课程,毛泽东诗词是我们当时能间接地去接触中国古典文学和古典诗词的唯一通道。主讲的袁行霈等老师正是通过讲解毛主席诗词,把中国古典诗词的格律、词牌、平仄、用典等知识介绍给我们。他还给我们简单介绍了《诗经》《离骚》、唐诗宋词,介绍屈原、曹操、陶渊明、李白、杜甫等中国古代大诗人,给我们展示中国文学的魅力。在分校,袁老师上的毛泽东诗词课,学员都特别喜欢听。学员每人还得到了一本《毛主席诗词讲解》的油印本教材,这可是我们在分校学习期间发的唯一一本像样的教材。

在井冈山听袁老师讲《西江月·井冈山》,更是在身临其境的环境中的学习。袁老师从西江月词牌到写作的历史背景、从"山下旌旗在望"对"山头鼓角相闻","森严壁垒"对"众志成城"的用词特色等对诗词进行深入的分析。他说,这首《西江月》是一场战斗场面的记录,是一幅壮丽的图画,也是一首激昂的进行曲。他的课我们听得如痴如醉。袁老师还要三位学员上台谈学习毛主席诗词的体会,这种在特殊环境下的师生互动、教学相长的情景以后很难再复制了。15 日,在离开井冈山的前一天,袁老师又给我们讲了《清平乐·蒋桂战争》和《采桑子·重阳》等诗词。他的诗词课给我们留下了永不磨灭的记忆。

2 月 16 日,我们乘井冈山大学的汽车回到了永新县城。到达永新的第二天,冯钟芸老师从北京探亲回来了。三班的同学像见了久别的亲人与冯老师嘘寒问暖。冯老师从北京带了"北京龙虾酥糖"分给同学品尝，这是我们第一次吃到"北京酥糖"（上海只有奶糖，后来才有酥糖）。冯老师是"五同"老师中年龄最大、资格最老的，她长我们二三十岁，是父母亲辈分的老师。冯钟芸老师的家境，陈贻焮老师知道得很多，也给我们讲了不少。她出身名门，著名的矿床学专家冯景兰是她父亲，著名哲学家冯友兰是她伯父，著名文史专家冯沅君是她姑姑，冯景兰、冯友兰、冯沅君兄妹三人，都是1955年评定的一级教授，冯家兄弟还都是中国科学院的学部委员。冯钟芸老师的丈夫是著名哲学家任继愈，张岱年教授与冯家也有关系，其家庭学术之显赫，在当代学术史上极为少见。冯老师对学生像父母对孩子，在生活上十分关心我们，梁玉萍、朱美英、邓新凤等同学在翻车事故中负了伤，她带他们到南昌省里的医院检查看病配药；符功琪同学的父母过世比较早，冯老师对他更是特别关心。后来，我们从于根生同学那里知道，冯老师在回北京探亲途中，特意在沪杭线上一个叫石湖荡的小站下车，专程去访问他的家。于根生同学的父亲长期有病，姐姐又已经出嫁，家里生活有困难，一直希望小于能回到身边。冯老师了解了小于的心事，曾多次与他促膝谈心，勉励他放下一切，努力学习。这次她又亲自到他农村老家访问，看望他的父亲。这样的深情厚谊，使于根生的父亲感动万分，他向冯老师表示，自己的困难自己设法解决，不拖累孩子学习。北大的一位女教授到小乡村，看望一位学生家长，这在当地被传颂一时。上世纪70年代，中小学教师到学生家中家访，还能听到，但大学教授到学生家中家访，却是凤毛麟角，而冯老师做到了。像这样的老师，学生能不爱吗？

重上三湾枫树坪

在永新，我们一边总结上井冈山参观学习的收获和体会，一边在等待井冈山铁路指挥部的通知。22日，我们依依不舍地送别了奉命调回连队的袁良骏老师、周先慎老师和李庆粤大夫。

袁良骏老师当时是我们小分队的最高负责人，他突然被调离教学排，使我们感到非常诧异。据说是因为要追究翻车事故，要他回去检查。听说袁良骏老师家庭出身好，没有家庭和个人的政治包袱，一度被军工宣队重用。他是七连的副指导员，是七连五位连级领导之一。他工作有能力，做事有主见也有魄力，性格直爽，快人快语。对一些认为不对的事，他能撕开面子，批判时大胆尖锐，不给人家留面子。我们刚入学时，很多老师对工农兵学员敬而远之，不敢管、不想管，袁老师却敢于大胆管理。但他批评人时，常常话语尖刻，让人难以忍受。他特别喜欢鲁迅的杂文，行文和说话带有冷嘲热讽，因此也得罪人。有一次，工宣队的陈师傅教育我们要看鲁迅解放以后的小说，我们觉得好笑，但不敢吭声。但袁老师却把陈师傅奚落了几句，要陈师傅推荐解放后鲁迅写的书。陈师傅没有多少文化，后来知道说错了话；好在陈师傅有度量，没有向上汇报此事，也没有把它提到反对工人阶级领导的高度去追究袁老师的问题。他在连队领导中分管教学，而且直接兼任教学组的组长。他对教学排的工作可以说全心投入。他的夫人是北京军区的一位现役军人，两个年幼的孩子都由他爱人独自抚养，他都无法顾全。就在我们行军到三湾时，他收到家里的电报，要他马上回去看望病重的孩子；但他当时是重任在肩，没有回家，好像只是在永新打了个长途电话，依然每天与我们摸爬滚打在一起。

袁良骏老师作为连的副指导员和教学组长，对12月5日的翻车大事故要负一定的责任，但当时带队的最高负责人是一位陈师傅。问题是，敢于说"不"的袁老师当时在汽车进退两难时，没有说"不"，而是同意了继续行车方案，最终酿成了大祸。车祸发生后，学校开始没有追究他的责任，但我们感到，他内心的压力极大。他几次呼吁分校、总校出面，要求北京市革委会批准张雪森、王永干为革命烈士。他还布置我们整理两人的事迹。可后来一直没有结果，袁老师也一直耿耿于怀，说同是分校的，邹洪新、林洪范在买菜途中，遇难于鄱阳湖，被追认为革命烈士；而张雪森、王永干牺牲在教育改革的征途上，为什么不能追认为烈士？这样不平等对待遇难的同志，没有道理！

也许由于鲤鱼洲的翻车事故，1971年9月江西分校撤销后，一度被军工宣队十分信任的袁良骏老师从此不再参与党政工作，反而如愿地回到了教学岗位，了却了他的心愿。他从1972年开始先在写作教研室，后又到现代文学教研室教书。他给我们上过鲁迅作品分析课，要求学生学写习作。我写的《吓人战术是机会主义者惯用的手法——读鲁迅辱骂和恐吓绝不是战斗》习作，被袁良骏老师推荐，发表在1972年7月29日的《北京日报》上。袁老师还与乐黛云、周先慎等老师一起编了《鲁迅杂文选讲》，1973年由北京出版社出版，其中选编了几篇学生的习作。

但是，不知为什么，井冈山铁路建设指挥部的通知迟迟没有到来。在永新住的十多天里，我们与远在北京和鲤鱼洲的在校学员同步开展"反骄破满"的自我教育运动。分校还专门派人送来北京总校"深入开展一打三反运动大会"和"揭批聂元梓大会"的录音，要我们在开门办学中认真听，认真学，补上政治教育和路线斗争这一课。在永新，我们除了政治学习外，还有机会看电影、看演出。我们看了《红灯记》《智取威虎山》和《白毛女》等样板戏电影，还去观看了永新县毛泽东思想宣传队演出的《沙家浜》。

2月27日，小分队领导决定，一部分学员由袁行霈、严绍璗老师带领到井冈山铁路建筑工地采访，各班的同学也做了临时调整。大部分同学由闵开德老师带队到三湾大队继续进行教育革命实践探索。28日上午，我们再次行军来到三湾村，又见到那棵大枫树，感到很亲切。谁能想到，距第一次参观三湾不到一个月，我们又来了。那一次我们是匆匆路过，这次我们要在三湾住上一段时间。我们要在与三湾贫下中农的一起劳动生活中，采写革命家史，采写先进人物，采集革命故事，写调查报告。我们分别被安排在各生产队的队部居住，全排仍单独起火做饭，除食品采购等还是由符淮青老师负责外，学员轮流做饭做菜。

从3月1日起，我们白天与社员们一起劳动：在乱石堆和乱树丛中，刨树根，清卵石，烧杂草，开荒造田；在山坡上掌钢钎，抡铁锤，打炮眼，布引线，炸石头，开凿引水渠。这几项工作，劳动强度特别大，打眼放炮之类的农活，都是第一次参加。但不管是教师还是学生，不管是男还是女，大家都努力干，重活累活冲在前。晚上我们又到社员家里走访，与在三湾插队的上海和江西知青座谈。也许是我们北大师生吃苦耐劳的精神感动了队里的干部和贫下中农，他们不但给我们送水端茶，还给我们送来蔬菜和茅笋，有的社员还送来了自己腌制的腊肉。在那个生活贫困的年代，腊肉是极为珍贵的食品，大概只有过年和招待极为重要的客人才会拿出来享用。

  3月3日，我和赵松发同学接受采写钟九生家史和先进事迹的任务。三湾大队党支部书记李明观向我们介绍了钟九生的先进事迹。为了近距离了解钟九生，我和赵松发搬到钟九生大爷的家中居住，向钟九生的儿子钟明德了解他父亲的情况。其实，钟大爷常常不住在枫树坪，而是住在离枫树坪有20来里一个叫龙王陂的深山坳里。3月5日，钟大爷恰好回村取农具，征得大爷同意，我与赵松发下午就背着背包，跟随钟九生出发进山。在蒙蒙细雨中，我们跟着钟大爷跨过了十几条小溪，翻越了几座山，经过近两小时跋涉，终于到达了龙王陂。龙王陂，在三座山坡之间，在苍松翠竹的环抱下，由几块高低不同、每块基本平整的山地连在一起组成。两间茅草屋顶的小木屋坐落在平地上，这就是钟九生大爷在龙王陂的住所。

  吃完晚饭后，钟大爷给我们讲了龙王陂的历史。钟大爷的家住在三湾枫树坪，1929年9月，毛泽东带领起义队伍在三湾进行改编时，他们家住过工农革命军。当时革命队伍实行三大纪律六项注意，与群众关系很好，他们家也与革命军结下了友谊。革命军离开三湾时，三湾的村民还到村口送行。红军离开井冈山后，钟九生家遭了殃，房屋被反动派烧毁。为了躲避国民党反动派的迫害，全家不得不躲进了深山老林之中，找到了龙王陂这块地方，并在那里开荒种田，艰难度日。那时到龙王陂山上没有路，溪上没有桥。钟大爷一年很少出山，过着与外界隔绝的原始生活。直到三湾解放土地改革时，他才走出龙王陂，回到枫树坪。龙王陂原有耕地只有五六亩，种的玉米和水稻产量很低，勉强维持一家的生存。钟九生回到枫树坪后，分到了村边的土地，龙王陂曾一度荒废。

公社化后，为了扩大种粮面积，1962年重新开垦龙王陂，耕地面积扩大到20多亩，成了三湾大队的一块水稻田；但由于离枫树坪有近20里的山路，进出非常不便。钟九生就主动承担起这块水稻田的耕种和管理工作。他要负责日常的放水、施肥、喷药、除草等繁重的劳动，只有在领化肥、取农药时才回村一次，常年住在深山老林里。这里没有电，没有广播，与外界基本隔绝。当晚，我们就住在四面漏风的茅草屋顶的小木屋里。

钟大爷问我们住小茅屋是否害怕，我俩肯定地说：不怕！我们是从鲤鱼洲出来的，"住过了鲤鱼洲的大草棚，世界上什么地方都敢住"！但当我们刚进入梦乡，突然传来嘎吱嘎吱的声音和咕咕的叫声，是什么野兽来进攻我们的小屋了？我一骨碌坐了起来，感到有点紧张，拿起手电筒往房门照，并叫醒了松发，想看个究竟。昨晚睡觉时钟大爷也没有向我们交代山里有什么野兽，怎么突然来了个大动物？钟大爷也醒了，说，是野猪来拱门了，不用怕。得知是野猪，我们松了一口气，借着手电筒的亮光，从门隙中果然看到有两只野猪就在门外。我拿起一把铁锹，一开门，野猪嗖的一声就跑了。钟大爷说，现在是春荒季节，野猪吃的东西不多，常常会到人居住的地方觅食，今天或许它们闻到了昨晚留下的饭菜香味，跑来了。钟大爷告诉我们，秧苗插上后半个月内，最害怕野猪到水稻田里来捣乱，为了保护秧苗，还得在田埂上放一点野猪爱吃的食物，吸引它不下水田去捣乱。现在山里野猪已经很少，难得一见，这次给你们碰上了，有运气。说着说着，我们都入睡了。

第二天清早，当我们起来到溪边洗脸刷牙时，钟大爷已经从山上挖了几只笋回来了。他把早饭也做好了。我们吃完早饭，就跟随钟大爷绕着龙王陂周边转了一大圈。我们尤其注意沿着上坡蜿蜒曲折的引水沟渠。这里不通电，灌溉用水完全依靠山泉：用水时，打开引水渠的小闸门，将山泉引入田里；需要停水时，将引水渠的闸门关上，打开另外一个闸门，山泉就直接流到溪里去了。在一般年份里，这里从不缺水。龙王陂的好几块地已经翻耕过，周边的田埂也早已整修一新，春插时候一放水就可以种水稻了。钟大爷还告诉我们，龙王陂的水稻去年大丰收，每亩单产达到600多斤，一年双季，收获稻谷2万多斤。我和松发一起帮助钟大爷割田埂上的茅草，并且小心翼翼地进行焚烧。钟大爷说焚烧茅草时一定要等到明火全部熄灭，还要浇上水之后人才能离开。他说，山里一旦起火，是很难救的。他进山八年，每年焚烧两季稻秸，从来没有发生过火灾。我们还跟着他学习修补田埂，整理水渠。初春的深山坳里，除了鸟叫，没有其他声音，山坡上的榆叶梅、野桃花已经零星开放，给颇有寒意的龙王陂带来了春的信息。钟大爷告诉我们，一个月后，龙王陂就要放水了。要尽快把田埂水渠修好，才能不耽误早稻的栽种。中午和晚上，钟大爷为我们做了腊肉炒鲜竹笋，腊肉是钟大爷自己腌制的，竹笋是刚刚挖出来的，特新鲜，味道很好。晚上我们继续住龙王陂，与钟九生一起聊家史，聊他的愿望。我问过他，一人在这里是不是孤独。他说，不孤独，每年11月到2月，我在枫树坪村里与家人住，现在每月也能回去一两天，怎么会孤独呢？3月7日上午，我们告别了钟九生大爷，离开了龙王陂，沿着原路回到三湾枫树坪。我们又到永新县城敬老院和其他单位，了解钟九生家的情况。在闵老师、冯老师和段老师的指导下，我和赵松发合作完成了《钟九生家史》和他个人先进事迹的通讯初稿。其他学员，也各自完成了预定的写作任务，大家都有不同的收获。1971年9月我们回到总校后，当时中文系政工组的赵景云老师还让我就深入深山老林、采访钟九生大爷的事，写了一篇文章给外文版的《中国报道》。

在三湾，我们一边劳动，一边采访，一边学习。不久，去井冈山铁路工地的同学们也完成了任务，来到三湾。在三湾，排长闵开德老师第一次开设了文艺理论专题课。

符淮青老师开设了评论课写作。段宝林老师讲中共党史专题，他还在巴黎公社成立100周年的纪念日里开设了一堂"巴黎公社的专题课"，由于当时中央两报一刊发表了纪念巴黎公社100周年的重要社论《光辉的历史，不朽的原则》，段老师的这堂课除了我们参加外，三湾公社干部、三湾中学的师生和插队知青们也来听课。段老师是研究民间文学的，想不到他对国际共运和世界史也颇有研究，他除了总结巴黎公社的

冯钟芸（前排右二）、闵开德（后排左二）、段宝林（后排左一）三位老师与三班学员在三湾。

革命实践和原则外，还向我们介绍了巴黎公社的文学艺术，尤其是国际歌对世界的影响。

  在三湾的日子里，虽然学的东西不是很多，但由于我们深入了基层，对当时中国农村的现状有了新的认识。3月16日，总校教改组来到我们住地调查研究，了解情况，"传经送宝"。第二天，随总校教改组来三湾的马振方老师与我们学员座谈，他向我们介绍了总校中文系的教学改革情况，尤其是在实践"文科以社会为工厂"中的一些做法。据马老师说，总校的同学对分校同学能在安源、井冈山等革命老区进行教学实践很羡慕。我们羡慕总校同学，他们却羡慕分校同学。看来，"这山望着那山高""身在福中不知福"是一种习惯思维定势。

也许我和赵松发在龙王陂的生活比较精彩,加上钟九生大爷有比较典型的意义,全班同学都希望能进一次龙王陂看看。我和松发便当起了向导,带全班到龙王陂看望钟九生大爷。钟大爷在龙王陂向学员老师每人送了一根他亲手砍伐和削制的竹扁担,勉励我们勇挑革命重担。在三湾的日子里,我们还与到三湾插队的上海知青和江西本地知青结下了深厚的友谊。他们的各种活动包括学习班、讲用会、民兵训练、文艺活动等都邀请我们参加,我们的一些教学活动也让他们参加。离开三湾时,我们还特意与上海和江西的知青们在村口合影留念。这些知青后来都离开了三湾,其中有多位被推荐或考上了大学。我们中有一位同学也不知道通过什么手段,与其中一位喜欢文艺的插队女知青好上了。他毕业后回了江西,与这位女知青结婚生子,现在,他们已经退休,又随子女到北京居住,安度晚年。

冯钟芸老师(后排左一)、闵开德老师(后排右一)在三湾与三班学员和插队知青在一起。

在芙蓉国里

3月25日，我们结束了在井冈山的教改实践活动。我们离开鲤鱼洲也有3个月了，时间过得真快。满以为要回鲤鱼洲了，想不到分校领导同意我们再奔赴湖南韶山、长沙参观学习，大家真是喜出望外。湖南，是毛主席的家乡，是红太阳升起的地方。26日我们坐上了汽车7个多小时就赶到新余，27日凌晨1点40分，又坐上了途经新余的49次快车到株洲车站，后转慢车到达韶山，开始了在湖南10天的参观活动。由于我在1966年大串联时到过韶山，因此在毛主席旧居的参观访问中，不像其他同学那样兴奋。

4月1日，我们住进了湖南第一师范。第一师范是毛泽东的母校，北京大学是毛主席曾经工作过的学校，两个学校的关系通过毛泽东连接

1971年3月，严绍璗（二排左二）、符淮青（二排左三）与二班同学在韶山毛主席旧居前合影。

了起来。

　　第一师范的领导对我们的到来表示了最热烈的欢迎。一师领导让我们住进了宽敞明亮的学生宿舍（当时第一师范刚招了一届学生，有学生宿舍空置着），这可是我们入学后第一次住进标准的学生宿舍，也是我们离开鲤鱼洲后住得最好的房间！想想50多年前，何叔衡、毛泽东、罗学瓒、任弼时、夏曦等就能住在这么好的宿舍里学习，真是感慨万千！

　　第一师范建于1903年，校园环境优美，干净整洁，一师的建筑大多只有二层，灰白青棕相间的教学楼、图书馆、宿舍上的窗框和门框都是拱形的，显示出了西方建筑的风格。第一师范曾毁于1938年的长沙大火，后又搬迁过，直到1954年才开始回迁，断断续续地建设，直到1969年才基本完成。第一师范的吴老师向我们介绍了毛泽东青年时代在一师和长沙的革命活动，带我们参观了湘江中的橘子洲，登上了岳麓山的爱晚亭。当我们路过岳麓书院，却见大门紧闭，参观中国最古老大学的愿望未能实现。我们还到了毛泽东、何叔衡利用船山学社的社址和经费创办的湖南自修大学旧址，清水塘当年中共湘区委员会。在长沙，我们第一次在一师宽敞明亮的教室里上课，听老师讲党史、讲哲学课、讲毛主席诗词。毛主席的《沁园春·长沙》《七律·到韶山》和《七律·答友人》都是写湖南的。在4月的春天，看不到"万山红遍，层林尽染"，而是"万物披绿，红旗招展"……追想青年毛泽东"问苍茫大地，谁主沉浮"的雄心壮志和"同学少年，风华正茂；书生意气，挥斥方遒。指点江山，激扬文字，粪土当年万户侯"的气概，我们扪心自问，我们能在这个时代做些什么？

　　我们离开鲤鱼洲3个多月了。3个月来，我们行走在湘赣两省，行程2500多里，参观了几十处红色景点，深入到工矿农村，与工人贫下中农同吃同住同劳动，开展了相比于鲤鱼洲生动得多的教学活动，练习了四种文体的写作，师生关系更加亲密融洽。说句心里话，我们真的不想回鲤鱼洲再过那种单调生活。但学校命令我们必须马上回去：分校的春插就要开始，学校要成立文科连了！

"文科连"的日子

我们是4月9日回到鲤鱼洲的。11日，我们就接到去八连盖大草棚的任务。分校已经决定，要将原分散在各连队的中文、历史、哲学、经济、国际政治五个系的学员集中到八连，组建一个文科教学连。八连原是由哲学、历史等系组成的连队。连里有个全校出名的人物孙蓬一。孙是"文革"初期北大的风云人物，是聂元梓当时最得力的干将。1970年后，聂元梓、孙蓬一在"文革"期间的劣迹被揭露和批判。孙蓬一被安排到鲤鱼洲劳动。八连开过几次揭批孙蓬一的会，还让全校工农兵学员集体到八连参加，接受教育。

在鲤鱼洲，由于有老八连，因此新组建的"文科连"，也叫"新八连"。新八连连长叫郭景海，"文革"前曾任北大团委书记。他年轻力壮，连里的什么重活苦活，他都带头冲在前面。每天，他总是第一个起床，不是集合队伍出操，就是下地干活，被学员称为"累不倒"。指导员巫宇甦，法律系干部，据说早在40年代，就在苏北抗日根据地当过人民法院的法庭庭长。他待人和蔼可亲，即使批评你的时候也面带笑容。他已年过半百，身高不到一米六，学员亲切地叫他"巫老表"。副指导员刘文兰，也曾长期担任过北大团委书记，她做什么事都风风火火，干脆利索。连里的领导好像还有历史系的张万仓等。

把五个系的学生合并在一起，分校领导说是为了更好地贯彻毛主席的教育路线，让各系交流经验、相互学习、相互促进。各系之间可以互相开课。中文系的中共党史和毛泽东哲学思想，需要历史系和哲学系来开设，文科各系都需要开写作课。同在一个连队，容易调派老师，教学资源共享。但另有一个没有公开说明的原因是：集中是为了更好管理，包括教学和学员思想的管理。文科五系的学员分散在不同连队，这些连队的主体是"五七战士"，学员成了少数，学员的思想容易受到没有改造好的知识分子的潜移默化的影响。分校成功的经验是三连，三连由外语三系组成，学员有230多人，在连队占了主体，学员中暴露出的问题也没有其他文科连队那么突出。

4月11日起,我们开始到八连搭建大草棚和教室。基建连的几位工人用毛竹搭建起大草棚的框架后就离开了,其他的活,主要由我们自己来完成。一个人在一生中,很少有自己盖房的经历,我们还真遇上了。学员和教师分成三组:地面两组,女性一组主要是先将稻草编成帘子状,男性一组将稻草铡碎,拌在泥里,用于糊墙;草棚屋顶上的男性二组,主要在房顶上铺草。最关键的是铺草。要先将草帘子由屋檐开始往上铺第一层,接着铺第二第三层,有的要铺第四层甚至第五层。草棚能否冬暖夏凉,草的厚度起决定作用。会不会漏雨,看铺草时上下是否压得结实,前后的连接是否紧密,人字形的顶部是否结实。经过五天的努力,一座崭新的大草棚终于完成,中文系分到了三大间宿舍和一间教室。后来,经过5月梅雨季节和7月雷雨的考验,我们盖的大草棚安然无恙。

自己动手盖大草棚。

我们住进了自己盖的大草棚，空中依然有成群飞舞的苍蝇和马蜂，地面比七连的老草棚还要潮湿，还有许多蚌壳之类的碎片，蛤蟆和青蛙也照样跳来跳去；但我们住进新草棚的第一天，睡得都特别香，每晚都要失眠的周铭武同学，第二天也说睡了一个难得的好觉。这也许是因为睡在自己盖的窝里，精神上有一种自我满足吧。

八连距七连较远，距校部和外语三连比较近。要搬家离开七连了，我们还真有点舍不得。七连还为我们办了一次送别晚餐，鸡鸭鱼肉齐全，这是我们在鲤鱼洲吃得最奢华的一次。到了八连后，我们明显感到新连队的伙食要比七连差得多，主要原因是八连没有一个精明能干的菜班，种不出那么多菜，也没有能干的炊事员，做出可口的饭菜。八连原来的菜地只够原来连队的人员吃，现在一下子多出了100多人，怎么供应得过来？我还记得，伙房有位曾担任过哲学系党总支负责人的女干部，负责给打菜，常常盛了一勺后，还要摇晃几下，倒到饭盆后，就没有几根菜了，逼得我们学生干吃白饭。许多学员意见很大，集体反映到了连部。后来，校部让原来的连队支持八连蔬菜，五连的学员没有合并到八连，但他们菜种得最好，多次主动支持八连。在文科连最初的日子里，我们有几个同学还回过七连，带了不少黄瓜和西红柿回来分给大家享用。

4月中旬，是南方春插水稻的季节，也是江西分校最繁忙的季节。4月15日，学校召开了誓师大会，布置春插工作。校领导在会上特别强调，工农兵学员要像"江西共大"学生一样，学习期间做到吃饭吃菜自给自足。他要求工农兵学员要和"五七战士"一起，完成春插任务。新八连给每个系的教学排划分了"责任田"，每人水稻一亩，菜地二分，还要参与养猪养鸡养鸭养鹅。每人种好一亩二分地，可不是一件容易的事。

4月16日，春插开始后，我们的生活节奏大大地加快了。为了早日完成任务，每天必须5点起床，出早工去移秧苗；7点回来吃早饭，8点再下地插秧，12点回来吃饭；中午休息3个小时，下午再下地，直到太阳落下的7点多才能回连队吃晚饭。每天三段十多个小时的高强度劳动，把我们这些二十来岁的年轻人累得个个腰酸背疼，趴倒了都不想起来。但最令不少人害怕的还是水田里多得出奇的蚂蟥。这种虫子，把

抢插水稻。

吸盘吸在你的腿脚上,钻进皮肤里吸血,把人叮咬得疼痒难熬。每次下水田,都会被吸上几条。虽说蚂蟥没有什么毒,但它吸血为生,感觉十分恐怖。我们更没有想到水中还有更可怕的"血吸虫"。我们跟班的冯钟芸、陈贻焮、乐黛云、段宝林等老师竟也和我们年轻人一样,每天坚持早出晚归,而且干得非常出色。陈贻焮老师在田头作有《竹枝词》一首,给我们大声朗诵:绿野红旗耕作忙,春风十里菜花香。苗丘整就平如镜,既育新人又育秧。

这首词既有当时分校干活时情景的真实描述,"绿野""红旗""春风""菜花香""平如镜""育人""育秧"等用词给我们留下了特别深刻的印象。但也许该词主调是乐观向上,再加上有"既育新人又育秧"这样对当时"五七道路"和分校办学的赞颂,没有收入1997年出版的陈贻焮先生的《梅棣盫诗集》中。《梅棣盫诗集》中有"鲤鱼洲竹枝词三首",实际上,陈先生有六首竹枝词,没有收到诗集中的除前面提到的那首外,还有两首。其一:长堤油菜发黄花,新筑清渠漱白沙。多谢老农勤育种,阳光雨露绽新芽。其二:五七征途永向前,今朝喜着策牛鞭。辛勤应向耕牛学，要为人民种好田。

学生王纪根当过几年的生产队长，熟悉各种农活，被同学和老师们昵称为"老队长"。每天劳动后要总结，闵老师常让"老队长"讲评，"老队长"倒是常常批评那些来自城里的学员干活不得要领，学得又慢，而对老师们干的农活很是夸奖。

春插结束后，我们又开始修建猪圈和种植蔬菜。我们种下了丝瓜、西红柿、无花果、辣椒、卷心菜和小白菜等夏令菜。为了解决课桌椅短缺问题，连队抽调了干过木工活的3位学员到基建连木工厂劳动，协助工人师傅制作课桌和凳子，我是其中之一。在木工厂，我们和工人们一起，上电锯，打卯榫，加班加点干。在一次用平板锯裁割木板时，由于木头内有一颗半截铁钉引发了木板跳蹦，我反应不及，左手的腕口被电锯拉了个很大的口子，鲜血淋漓。木工厂的工人师傅马上把我送到校部卫生室，缝了5针。直到现在，我的左手还留下了一条3厘米的疤痕。经过10多天的努力，木工厂终于在文科连正式宣布合并前完成了5个系80张课桌和160只板凳的加工任务，我作为一个学生也参与其中，较好地完成了任务，颇有一种自豪感。

1971年5月4日，江西分校文科连正式宣布成立。5月上旬，我们开始在有课桌椅的草棚教室里上课。这些课桌椅尽管非常简陋和粗糙，但总算有了一点学校的样子。从5月到7月，我们在草棚教室里上了不少课，除了听中文系的课外，还有机会听历史系、哲学系、经济系和国际政治系给我们上的中共党史、毛泽东哲学思想等课和其他辅导课。历史系的王晓秋给我们讲党史，哲学系的叶朗给我们讲批判"天才论"，国际政治系的老师给我们介绍国际形势。当时全国正在提倡学习理论，批判陈伯达一类的政治骗子，其他系老师给我们开的政治历史、哲学课和其他辅导课，给我们扩展了眼界，使我们写大批判文章有了信心。在八连的几个月里，我们结识了一批其他系的老师，哲学系的汤一介、叶朗、杨辛、金可溪，历史系的张万仓、许师谦、何芳川、林被甸、宋成有，国政系的曹长胜、李湖等，经济系的张秋舫、辛守良等，许多老师与我们成了亦师亦友。这是在文科连的另一个重要收获。

文科连成立大会。

最后的晚餐

1971年6月底7月初,在八连,一个恐怖的消息像幽灵一样在学生中游荡,鲤鱼洲不少"五七战士"得了血吸虫病。血吸虫病是由于人或哺乳动物感染了血吸虫所引起的一种疾病。人得了血吸虫病,会严重损害脾胃肝的功能,导致巨脾、肝硬化和脑萎缩等,直至死亡。更可怕的是,有的血吸虫病潜伏期达五年;潜伏期越长,越难治。由于血吸虫病严重危害人类的健康,影响疫区经济和社会的发展,人们称它为"瘟神"。血吸虫的虫卵寄生在水里钉螺内,历史上,江西鄱阳湖周边一直是血吸虫病的重灾区。60年代以后,全国不是已经宣布消灭血吸虫病了吗?怎么在鲤鱼洲有血吸虫呢?但这个小道消息很快得到证实:北大分校"五七战士"中已经有300多人确诊得了血吸虫病,清华确诊的有

600多人。这些患者大部分是1970年前到鲤鱼洲的。也就是说，在鲤鱼洲待的时间越长，得血吸虫病的概率就越大。

　　起先，我们庆幸到鲤鱼洲才几个月，下水田劳动的时间也没有"五七战士"多，应该不会有问题。但严酷的事实是，工农兵学员中也查出了血吸虫病人，我们三班的于根生同学就是被确诊者之一！当时有一种治疗血吸虫病的民间疗法，生吃南瓜子。连里不知道从哪里弄来了几麻袋南瓜子。于是，中文系全排30多人为于根生同学不断地剥南瓜子，果壳足足剥了有两麻袋。于根生同学每天坚持生吃三碗南瓜子。生吃南瓜子果然有效果，于根生同学的病竟渐渐好转了。但八连上下，已是人心惶惶。"为什么让我们在血吸虫病区学习？""我们还能在这里学习吗？""这里能办学吗？"学员中，本来就对草棚大学的"怀疑"迅速转变为"否定"，大家纷纷要求回总校学习！面对学员强烈的不满和情绪，连领导也无言可答。不久，听说鲤鱼洲的血吸虫问题被周总理知道了，派谢静宜（谢为毛泽东的联络员，此时任清华党委副书记兼任北大党委常委）到鲤鱼洲调查。过不多久，又传来了清华北大两校要放弃鲤鱼洲，撤回北京的消息。

　　分校撤回北京的消息得到证实已是7月底了。奇怪的是，这么重大的决定，分校和八连都没有正式开会传达过，八连是由各系教学组单独开会宣布的。中文系教学组组长闵开德老师在我们亲手搭建的大草棚教室里，召开了在鲤鱼洲的最后一次会。会上闵老师宣布，从8月1日起正式放假一个月，9月1日，全体学员到北京总校报到。闵老师从1970年8月30日起，担任中文系教学排的排长，在袁老师离开后，担任教学组组长。我记得他只在1971年4月底到北京总校参加党代会离开了十多天外，一直与同学们厮守在一起。他做事有板有眼，认真负责。对当时上级指示要做的事，既不雷厉风行，也不拖沓不做，他是处于中间夹层，上不能不听命于军宣队，下又要对学员负责，对教师保护。在段宝林老师上草棚大学第一课出了一点问题后，他在排里的会上，一方面鼓励大家起来批判，一方面又做学员的工作，要求学员要一分为二看老师。他对学员中出现的问题从不添油加醋，可以说是小心翼翼。在全排管理上,他注重发挥学员干部的作用,从未与学生有过冲突。在教学上又注意倾听老师和同学的意见。1971年3月21日下午,他在三湾枫树坪开文艺理论课时,总是不断提醒学员,有问题可以马上提出批判,这种诚恳虚心的态度得到同学的一致赞赏。他不苟言笑,总是给人严肃的样子,但他对学员的关心像火一样的温暖。他特别关心文化基础比较差的几位同学,组织老师和基础好的同学采用"一帮一"的办法帮助他们。他和周先慎重点帮助王惠兰、赖美凤、朱培植、傅米粉等几位同学。王惠兰同学是当时班里公认的基础比较差的学员,在闵老师、周老师和其他同学的帮助鼓励下,她刻苦学习,业务进步很快。毕业后她到江西八一起义纪念馆工作,由于工作出色,业务优秀,被评为副研究员,是他们纪念馆中少数几个有高级职称的馆员之一。

这次会实际上是分校中文系教学排的一次散摊会,因为闵老师透露了,回到总校后,要重新分班,可能还要分专业。我们江西分校的30个人不可能还在一个班了。300多天的共同学习、劳动和生活,使大家结下了深厚的友谊,现在要分开,不免有一种无名的感伤。

系里的会议后,我们各自将自己的行李,打好包裹,贴上统一的标签,由分校直接运到北京。学员一放假,新八连实际上已经解散(善后工作到10月才完成),文科连从宣布正式成立到实质解体,不到100天。

学校给我们集体买好了回家的火车票,还发给我们每人一张"介绍信",实际上就是一张"路条"——学生身份的证明信。凭此介绍信,可以购买到北京的半价火车票。我们已经入北大江西分校两个学期了,但到离开时,连个证明身份的学生证都没有!

在离开鲤鱼洲、登上回家火车

分校发给学生购买火车票的介绍信。

的前一天，我们怀着一种特殊的感情，又回到七连看望了朝夕相处的老师们，更怀着一种复杂的心情，在青草丛生的五七广场和劳动过的田头走走停停，并再次登上那十几米高的鄱阳湖大堤，俯瞰我们曾经学习生活过的草棚大学。晚上，八连为我们准备了一顿丰盛的晚餐，连里还专门杀了一头猪，宰了几十只鸡鸭。当然，没有山珍海味，也没有酒。郭景海连长说话时声音有点哽咽："到了北京，别忘了我们是鲤鱼洲的战友！"后来我毕业留校在郭景海手下工作，他曾邀请我到他家做客，还向在无线电厂工作的夫人董丽芬介绍说，我俩是鲤鱼洲的战友！

过了几天，分校宣布正式撤销，老师们也陆续回到了总校。草棚大学寿终正寝，消亡在历史中。

割不断的思念

离开鲤鱼洲时，我们再次坐上送我们到南昌火车站的解放卡车。车子行驶在鄱阳湖大堤上，不少同学眼眶里含着泪水。鲤鱼洲，这块我们既恨又爱的地方，从踏上它那天就想逃离的地方，那块我们开始了空前绝后的特殊大学生活的地方。在那里，我们洒下了汗水，流淌过鲜血；在那里，我们与老师"五同"，和他们建立了深厚的感情。这在"极左"思潮横行、教师作为批判对象的年代里，是那么的难得珍贵！需要补充的是，分校的学员回到总校后，鲤鱼洲的老师们还邀请我们到家中做客，我与同学一起曾多次被邀到冯钟芸、陈贻焮、乐黛云、陈铁民、袁良骏（他在35楼招待所住的时候）等老师家做客。这样一种亲密无间的师生关系，在当时颇被总校的同学们嫉妒，这在当下恐也再难重现。更需要说明的是，在中文系的多次政治运动中，尤其是在1973年底到1974年初所谓"反击资产阶级教育路线回潮"的运动中，来自分校的同学没有一个起来贴老师的大字报，也没有一个在批判会上发言的！在以后的岁月里，老师们也没有一个在政治上指责我们分校工农兵学员的。这也许是因为这种经过生死考验的关系已经深深地留在老师和学员的记

1994年10月,严家炎、闵开德、段宝林、周先慎等老师与参加毕业20周年的分校中文系学生。

1998年5月,乐黛云教授与分校中文系学生在一起。

忆中！我们毕业后，江西分校的同学一有机会到北京，总会抽出时间去看望鲤鱼洲的老师们。

正如乐黛云老师、袁行霈老师、周先慎老师常说的："鲤鱼洲的师生关系是经过风雨血泪考验的！"

也许在那个特殊的年代，在江西鲤鱼洲这样一个地方办大学，本身就是一个错误；但这个错误，不仅仅是办学地点选择的错误、办学形式和管理上的错误，而是当时整个指导路线的错误！在错误路线的指导下，那些"极左"的东西被认为是最革命的，那些否定历史、违背科学的东西被誉为新生事物。在那样的恶劣政治和自然环境里，大学能办好吗？教师能得到应有的尊重吗？学员能学到专业知识吗？这是一个大学的悲剧，是一个时代的悲剧，更是我们民族和国家的悲剧！对我们个人来说，是一段永远无法忘却的历史！

两年后，我们在北京总校毕业，三班的同学除我留校工作外，其余都回到原地区原部队工作。在以后的日子里，他们坦然面对各种风浪和形形色色的误解，经受市场经济大潮的考验，尝遍了人生的艰辛和困境，在各自的岗位上，为国家、为民族努力工作。班长赵松发，曾任景德镇市陶瓷局局长、江西省陶瓷进出口公司老总，现任市参事室参事，是唯一一位至今仍未退休的同学；副班长张传桂，回到部队后曾任中国华艺广播公司总经理，退休前已是军职干部；党小组长杨根莲，长期担任南昌大学外语学院党委书记；同学于根生回到上海后，担任过青浦区委书记、宝山区委书记、上海市人民防空办公室主任等重要职务；同学周铭武，回广东后一直在《南方日报》工作，曾派驻海南，后任报社工商部主任、报社纪委书记；同学梁玉萍，回江西后长期任职省教委，是老资格的职教处处长，后升任省督学；同学朱美英，回上海后曾任金山石化区政府副处长；副排长徐刚，经历过坎坷，回上海，调北京，走巴黎，又回中国。他曾任《人民日报》文艺部编辑、记者，《中国作家》高级编辑，他是我们同学中最早评上高级职称的，也是同学中文学创作成就最高的一位，先后出版了《抒情诗100首》《小草》《秋天的雕像》《夜行笔记》《倾听大地》《伐木者，醒来！》《沉沦的国土》《江河并非

袁行霈教授与参加北大中文系百年庆典活动的分校中文系学生。

万古流》《中国风沙线》《中国：另一种危机》《绿色宣言》《守望家园》《国难》《地球赞》《康有为传》《梁启超传》等诗歌、报告文学、散文、传记等 60 多种作品，是当今著名的环保文学作家。

他们没有忘记自己曾是北京大学的一员！

本文最后，凭我的记忆，附上中文系曾在鲤鱼洲劳动和学习的全部人员的名单，有不确的地方，留给大家去核实吧。

2011 年 10 月　北京 / 上海

附 录

北京大学中文系1969—1971年曾在鲤鱼洲的教工名单
（排名不分先后）

岑麒祥	陈铁民	陈贻焮	蔡明辉	崔庚昌	董学文
段宝林	冯钟芸	冯世澄	符淮青	顾国瑞	郭锡良
华秀珠	何九盈	洪子诚	侯学超	胡经之	胡双宝
黄修己	吉常宏	贾彦德	蒋绍愚	金申熊	乐黛云
李一华	林 焘	陆俭明	陆颖华	吕乃岩	马 真
闵开德	倪其心	潘兆明	彭 兰	裘锡奎	沈天佑
石安石	石新春	孙 静	唐作藩	王理嘉	王福堂
吴同宝	向景洁	向仍旦	谢 冕	徐通锵	严家炎
严绍璗	杨必胜	叶蜚声	袁行霈	袁良骏	张雪森
张少康	张仲纯	赵齐平	周 强	周先慎	左言东

1970级北京大学江西分校学员名单
（排名不分先后）

曹仲华	陈泽富	邓新凤	符功琪	傅米粉	吕水传
李仲柏	赖美凤	梁玉萍	梁炽文	罗金灵	黄菊英
于根生	余上海	王永干	王仙凤	王惠兰	王纪根
魏根生	徐 刚	许贤明	杨根莲	张传桂	张文定
赵松发	周铭武	朱美英	朱菊英	朱培植	钟容生

回忆父亲和我在鲤鱼洲的日子

张思明

我的父亲张雪森，1932年出生于上海，1954年到1958年在北京大学中文系学习，毕业后留校工作。1969年10月，在北京大学江西鲤鱼洲农场工作、劳动。1970年12月5日，率第一届工农兵学员自农场赴井冈山修铁路的途中，不幸因公牺牲。

1969年，在我12岁的时候，全家到了北大江西鲤鱼洲农场。这是一个非常艰苦的环境，当时还是血吸虫病的重疫区。我们都住在四面漏风、漏雨的草房里。最艰苦的创业时期，一个冬瓜，150人的连队要吃三天，盐水泡饭是常事。中文系在江西农场的编号为"七连"，七连驻扎在农场的西北角，种植并管理着数百亩水稻和十几亩菜地，当然还有一些接受"再教育"的任务。

在农场，我先是和父亲住在七连的草棚里，后来搬到了农场的"五七学校"这样一个由孩子组成的连队。母亲和妹妹住在农场的小卖部，一家分成三处。农场的路况非常差，"晴天一块铜、雨天一包脓"，路很难走，因此全家团聚是件难事。我和农场的其他孩子的生活基本上也是劳动，经常要种菜、种水稻、挑砖、挑瓦、盖房子。记得我第一次劳动去挑瓦，当时个子长得非常小，只有一米四左右。别的同学都可以挑十块以上，而我去农场比较晚，只能挑六块瓦。一块瓦只有七斤三两，我挑着六块瓦走四里路就累得不行了，肩膀被磨得又红又肿。劳动结束后，我到父亲面前非常委屈地告诉他，我都累得受不了了，肩膀全磨破了。他看了看我的肩膀对我说："孩子，这点苦都受不了，怎么能够锻炼下去，一定要挺住。"他给我找来了一个垫肩，告诉我，找扁担一定要找三节的，中间没有节，才能减少压力对肩膀的刺激。在父亲的鼓励下，我又开始了劳动的锻炼。十天后，我就能挑到十块瓦，三个月后我就能挑起二十块瓦的担子了。

1970年12月4日，父亲告诉我，他要带着工农兵学员去井冈山修铁路。出发前，他把我叫到身边，突然把他"贵重的奢侈品"——一个只能装五十片药片的小瓶里装着的一点点茶叶，和小半瓶红糖，以及家里的钥匙都给了我。我觉得很奇怪。

第二天，从农场的喇叭里就传来了这样的消息：父亲带着工农兵学员在去井冈山修铁路的路途中，在鄱阳湖的大堤上，由于道路泥泞翻了车，他受了伤。那一天，我们也在修路，听到农场的广播要求所有的医生到指挥部去。我当时并不知道发生了什么，我的班主任缪老师叫住了我，对我说："你父亲出发后，不小心在路上受了点伤，现在我和你一起去连队看看他。"

从我们学校到父亲所在的七连，要走几里路。一路上班主任老师就问我，记不记得毛主席有一段非常著名的语录："要奋斗，就会有牺牲……"我觉得老师是在考我的记忆力，就很快地把这段语录背出来了。老师又说，你知道北京最高的建筑是什么吗？我说不清楚。他说那是北京的军事博物馆，它90多米的屋顶上有一颗五角星军徽，当年在安装这颗五角星的时候，就有工人同志献出了生命……老师在路上还给我讲了他作为一名志愿军战士在朝鲜战场上和战友生死离别的情景。我跟着他，走着听着，其实并没有意识到他在告诉我什么。直到走到父亲所在的连队，看到和他一起出去的学员们都回来了，看到每个人的眼睛都是红红的，看到他们正在找着什么——在找我父亲的衣服和他的照片，我突然明白发生了什么。

我的老师用力捂着我的肩膀说："孩子你要长大，你一定要坚强，从今天开始你必须长大。"我和母亲一起到百里以外的南昌向父亲做了最后的告别，在他额头下我看到了厚厚的绷带。他的同事告诉我，他们一起去井冈山修铁路的路上，我父亲原来是向导，坐在驾驶室里，忽然有一位老师晕车，我父亲就和那位老师换了位置，从驾驶室里出来站在了敞篷卡车的车厢里和学员们在一起。雨后道路泥泞，十分难走，卡车陷在了鄱阳湖的大堤上怎么也开不出来。后来，清华农场的拖拉机上来帮忙，用一根钢丝把车从泥潭里拖了出来。但是，钢丝是软绳，在拐弯的时候，拖拉机一拉车就倾覆在鄱阳湖的大堤上。不少人跳出来了，我父亲却没能跳出来，经过抢救还是没有能够挽救他的生命。在南昌冰冷的殡仪馆，我看到了他最后沉思的冰冷的面容，我终于明白了他为什么要把这些东西给我，好像他是有先见似的。

　　后来，农场党委做出了向优秀共产党员——我父亲学习的决定。在那时，我才了解到他一直患有严重的风湿性关节炎，但他坚持住在一个四面透风的小草棚里。他发现一位从南方来的学员没有厚的衣服，就把自己御寒的绒裤送给了那位学员。过节时分给他的两斤苹果和月饼，他都送给了其他同志。作为一名大学的老师，他没有留下什么像样的专著，却留下了在一盏小煤油灯下写的几万字的教材。

　　当我和母亲还有幼小的妹妹捧着他的骨灰再次回到北京、再次通过天安门广场、再次回到燕园的时候，我明白了他对我所做的一切，那是一种深深的期待，是一种冥冥的预见，是一种伟大的爱。每当我在生活最困难的时候，总会想起他给我讲的贝多芬的故事：贝多芬在写《命运交响曲》的时候，实际上耳朵已经失聪了。一个钢琴家没有了听力，就像一个画家没有了画笔，一个战士没有了武器。贝多芬很痛苦，甚至写下了遗书。但是在那个时候，雷电使他真正明白了生活的意义，他发出了要扼住命运咽喉的呼喊。他用自己的嘴叼着琴杆，放在琴弦上用振动感受到了音乐，就这样谱写出了《命运交响曲》。

　　虽然我和父亲仅仅共同生活了十三个年头，但这短短的十三年却在我的成长轨迹中留有最深的痕迹。他是一位北大中文系的教师，对我教育的特点是行为管理很严格，兴趣发展很宽松。比如，在假期里，他对我的作息时间有很严格的要求，每天早晨起床后，除了锻炼学习以外，要把住地一个很大的四合院扫干净，然后才可以玩。他非常注意锻炼我的意志品质，要求我很小就要独立生活。他还要求我不坐车，走着去四公里之外的颐和园游泳。我的兴趣十分广泛，又时常变化，一会儿养蚕，一会儿养小鱼虾，一会儿刻剪纸……他都接受。我还做过一些很傻的实验，比如把橄榄核种下等待发芽，用盐水泡干电池看看能不能充电……父亲也不戳穿谜底，而让我尝试"失败"。他也时常看我的作文，但并不改动一个字，错句和错字总是让我自己去找、去改。他常常问我，从别的同学身上发现了什么优点，什么地方比我强。有了矛盾，他不希望我表白和倾诉，而要求我自己努力想办法去解决。他从不给我买玩具，而是鼓励我自己做玩具。我的玩具，像有轨电车、罗马钟表、有皮筋动力的飞机和船，都是自己动手做出来的。这一切使得我更加喜欢钻研。后来，我每看到一副新的棋，就一定自己把它做出来。现在，我给学生教课的教具里，还有自己做的跳棋。记得第一次做跳棋的时候，我经常去商店看跳棋。一次，两次……每次我都到商店里看那副跳棋，才明白棋盘应该怎么画。我用路边的柳树枝，剪成一段一段的，把一半的柳树皮脱掉，做成了棋子。还有很多飞行棋、四国大战的军棋，都是自己动手做出来的。

在我成长的过程中，父亲对我的要求总体上说是非常严格的，批评和训斥常常会出现。但我清楚地记得有两件事让他非常高兴。他有一本中国地图册，由于反复翻看，一页一页都脱落了，我就利用一个星期天，在反面非常仔细地把它一页一页地粘好。还有一件事情，我和他下棋，第一次把他赢了，我看到他非常高兴。

《红灯记》里有一段著名的唱段，是李玉和夸赞李铁梅时唱的："提篮小卖拾煤渣，担水劈柴全靠她。里里外外一把手，穷人的孩子早当家。"父亲在鲤鱼洲的时候曾多次演唱过这段样板戏的唱段，没想到唱段里所描述的一切在我身上也变成了现实。

参加高等教育自学考试的几年中，我有好几次考试没有通过，自己感到非常痛苦的时候,就想起了他给我的鼓励,勇敢地面对挫折。经过五年的努力,最终拿下了数学专业自学考试的本科毕业证书。后来又完成了硕士、博士学业。1996年我被评为"北京市十大杰出青年",2004年当选"全国模范教师",2005年获得"全国十佳中小学教师"称号。当我站在人民大会堂里接受奖章的时候,也会首先在心里感激他。希望我的成长对在天堂的父亲是一种告慰。

父亲留给我的真正的"财产",是他告诉了我应该怎样对待同志、对待事业、对待困难和挑战。

鲤鱼洲"五七干校"

汤 双

1969年秋天,"林副统帅"一声令下(一号命令,据说是林彪对其所握权力的一次检验),北京各高等院校及国家机关成千上万的干部、教师和员工纷纷打点行装开赴全国各地的"五七干校"。北京大学大部分的教职员工都被送往江西省鄱阳湖畔的鲤鱼洲。

出发前,没人知道这一去是否还有重回北京的一天,真有点儿古时候被发配的味道。我们家用剩下的全部存款买了一个当时最好的红旗牌半导体收音机,为的是到了江西还能听见北京的声音。那年我正在北大附小上五年级。由于和我最"铁"的几个好朋友没有一个要去江西干校,所以心里十分惆怅,一直闷闷不乐。为了进行安抚,家里特意给我买了一只足球,那年月这可算是十分贵重的礼物。谁知乐极生悲,临走前一天,我一脚把球踢到了我家窗户上,打碎了一块大玻璃。最要命的是,那时到处都买不着玻璃,最后只得把父亲桌上的玻璃板设法胡乱钉到了窗框上。

我们出发的时候正是北京秋高气爽的黄金时节,跟着北大的大队人马乘"专列"经上海至南昌,再坐几个小时的卡车就到了鲤鱼洲,从此开始了两年多的"五七干校"生活。

鲤鱼洲本是鄱阳湖底，在当时以粮为纲、围湖造田的风潮下，江西省动员上万民工于冬季枯水时节建造大堤，围出一片湖底，淤泥干后，长出草来，就是北京大学和清华大学两校的"五七干校"所在地。刚踏上鲤鱼洲，放眼望去，除了几乎没有尽头的芦苇和茅草，只有两座红砖仓库和几座巨型草棚。草棚内是一字排开的双层上下通铺。我随父亲所住的草棚，容纳了历史、哲学、俄语、东方语言、西方语言五个系的全部男士，上自全国知名的大教授，下至像我这样的"随军"小顽童，统统一人一个通铺上的床位，外加一个小凳子，除此之外既无桌又无椅，带来的箱子都只能放在地上。

对我们这些孩子来说，来到干校最初的一个多月是最快活的一段时光。因为没有学校，当然不用上学，也没有人让我们去干活儿。我和几个新朋友一起四处游荡，整天拿着一卷渔线和一支弹弓，钓鱼、打鸟玩得不亦乐乎。鲤鱼洲上只有一种名为"叫天子"的鸟，它们一点也不怕人，走到与人相距两三米处也不飞，所以打起来绝对弹无虚发。河里的鱼也傻得可以，我们连钓竿都没有，胡乱在鱼钩上放个虫子，把渔线往水里一扔，很快就能钓上鱼来。不过我们钓上来的都是不大的鲶鱼，只能拿去给猪吃。到现在我都觉得奇怪，为什么鱼刺没卡在那些猪的嗓子上，如果当时真把猪给卡死了，不知我们会是什么下场。

好景不长，没过多久，干校里就成立了"五七小学"。我们不但得上课，还被集中起来住进了两座红砖仓库中的一座。这其实是为了照顾我们，因为当时的伙食实在太差（除了菜汤只有咸菜，不过米饭倒是管够），把孩子们弄到一起单独开伙，可以集整个干校之力让我们吃得好一点。印象最深的是，初到干校时，很多人的亲戚、朋友听说这里生活很苦，纷纷寄来香肠、饼干、糖果等食品，没想到干校领导把这些东西通通没收，还办了一个展览，以示资产阶级知识分子不思好好改造思想，到了干校还想追求物质享受。展览之后，这些好东西统统被送到"五七小学"，进了我们的肚子。这样的集体生活其实挺好玩的，有点儿像现在的小孩去上夏令营，孩子们住在一起十分热闹。我那只从北京带来的足球成了大家的最爱，一有空闲就在仓库前的水泥打谷场上进行足球赛。不过，这段集体生活并没有持续多久，随着干校生活条件的改善，我们就被遣散回连（干校仿照军队编制，大系自成一连，小系则两到三系编为一连）了。

为了改善伙食，"臭老九"们倒是想了不少高招。靠水吃水，大家最先想到的自然是捕鱼。看看当地的老乡，一叶小舟，一张圆网，每网上来或多或少总有收获，似乎并不困难。于是，干校木工厂造了几艘木船，又买来几张渔网，组成了一支十几个人的捕鱼队。谁知看时容易做时难，渔网无论如何也撒不开，遑论捉到鱼了。尽管天天早出晚归，却一无所获，似乎真应了"百无一用是书生"的老话。不过北大毕竟是中国的最高学府，不乏聪明才智之士，很快就有人建议渔网不行可用电网，在两艘木船下挂上几捆铁丝网，通上高压电，鱼一触碰即被电昏而浮出水面，不费吹灰之力就可捞上船来。可惜这个办法只对很大的鱼有效，再加上拖着电线的船活动不便，收获十分有限，仅够各连队偶尔改善一下伙食。于是，又有人献策，可将一条贯穿鲤鱼洲的内河分段筑坝，用抽水机把水抽干，则可轻而易举地获得此河段中的全部鱼虾。这个办法真是管用，河水抽干那天，每连分到一二十米的河段，男女老少全体出动捡鱼，跟过节似的。一天下来，几乎所有的容器里都装满了鱼。说来奇怪，鲤鱼洲的河里没有几条鲤鱼，绝大部分都是一种吃起来有股土腥味儿的鲶鱼。竭泽而渔之后的一个多星期，我们差不多天天以鲶鱼佐餐，开始几天还好，到后来吃得人人谈鱼色变，从此无人再提捕鱼之事。

都说知识分子除了读书之外别无所长，其实不然。在鲤鱼洲过第一个春节，连里杀猪，由哲学系心理专业的邵郊教授操刀。邵郊先生是神经解剖学的专家，他绝对是专业水准，不但一刀毙命，而且在猪腿下部割一小口，并从那里吹气，使猪成为一个鼓鼓的大球，这样在滚水中褪毛就十分容易了。还有一次连里的人在割茅草时打到一只似狼似狗的动物（也有人说是狍子），邵先生只从它的鼻子上开一道口，就把整张皮完整无损地剥将下来。我们大家都看得目瞪口呆，后来才知道这是邵先生以前制作动物标本时练成的绝活儿。

鲤鱼洲打的鱼真大!

　　北大的大队人马到达鲤鱼洲时正是农闲时节,所以不用马上种地。主要的工作只有两件:其一是割茅草,为伙房烧水做饭提供燃料;其二则是建造新居所,因为靠那几座大草棚是过不了冬的。那时的建筑材料主要是自制的土坯。鲤鱼洲本来是湖底,土质以胶泥为主,是制造土坯的上等原料。将胶泥用力摔入模子,取出晒干后其硬度和砖头相差无几。以土坯建墙,茅草搭顶,经过一两个月的奋战,每个连都搬进了自己新盖的土坯房。除此之外还建成了几排红砖房,是供夫妇二人均在干校的家庭居住的。但由于人多房少,只好采取轮换制,每家住上两个月,然后再搬回集体宿舍,这样每家人都能隔一段时间就可团聚一阵。我们家为了免于搬进搬出的麻烦,以放弃住砖房的权力而换得了牛棚侧面一间小土屋的永久居留权。从此夜夜听着水牛们咀嚼草料的声音入眠，直到离开干校。

从小我就被家里的大人说是牛脾气，大概认为我通常脾气很好，而一旦较起劲儿来却会不依不饶。而在干校才真正见识了牛脾气。平时，水牛的脾气确实很温顺，而且善解人意。给它吃几把青草，拍拍牛头，它就会弯下前腿让你骑上去。虽没有牧童短笛的浪漫，但对我们这些来自城市的孩子，骑在牛背上东跑西颠确实是既刺激又新鲜。那时每个连都有自己的牛群，每群牛又有个头儿。有一次不知为了什么，我们连的牛头儿和邻近的九连的牛头儿打架，双方都发了牛脾气，两眼通红，身上破了好几处，好几个人也没法把它们拉开，甚至在它们之间扔了几只点着了火的笤帚都不管用，双方都是一副不把对方顶死决不罢休的架势。最后是历史系一个被打成"反动学生"的小伙子奋不顾身，硬是用双手扳着牛角把它们分开了。一时这个"反动学生"成了我们心目中的英雄。

到了开春种田的时候，大家开始真正体会到"盘中餐"确实是"粒粒皆辛苦"。特别是插秧，一天干下来，感觉腰似乎快要断了。虽然理论上讲，到干校就是要吃苦、改造思想，但有知识的人在四肢不够发达的情况下，自然会寻求更有效率的办法。于是各种各样自制的插秧机应运而生，手推的、牛拉的、拖拉机牵引的，不下十几种，以至江西省为了推动农业机械化，还在北大干校召开过有关插秧机的现场会。不过老实说，这些插秧机其实都不怎么管用，秧主要还是靠人插上的。除了插秧机，另一项规模比较大的科研活动是发展细菌肥料，这主要是由生物系的五连推动的。我们年级由我和另外五六人组成一个实验小组，由化学系来的一位老师指导，也在"五七小学"开始试制细菌肥料。学校专门拨了一间屋子给我们当实验室，并且装备了接种箱等设备。当时推广的主要是两种细菌肥料：5406（一种固氮菌）和920（现在看来大概是一种由细菌分泌出来的生长激素）。我们对这些实验十分投入，几乎从早到晚泡在实验室里，而我们培养出的920肥料的纯度比五连搞出来的还要高，也算工夫不负有心人吧。

"五七小学"的老师都是按专业对口从各系抽调来的大学老师，资格最老的有副教授。这些老师的水平当然是很高的，但并不知道该如何管小学生，尤其当有人在课堂上捣乱的时候，往往束手无策。不过他们教课十分认真，而且耐心极好，跟北大附小的老师很不一样。我们从他们那里确实学到了不少知识，当干校撤销搬回北京时，我们都可以选择回北大附小的原年级或跳级进入北大附中，可见"五七小学"的教学水平之高。

当然，那段日子也并非十全十美，我也挨过批判，是嘴馋惹的祸。干校初建之时没有商店，离得最近的商店在十几里路之外的天子庙（属江西生产建设兵团）。有一次我实在馋得不行，和一位叫潘胡的同学（著名学者潘光旦先生的外孙）溜到天子庙买了七八个糖水桃罐头，坐在水渠边吃了个干干净净，然后把罐头瓶统统扔入水中销赃灭迹。本来神不知鬼不觉，不知为何潘胡竟将此事告诉了别人，并被打了小报告，结果我俩被全校点名批判——追求资产阶级生活方式。

在干校两年，我们进行过两次"长征"。第一次是到井冈山参观，乘大卡车到三湾（秋收起义部队改编成红军的地方），然后沿着红军走过的路，经龙市、茅坪、大小五井、龙源口、黄洋界，最后到茨坪。我们那时不过12岁左右，自己背着背包，走的大部分还是山路，八百多里一步一步走下来，现在想来都觉得不可思议。在三湾的时候我们睡的是稻草地铺，第二站到龙市借住在一所党校里，有双层木床，大家十分快活，觉得这下"鸟枪换炮"、可以睡个好觉了。没曾想木床里藏有无数臭虫，咬得我们彻夜难眠。第二天我数了一下，身上一共106个包（这个数字大概一辈子忘不了，因为印象太深了），在班里名列第二。行军的最后一站是茨坪，那里的食宿条件相对来说是最好的，我们每天在招待所的餐厅里吃饭，十人一桌，菜的质量比在干校要好不少（除了有一餐是为了体验红军生活吃红米饭、南瓜汤之外）。不幸的是和我们同时在餐厅里用餐的还有一批空军飞行员，他们的美酒佳肴总是把我们弄得馋涎欲滴、眼红得很，还真是"不患寡而患不均"。

第二次"长征"比第一次可热闹多了，那是在伟大领袖发出"野营训练好"的最高指示之后，干校组成一营人马，往返1300里拉练去安源。我们年级二十多人算是一个排，是全营年龄最小的（参加拉练的机会是我们费了很大的力气争取来的，比我们低一年的就没份儿了）。我父母也在这支队伍里。我妈妈乐黛云还是鼓动队的，和几个工农兵学员一起跑前跑后，念毛主席语录和她们自己写的鼓动词，大概比别人多走了不少路。而我爸爸汤一介当时好像受命要写一篇什么文章，总见他跟着炊事班坐卡车，恐怕大半路程靠的是汽车轮子。那时候，规定我们小孩不准进商店买东西，而大人是允许的。有一次我们要翻过一座挺高的山，可能是怕我卡路里不够吧，爸爸特意买了些饼干拿给我，但我坚决不要，声称不能搞特殊化，可见觉悟还真是不低。整个拉练中，最苦的是第一天，当时天降大雨，队伍行进在大堤上，风大得好像随时会把人吹到鄱阳湖里去，40多里路（行程最短的一次）显得无比漫长。后来我们曾经一天连续行军120里都没觉得那么累。我们到了安源之后，休整了一个多星期，参观了煤矿、工厂和安源大罢工纪念馆，算是挺长见识的。从安源返回鲤鱼洲的行程似乎很轻松，没费什么劲儿就走回来了，多半是因为"铁脚板"已经练成了吧。

  鲤鱼洲是靠一条24米高的大堤将鄱阳湖水阻于洲外。夏季湖水上涨，水位最高时，湖面在我们所在地的20米之上。抬头望去，湖内点点白帆飘浮于蓝天之中，蔚为奇观。在这极为独特的景致背后其实潜藏着巨大的危机：一旦大堤决口就是灭顶之灾。干校的土地是第二次围湖造田的成果，大堤内还留有第一次围湖造田的遗迹——一条旧堤，这条旧堤也是北大、清华两所干校与当地农民的分界线。谁也没有想到这条废弃了的旧堤居然救了干校一命。1970年夏天，当地的几个农民居然把大堤挖开，想引湖水来浇地。这下可闯了大祸，他们那边很快就成了一片汪洋，而我们这边全靠旧堤挡住了大水。不过旧堤早已无人维护，上面有一道缺口，水以很高的速度从口子里涌进来，如果不能马上堵住，则大有决口之虞。校方一面调遣大批壮劳力去堵口子，一面把小孩和上了年纪的人集中起来，随时准备撤到大堤上逃命。据说当时缺口处水流湍急，扔进去的大批装满沙子的草袋一下就被冲走。正在束手无策之际，有人弄来一条船横卡在缺口上，同时迅速往船里扔入许多沙袋使船沉没，才最终把口子堵上了。那一次鲤鱼洲虽然幸免于没顶，但终究给人留下了惊心动魄的记忆！大概领导们也感到数千教工的生命非同儿戏！过了不到两年，鲤鱼洲干校就被宣布撤销，我们都回了北京。后来，听说这片土地最终还是回归了鄱阳湖底。国家的大笔投资、几千"五七战士"两年多的劳动成果尽皆付诸东流。不知如今每逢冬季枯水时节，是否还能看到一些当年干校遗留下来的断壁残墙？

（作者系中文系教师乐黛云之子，此文可与本书所收乐黛云《北大教育革命的一个怪胎——鲤鱼洲草棚大学》对照阅读）

鲤鱼洲无鱼

胡山林

1970年,我13岁。新年刚过,我自己坐火车到南昌,母亲只获准请假来南昌接我。几个月没见到母亲,和母亲见面,我很高兴。鲤鱼洲农场不通长途车,我们逗留南昌等候搭便车。母亲带我吃了南昌有名的小汤包,其美味印象很深。一两天后终于等到一辆拉石灰的卡车,我和母亲告别北大驻南昌办事处搭车前往鲤鱼洲。那天,乌云漫漫,寒气袭人,时不时飘来星星雪花。我坐在敞篷大卡车上,身上的棉衣抵不住寒冷,冻得哆哆嗦嗦,几个小时的颠簸之后,总算到了鲤鱼洲。

刚去的时候,我住在妈妈所在七连的男宿舍里,后来进了"五七中学"。

说起鲤鱼洲,现在在地图上不难找到这个地名,当时知道的人却不多,问鲤鱼洲在哪儿,很多当地人都说没听说过。据说,鄱阳湖退潮以后,人们在河滩上围筑起来十几米高的大堤,大堤内的湖底沼泽地就得名鲤鱼洲。那时候没想过为什么除了北大、清华农场的教职员工,就见不到一个当地人。后来才知道血吸虫的存在被隐瞒了。除了血吸虫肆虐,夏天,天天担心堤外河水漫过大堤;记得几次眼看湖水就要漫过大堤,广播里一天到晚播放抢险警报。因为地处湖底,夏天没有一丝风,闷热不堪，加上大规模蚊子围攻，折磨得人们无法入睡。春天，整月整月牛毛细雨，见不到一日阳光，所有的东西都湿乎乎、黏糊糊，散发出霉味儿臭烘烘的。冬天，没有炉火取暖，谁体力不佳，谁就立刻被湿寒逼出一块块紫红色冻疮。难以想象，北大、清华数千海内外知名学者、优秀教师，当年就是在这块与世隔绝的沼泽地上，天天在工宣队、军宣队的监督下下农田劳动，"改造资产阶级思想，接受无产阶级思想再教育"。可惜当年我们这些顽童哪里能体会、更不用说能分担父母们精神上承受的压抑、苦楚和无望。

孩子嘴馋，而鲤鱼洲的生活却是那么艰苦，因此，"饮食"就成了我那段生活最难忘的印象了。鲤鱼洲位于南昌市东面，远离南昌一百多公里。即使最近的城镇天子庙，离农场也有十几里地。很长时间，农场与外界连接的唯一道路是大堤上三四米宽、坑洼不平的堤面。农场所有的物品都靠仅有的几辆卡车运输，尤其是农场建立得非常仓促，一段时间，物品不足十分严重，食品更是如此。我听说，刚到鲤鱼洲的时候，伙食极其简陋，常常连菜都吃不上，有时候只能吃盐水拌饭。农场集中配给粮食、副食给各连伙房，也允许各连少量自行到附近乡村采购。但去采购少说也有十几里的距离，加上没有公路和交通工具，采购十分不便，甚至发生过为了采购船翻人亡的不幸事故。1970年初我到农场时，情况已经大为改善，我没有吃过一次盐水泡饭。

这些客观的困难状况后来改善了不少，但是饮食不足始终是问题。因为我们被灌输的理念是，到农场改造思想，越艰苦越有效果，吃好的、喝好的就是最恶劣的资产阶级生活方式，鱼也好、肉也好都是糖衣炮弹，是腐蚀人们思想的毒药，是无产阶级的敌人，讲究吃喝就是向敌人投降。

劳动的日子一天三顿饭，中午、晚上是米饭炒菜，米饭不限，吃完可以添，菜只有一种，由炊事员分配，一人一勺，够不够都是它。菜里没有肉星儿，也没有油水。我帮厨的时候，看到炒百十来人的菜，用的油也就比家庭炒菜多一点儿。北大老师南方人居多，他们担任炊事员，手艺不俗，油锅热后一把葱下去，香味四溢，可是一筐菜倒进锅里，就再也闻不到香味了——油太少了。到了休息日子，一天只有两顿饭，因为毛主席说了，农闲少吃，还得以稀为主。

鲤鱼洲无鱼无肉，就是蔬菜也吃不舒服。至今记忆里还留下了"玻璃汤""无缝钢管""塑料茄子"等绰号。所谓"玻璃汤"，就是做汤时候，水里加盐，再放上可怜的几片菜叶子，透明得一眼就能看到碗底。空心菜是当地易于生长的主要菜蔬，本来就纤维粗糙不易嚼碎，为了提高产量，还总是故意让空心菜长得很老很老才收获，结果百嚼不烂，难以下咽，被称作"无缝钢管"。当地产的长茄子皮厚肉少，做成菜以后几乎吃不到茄子肉，只剩下一层皮硬硬的，十分费牙，故有"塑料茄子"之名。农场最多时有两千多教职员工和子女，最初连个商店都没有，人们只能托付外出的人买生活必需品回来。后来建起一个小商店，小得可怜，只有十一二平方米大，更没有什么食品柜台。寥寥糖果是为了孩子进的货，如果哪个成人去小卖部买食品，无异自己为自己申请开批判会。而且即使去小卖部买针头线脑不买食品，也得向连队领导请假，不获准是不能去的。

十来岁的孩子哪个不馋，但那时候其实真的已经不是馋，而是吃不到任何零食点心，能买到的都是用糙粮做的代食品，根本就不是真正的点心。有时候，遇到有可以托付的人出差，就偷偷托他们带一点点食品回来，缓和一下食品的匮乏。记得当时最受好评的是大头菜和罐头鱼，因为便于隐藏而且不易变质；而这些只有后来住在小居室集体宿舍的女性或单独居住的夫妇可以尝试，那些百十来人挤在一间大草棚里住的人没有任何东西可以隐藏，自然没有任何可能享受一下鲤鱼洲吃不到的东西了。

听不到任何对于饮食匮乏的怨言，人们除了沉默别无选择，但就是这种沉默，无时不让人们感受到生命的悲鸣。母亲所属的七连，有位图书馆学系的老师突然生病，得的是中毒性痢疾，没有及时发现确诊耽误了抢救治疗而故去，人们得知后无不震惊。我住七连男宿舍的时候，那个老师的床铺和我的床铺只有咫尺距离，不知道他的确切年纪，只觉得显老。戴着一副镜片厚厚的眼镜，走路蹒跚，话语少得不能再少，走路

2011年夏重回鲤鱼洲拍摄原"五七学校"教室。

2011年夏重回鲤鱼洲拍摄原干校宿舍。

2011年夏重回鲤鱼洲拍摄原干校老公路。

从来都是低着头，对四周一切一无关注。他平日很少与人接触，见到我倒时时面带微笑，偶尔问些什么。后来才知道，这次是因为食堂给每人发了一个咸鸭蛋，他吃得非常在意，舍不得一次吃完，一次只是用筷子尖挑一点点，尝尝滋味，然后藏起来，留到下一顿再吃。结果他怎么也没想到，鸭蛋耐不住夏天38度的高温，放到第二天就变质了。小小一个鸭蛋竟就这样把那个老师的生命留在了鲤鱼洲。还听说其他连队的一个老师，好不容易赶上"改善伙食"，食堂包包子，那个老师越吃越香，连自己是不是吃饱了也失去了感觉，一口气吃了十几个，结果肚子撑得不行，疼得满地打滚儿，为此险些送掉自己的性命。人们得知这些事情时，没有一个人能笑得出来，只是沉默无语咽下无奈。

　　我自己也有这样一次亲身体会。那是我到农场几个月后，几个消息灵通的朋友说要"改善伙食"了，这次是吃红烧肉。我听说了，立刻涌上来一阵兴奋。我从小喜欢吃红烧肉，外婆做得一手味道香美的红烧肉，妈妈做的红烧肉更是独具一格。朋友们听说我喜欢吃红烧肉，非常慷慨，都答应到时候分给我一些，我很高兴。

　　"改善伙食"的那天来了。上午，炊事员抬着半扇猪肉回来，没过多少时间，在地里都能闻到远远飘来的红烧猪肉的阵阵香味。那时候，上下午出工劳动，都是全体集合后出发，吃饭不用集合，只是排队分菜。不过你再饿，也不能表现出来。假如谁早早等待排队吃饭，一定会有人向领导反映，某人吃饭排队比出工集合到得更早，那一定就是存在劳动态度问题了。所以，这一天，我更不能表现出对"红烧肉"的渴望了。最后，大家都把红烧肉打回来了，几个朋友按约定往我的饭盒里夹肉，有人本来就怕吃肥肉，给了我三四块，瞬间我的饭盒里堆成了小山。喧闹过去，算是可以好好享用一下了。看着那一块块红色透亮、炖得香喷喷烂乎乎的肉块儿，我真兴奋。久违的红烧肉，吃起来真香啊！可是吃了几块以后，不对头了，再每吃一块都觉得胃里有抵抗感，我第一次知道什么是厌腻感觉。一阵阵反胃，伴随着发冷似的打激灵。我知道全部吃完没有任何可能了。给别人，没有人接受，何况大家都在洗碗了。悄悄扔掉，根本不能想，被人发现后果不堪设想。最后，我只能冒着危险把剩下来的肉找一个凉快的地方放起来,晚上没吃完,第二天又吃了一天才算扫清残余,而且都是咬牙跺脚才吃完的。

几个给我红烧肉的朋友都以为我一顿吃了这么多肉,十分钦佩,觉得第一次见到了有真能耐的人,并且说下次"改善伙食"还要给我,都被我一口回绝了。万幸的是,我没有因这一次改善伙食吃伤、让我彻底告别红烧肉,但是我也没有再接受过任何人的红烧肉。

还有这么一件事。记得1971年"五七学校"过春节,"忆苦思甜"是除夕夜的主要活动。那一晚上的饭菜也必须能体现"忆苦思甜"的精神才行。怎么才能结合两者呢?想来想去,领导终于想出一招,吃年夜饭先吃糠窝窝,然后再吃肉包子。糠窝窝代表旧社会劳苦大众的贫苦生活,吃糠窝窝叫"忆苦";肉包子是共产党解放全中国带来的幸福生活,吃肉包子就叫"思甜"。学校领导颇为这一招得意,因为这一创意得到了农场领导的充分肯定。没想到初一早上领导又大为生气,因为猪食缸里发现了很多糠窝窝。原来,糠窝窝个头太大,每个人又发了两个,如果都吃下去肯定没有可能再吃肉包子,那就无法"思甜"了,有人就干脆把糠窝窝偷偷扔到猪食缸里。结果"忆苦思甜"只剩下了"思甜",让领导大失所望。

1971年秋天,北大江西鲤鱼洲农场开始向北京大撤退,我和母亲属于撤退的第一波,从而结束了一年半左右的湖底生活。终于,我们可以安心地吃到久违的桃酥和麻花了。

(作者系中文系教师陆颖华之子,此文可与本书所收陆颖华《扁担和小竹椅——鲤鱼洲杂忆》对照阅读)

附录：江西鲤鱼洲北大实验农场年表

徐 钺

1968 年

8月19日首都工人、解放军毛泽东思想宣传队（以下简称宣传队）进驻北大。

《内部通讯》（北京大学非正式出版物，工人、解放军驻北京大学毛泽东思想宣传队政工组编）第138期（1971年5月28日）刊文《在伟大领袖毛主席和党中央的亲切关怀下，中国共产党北京大学第六次代表大会胜利召开》，称："毛主席发出'工人阶级必须领导一切'的伟大号召，首都工人阶级，配合解放军战士于一九六八年八月十九日开进了北京大学，结束了资产阶级知识分子独霸的一统天下。"

1969 年

7月10日《北京大学纪事》（王学珍等编，北京大学出版社，2008年修订版）："宣传队领导小组派先遣队23人到江西省南昌县鲤鱼洲筹建农场。"（801 页）

8月13日、27日《北京大学纪事》："第二批和第三批到江西鲤鱼洲

农场进行建场劳动的教职员工分批出发,两批共约 600 人。"(802 页)

9 月 11—12 日在江西鲤鱼洲农场劳动的七名员工,11 日坐小船到鄱阳湖对岸瑞洪镇为连队购蔬菜,归途中遇大风浪,翻船落水,物理系助教邹洪新、化学系助教林鸿范遇难。

《教育革命通讯》(北京大学非正式出版物,工人、解放军驻北京大学毛泽东思想宣传队教育革命组编)第 6 期(1969 年 12 月 6 日)载文《发扬一不怕苦,二不怕死的革命精神把无产阶级教育革命进行到底》(作者:刘悦清),称:"九月十一日,早晨五点多钟,北大农场各连队的司务长、上士和建设兵团姜元泉同志共七人上船去瑞洪公社买菜。"买完菜后,下午五点多在回程途中遭遇大风浪,"大家被迫翻船",入夜后"风更大,浪更高",邹洪新和林鸿范两人牺牲。其余五人于第二天早晨八九点钟被两只渔船救起。

10 月 27 日宣传队领导小组教育革命组下发《关于教育革命工作的安排意见》,其中第四条称:"各单位尽快实行班、排、连的编制,劳动与学习的比例暂定 3∶1。"

10 月底《教育革命通讯》第 3 期(1969 年 11 月 21 日)刊载《简讯》:"我校近两千名教职员工家属响应伟大领袖毛主席'要准备打仗'和'教育要革命'的伟大号召,沿着'五七'指示的光辉道路,于十月底奔赴教育革命第一线——江西北大试验农场。"

11 月 21 日《教育革命通讯》第 5 期(1969 年 12 月 4 日)载文《把战备观念提得高高的》(作者:江西试验农场政宣组):"十一月二十一日上午,农场领导小组召开了全体党员大会,下午又召开了全场教职员工大会,进一步进行战备和教育革命的动员。""各连党支部当晚召开了支委会,研究如何首先从思想上落实战备。一、二、四、八等连队大办战备学习班,普遍召开班、排讲用会,并抓紧时间,狠批大叛徒刘少奇鼓吹的'阶级斗争熄灭论'和'活命哲学',增强战备观点。四连、七连、十连和三连请贫下中农忆苦思甜,八连、十一连也请老工人、在抗大学习过的干部进行了忆比活动,进行阶级教育。"

11 月江西分校开展数次反修批判大会。同月创办"五七"中学和小学，解决随场劳动子女的上学问题。

《教育革命通讯》第 4 期（1969 年 11 月 28 日）载文《"五七"指示的光辉照亮了鄱阳湖畔》（作者：江西试验农场政宣组）。其中之《念念不忘阶级斗争，抓紧革命大批判》称："一连、二连在整党火线上召开了批判反革命修正主义分子陆平大会。""七连、十二连等单位，抓住当前教育革命中出现的一些错误思想和糊涂认识，狠批了刘少奇的'三党'、'六论'……""各连联系思想实际，结合劳动中暴露的问题，连续不断地举行各种形式的批判会。"《创办"五七"小学，培养革命接班人》则称："我们遵照毛主席'培养革命后代，一定要让他们到实际斗争中去锻炼，养成敢想，敢说，敢闯，敢做，敢革命的大无畏的革命精神'的伟大教导，把农场的中小学生和幼儿组织起来。让中学生跟班劳动，小学生上'五七'小学，幼儿上'五七'幼儿园。"

12 月江西实验农场下达盖房任务，以解决员工住房问题。

《内部通讯》第 9 期（1969 年 12 月 23 日）载文《自己动手盖土房，抗大精神放光芒》（作者：江西实验农场七连盖房组），称："我们和五连同志共同战斗，在短短的两个星期中，就盖起了两幢 200 多平方米的大土房。"

12 月《内部通讯》1969 年 12 月 25 日增刊载文《我们做教授工作的几点体会》（作者：江西试验农场政宣组），称："遵循毛主席'教育要革命'，'教改的问题，主要是教员问题'的伟大教导，我们对农场九十名教授、副教授下来后的思想情况和劳动表现作了一个初步分析，认为他们绝大多数都有不同程度的进步。其中表现好的十九人，占百分之二十一；表现一般的六十人，占百分之六十七；表现差的十一人，占百分之十二。"

1970 年

1 月 30 日《北京大学纪事》："人事组全校人员情况统计表统计：全校教职员工共 8668 人。去江西鲤鱼洲实验农场劳动的教职工 2037 人。"（808 页）

4月19日当日《北京大学简报》（北京大学非正式出版物，北京大学党办校办编）记录：全校202名教授、副教授中，有89名到江西实验农场劳动锻炼。

5月9日当日《人民日报》刊文《知识分子改造的必由之路——记清华大学、北京大学广大革命知识分子坚持走毛主席指引的"五七"道路》（新华社七日讯），称："在无产阶级文化大革命中受到锻炼的清华大学和北京大学广大革命知识分子，在斗争中回顾历史的经验，总结自己走过的道路，活学活用毛泽东思想，阶级斗争和两条路线斗争觉悟有了很大提高，他们迫切要求以工人阶级的面貌来改造自己的世界观。去年，两个学校的革命师生员工，在驻校工人、解放军毛泽东思想宣传队的领导下，满怀革命豪情，到了江西鄱阳湖畔的鲤鱼洲，白手起家，艰苦创业，办起了教育革命的试验农场，在毛主席指引的'五七'大道上，奋勇前进！"

"去年冬天，这两个学校的广大革命知识分子和当地的贫下中农一起，参加了修固鲤鱼洲圩堤的大会战。"

"他们带着一身泥巴，坚持天天读'老三篇'，越读越感到亲切，越读越体会到'为什么人的问题，是一个根本的问题，原则的问题'。"

"这两个学校的许多老干部，过去跟着毛主席参加了抗日战争和解放战争，为人民做出了一定的贡献。全国解放后，在刘少奇的反革命修正主义路线毒害下，犯了这样那样的错误。毛主席亲自发动和领导的无产阶级文化大革命挽救了他们。他们说，今天来到三大革命斗争的第一线，接受工农兵的再教育，这是毛主席对自己的最大关怀。有些过去曾在延安'抗大'学习过的老干部，在鲤鱼洲上重新挑起了放下二十多年的扁担，心情万分激动。他们说：三十年前，'抗大'培养我们走上革命的道路；今天，我们是重进'抗大'，重新学习。"

5月15日《北京大学纪事》："江西分校革命委员会成立。"（811页）

7月《北京大学纪事》："江西分校本月提出一份招生专业介绍，其中，中文系的专业介绍为：（一）培养目标：中文系培养的学生应该是德智体都得到发展的有文化的劳动者。他们要无限忠于毛主席、忠于毛泽东思想、忠于无产阶级革命路线。要在斗争中树立无产阶级世界观,永远为工农兵服务,为无产阶级专政服务,大造革命舆论。(二)学制:一年半。(三)课程设置。政治课:(1)中共党史,(2)毛泽东哲学思想;专业课:(1)毛泽东文艺思想,(2)毛主席诗词,(3)革命样板戏,(4)文艺创作,(5)文艺评论(训练在文艺战线兴无灭资斗争、批判封资修文艺和不停顿地向资产阶级发动进攻的能力)。"(812—813页)

8月21日《北京大学纪事》:"校教改组招生办通知江西分校说,江西分校总计新招学员418人。其中在上海、广东、江西共招228人,各军区共招解放军新学员137人,均于8月29日到达南昌;沈阳军区招53人,29日先到总校,然后赴江西。"(813页)

9月4日江西分校开始进行新学员入校思想教育。《内部通讯》第105期(1970年9月27日)载文《向"共大"学习,走"抗大"道路》:"遵照毛主席关于'青年应该把坚定正确的政治方向放在第一位'的教导,加强对新学员的思想教育,分校于九月四日,召开活学活用毛泽东思想讲用会。副教授吴柱存、原历史系副系主任许师谦以及青年教师吴撷英、徐雅民怀着对伟大领袖毛主席的深厚感情,向全体新学员汇报了他们在鲤鱼洲走'五七'道路的收获,分校党委负责同志在会上讲了话。会后演出了控诉修正主义教育制度的话剧《传家宝》。五日又请江西共产主义劳动大学的王锦祥同志来校作'共大'两条路线斗争史的报告。新学员普遍反映触动很大,教育很深。他们说:内容很生动,自己深受感动,内心十分激动,今后一定要有行动,决心紧跟伟大领袖毛主席,沿着《五七指示》道路,为在鲤鱼洲创办抗大式的学校而奋斗。"

9月17日江西分校中文系新学员上了第一课。《内部通讯》第116期(1970年10月31日)载文《举旗抓纲,评教评学》:"九月十七日,中文系以毛主席的光辉著作《在延安文艺座谈会上的讲话》为基本教材,以师生共同讲用的形式,上了草棚大学第一课。广大工农兵学员反映,这堂课方向、路子是对头的,但也存在着比较严重的问题。主要是有的教员在讲课中散布了一些资产阶级的艺术观点。为了正确总结经验教训,进一步提高教学质量,没有急于上第二堂课,而是带着教学中出现的问题，到毛主席著作中去找答案，开展了一个群众性的评教评学活动。"

9月21日江西分校各系新学员普遍开始上第一课。《内部通讯》第110期（1970年10月10日）载文《"草棚大学"第一课》："九月二十一日，江西分校普遍上了第一课。这是工农兵学员用毛泽东思想改造大学迈出的第一步，是革命教师实践毛主席教育革命思想的新起点。""为了上好第一课，我们从难点突破，以典型引路，让中文系先走一步。中文系经过三次反复，有经验，也有教训，对文、理科各系都有启发。从各系讲课的情况来看，第一课的内容突出了毛泽东思想；第一课的学员也是第一课的教员；第一课的教学方法是革命教师和学员一起大辩论、大批判、大讲用；第一课的课堂是鲤鱼洲的大草棚。"

9月江西分校外语系的英语、俄语、越南和印地语四个语种专业招收的162名工农兵学员开始上课学习。《内部通讯》第141期（1971年6月9日）载文《一面学习，一面生产，在广阔天地里培养无产阶级外语战士》（作者：江西分校孙亦丽）："在伟大领袖毛主席关于北大、清华招生报告的光辉批示指引下，在工人阶级领导下，一九七〇年九月，我们在鲤鱼洲办起了'草棚大学'外语系。共招收了英语、俄语、越南和印地语四个语种一百六十二名工农兵学员。""我们的第一课是由南昌夜行军七十里走到鲤鱼洲，第二课就是自己动手盖草棚。"

10月22—23日《北京大学纪事》："江西分校党委宣布：251名在江西实验农场劳动的教职工将返回总校。返校者都'经党支部提名、群众评议、领导批准'。10月23日又有180多名教职工来鲤鱼洲换班劳动。"（816页）

10月江西分校各系各专业继续进行思想学习和专业学习。

《内部通讯》第119期（1970年11月7日）载文《教育革命必须大搞群众运动》（作者：江西分校教育革命组）："开课以来，各专业紧跟党的九届二中全会精神，把学好毛主席的哲学思想作为教育革命的基本建设，普遍学习了《矛盾论》，为评教评学准备了思想基础。与此同时，外语教学的语音阶段已经结束；文科各系开始了第三课或第四课；生物系各专业的业务课也有相当进展……"

11月10日《北京大学纪事》："人事组统计：全校教职工总人数5500人……其中在总校2978人，在江西劳动1840人，在汉中分校682人。"（817页）

11月22、28日《内部通讯》第127期（1970年12月3日）《简讯》称："江西分校于十一月二十二日召开'一打三反'动员大会，会上群情激昂，很多同志纷纷要求发言，表示坚决同'五一六'反革命阴谋集团及其他一切反革命分子、阴谋家、野心家斗争到底，捍卫工人阶级领导，捍卫无产阶级专政，保卫党中央，保卫毛主席！……十一月二十八日，召开了政策讲用会，向一小撮阶级敌人展开了政策攻心战。"

12月5日《北京大学纪事》："江西分校中文系师生41人乘车到井冈山进行教育革命实践，在清华江西农场机务连附近大堤翻车。教师张雪森、学员王永干当场被压死，受伤5人。"（818页）

12月24日江西分校部分中文系师生离开鲤鱼洲进行拉练。

1971年

1月9日《内部通讯》第132期载文《在广阔天地里开创外语教学的新路——江西分校外语教学小结》，称："在工人阶级的领导下，鲤鱼洲办起了'草棚大学'外语系，从去年九月开始，英、俄、越南、印地四个专业的革命师生，沿着毛主席《五七指示》的方向，决心在艰苦的环境里开拓一条多快好省地培养无产阶级外语人材的途径。""三个月来，同志们在劳动中自觉地练思想，练作风，一不怕苦，二不怕死，顶风冒雨，收割晚稻二百余亩，修公路挑土八百余方，铺整路面四百七十米，开荒种菜三十余亩。""现在的工农兵学员，很少有人学过外语，地方口音重的很多，高小和初中水平占百分之八十七。"

4月9日外出进行拉练的江西分校中文系师生回到鲤鱼洲。《内部通讯》第137期（1971年5月7日）载文《实践"以社会为工厂"的两点体会》（作者：江西分校中文系教员闵开德），称："我们江西分校中文系的师生，从去年十二月二十四日拉练出去以后，就在外面搞教育革命，搞了三个多月，直到今年四月九日才回到鲤鱼洲。""今年二月初，为实践毛主席的教育路线，我们上了井冈山。""我们从井冈山到了三湾，在三湾搞了将近一个月。"

4月《内部通讯》第137期（1971年5月7日）载文《在三大革命实践中学好国际政治》（作者：江西分校国际政治系学员刘伟荣）："从一九七〇年十一月开始到现在，我们先后在校内，在江西生产建设兵团九团，拉练沿途的高安石脑、安源、井冈山，南昌新华印刷厂等单位进行了数十次规模不一的国际形势宣传活动，参加宣传人次有76人次，听讲者有四、五千人次……"

5月4日《北京大学纪事》："江西分校的中文、历史、哲学、经济、国际政治5个系合并组成文科教学连（称第八连）。"（822页）

5月26日《内部通讯》第142期（1971年6月16日）载文《分校团委成立，狠抓路线教育》（作者：江西分校政工组）："在认真读书、批修整风的热潮中，在分校党委的直接领导下，五月二十六日，江西分校召开了全体团员大会，成立了分校团委。"

5月28日《内部通讯》第138期（1971年5月28日）载文《以两条路线斗争为纲，把无产阶级教育革命进行到底》（教改组书面发言），称："广大革命师生员工，自力更生，艰苦奋斗，破除迷信，解放思想，用自己双手在江西创建了试验农场，去年生产粮食近二百三十万斤。"

6月10日江西分校革委会提交《关于血吸虫防治情况的报告》，称："分校地处疫区，尽管……积极防治，并不能从根本上消灭血吸虫病。"

7月20日《北京大学纪事》："校党委会讨论决定：江西鲤鱼洲北大实验农场撤销，将农场和德安化肥厂移交给地方办，在农场劳动的教职员分批撤回。同时在北京郊区大兴县天堂河重建一个农场（占地约一千亩）。提出撤销的理由是：教育革命深入发展，招收学生增多，人员紧张；路途遥远，花费物力财力太大；当地血吸虫情况原来调查研究不够，现已发现二百六十多人（按：应是指农场一地，不包括德安化肥厂查出的患病人数）染上此病。"（822页）

8月6日《北京大学纪事》："校党委召开党员大会，传达校党委关于将江西鲤鱼洲实验农场转移到北京郊区（大兴县天堂河劳改农场内）

的决定。"（827—828 页）

8 月 16 日《北京大学纪事》："从江西分校返回的教职工 357 人于 14 日和 16 日分批到京。"（827—828 页）

1972 年

5 月《北京大学纪事》："江西分校实验农场向江西省地方移交完毕。办场共 34 个月，投资 307.5 万元。"（838 页）

参考文献

《北京大学简报》，1969—1971年，北京大学党办校办编，北京大学档案馆藏（不全）。

《内部通讯》，1969—1971年，工人、解放军驻北京大学毛泽东思想宣传队政工组编，北京大学图书馆藏（不全）。

《情况反映》，1969—1971年，北京大学保卫组编，北京大学档案馆藏。

《教育革命通讯》，1969年，工人、解放军驻北京大学毛泽东思想宣传队教育革命组编，北京大学图书馆藏（不全）。

《知识分子改造的必由之路——记清华大学、北京大学广大革命知识分子坚持走毛主席指引的"五七"道路》，《人民日报》1970年5月9日。

《北京大学纪事》，王学珍等编，北京大学出版社，1998年初版，2008年修订。

《鲤鱼洲纪事》出版感言

陈平原

没能像序言所说的，赶在鲤鱼洲归来四十周年之际出版此书，略有一点遗憾。不过，也只是耽搁了几个月，且因赶上了春光明媚的日子，方便年迈的作者们出行，算是"失之东隅，收之桑榆"吧。

两周前，我在出版座谈会的邀请信上称："花了一年半时间，动员诸多先生参与，三分纪实、三分怀旧、三分反省，外加十分之一牢骚的《鲤鱼洲纪事》，终于、终于出版了。还是'博雅清谈'的形式，还用《筒子楼的故事》出版座谈会的话——届时，参与者人手一册，品鉴那些新鲜出炉、冒着腾腾热气的'故事'。诸位或翻新书，或会老友，或谈往事，悉听尊便。"

说实话，拿到样书时，我如释重负。那是因为，编辑、出版此书，在我，确实是别有幽怀。中间的诸多曲折，不说也罢。序言所说的"一怕犯忌，二怕粉饰，三怕伤人，四怕滥情，五怕夸张失实，六怕变成旅游广告……可要是不做，再过十年，没人记得那段'不堪回首'的往事"，生活在当下中国的读书人，当能心领神会。

在一个特定年代，四千北大、清华教职员工在血吸虫病十分严重的江西鲤鱼洲战天斗地，这段"峥嵘岁月"，不管你喜欢不喜欢，都不该遗忘。我在序言中称："当年所造的'万亩良田'，如今为了恢复自然生态环境，大都成为碧波荡漾的鄱阳湖区的一部分；这就好像历史，'主角'早已沉入'湖底'，你只能远远地眺望、沉思、驰想，再也无法重睹旧颜容了。"如此感慨系之，因其牵涉一个逐渐被遗忘的大时代。

本书序言曾以《回首烟波浩渺处》为题，交给《书城》杂志刊登（2011年11期）。编辑李兄看过，毫不讳言地称：关于"天佑体"那段文字太啰唆了，没必要。我一边修改，一边反省——是的，"五七干校"的历史，读书人耳熟能详；而北大中文系老师们的故事，琐琐碎碎，对我来说很亲切，外人则不见得感兴趣。严格说来，本书所载，都是些陈芝麻烂谷子——既不惊心动魄，也不缠绵悱恻。可是，当事人的处境、心情以及生活细节，值得你我认真体会。那是因为，所谓的"历史"，不仅属于帝王将相、才子佳人，也包含普通人的喜怒哀乐。

文章是老师们写的，我只是借助整体构思及编辑技巧，让这些朴素而亲切的文字，得到尽可能优雅的呈现。在组稿以及搜集资料撰写序言的过程中，深切体会一代人的苦难、困惑、温情以及无奈。这对我来说，也是一种学习。在一个视野日渐偏狭的专业化时代，倾心此类"杂书"，无关中文系或我个人的学术业绩，更多地是为了向饱经沧桑的前辈们致意。

此书的工作目标，不是"休闲"，也不是"怀旧"，而是"立此存照"、铭记历史。因外在环境及自身能力的限制，本书的笔墨稍嫌拘谨，论述也有待进一步深化；唯一可以自诩的是，作为当事人，尽可能对历史负责，对自己负责。如此舞台，如此表演，即便不够精彩，也都值得尊敬。倘若由此引发有心人对那段历史的深入思考，则更属喜出望外。

2012年3月29日于京西圆明园花园

（2012年4月13日《文汇报》）

"别忘记苦难,别转为歌颂"
——对话北京大学中文系主任陈平原

《东方早报》:为什么现在开始回忆鲤鱼洲?

陈平原:这本书编成于 2011 年,是鲤鱼洲师生回到北京 40 周年。我们此前编过《筒子楼的故事》,记录上世纪五六十年代北大中文系老师的日常生活;还有《北大旧事》,讲上世纪三四十年代的故事。在官方记述之外,我们希望用各种各样的办法为不同时代的北大师生生活留下记录,在还没有盖棺论定的历史结论的时候,立此存照,留点资料。如果我们不做这个事情,它将很快过去,写文章的老师都已经退休了,在岗的教师对此没有了解。那段历史现在不谈,再不去回首烟波浩渺处,它就将沉入历史湖底。我们在做的是打捞记忆的事。

《东方早报》:约稿时对稿件提了什么要求?

陈平原:第一,鲤鱼洲干校的存在是在"文革"期间,话题比较敏感,因此,我们要求写的是鲤鱼洲的生活,而且范围是在北大中文系,并没有直接碰"文革",否则要专门送审。第二,从内部角度,所有回忆录都会涉及同事关系，在某些问题上你揭发我、我批判你，形成纠纷，这没有必要。第三，当时的老师从鲤鱼洲回来也已经40年了，可能会忘记当初的痛楚，但一定不要把回忆录写成田园诗，把鲤鱼洲写成桃花源。这是一段痛苦的历史，但在大环境下，有亲人、朋友、同事之间的感情值得追怀，但我担心忘记苦难，转为歌颂。还好，基本没有出现这些问题。

《东方早报》：你在序言中强调这些文章是"片段记忆"而非"历史结论"，是否也有此考虑？

陈平原：任何书都有遗憾，这书也不例外。比如，怀旧为主，反省不够。但我认为，反思"文革"不是此书所能承担的责任。老师们的文章，我没有任何改动。写作中，老师们会用电子邮件互相交流。但写出来后，不要动。你会发现，北大在鲤鱼洲的时间并不很长，两年时间，大家谈及的很多事件是交叉交叠的，但每个人的叙述方式不同。同一件事，有很多缝隙，每个人的位置及经历不同，回忆也就可能有差异。至于这段历史如何判定，那是眼光问题，不应由我们裁断。

《东方早报》：序言中还提到严绍璗、洪子诚对全书风格提出警示？

陈平原：他们主要提醒我，这本书不要写成田园诗。往事在回忆时，很容易被美化，一不小心就只剩下温馨记忆了。两位老师担心大家忘记鲤鱼洲的悲苦，只记得若干温馨的场面，变成了歌颂，因此特地写信提醒，以历史学家的眼光看待过去的事，而不只是感恩或抒情。

《东方早报》：他们也因此没有为本书供稿？

陈平原：我跟严老师有很长时间的电话沟通，他说他打算自己写一本鲤鱼洲的专著。洪老师没有供稿，但洪老师的夫人么书仪为我们写了一篇很好的回忆文章，他们是在鲤鱼洲结婚的。并不止这两位，还有好些老师没有供稿，我们只是征稿而已，不能质问人家为什么不写。有的老师认为把握不准，有的老师其他事务很忙，有的老师认为现在不是好的回首时间。

《东方早报》：谁的稿件最令你感动？

陈平原：当初稿件是陆陆续续来的，我写序言的时候统在一起再看一遍，很受感动。我记得乐黛云、周先慎是最早交稿的。大家对同一些细节的回忆可能有所不同，但都是真诚的。那代人记录他们的经历，你可能看的时候很轻松，但其实很沉痛。

《东方早报》：为什么只有中文系的老师来回忆鲤鱼洲纪事？

陈平原：鲤鱼洲的生活当然不仅限于中文系，我们也考虑过是否要扩大到整个北大，但因为各种技术性因素，比如征稿有困难，还容易引起不必要的猜疑，经过一番犹豫，征稿范围最终确定在中文系的老师、学生及家属。

（许荻晔，初刊 2012 年 4 月 5 日《东方早报》）

"既有激情燃烧,也是歧路亡羊"

——对话《鲤鱼洲纪事》主编、北京大学中文系主任陈平原

"有些历史被有意无意地遗忘"

《文化广场》:关于鲤鱼洲的故事,过去散见于不少当事人的回忆性文章,但一直未能结集成书。您最初想要编这样一本书,除了纪念鲤鱼洲师生回到北京40周年之外,是否还另有深意?如果说立此存照、打捞记忆,那么"鲤鱼洲"不能忘却的意义在哪里?

陈平原:历史不能遗忘,我相信所有人都明白。但世事纷繁,变幻莫测,真正被记忆起来的,其实很少。我们不可能记得所有的人和事,但有些关键时刻,你确实必须记得。记忆什么,不记忆什么,受一个时代的风气和我们自身学术眼光的限制。因此,今天谈"鲤鱼洲",背后肯定是有关怀的。

媒体、政府和学界都关注的事情,肯定容易被记住,比如抗日战争。但有些历史,却被有意无意地遗忘了,比如"反右",比如"文革"。正因此,某些惨痛的历史教训,后人没有很好地汲取,这跟"遗忘"与"失语"有关。单凭教科书,年轻一辈不知道"文革"是怎么回事,很容

易产生并不美好的误解。我发现，说起"文革"，上世纪三四十年代出生的不用说，那真是刻骨铭心；五六十年代生人也都有记忆；可到了七八十年代出生的，基本遗忘了那一段历史。连我的学生都说："很好玩啊，大串联，到处跑，不用上课。"曾经的深刻教训，没有得到很好的总结、反思与批判，这是很可怕的事情。

更多"干校"历史需要记录

《文化广场》：这本书出版以后，引起读者去关注那段历史，才发现原来当年清华在四川绵阳、河南三门峡，人大在江西余江等地，都遍布着类似的故事。或许更多的"鲤鱼洲"应该被记起，被书写。就您所了解，在过去的40年间，为什么那么多当事人对那段历史不再提起，也不曾书写？

陈平原：我不想夸大"鲤鱼洲"的作用，那只是大时代的一个缩影。当年的亲历者、参加座谈会的北大老师们也说，拒绝煽情，不能无限夸大自己的苦难。"五七干校"全国各地都有，那段历史，很多人至今都不想或不愿正视。我们则希望直面惨淡的人生，把它记录下来，留给后代。"历史"既然无法完整呈现，那就借助"片段"来复原；这一类的出版物多了，大众自然会越来越了解。

对于"五七干校"，我不是过来人，可也算旁观者。父亲当年在"潮安五七干校"的惨痛经历，使我对那一段历史有较多领悟。其实，许多人和我一样，都对"文革"中的各种怪胎深有体会；之前为了抚平创伤，大家故意不说，久而久之就被埋起来了。很多大学、研究院、国家机关的"干校"，其历史同样需要记录、整理。再往大了说，"五七干校"只是"文革"的一个局部，我希望这本书能引起大家对"文革"的关心，不断往下撬。

"当初并没有意识到荒谬"

《文化广场》：您在《出版感言》中提及，"因外在环境及自身能力的限制，本书的笔墨稍嫌拘谨，论述也有待进一步深化"，谈到了编辑出版这本书的遗憾之处。您讲得比较含蓄，"遗憾"是否指的是回忆文章中的反省不够？

陈平原：这一回编《鲤鱼洲纪事》，截稿时突然发现，好像少了些什么。想了半天，终于回过神来，确实少了受害者声色俱厉的"我控诉"。"我控诉"，就是对这一段历史的深刻反省和批判。若没有大声疾呼，缺了痛心疾首，是否因时间长了，大家已经平静看待那一切？我提出这个疑问，有位老师给了回应，我觉得有道理。他说，谈历史，切忌事后诸葛亮；在林彪事件之前，绝大多数中国知识分子对"文革"并不怀疑。今天看来特别不可思议的事情，当初他们在鲤鱼洲就这么过来的。最多私底下有些埋怨，但即便如此，也都觉得自己接受劳动改造是很正常的。

所以，我们必须反省：为何学富五车的教授们，当初并没有意识到这件事很荒谬？或许，这更值得我们关注。"文革"中，绝大多数知识分子服服帖帖接受思想改造，这种心态，不是一个偶然事件。此乃新中国建立后的知识分子政策导致的。二十年的思想改造，已经让他们觉得自己的立场、趣味确实有问题。对这一思想路线普遍产生怀疑，那是后来的事情。我们不能站在今天的立场，来讲述那一段往事。研究者的立场跟当事人的立场，必须严格分开来。当事人尽可能忠实于他们的记忆，那是对的；至于研究者从中读出了什么，如何进一步阐释，那是研究者的事情。所以，北大老师们追忆往事时没有"声色俱厉"，不必要"遗憾"，这种写法或许更可取。

"知识分子能否挺直腰杆"

《文化广场》:"五七干校"的历史,还有一层反思,是关于知识分子自身。贺黎和杨健在《无罪流放》前言中写道:"(中国的知识阶层)带着一种'原罪'感,下去接受改造。因此,'五七干校'所呈现的场景是奇特的。"我们该如何理解那一代学者?

陈平原:批判特定年代政治权力对知识分子的摧残,最好能反过来诘问:那个时代的知识分子能否挺直腰杆,有没有脊梁来承担各种重压?回头看鲤鱼洲的生活,不仅北大、清华趴下了,整个中国的读书人,绝大多数都没能挺直腰杆。从政治史角度看,这边一点点加压,那边一寸寸萎缩,这个过程从1950年代初就开始了,持续了20多年。但另一方面,我们必须承认,那个时代的知识分子之所以"诚心诚意"接受思想改造,有一个精神支柱:那就是国家意识与民族尊严。既有激情燃烧,也是歧路亡羊,这个问题很复杂,必须深入剖析。我担心年轻一辈完全不理解,只是感叹父辈"怎么那么傻"。若阅读此书,得出这样的结论,那就太可惜了。

(刘悠扬,初刊 2012 年 5 月 7 日《深圳商报》)

《鲤鱼洲纪事》再版后记

陈平原

编辑此书的甘苦,我在新版附录的"出版感言"及答记者问中已大致说清楚了。唯一需要补充的,是"技术"之外的"情怀"。我曾经提及,"1968"乃20世纪人类史上关键性的一页,而看看法国知识界与中国读书人对各自的"1968"的反省与解读,你真的很惭愧。"牛棚""干校"与"知青下乡",此三大举措,均属"文化大革命"的"伟大创举",年青一代不了解,中年以上或许记得,但缺乏深刻的反省。我在文章中提及:"事件"早已死去,但经由一代代学人的追问与解剖,它已然成为后来者不可或缺的思想资料。在这个意义上,我甚至有点怀疑,近二十年中国学界之所以成就不大,与我们没有紧紧抓住诸如"1968"之类关键题目,进行不屈不挠的"思维操练"有关。(参见《无法回避的"一九六八"》,《万象》创刊号,1998年11月)在我看来,20世纪中国众多影响深远的历史事件,只有"五四"是得到比较充分的理解与阐释的。不管风云变幻,无论褒贬抑扬,"五四"能成为一代代人精神成长史上必不可少的对话目标,实在极为幸运。

旧书得以重刊,自然是好事。除了有机会修改瑕疵,再就是要对北大生命科学院黄杰藩教授认真校订此书深致谢忱,还有就是为初版某文开列在鲤鱼洲的北大中文系教师名单时漏了向仍旦、袁行霈等先生表示歉意。增补三则短文，则是帮助读者了解此书的前世今生。

至于你问当初的预想是否实现，我依旧持"出版感言"中的观点："因外在环境及自身能力的限制，本书的笔墨稍嫌拘谨，论述也有待进一步深化；唯一可以自诩的是，作为当事人，尽可能对历史负责，对自己负责。如此舞台，如此表演，即便不够精彩，也都值得尊敬。"

2017 年 4 月 16 日于京西圆明园花园